AF314269

PONSON DU TERRAIL

L'ARMURIER DE MILAN

ÉDITION ORNÉE DE BOIS GRAVÉS PAR DELAVILLE

SUR LES DESSINS DE J.-A. BEAUCÉ

PRIX : 1 Fr. 10

PARIS

VICTOR BENOIST ET Cᵉ, ÉDITEURS, RUE GIT-LE-CŒUR, 10, PARIS.
Ancienne maison CHARLIEU et HUILLERY

VICTOR BENOIST ET Cie — ÉDITION ILLUSTRÉE — 10, RUE GIT-LE-CŒUR, 10.

PROLOGUE.

LA SALLE D'ARMES.

I. — Ce qu'était un maître armurier au seizième siècle.

A Milan, la noble ville, il y avait, vers l'année mil cinq cent quarante-quatre, un armurier célèbre du nom de Guasta-Carne, ce qui voulait dire Gâte-chair.

Maître Guasta-Carne avait forgé les plus nobles épées qui eussent étincelé, depuis un demi-siècle, au soleil poudreux des champs de bataille ; il avait ciselé les plus fines armures et trempé les dagues les meilleures qui jamais eussent rebondi sur le haubert d'un gentilhomme.

Il avait fabriqué la cuirasse que François Ier portait à Marignan et le casque qui couvrait la tête de l'empereur Charles-Quint les jours de bataille.

Quand deux gentilshommes avaient querelle d'amour ou d'honneur, et qu'il leur paraissait convenable d'en appeler au jugement de Dieu, c'était chez Guaste-Carne, l'armurier, qu'ils allaient querir les rapières destinées à cet usage. Le maître n'était point seulement un ouvrier merveilleusement habile, un *trempeur* justement renommé, — c'était encore un professeur sans rivaux en la galante science de l'escrime, un maître d'armes dont la réputation éclatante faisait pâlir la gloire des plus savants tireurs de l'Italie.

Seul, peut-être, il possédait à fond les bottes secrètes, les coups de quarte incomparables et l'art d'exécuter sûrement la *glissade*, ce piège perfide des maîtres ultramontains.

La salle d'armes de maître Guasta-Carne était le rendez-vous des plus braves et des plus nobles, qu'ils vinssent de Naples ou de Palerme, de France ou d'Allemagne, de l'Espagne ou des pays flamands.

Il donnait des leçons tous les soirs, après avoir fermé son atelier et ses forges, et alors ses ouvriers devenaient ses élèves, et chacun d'eux soupirait bien bas :

— Ah! si j'avais l'habileté du maître, peut-être me permettrait-il de lever un jour les yeux sur Marianna!...

Marianna était la fille de l'armurier.

Elle avait dix-huit ans; elle était belle comme les madones de Raphaël d'Urbino, blonde et blanche comme la Fornarina, son modèle, en dépit du soleil italien qui fait aux femmes le teint doré et les cheveux si noirs.

Marianna était, au milieu de ces hommes rudes et batailleurs, dans cette maison où le son du marteau frappant le fer ne s'éteignait que pour faire place au cliquetis du fer froissant le fer, comme un ange de paix que Dieu aurait chargé d'une mission sainte parmi des hommes dont l'unique occupation consiste à perfectionner la mort.

Et le maître aux moustaches grises, les jeunes gens aux barbes noires, devenaient humbles et soumis devant le sourire de Marianna; les uns oubliaient de forger, l'autre d'allonger le bras et de frapper du bouton de sa rapière le plastron de son élève.

Marianna était la perle de Milan; gens d'épée ou de justice, gentilshommes ou forgerons, car la cité milanaise était la patrie des armuriers, s'inclinaient sur son passage, admiraient sa beauté, et se disaient, avec un soupir de regret et d'envie, qu'il serait bien heureux celui que maître Guasta-Carne appellerait du nom de fils.

Plus d'un galant seigneur que le récent exemple de l'Espagnol don Juan de Marana eût enhardi en toute autre occurrence, s'en allait parfois à l'église ou se promenait à la brune aux environs de l'atelier, espérant y voir la blonde fille de l'armurier.....

Mais il savait bien, cependant, que si une imprudente parole d'amour s'échappait de ses lèvres, que s'il osait jamais manquer de respect à Marianna, vingt dagues sortiraient du fourreau, vingt rapières menaceraient sa poitrine.

C'eût été folie, en vérité, fût-on le neveu du pape ou l'empereur Charles-Quint lui-même, que songer à séduire la fille du vieux Guasta-Carne.

Le maître était gentilhomme; il tenait ses lettres de noblesse du roi Henri VIII d'Angleterre, et certes sa gloire était assez grande pour que maint seigneur de haute lignée pût, sans vergogne, rechercher son alliance; mais nul n'y songeait, car Marianna avait dit hautement qu'elle n'épouserait qu'un homme de la profession de son père, comme lui brave et habile comme lui.

Aussi les vingt lurons qui travaillaient sous les yeux et les ordres du maître, étaient-ils tous épris de Marianna et rivalisaient-ils de zèle, d'intelligence, de patience et de talent pour mériter un pareil honneur.

Les pauvres forgerons perdaient leur temps; — un seul peut-être, et celui-ci précisément qui s'en souciait moins que les autres, avait su faire battre le cœur de la blonde Marianna. C'était Raphaël.

Qu'était-ce que Raphaël? Un garçon de vingt-trois ou vingt-quatre ans, beau comme une statue de Michel-Ange, intelligent et brave comme Michel-Ange lui-même.

Il était l'enfant d'adoption de Guasta-Carne. Un soir, à la nuit tombante, le maître, alors jeune et fort et tout récemment marié, passait devant une église, sur une place déserte. Il revenait de donner une leçon d'escrime à un noble seigneur qui logeait aux environs.

Des cris enfantins frappèrent son oreille et lui parurent provenir de l'église. Il s'approcha et trouva, assis sur une marche, un enfant de cinq ans, grelottant de froid et pleurant à chaudes larmes.

Aux questions affectueuses de l'armurier, l'enfant répondit qu'il avait été abandonné par sa mère, il y avait une heure à peine, et tout ce que Guasta-Carne put en obtenir, ce fut qu'il se nommait Raphaël.

L'enfant était beau; il intéressa le maître d'armes qui le prit dans ses bras, l'emporta chez lui et le présenta à sa jeune femme :

— Tiens, lui dit-il, en attendant que nous ayons un fruit de notre union, voici un enfant que Dieu nous envoie...

Raphaël, dès ce jour, devint l'enfant de la maison. L'année suivante, Lorenzina, la femme de l'armurier, mit au monde la blonde Marianna, et les deux enfants grandirent ensemble et s'aimèrent tout d'abord comme frère et sœur. Puis la pauvre mère mourut, jeune et belle encore, puis Marianna devint une belle fille de seize ans, et alors elle cessa de jouer avec Raphaël; et puis encore elle se sentit rougir en le regardant... Et Guasta-Carne, qui vieillissait et avait reporté sur les deux enfants l'amour qu'il avait eu pour sa pauvre Lorenzina, Guasta-Carne souriait *in petto* du trouble naïf de la blonde Marianna.

Raphaël, cependant, était devenu un homme, et son caractère s'était développé avec l'âge. A quinze ans, il était le meilleur élève en escrime de Guasta-Carne; à vingt il était presque aussi habile que lui à forger et tremper le fer, à damasquiner une épée, à ciseler en relief les ornements d'une cuirasse.

La réputation du disciple égalait celle du maître en la ville de Milan. A l'atelier, à la salle d'armes, tout le monde s'inclinait devant lui.

Et pourtant, bien qu'on eût pénétré les secrets desseins du vieil armurier, bien que la plupart de ceux qui aimaient Marianna vissent en lui son futur époux, nul n'osait haïr Raphaël, et tous se sentaient entraînés vers lui par une mystérieuse fascination.

Raphaël n'était pourtant rien moins que ce qu'on nomme, dans la langue des ateliers, un joyeux compagnon; il était, au contraire, toujours sombre, rêveur, cherchant la solitude et ne se mêlant point à ses camarades les jours de repos et de fête. Son sourire triste, ses façons hautaines auraient dû rebuter les naïves et robustes natures des forgerons qui l'entouraient. Il n'en était rien, cependant, et Raphaël était généralement aimé dans la maison et les forges de maître Guasta-Carne.

Le jeune homme, du reste, n'était ni querelleur, ni mauvais camarade; il était courtois, montrait un esprit conciliant en toutes choses, obligeait et rendait service avec empressement et n'abusait jamais de sa force merveilleuse à l'épée. On citait, dans Milan, un exemple de cette modération.

Un soir qu'il rentrait tranquillement chez lui, il fut abordé par un capitaine de lansquenets qui lui chercha querelle et l'injuria, sous le banal texte qu'il sifflotait l'air d'une chanson qui lui remémorait de cruels souvenirs.

Rendez-vous fut pris pour le lendemain, et Raphaël se contenta de désarmer son adversaire, à la troisième passe. Le lansquenet, peu satisfait, voulut continuer, et reprit son épée.

— Tenez, lui dit Raphaël, croyez-m'en, restons-en là. Si nous croisons de nouveau le fer, je vous toucherai trois fois, une fois au bras, l'autre à l'épaule, la troisième en pleine poitrine.

Le lansquenet ne voulut rien entendre ; en trois secondes, l'élève de Guasta-Carne eut réalisé sa promesse. Il lui perça le bras, puis l'épaule...

— Cette fois, dit-il, il faudra bien que vous demeuriez satisfait, car je ne vous tuerai point.

Et il jeta son épée et s'en alla, laissant le capitaine un peu calmé.

Raphaël avait eu plusieurs duels dont il s'était constamment tiré sans mort d'homme, mais toujours après avoir montré à son adversaire qu'il le pouvait tuer aisément.

Aussi, à Milan, le respectait-on à l'égal de son vieux maître Guasta-Carne et le choisissait-on d'ordinaire, pour second, tant on connaissait bien sa nature conciliante.

Les jeunes seigneurs qui fréquentaient la salle d'armes recherchaient avec empressement son amitié ; mais il les tenait à distance, tout comme ses compagnons de l'atelier. Était-ce dédain, orgueil ou misanthropie? Nul n'eût pu le dire.

Un seul homme, après Guasta-Carne, jouissait de la confiance de Raphaël et pouvait, à bon droit, se vanter d'être son ami. C'était un Napolitain du nom de Giuseppe, forgeron comme lui et prévôt d'armes.

Giuseppe n'était ni beau, ni jeune, ni amoureux. Il n'avait jamais jeté un regard d'envie et de convoitise sur Marianna ; il ne se mirait qu'avec répugnance dans une glace, et il avouait, sans aucune peine, que la quarantième année avait sonné pour lui.

Deux passions remplissaient la vie de Giuseppe : un amour immodéré pour le vin de France, et son amitié pour Raphaël.

Tous les crus italiens, depuis les blanquets du Vésuve jusqu'au lacryma-christi, valaient moins qu'une bouteille de vin bourguignon.

La plus belle fille de Venise ou de Milan n'eût point fait passer à Giuseppe une heure plus agréable chaque soir que celle qu'il employait à faire une promenade avec son jeune ami Raphaël.

En retour, Raphaël aimait Giuseppe ; il causait, lui le taciturne et le rêveur, avec abandon, lorsqu'ils étaient seuls ; et peut-être que le prévôt possédait le secret de cette mélancolie hautaine qui formait le fond de son caractère. Avec lui, le jeune homme se laissait aller à sourire, et la ronde gaieté du Napolitain, cette gaieté nuancée d'un brin de scepticisme épicurien lui plaisait si fort qu'il s'oubliait bien souvent à le tutoyer, et lui prendre amicalement le bras ; ce qu'il ne faisait jamais avec les autres hôtes de Guasta-Carne.

Or, un soir, un dimanche, vers quatre heures de relevée environ, la salle d'armes et les ateliers de maître Guasta-Carne étaient déserts. C'était fête chômée, et la pieuse Italie observait trop fidèlement les lois de l'Église pour travailler durant un pareil jour. De plus la noble ville de Milan était fort en rumeur, car elle était visitée par des hôtes illustres, — et ces deux motifs étaient plus que suffisants pour que le silence et l'isolement régnassent dans la maison si bruyante d'ordinaire de maître Guasta-Carne. Raphaël, seul, était demeuré au logis.

Assis en un coin de la salle d'armes, tenant à deux mains un fleuret dont il appuyait la lame sur son genou, il était rêveur et sombre comme toujours ; il ne songeait ni au temps qui s'écoulait, ni à Marianna la blonde, la jeune et belle Marianna qui s'était approchée de lui, disant avec son frais sourire :

— Mon cher petit Raphaël, notre père, tu le sais, est prié au festin que les échevins de Milan offrent à son Altesse le duc Laurent de Médicis et à sa fille, madame Catherine, qui vient d'épouser le Dauphin de France. Or, c'est jour de fête à Milan ; une foule joyeuse parcourt les rues pour aller à la rencontre des nobles Florentins et les saluer au passage.

— Eh bien ? avait demandé brusquement Raphaël à la coquette jeune fille qui s'arrêtait à dessein pour lui laisser le mérite de la deviner et de prévenir son désir.

— Eh bien ! fit-elle, tu devrais endosser ton pourpoint rouge et bleu mi-parti, celui qui te sied si bien, ceindre ta plus galante épée et offrir ton bras à ta petite sœur Marianna qui s'ennuie fort au logis.

Le jeune homme avait froncé le sourcil et répondu :

— Vous oubliez, Marianna, qu'il ne serait nullement convenable de vous voir appuyée à mon bras, par les rues de Milan, un jour de fête surtout. Si vous avez fantaisie de voir le duc Laurent et sa fille, madame Catherine, pourquoi n'emmenez-vous point votre nourrice, la vieille Beppina ? elle vous formera une plus décente escorte.

La pauvre Marianna avait étouffé un soupir, murmurant :

— Vous avez raison, Raphaël, et je suivrai votre conseil.

Puis elle avait quitté la salle d'armes et était remontée dans sa chambre pour y pleurer à l'aise, car elle sentait bien que Raphaël ne l'aimait pas...

Et Raphaël était demeuré seul, perdu en sa rêverie, tordant son fleuret avec une sombre impatience et laissant échapper quelques mots étouffés, tels que ceux-ci : — Quelle existence ! forger des cuirasses le jour, enseigner l'escrime le soir, et se nommer Raphaël... Raphaël quoi ?... Ignorer le pays où on est né, le nom de la femme qui vous a porté dans ses flancs, celui du père qui vous a mis au monde... se sentir au cœur une bravoure de preux, dans les veines un sang de roi... être ambitieux assez pour rêver la conquête du monde, et cependant être condamné à passer sa vie au fond d'un atelier d'armurier, c'est à maudire le hasard !...

Il y avait longtemps que Raphaël accusait ainsi le destin, lorsqu'un refrain égrillard et joyeux se fit entendre sur le seuil de la salle d'armes, et arracha le jeune homme à sa noire préoccupation.

C'était Giuseppe, le gros Napolitain, qui entrait.

— Bon ! dit-il, apercevant Raphaël, je m'en étais douté, monseigneur... et je savais bien que je vous trouverais ici, sombre et rêveur, méditant sur les mécomptes de la vie, tandis que la bonne ville de Milan s'ébaudit et s'amuse comme si elle avait bu du vin de France.

— Ah ! te voilà, Giuseppe, fit Raphaël levant la tête.

— Per Bacco ! mon jeune maître, croyez-vous donc que je puisse vous oublier tout un long jour ? Vous me manquiez fort depuis ce matin, et je venais vous chercher.

— Moi ?

— Sans doute. J'ai découvert un petit paradis terrestre derrière la Scala, une adorable taverne où il se vend le meilleur vin de Bourgogne que j'aie jamais bu de ma vie.

— Ah ! fit Raphaël toujours rêveur.

— Cette taverne, poursuivit Giuseppe, se trouve précisément sur la route que le duc Laurent et sa fille suivront, à la brune, pour se rendre de l'hôtel des Echevins au palais grand-ducal, et nous les y verrons à notre aise...

— Peuh ! murmura le jeune homme, à quoi bon ?

Giuseppe allait sans doute répliquer et faire valoir à son jeune ami d'assez bonnes raisons pour l'entraîner hors de la maison, lorsque deux coups discrets furent frappés à la porte que le Napolitain avait refermée sur lui.

— Entrez ! dit Raphaël.

La porte s'ouvrit et livra passage à un gentilhomme drapé dans un court manteau de couleur sombre, et tel qu'en avaient les seigneurs de la cour de France.

C'était un jeune homme de vingt-deux ans environ, pâle et blond, d'apparence délicate, d'une beauté féminine, et qu'on eût taxée de mollesse, si elle n'eût été éclairée par un regard fier, énergique, étincelant, qui disait qu'un cœur d'homme battait sous cette frêle poitrine.

— Salut, mes maîtres ! dit-il en mauvais italien qu'il prononçait à la française ; n'est-ce point ici la salle d'armes du professeur Guasta-Carne ?

— Oui, mon gentilhomme, répondit Raphaël en français, car il possédait à fond cette langue.

— Pourrais-je le voir ?

— Hélas ! non, messire ; le maître est sorti et ne rentrera que fort tard ; — mais demain...

— Demain, il ne serait plus temps. Mais au moins serai-je assez heureux, j'imagine, pour rencontrer un de ses élèves, le signor Raphaël...

— C'est moi, messire.

Le gentilhomme et Raphaël se saluèrent avec courtoisie.

— En quoi vous puis-je être agréable ? demanda ce dernier.

— Je désire prendre une leçon d'escrime.

— Ceci est impossible, messire, répondit Raphaël, car c'est aujourd'hui dimanche, et tout travail est interdit le jour du Seigneur. Mon honoré maître, le seigneur Guasta-Carne, ne voudrait, pour rien au monde, qu'on donnât leçon chez lui un jour de fête.

— Pardon, interrompit le gentilhomme, je me permettrai de vous faire observer que la leçon que je vous demande m'est absolument nécessaire. J'ai frappé de mon gant un seigneur florentin en plein visage ; je me bats avec lui demain au point du jour, et je ne suis que très-peu versé dans cette noble science que les Italiens possèdent mieux que nous, Français.

— Ceci est différent, répondit gravement Raphaël.

Et il se leva et alla décrocher deux épées appendues au mur.

Raphaël avait examiné d'un coup d'œil rapide le jeune seigneur, et son attitude, son geste, toute sa personne, en un mot, étaient de nature à plaire à un homme qui, tel que l'armurier, était ambitieux et fier.

Le gentilhomme français avait, comme on dit, trop de race pour ne point séduire Raphaël, qui croyait à la race et se désespérait de ne point connaître sa lignée. Ensuite, il était frêle et délicat ; toute sa force virile paraissait concentrée dans son regard, — et Raphaël, qui avait des muscles et des jarrets d'acier, ne pouvait se défendre d'une sympathie protectrice pour cet enfant qui venait lui demander le secret de tuer un homme.

— Pardon, messire, lui dit-il en revenant auprès de lui les épées à la main, puis-je vous faire quelques questions et sur le motif de votre combat et sur votre adversaire ?

— Mais... fit le jeune homme avec hésitation et regardant attentivement Raphaël.

— J'attache à cela une certaine importance. D'abord, parce que selon la taille, la souplesse, l'habileté de l'adversaire, je puis enseigner tel ou tel coup, au lieu de tel ou tel autre. En second lieu, si le motif du combat est léger...

— Il est très-grave, répondit le gentilhomme français.

Comme s'il eût pressenti que le jeune seigneur se trouverait plus à l'aise seul avec Raphaël, le Napolitain s'était esquivé de la salle d'armes.

— Signor, dit le Français, il faut que je tue mon adversaire.

— Il vous a donc cruellement offensé ?

— Si cruellement, murmura-t-il, qu'il n'aura jamais assez de sang dans les veines pour laver cette injure.

— Tenez, dit Raphaël, asseyez-vous, messire, nous prendrons leçon tout à l'heure, et, je vous en supplie, confiez-moi le secret de cette querelle. J'ai comme un vague pressentiment que je pourrai vous servir fort en cette occurrence.

Le visage ouvert et noble de Raphaël, sa voix caressante et douce comme celle d'une femme, et cette mystérieuse puissance attractive dont il était doué, subjuguèrent le gentilhomme et gagnèrent sa confiance. Il s'assit auprès de l'armurier et lui dit :

— Pour vous faire comprendre la gravité de l'insulte que j'ai reçue, il faut que je vous raconte une partie de mon histoire. Je suis gentilhomme français, au service du roi, et j'ai accompagné à Florence le maréchal d'Annebaud, qui y vient quérir la fiancée du Dauphin, madame Catherine de Médicis. Madame Catherine, qui est fort belle, a une dame d'honneur plus belle encore peut-être, et qui se nomme Maria di Polve. La signorina di Polve fit sur moi, la première fois que je la vis, une impression telle que j'en devins éperdument amoureux et résolus de demander sa main. Je me nomme le marquis de Saint-André ; je suis riche ; ma noblesse remonte par delà les croisades, et je puis prétendre, comme vous le voyez, aux meilleures alliances.

Raphaël s'inclina, attentif.

— La signorina, continua le marquis, ne fut point insensible à mon amour ; elle m'encouragea d'un sourire, et accueillit mes vœux en rougissant. J'allai trouver son père, le comte di Polve, et lui fis ma demande. Le comte se montra charmé, me laissa entendre que mon alliance flattait très-fort son orgueil, et me demanda simplement quelques jours pour dégager sa parole qu'il avait presque donnée, six mois auparavant, à un seigneur de la cour des Médicis, le marchese della Scala.

A ce nom, Raphaël fit un brusque mouvement.

— Vous le connaissez ? demanda le marquis.

— Il est en escrime l'élève de maître Guasta-Carne.

— Ah ! fit le marquis avec indifférence. Eh bien ! c'est avec lui que je me bats.

Le front de Raphaël se rembrunit.

— Le marchese, dit-il, est un misérable dont l'Italie tout entière connaît les infamies. Il a employé la ruse ou la force, l'hypocrisie et le mensonge, en mainte circonstance, pour arriver au but ténébreux qu'il s'était fixé. Il est l'âme damnée du duc Laurent, ou plutôt son mauvais génie ; car toutes les cruautés, toutes les injustices qui se commettent à Florence sont inspirées par lui.

— Je le sais, dit le marquis.

— Or, vous devez aussi le savoir, continua Raphaël, il est d'une force herculéenne et d'une brutalité inouïe. Avant de se battre en gentilhomme, il se livre à des violences de facchino, c'est-à-dire de portefaix.

— Je le sais encore, et c'est précisément mon histoire avec lui.

— Ah !

— Le marchese, furieux de voir dédaigner son alliance, a juré ma mort. Pendant quelques jours, il a su dissimuler et se contraindre ; mais il épiait une occasion favorable, et il n'a point tardé à la trouver. Il y a huit jours, vers minuit, tandis que je rentrais en mon logis, je me suis trouvé face à face avec lui, dans une rue obscure et sombre. Il s'est rué sur moi, et m'a enlacé si promptement qu'il m'a été impossible de tirer mon épée. Alors il s'est pris à ricaner et m'a dit :

— Vous vous êtes permis, mon jeune drôle, de chasser sur mes terres ; vous allez voir comment je punis moi-même les braconniers. Et il m'a battu, souffleté, roué de coups, et m'a laissé pour mort sur la place, après m'avoir craché au visage. La ronde de nuit m'a recueilli et ramené chez moi. Lorsque j'ai été guéri et en état de pouvoir marcher, j'ai cherché mon ennemi pour lui demander raison de sa brutalité. La cour était partie de Florence pour Milan. Alors je suis venu à Milan et me suis rendu au palais grand-ducal où le duc Laurent se trouvait avec ses officiers et ses gentilshommes ; je suis allé droit au marchese, et je lui ai appliqué mon gant sur le visage. Puis je suis sorti pour venir ici, avant même de songer à chercher un second.

— Messire, dit l'armurier, je m'appelle Raphaël et ne me connais que ce nom ; mais je suis de noble race, je le jurerais, car des armoiries étaient brodées sur la chemisette de lin que je portais le soir où maître Guasta-Carne me recueillit sous le porche d'une église. Vous m'étiez inconnu, il y a une heure, et voici que je ressens déjà pour vous une secrète sympathie. Voulez-vous m'accepter pour second ?

— De grand cœur ! s'écria le marquis avec un élan de franche reconnaissance.

— Eh bien ! dit Raphaël, comptez sur moi. Si, ce qu'à Dieu ne plaise, vous étiez tué, foi d'armurier, je vous vengerais... Maintenant, prenons leçon, ajouta-t-il.

Le leçon dura une heure.

Le jeune gentilhomme tirait médiocrement, mais il était leste, bien planté sur ses jarrets ; il comprenait en quelques secondes la parade la plus difficile, et Raphaël, fort ému d'abord en songeant qu'il aurait affaire au terrible marchese della Scala, Raphaël se sentit plus rassuré après la leçon.

Il venait d'enseigner au jeune seigneur une botte terrible que nul au monde, si ce n'est Guasta-Carne et lui, Raphaël, n'avait possédée jusque-là, et dont il n'eût jamais livré le secret à tout autre. La sympathie qui l'entraînait vers le marquis était irrésistible.

— A quelle heure vous battez-vous ? lui demanda-t-il.

— Demain, au point du jour.

— En quel lieu ?

— Sous les remparts, à la porte de Turin.

— J'y serai, dit Raphaël.

— Mais, continua le marquis de Saint-André, puisque vous vous êtes mis à ma disposition d'une façon si courtoise, j'en userai largement. Il faut que me rendiez un service, plus grand peut-être, à mes yeux, que celui de m'assister demain.

— Parlez, je suis à vos ordres.

— Je ne veux point reparaître au grand soleil avant d'avoir vengé l'outrage que j'ai reçu, et, par conséquent, me présenter devant le duc Laurent et sa fille. Or, la signorina di Polve ne quitte pas madame Catherine, pas plus que si elle était son ombre.

— Puisqu'elle est sa dame d'honneur, c'est tout simple...

— Et cependant, je voudrais qu'elle eût de mes nouvelles, si je ne puis la voir une dernière fois.

— Que faire, alors ?

— Je voudrais vous charger d'un message.

Raphaël tressaillit.

— Je n'ai rien à vous refuser, dit-il ; et, cependant, j'ai un vague pressentiment que la démarche que je vais faire aura une influence fatale sur ma vie.

Le marquis le considéra avec étonnement.

— Pardonnez-moi, murmura Raphaël ; peut-être suis-je fou et superstitieux... mais j'ai toujours, devant moi, la figure étrange d'une bohémienne qui me dit, un soir, la bonne aventure, pendant mon enfance, et il me semble, à cette heure, entendre sa voix glapissante, sentir, froissée par ses doigts noueux, ma main dont elle étudiait les lignes de son regard glauque et sans rayons.

— Mon Dieu ! fit le marquis, que vous dit-elle donc ?

— Ceci : Tu es de race illustre, bien que tu ignores le secret de ta naissance. Peut-être le posséderas-tu un jour, ce fatal secret, et alors tu te repentiras amèrement de n'être point né dans un rang inférieur. Or, le jour où tu seras sur la trace de ce mystère, sera précisément celui où tu auras été chargé d'un message d'amour.

— C'est bizarre ! murmura le marquis ; et, bien que j'aie une maigre confiance aux bohémiennes, je ne veux pas...

— Non, non ! interrompit vivement Raphaël, advienne que pourra ! Et puis d'ailleurs, acheva-t-il avec un fier sourire, si je dois connaître mon origine un jour, autant vaut-il que ce soit bientôt... Ce n'est point vivre qu'être armurier et professeur d'escrime, quand on sent battre et gronder dans sa poitrine un cœur de lion comme le mien.

Le jeune marquis de Saint-André regardait à son tour Raphaël, et, comme celui-ci s'était senti naguère entraîné vers lui, il éprouva à son tour, les effets puissants de cette séduction mystérieuse, dont l'armurier possédait le secret, à son insu peut-être... Il lui tendit spontanément la main.

— Vous êtes un noble cœur, lui dit-il, et je vous supplie d'accepter l'offre de mon amitié qui, je vous le jure, sera éternelle.

— Merci, répondit Raphaël en serrant cette main, et maintenant croyez-le, c'est entre nous à la vie et à la mort. Parlez, que dois-je faire ? où faut-il aller ?

— Tâchez de pénétrer d'abord au palais grand-ducal ce soir, vers dix heures, pendant le bal que le gouverneur de Milan offre à Son Altesse le duc Laurent de Médicis, d'y voir la signorina Maria, et de lui dire alors :

« — Le marquis de Saint-André se bat demain avec son rival, le marchese della Scala ; peut-être succombera-t-il dans cette lutte, et il voudrait vous voir une dernière fois... Pouvez-vous lui donner un rendez-vous pour cette nuit même ? »

— J'irai, dit Raphaël. Où vous trouverai-je ?

— A l'hôtel de la Corne d'or, mon logis depuis hier. J'y rentre à l'instant même et n'en sortirai plus.

Les deux jeunes gens échangèrent une dernière poignée de main et se séparèrent sur le seuil de la salle d'armes.

En ce moment, Giuseppe reparut.

— Eh bien ! dit-il à Raphaël, êtes-vous prêt, maître, et venez-vous questionner ici le bourguignon dont je vous ai parlé ?

— Non, dit sèchement Raphaël, j'ai autre chose à faire.

Giuseppe baissa la tête, ainsi qu'il convient à un homme habitué à se montrer indulgent pour les caprices d'humeur d'un jeune ami.

— Tu demeureras ici ce soir, Giuseppe, ajouta Raphaël.

— Et pourquoi ? demanda le Napolitain.

— Pour garder la maison.

— Vous sortirez donc ?

— Oui, fit Raphaël d'un ton dégagé ; ne suis-je pas invité aussi bien que le maître Guasta-Carne au bal de ce soir !

— C'est juste ; mais je croyais...

— Tu as eu tort de croire... Je veux me réjouir aujourd'hui... moi, le taciturne ; une fois n'est point coutume.

II. — Comment Raphaël devint subitement amoureux et de ce qui s'ensuivit.

Il était dix heures du soir environ. Le palais grand-ducal était étincelant de lumière, retentissant de bruit et d'harmonie.

La noblesse milanaise conviée à la fête admirait ce prince que l'histoire surnomma Laurent le Magnifique et attendait avec impatience l'apparition de sa fille, la belle Catherine, qui allait épouser le Dauphin de France et partir pour Paris sous peu de jours.

La princesse Catherine se faisait attendre. Elle procédait à sa toilette de bal et se souciait peu, en apparence du moins, de la curiosité enthousiaste de la noblesse milanaise, puisqu'on dansait depuis plus d'une heure, sans qu'elle eût paru encore.

Le bal était travesti, selon la vieille coutume des fêtes italiennes ; les femmes devaient porter un loup de satin, et ne se démasquer qu'au matin, lorsqu'un splendide festin réunirait autour d'une immense table les nobles hôtes du palais grand-ducal.

Mais une indiscrétion de ses camérières avait trahi, d'avance, le déguisement de la jeune princesse, et la jeunesse de Milan avait formé le complot de saluer de ses bravos frénétiques l'entrée au bal d'une paysanne grecque parée de la pittoresque coiffure des femmes de la Luconie. C'était, disait-on dans les salles du bal, le costume adopté par la jeune et belle princesse. Or, tandis qu'on l'attendait avec impatience, madame Catherine était enfermée encore dans son oratoire, seule avec sa dame d'honneur, la signora di Polve, qui lui servait, ce jour-là, de femme de chambre.

Les deux jeunes filles étaient assises comme deux sœurs jumelles sur une ottomane et se tenaient les mains, signe évident d'une intimité parfaite établie entre elles lorsqu'elles n'étaient point soumises à l'étiquette rigide qui accompagne, ainsi qu'une duègne austère, les grands de ce monde à peu près en tous lieux.

— Ma mie, disait madame Catherine avec une joie d'enfant, je m'amuserai comme une folle cette nuit en te voyant l'objet de tous les hommages qui me sont destinés. Nous avons même taille, même tournure toutes deux ; les cheveux noirs et les mains blanches ; le visage seul permet de nous distinguer, et comme notre visage sera soigneusement dissimulé sous les barbes d'un loup, la belle noblesse milanaise s'y trompera très-certainement.

Ces paroles de madame Catherine disaient assez que le déguisement qui lui était destiné serait porté par la signora, tandis qu'elle-même serait revêtue du costume que chacun attribuait par avance à Maria di Polve.

Les deux jeunes filles étaient déjà costumées ; leur visage seul était découvert.

— Ma mie, dit alors madame Catherine, qu'en penses-tu ? Il est temps, ce me semble, de paraître à ce bal qu'on donne pour nous.

Allons ! mets ton loup et prends ton rôle au sérieux. Je veux danser et m'amuser joyeusement jusqu'au jour, afin de n'avoir point à me coucher ; car, tu le sais, nous repartons demain matin pour Florence.

La signorina Maria obéit, attacha les rubans de son loup, et s'appuya d'un air protecteur, ce qui était indiqué par son rôle de princesse, sur le bras de la véritable Catherine, vêtue en dame de la cour de France.

Au moment où elles sortaient, un jeune homme élégamment vêtu et drapé dans un long manteau qui ne permettait point de voir s'il portait ou non une épée, et, par conséquent, de savoir s'il était ou n'était pas gentilhomme, — un jeune homme, disons-nous, venait à leur rencontre, par le couloir qui conduisait de l'oratoire de la princesse aux salles de bal.

Catherine tressaillit involontairement à sa vue. Cet homme était sans masque et son visage était d'une remarquable beauté ; il avait le geste noble et hardi et les allures d'un grand seigneur.

Il s'inclina courtoisement devant les deux femmes, puis, instruit sans doute par la rumeur publique, et s'abusant comme devaient s'abuser tous les seigneurs milanais, il s'approcha de la princesse et lui dit tout bas :

— N'êtes-vous point, madame, la signorina Maria di Polve ?

— Oui, répondit Catherine un peu troublée et ne voulant point trahir son incognito.

— Madame, dit le cavalier toujours à voix basse, il faut absolument que vous m'accordiez une minute d'entretien. Il le faut.

Subjuguée par l'accent grave et mystérieux du jeune homme, la princesse allait indiquer à son interlocuteur la véritable Maria di Polve, lorsqu'un soupçon rapide traversa son cerveau :

— C'est peut-être un piège qu'on me tend pour me forcer à trahir mon incognito, pensa-t-elle.

Et d'un geste elle ordonna à sa dame d'honneur de l'attendre, tandis qu'elle rouvrait la porte de l'oratoire, et, d'un signe, invitait le cavalier à y pénétrer après elle.

— Madame, dit alors Raphaël, car c'était lui, et lorsque la porte eut été refermée sur eux, vous aimez un gentilhomme français, le marquis de Saint-André ?

— Oui, répondit Catherine troublée.

— Et il vous aime...

— Je le crois, fit-elle, toujours défiante.

— Eh bien ! dit Raphaël, le marquis se bat demain, au point du jour, à la porte de Venise, avec le marchese della Scala. Peut-être sera-t-il tué, ajouta-t-il avec émotion, et il désire vous voir une dernière fois.

— Mon Dieu ! fit la princesse avec effroi.

— Or, il vous supplie, madame, de lui accorder un dernier rendez-vous ce soir.

— Soit ! murmura Catherine, qui frissonnait sous le poids d'une inexplicable émotion que Raphaël, croyant avoir devant lui la signorina, attribua à son amour pour le marquis.

— Le marquis est logé à l'auberge de la Corne d'or.

— Eh bien ! murmura Catherine, dont la voix tremblait au souffle de cette étrange émotion qu'elle venait de ressentir à la vue de Raphaël, ce soir, à minuit, j'irai à la Corne d'or. Qu'il m'attende !

Raphaël s'était pris à écouter cette voix harmonieuse et tremblante, et, lui aussi, il était gagné par un trouble secret, une bizarre et indicible émotion.

Aux dernières paroles de Catherine, il fit un pas de retraite, et la princesse, qui s'était assise pour l'écouter, se leva.

Ce mouvement détacha son masque, dont les agrafes étaient mal nouées ; le masque tomba, et tandis qu'elle poussait un petit cri d'effroi, Raphaël éprouva une sensation indéfinissable, une commotion électrique des plus étranges, et il demeura frappé d'étonnement et d'admiration !

Il lui sembla, tant la princesse était incomparablement belle, qu'il avait devant lui une de ces statues divines du musée de Florence que le souffle puissant d'un génie aurait animées.

La princesse rattacha précipitamment son masque et s'enfuit, laissant Raphaël pétrifié au milieu de l'oratoire.

Le jeune armurier demeura là immobile, frappé de stupeur, atteint de vertige pendant plusieurs minutes ; et puis, il retrouva un peu de présence d'esprit, et il s'enfuit à son tour, éperdu, frissonnant, hors de lui, et murmurant d'une voix étouffée :

— Mon Dieu ! qu'elle est belle !

Dans le regard qu'il avait échangé avec Catherine, il lui avait donné son âme et voué sa vie.

Et cette femme que déjà il aimait et qu'il croyait être Maria di Polve, c'était Catherine de Médicis, la fiancée du roi de France futur.

— Malédiction ! murmura-t-il, en s'enfuyant à travers les rues de Milan, malédiction ! cette femme, je l'aime déjà... et c'est elle qu'il aime, lui aussi, cet homme à qui, il y a quelques heures, j'ai juré une éternelle amitié... Malheur ! malheur !

Il oublia que le marquis l'attendait à la Corne d'or, et il gagna, courant toujours comme un fou, la maison de Guasta-Carne ; puis il pénétra dans la salle d'armes où Giuseppe sommeillait sur un banc ;

il arracha une épée à une panoplie et voulut se la passer au travers du corps.

Mais le Napolitain s'éveilla en ce moment. Il jeta un cri, se précipita sur Raphaël, lui enleva l'épée des mains et la brisa sur son genou.

Raphaël chancela un moment ainsi qu'un homme foudroyé par le feu du ciel, puis il s'affaissa sur lui-même et murmura avec l'accent de la folie :

— La bohémienne avait raison... Malheur ! malheur !

Giuseppe regardait son jeune ami avec une stupeur profonde, et ne comprenait rien à cet accès de douleur véhémente qui s'était emparé de lui.

Il essaya de le questionner ; ce fut en vain ; Raphaël garda un morne silence. Puis, tout à coup, il se redressa vivement et lui dit :

— Tu vas aller à l'auberge de la Corne d'or.

— Comme vous voudrez, répondit Giuseppe.

— Tu demanderas à parler au marquis de Saint-André, ce gentilhomme à qui j'ai donné une leçon tout à l'heure, et tu lui diras ces simples mots : « Attendez... on viendra entre onze heures et minuit. »

— C'est bien, dit Giuseppe ; mais je ne vous obéirai, je ne vous quitterai qu'à une condition.

— Laquelle ?

— C'est que vous me donnerez votre parole de ne point recommencer vos extravagances de tout à l'heure.

— Je te la donne.

— Vrai ? fit naïvement le Napolitain.

— Foi de Raphaël !

— Très-bien. Je cours à la Corne d'or.

Et Giuseppe s'en alla un peu rassuré, mais fort intrigué et tout chagrin de la douleur de Raphaël, douleur inexplicable pour lui.

Le jeune armurier demeura quelque temps encore dans la salle d'armes, se promenant à grands pas, laissant bruire sur ses lèvres des mots inarticulés, et livré au plus sombre désespoir.

— Fatalité ! murmura-t-il. Jusqu'ici aucune femme, pas même Marianna qu'on dit être ma fiancée, et qui est la plus belle fille de Milan, aucune femme, dis-je, n'a fait battre mon cœur... et voici que je suis pris de folie et saisi de vertige à la vue de celle qui aime et est aimée d'un autre, à la vue de cette femme qui est la fiancée du marquis... cet homme qui m'a tendu la main et m'a demandé mon amitié... Fatalité !

Soudain, Raphaël se souvint du but primitif de la visite du marquis de Saint-André, de son duel du lendemain, et comme au fond du plus noble cœur il peut surgir une pensée d'égoïsme, comme un espoir criminel peut briller instantanément, l'espace d'une seconde, dans l'âme la plus loyale, — une pensée coupable traversa l'esprit de Raphaël.

— S'il allait être tué ? se dit-il.

Mais aussitôt la chevaleresque nature de l'armurier se révolta, le rouge de l'indignation lui monta au visage, il eut horreur de lui-même et s'écria :

— Non, non, Raphaël, il t'est bien permis d'être le plus malheureux des hommes, de n'avoir ni nom ni famille, d'être condamné à aimer dans l'ombre la femme qu'un obstacle insurmontable sépare de toi, mais il ne t'est point permis, sang du Christ ! de cesser d'être loyal et honnête....

Et alors, puisant un calme subit dans son héroïsme, Raphaël se prit à réfléchir froidement aux conséquences probables de la rencontre du marquis de Saint André avec le marchese della Scala, et il songea, avec un douloureux effroi, que son filleul (c'était le nom qu'on donnait alors à l'homme qu'on assistait dans un duel), que son filleul, disons-nous, était de frêle et délicate apparence, qu'il avait le poignet d'une faiblesse extrême, qu'il ne maniait l'épée qu'imparfaitement, et que, s'il ne portait sur-le-champ, aussitôt le fer engagé, cette botte secrète qu'il lui avait montrée, le marchese, dont la force et l'habileté étaient surprenantes, le tuerait roide à la troisième passe.

Et Raphaël frissonna pour son nouvel ami, lui qui n'avait jamais tremblé pour lui-même, et il se prit à chercher le moyen difficile d'éviter un pareil malheur.

Il continua quelque temps encore à se promener de long en large, le front penché, les bras croisés sur sa poitrine, puis tout à coup il releva la tête et un éclair de joie brilla dans ses yeux : Raphaël avait trouvé le moyen.

— Corpo di Bacco ! s'écria-t-il, laissant échapper le juron favori des salles d'armes italiennes, il ne sera point dit, sur mon honneur, qu'un assassin sans aveu, un misérable tel que le marchese della Scala, n'ait jamais eu affaire qu'à des adversaires incapables de lui résister. Ce sera moi qui le tuerai... Au lieu d'aller prendre le marquis demain matin, à l'auberge de la Corne d'or, j'irai directement à la porte de Turin. J'y attendrai mon ennemi, je le provoquerai, et il faudra bien qu'il se batte avec moi !...

Et lorsqu'il eut pris cette résolution héroïque, Raphaël quitta la salle d'armes et monta dans la chambre qu'il occupait chez Guasta-Carne.

Il se jeta sur son lit tout vêtu, et essaya de dormir pour faire trêve à sa douleur. Vain espoir !

L'ombre de cette femme à peine entrevue se dressait devant lui avec une désespérante obstination. Elle semblait lui sourire au fond de son alcôve, glisser comme une sylphide derrière ses rideaux, puis s'approcher de lui, se pencher à ses oreilles, souriante, l'œil humide, et lui dire :

— Ce n'est point le marquis de Saint-André que j'aime... C'est toi, toi, Raphaël...

Et Raphaël reculait épouvanté. Il fut aux prises jusqu'au point du jour avec cette terrible et riante vision; mais aussitôt que les premières lueurs indécises de l'aube glissèrent dans le ciel, l'hallucination disparut; il sauta à bas de son lit et se redressa calme, froid, énergique, se disant :

— Allons, Raphaël, il faut aller nous conduire loyalement et assurer le bonheur du marquis.

Et tandis qu'il bouclait son épée de combat et prenait son manteau, ses regards tombèrent sur un objet blanc appendu au chevet de son lit, et cet objet le fit tressaillir.

C'était la chemisette de lin qu'il portait le jour où Guasta-Carne le recueillit e l'adopta, — cette chemisette que, sans doute, lui avait passée sa mère, et dans un coin de laquelle elle avait brodé ses armoiries.

Raphaël examina l'écusson d'un œil rêveur.

— Le seul souvenir, murmura-t-il, que j'aie conservé de par delà mon existence chez Guasta-Carne, c'est celui-ci : — Je me vois encore dans une vaste salle gothique aux vitraux peints, couché dans un berceau que des tentures de soie rouge abritaient. Sur la cheminée brûlaient deux candélabres dont l'éclat me fatiguait. Un silence profond régnait dans la salle. Il n'y avait auprès de moi qu'une femme... Elle était belle et vêtue de noir... Elle pleurait... et c'était en me regardant... Certainement, cette femme était ma mère... Je ne l'ai vue que cette fois... Un brouillard s'étend sur tout le reste... Fatalité! Eh bien! acheva Raphaël, ma mère, qui que tu sois, toi que j'aime ardemment, à l'heure où je vais jouer ma vie, laisse-moi t'envoyer mon dernier souvenir et peut-être mon dernier adieu.

Et il baisa les armoiries de la chemisette et sortit d'un pas ferme, la tête haute, un fier sourire aux lèvres, — ainsi qu'il convient à un gentilhomme qui marche au combat comme il irait à une fête...

Tout le monde dormait encore dans la maison de l'armurier; Raphaël en sortit avec précaution pour n'avertir personne de son départ, puis il gagna la rue et se dirigea vers la porte de Turin où était fixé le rendez-vous et où il arriva le premier.

Mais, peu après, il vit apparaître dans l'éloignement un cavalier de haute taille qui s'avançait d'un pas leste et fanfaron, chantant un refrain grivois, et il reconnut le marchese della Scala.

Le marchese avait jugé inutile de s'enquérir d'un second, et il venait seul, laissant traîner sur le sol la pointe de sa redoutable épée.

Alors Raphaël s'assit sur le revers d'un fossé et l'attendit tranquillement.

III. — **De la conversation que Raphaël et le marchese eurent ensemble jusqu'à l'arrivée du marquis de Saint-André et des suites graves qu'elle eut.**

Le marchese s'avançait d'un air conquérant, respirant à pleins poumons l'air du matin, balayant le pavé de son long manteau et de sa rapière tapageuse, se donnant par avance, enfin, la martiale et pompeuse attitude d'un triomphateur.

— Per Dio! jurait-il, je crois que mon drôle manquera d'exactitude et se permettra de me faire attendre... Je n'en ai point le loisir, cependant, car, dans une heure, il me faudra monter à cheval pour escorter S. A. le duc Laurent et sa fille, madame Catherine, qui vont repartir pour Florence après avoir passé la nuit au bal... Le bambin aurait-il eu peur ?...

Le marchese n'eut pas le temps de se répondre à ce sujet, car Raphaël se dressa devant lui, et l'apparition du maître d'armes lui causa une sensation des plus désagréables, et le fit même reculer d'un pas.

— Votre serviteur très-humble, signor marchese, dit l'armurier en s'inclinant.

— Je suis le vôtre, maître Raphaël. Hé! corpo di Bacco! quelle bonne fortune de vous rencontrer!

— Je m'en applaudis autant que vous, excellenza.

— Il y a bien deux ans que nous ne nous sommes vus, maître?

— Depuis que vous avez renoncé à la salle d'armes, il me semble.

— Per Bacco! n'en savais-je point assez?

— Oh! très-certainement. Vous êtes le meilleur élève de Guasta-Carne.

— Après vous, signor.

— Peuh! fit négligemment Raphaël, on ne sait pas.

— Mais, dit le marchese avec une certaine inquiétude, que diable faites-vous donc ici, à pareille heure, et avant le lever du soleil?

— J'ai une affaire d'honneur.

— Ah! ah! Moi aussi...

— Je le sais.

— Vous le savez?

— Sans doute, puisque me voilà...

Le marchese tressaillit.

— Vous plaisantez, dit-il.

— Nullement. Je suis le second du marquis de Saint-André.

— En ce cas, ricana le marchese, votre rôle est inutile, car moi je n'ai pas de second. Nous réglerons bien tout seuls, le marquis et moi, nos petits comptes.

— Ceci est un peu contre les règles, dit tranquillement Raphaël, mais enfin on peut s'accommoder pour cette fois de cette infraction au code du duel.

— En ce cas, cher signor, dit le marchese d'un ton impertinent, nous n'abuserons pas plus longtemps de vos loisirs et vous pouvez rentrer chez vous...

— C'est ce que j'aurais fait déjà, excellenza, si le marquis était ici. Mais il est en retard... Il a causé longuement, pendant le bal, avec une personne qui lui est chère...

Le marchese pâlit à ces mots.

— Et il est possible qu'il vous fasse attendre quelques minutes...

Le marchese se prit à rire dédaigneusement :

— Etes-vous bien certain, dit-il, que ce soit cette conversation dont vous parlez... qui...

— Je vous l'affirme.

— Vous vous trompez, en ce cas.

— Nullement, signor.

— Le marquis n'a causé avec personne.

— Pardon, ricana à son tour Raphaël, il a reçu, à onze heures du soir, à l'auberge de la Corne d'or, la visite de la signorina Maria di Polve, sa fiancée; et vous savez que lorsque des amoureux se prennent à causer en tête à tête...

— Vous mentez! exclama le marchese hors de lui et livide de rage.

Raphaël recula d'un pas, mit la main sur la garde de son épée, et dit au marchese :

— Vous venez de m'insulter et vous m'en rendrez raison sur-le-champ. En garde! drôle, misérable assassin, brutal stupide; ce n'est point à un enfant que tu vas avoir affaire, mon maître, c'est à Raphaël l'armurier...

Et comme le marchese hésitait une seconde, Raphaël dégaîna, et, du plat de son épée, fouetta le visage du marchese.

Le marchese rugit, dégaîna à son tour et tomba en garde.

— Ah! ah! dit alors Raphaël, tandis qu'ils engageaient le fer, voici, excellenza, une bien belle occasion de vous souvenir des leçons de notre maître commun, Guasta-Carne.

— J'y songe, répliqua le marchese, portant à son ennemi le plus terrible coup de quarte qu'eût inventé le vieil armurier.

Le coup fut paré. Le marchese laissa échapper une exclamation de colère.

— Bon! dit Raphaël, nous sommes de la même école, il est tout simple que nous connaissions la parade de chaque coup.

Ces deux hommes tiraient merveilleusement bien tous les deux; cependant Raphaël avait une incontestable supériorité, et bientôt le sang du marchese coula par trois blessures légères. L'armurier le ménageait.

— Marchese, disait ce dernier, que l'épée de son adversaire n'avait pu atteindre encore, Dieu m'est témoin que je regarderais votre mort comme œuvre pie, et que je croirais donner un bel exemple au monde en le débarrassant d'un misérable tel que vous... mais je préfère n'avoir point votre spectre devant les yeux pendant toute ma vie, et je vous fais grâce si vous voulez faire vos excuses au marquis de Saint-André mon ami.

Le marchese répondit par un blasphème, et se rua sur son ennemi avec une fureur croissante.

En ce moment un cri retentit à vingt pas...

Ce cri était poussé par le marquis, lequel, après avoir vainement attendu Raphaël, était accouru au rendez-vous pour y être témoin du dévouement de l'armurier. Dans ce cri, le mâle courage du frêle jeune homme semblait se révolter, et il accourait pour faire cesser la lutte et reprendre la place de Raphaël.

Ce cri fut fatal à Raphaël. Pendant une seconde, il cessa d'avoir l'œil rivé sur celui de son adversaire, pour jeter un coup d'œil rapide au marquis; le marchese, en tireur consommé, en profita, porta une botte terrible à Raphaël et lui traversa l'épaule.

— Ah! misérable! exclama Raphaël auquel la douleur arracha un autre cri, tu viens de signer ton arrêt de mort.

Et usant d'une feinte habile il se fendit à fond et creva la poitrine du marchese, qui tomba exhalant un dernier blasphème...

Le jeune marquis courut à Raphaël chancelant et le soutint dans ses bras. L'armurier était pâle, et son sang coulait en abondance.

— Ami... ami... murmurait le gentilhomme français avec l'accent du désespoir et les yeux pleins de larmes; qu'avez-vous fait, mon Dieu! Pourquoi vous êtes-vous battu pour moi?... pourquoi?...

Un pâle sourire glissa sur les lèvres de Raphaël :

— Je ne sais si j'en mourrai, dit-il; mais, dans tous les cas, ne vaut-il pas mieux que j'en meure, moi, le déshérité et le maudit, que vous... qui serez heureux?...

— Ah! pouvez-vous parler de bonheur, ami, quand je vois votre noble sang couler?

— Écoutez, murmura Raphaël, je crois que je vais mourir... et je puis parler... Je vais vous faire un aveu... J'aime une femme qui ne peut être à moi... dont un obstacle invincible me sépare... une femme que j'ai vue, hier, dix minutes, pour la première fois... et à laquelle, je le sens, ma vie eût été liée pour jamais...

— Mais quelle est donc cette femme? demanda vivement le marquis soutenant toujours Raphaël qui chancelait de plus en plus.

— Celle que vous aimez... celle à qui j'ai porté votre message...

— Ah! malheureux! s'écria le marquis!... Mais ce n'est point à Maria que vous avez porté mon message.

— Et à qui donc, alors? exclama Raphaël, qui ressentit une commotion telle, une sensation si violente, qu'il se redressa ferme et droit, malgré son sang qui coulait toujours; qui donc est-elle cette femme que j'ai vue?

— C'est la princesse de Médicis, Catherine... la future reine de France!

— Ah! murmura Raphaël, qui se reprit à chanceler... ah! mon malheur est le même... je suis Raphaël le forgeron!

. . . .

En ce moment, les deux jeunes gens entendirent un bruit lointain, celui du galop de plusieurs chevaux, puis ce bruit approcha, et ils virent déboucher par la porte de Turin le brillant cortège des princes florentins qui soulevaient sur leur route un nuage de poussière. Les brillantes armures, les casques empanachés brillaient au soleil... les clairons sonnaient une marche guerrière...

A côté du vieux duc chevauchait sa fille, la belle Catherine...

Elle passa à quelques pas de Raphaël, dont les genoux fléchissaient... Peut-être le reconnut-elle, car elle parlit tout à coup..

Mais Raphaël portait un pourpoint rouge, et elle ne vit point le sang qui découlait goutte à goutte de sa poitrine sur le sol.

Et le brillant cortège passa, sans se soucier de ces deux hommes immobiles et du corps sanglant du marchese.

Alors l'armurier poussa un cri étouffé et s'évanouit, vaincu par la douleur, dans les bras de son jeune ami.

§

Plusieurs mois s'étaient écoulés. La blessure de Raphaël avait été si grave, que longtemps elle avait mis ses jours en danger.

Pendant trois mois, le vieil armurier Guasta-Carne et la blonde Marianna étaient demeurés à son chevet, luttant avec l'énergie du dévouement contre la mort et lui disputant sa proie.

Et pendant ces trois mois, la jeune fille avait pu entendre Raphaël prononcer, dans son délire, des mots étouffés, des déclamations de tendresse et d'amour, et jusqu'à un nom murmuré tout bas, nom qui n'était point celui de la blonde Marianna.

Pourtant, Raphaël n'avait jamais proféré ce nom assez haut pour qu'on l'entendît, et il était demeuré le maître du secret de ses amours.

Un seul homme le possédait : c'était le marquis...

Mais le marquis était parti, il était retourné en France, et avait pris la route de Paris, où il allait pour la première fois.

Enfin, la force et la jeunesse de Raphaël triomphèrent du trépas. L'armurier se rétablit peu à peu, et finit par reprendre sa vie laborieuse et calme. Mais une humeur sombre et farouche survécut à à sa convalescence. Il devint taciturne et songeur comme il ne l'avait jamais été au temps de sa mélancolique jeunesse. Il semblait poursuivi par d'invisibles fantômes, assailli par un rêve tenace et une pensée absorbante.

— Mon pauvre enfant devient fou, murmurait avec douleur le vieil armurier.

— Hélas! soupirait Marianna d'une voix brisée, j'ai deviné le secret terrible de Raphaël... ce n'est pas moi qu'il aime...

Et les jours s'écoulaient, et le sourire ne revenait pas plus aux lèvres décolorées du jeune homme que la paix et le calme à son cœur bouleversé...

Raphaël semblait se mourir d'un mal inconnu.

Un matin il alla droit à la chambre de son père adoptif, qu'il trouva absorbé en la lecture d'un volumineux parchemin scellé d'un large sceau, et qu'un gentilhomme étranger venait de lui apporter.

— Maître, lui dit Raphaël avec tristesse, vous m'avez recueilli grelottant de froid, abandonné et mourant de faim, vous m'avez élevé dans votre maison, m'aimant comme votre fils... et j'aurais dû être le plus heureux des hommes sous votre toit... la fatalité ne l'a point voulu... je vais vous quitter... Une force inconnue m'attire, une passion fatale m'entraîne... une ambition léonine m'étreint... J'ai soif de gloire, d'aventures, de combats... J'ignore mon origine, et cependant je sens que je suis de la meilleure race qu'il se puisse trouver... Vous m'avez appris à forger des épées, et je voudrais, moi, au lieu de les forger, les porter à mon côté... Je veux courir le monde, je veux me faire un noble nom à coups de rapière... Je veux aller en France!

— En France! exclama Guasta-Carne, en tressaillant à ce mot. Pourquoi en France?

— Ne m'avez-vous pas dit que les armes brodées que je portais sur moi, enfant, étaient d'origine française?

— Oui, répondit le maître.

— Eh bien! peut-être qu'en France je saurai enfin le secret de mon origine.

— Enfant, murmura le vieil armurier, essuyant une larme, nous t'aimions bien, Marianna et moi. Je te regardais comme mon fils et Marianna eût été ta femme. Peut-être qu'à nous deux nous t'eussions fait la vie heureuse, calme, abritée des orages et des tempêtes... Pauvre enfant! Mais le vent de la destinée souffle sur toi, l'ambition a mordu ton noble cœur... Tu veux partir, ingrat!... Eh bien! il ne sera pas dit que le vieux Guasta-Carne aura été égoïste en son affection... Va, enfant, va, mon fils... et sois heureux... tu peux partir!

Puis le maître tendit à son élève le parchemin qu'il venait de lire, et ajouta :

— Voici une lettre du roi François Ier. Le grand monarque a entendu parler de moi; ma renommée est arrivée jusqu'à ce prince qui s'entoure de tout ce que l'Europe a enfanté d'hommes de génie et d'artistes. Il a voulu avoir à sa cour le premier armurier, le meilleur professeur d'escrime de l'Italie, et il m'a écrit... Mais je suis trop vieux, mon enfant, pour m'expatrier ainsi; j'ai besoin du soleil de notre tiède Italie, de son ciel bleu et de son air pur... Je ne veux abandonner ni la maison où est morte ma Lorenzina, ta mère adoptive, et où a grandi ta sœur Marianna, ni mes ouvriers, ni mes chers élèves. Tu iras en la cour de France en mon lieu et place. Tu possèdes mes secrets, tu es aussi habile que moi à manier l'épée, à forger le fer et à tremper l'acier... Le roi de France n'y perdra rien! Pars, mon enfant, va, et sois heureux!

Et le vieil armurier poussa un soupir et courba la tête...

Le rêve de ses vieux ans, le bonheur de sa blonde Marianna, se brisaient...

Raphaël était perdu pour eux!

PREMIÈRE PARTIE.

I. — Ou le roi François Ier raconte à la duchesse d'Étampes un rêve horrible.

Avril épandait ses premières fleurs et sa verdure printanière sur Rambouillet, la royale et chère résidence de François Ier, le filleul de Bayard.

La brise était tiède, au lever du soleil; la belle forêt qui avoisine le château, emplie de murmures confus et de chants d'oiseaux. L'herbe des prairies repoussait verte et drue; les marguerites blanches et les liserons bleus s'épanouissaient un à un; les ruisseaux babillaient dans leur lit de mousse, et, sous la futaie, la voix des grands chiens de chasse, couplés encore, répondait à la fanfare joyeuse qui sonnait le départ.

C'était jour de chasse à courre à Rambouillet. La cour s'y trouvait; cette cour brillante de François Ier, étincelant assemblage de nobles seigneurs, de femmes jeunes et belles, d'artistes au front rayonnant de génie, de poètes accourus de toute part pour entourer le trône de ce monarque, surnommé par l'histoire le Restaurateur des lettres.

C'était ici Benvenuto Cellini, l'orfèvre florentin; là, Clément Marot, le poète; Anne de Montmorency, le puritain et le brave; la duchesse de Chateaubriand, la favorite déchue; madame d'Étampes, la reine de fait, malgré sa quarantaine près de sonner, et toujours aussi belle qu'à vingt ans; et puis la jeune dauphine, madame Catherine, mariée depuis six mois seulement à Henri de Valois; et auprès d'elle madame de Saint-André, cette Maria di Polve si belle, que le jeune marquis avait épousée le jour même où le dauphin passait son anneau nuptial au doigt de la fille des Médicis.

Le vieux monarque à qui une paix tardive, fruit amer d'une guerre de trente années, laissait enfin des loisirs, voyait, sur la fin de son règne, son trône environné des plus nobles têtes et des plus grands génies de l'époque.

La cour tout entière avait suivi François Ier à Rambouillet. Le monarque n'avait plus qu'une passion dominante, celle qui devait absorber si complètement cette noble lignée des derniers Valois, — la chasse!

A peine les premiers bourgeons des feuilles s'étaient-ils montrés à la cime des arbres, tandis que le soleil d'avril commençait à dissiper les brumes épaisses de l'hiver, que S. M. quittait les austères et vastes salles du Louvre où les derniers Valois s'ennuyèrent si fort, pour accourir à Rambouillet.

Là, François Ier se sentait revivre. Sa poitrine, oppressée par l'air fétide de Paris, se dilatait; son front, rembruni par les soucis politiques, se déridait; un galant sourire revenait à ses lèvres, et le héros de Marignan semblait rajeunir et sourire à l'espérance d'une vie nouvelle, lorsqu'il endossait le pourpoint vert du chasseur pour courre le cerf sous les futaies sombres de Rambouillet.

Cette demeure n'était-elle pas, d'ailleurs, peuplée pour lui de char-

La princesse s'enfuit, laissant Raphaël pétrifié au milieu de l'oratoire. (Page 5.)

mants souvenirs? Ici, la belle Constance de Chateaubriand s'était laissé ravir un baiser; là, Diane de Brézé, la comtesse de Poitiers, s'était éprise de lui avant de soupirer pour le Dauphin, image vivante et plus jeune du noble vaincu de Pavie; dans ce pavillon de chasse, Sa Majesté avait donné audience à l'ambassadeur turc, humiliant aux pieds du monarque l'orgueil des successeurs de Mahomet II; dans ce grand salon d'honneur, le fourbe Charles-Quint s'était assis, émerveillé de la splendide et courtoise hospitalité de son frère de France.

Sur la vitre de cet oratoire où le roi se plaisait, soit à feuilleter de vieux livres de chasse, soit à lire les vers de son ami Clément Marot, soit à causer avec le Florentin Cellini, soit, enfin, à deviser des choses de la politique, avec son vieil ami Anne de Montmorency; sur cette vitre, disons-nous, il avait tracé avec le diamant de sa bague ces vers devenus fameux :

> Souvent femme varie,
> Bien fol est qui s'y fie !

Et la femme qui les avait inspirés, c'était madame d'Etampes, alors âgée de vingt ans, aujourd'hui dépassant la quarantième année, et toujours belle, toujours aimée par le vieux roi, toujours haïe par la cour et par cette orgueilleuse Diane de Poitiers qui, un moment, avait essayé de prendre sa place, et qu'elle s'était plu, d'un sourire, à renverser de ce piédestal où la faveur éphémère du roi l'avait fait monter.

L'empire de la duchesse avait conservé son prestige, sa puissance, sa mystérieuse fascination, en dépit du temps.

La duchesse régnait en souveraine absolue sur le monarque, et ses volontés les plus frivoles, ses caprices les plus inouïs étaient des lois.

L'amour du maître courbait aux pieds de la fière duchesse les seigneurs les plus rebelles et les femmes les plus envieuses; — mais aussi un orage de haines, de colères, de malédictions, s'amassait sur

sa tête pour le jour où le roi François Ier descendrait dans la tombe et céderait la place au roi Henri II, qui inaugurerait alors le règne de la main gauche de Diane de Poitiers.

Et la duchesse s'attendait à son sort, et, à mesure que les années courbaient et ridaient le front de son royal amant et pailletaient de filets blancs sa noire chevelure, elle éprouvait cette inquiétude anxieuse et vague de ceux qui prévoient une catastrophe prochaine.

Elle savait bien, l'orgueilleuse favorite, que les sourires qui l'accueillaient sur son passage étaient prêts à se changer en regards de mépris, que tous ces fronts courbés par le respect et la crainte se redresseraient hautains et dédaigneux, le jour où elle cesserait de gouverner le roi de France... Et le roi vieillissait...

Il avait tant souffert, tant aimé, tant bataillé, le preux chevalier! Cette année-là, il était revenu souffrant et triste, en sa chère résidence de Rambouillet, le cœur empli de pressentiments funestes, et l'âme tout en noir, comme disait son compère le poëte Clément Marot.

Il était venu avec l'espoir et la résolution de demander au silence des champs, à la brise printanière, aux profondeurs ombreuses des forêts, quelques heures de calme, de bonheur et de santé, ces trois choses dont il avait si grand besoin au déclin de sa vie orageuse... Le grand veneur avait reçu des ordres spéciaux pour que les chasses de printemps fussent brillantes; la vénerie royale s'était enrichie tout récemment d'une centaine de chiens magnifiques de race anglaise et des chenils du roi Henri VIII d'Angleterre, qui venait de mourir. La fauconnerie s'était procuré à prix d'or vingt-cinq paires de gerfauts de Bohême, les plus grands et les plus féroces du monde.

Enfin l'empereur Charles-Quint, signant une trêve de vingt années avec son noble ennemi, lui avait envoyé, avant d'aller luimême enfouir ses illusions brisées et sa grandeur lassée dans les solitudes de Saint-Just, une vingtaine de chevaux andalous d'origine arabe, qui faisaient l'admiration des plus célèbres écuyers de France.

En même temps, la noblesse française, cette noblesse idolâtre de son chevaleresque et malheureux roi, les arts, les lettres, tout ce qui brillait d'un éclat quelconque au soleil de la gloire et de la renommée, s'était pressé envieux, jaloux de tendresse et d'orgueil, auprès de ce trône si longtemps chancelant, enfin raffermi sur d'inébranlables et puissantes bases.

On eût dit que le monde entier pressentait la fin prochaine de ce grand homme, qui donnait son nom à ce siècle étincelant de la Renaissance, et qu'il voulait saluer ce soleil couchant de son admiration et de sa respectueuse tendresse.

Au milieu de cette cour brillante, malgré cet affectueux empressement, et jusqu'au sein de ces fêtes sans rivales qui rappelaient, à une distance de dix années, les féeriques magnificences du Camp du Drap d'or, François Ier se mourait lentement. Le sourire avait fui ses lèvres, la force et la vigueur l'abandonnaient. Au soir des journées de chasse, il quittait la salle, exténué de fatigue; et dans les soupers royaux, il oubliait parfois de vider cette coupe ciselée par Benvenuto, et où pétillait le vin de Cahors, la liqueur galante de l'époque.

Comme s'il eût deviné que l'heure solennelle approchait pour lui, le roi était en proie à de fréquents accès de mélancolie, à de sombres humeurs, que la duchesse d'Etampes ou la jeune Catherine pouvaient seules dissiper à demi.

François Ier s'était épris d'une belle tendresse pour la jeune dauphine. Sa beauté, sa jeunesse, et jusqu'à cette mélancolie sérieuse qui semblait puiser sa source en une douleur inconnue et qui couvrait son front d'ivoire, avaient gagné le cœur du roi à la jeune princesse.

En même temps une mystérieuse affection, une sympathie secrète et inexpliquée s'était réciproquement emparée de la favorite et de la reine future.

Prévoyaient-elles de communs malheurs? Un lien mystique les unissait-elles à leur insu? Ou bien éprouvaient-elles le besoin de se liguer, l'une et l'autre, contre la haine future de la cour, — car la cour détestait l'Italienne, et cela sans motif aucun, — et l'orgueilleuse domination de Diane de Poitiers, domination qui deviendrait despotique à l'avénement du dauphin?

Nul n'aurait su le dire, — pas même elles.

François Ier souriait à cette étroite amitié qui avait uni les deux femmes, dès l'arrivée au Louvre de la jeune dauphine; il prévoyait l'avenir comme elles, cet avenir dont il ne pouvait, hélas! régir les destinées, et il espérait, pour la pauvre duchesse, des jours moins amers à l'ombre de la jeune majesté de Catherine; car il devinait, avec ce don de prescience qui n'appartient qu'aux hommes attirés par la tombe, il devinait, disons-nous, que le règne de Diane ne serait point éternel, et que son successeur, las, un jour, de cette courtisane vieillie, saturé de ses caresses déflorées par le temps, s'apercevrait enfin de la grâce souveraine, de la beauté sans égale de cette jeune princesse qu'il avait délaissée le lendemain de son union.

En effet, le dauphin Henri de Valois, après avoir épousé de sa personne, à Florence, la fille des Médicis, l'avait laissée partir seule pour la France, sous le prétexte que sa présence était nécessaire à l'armée d'Italie dont il avait le commandement; puis il était revenu incognito, sans suite et sans pompe; et laissant de côté Paris et le Louvre, il était allé se cacher sous les ombrages du château d'Anet.

Le dauphin manquait donc seul à cette cour brillante qui entourait François Ier mourant.

Ce jour-là, il y avait grande chasse à Rambouillet. Le roi l'avait annoncé la veille, à son jeu.

Dans la nuit, un cerf dix cors avait été détourné; dès le matin les allées du parc, les cours intérieures, les vastes pelouses qui s'étendaient devant le château, s'étaient couvertes d'une foule étincelante de soie, de velours et de dentelles. Ici les gentilshommes de la suite personnelle du roi, montant les chevaux andalous, présent magnifique de Charles-Quint; là les nobles et belles dames, portant le gerfaut au poing et caressant de leur main blanche l'encolure lustrée de leurs palefrois ; plus loin les pages aux pourpoints écarlates et aux manteaux courts brodés d'or ; puis encore les fauconniers vêtus de bleu et de jaune mi-partis, les archers de la garde écossaise aux jambes nues, et des lansquenets du roi rangés en bataille sur le chemin que devait parcourir Sa Majesté pour se rendre au lieu du rendez-vous.

Enfin, au bas du perron, trois personnes de haute mine, deux femmes et un homme, — la duchesse d'Étampes, la dauphine, qui montait un étalon arabe aussi noir que le fleuve Érèbe dont il portait le nom, et le connétable Anne de Montmorency, qui avait enfourché son destrier de bataille.

Un écuyer tenait en main une cavale blanche d'origine anglaise, dont les yeux étincelaient comme des escarboucles, dont les naseaux fumaient... Sur la selle, vide encore, une housse de drap d'or portait les armes fleurdelysées des Valois. Cette cavale était la monture de chasse de François Iᵉʳ.

Le brillant cortège était prêt à se mettre en route, et n'attendait plus que le roi. Mais le roi se faisait attendre.

On avait annoncé son apparition pour neuf heures ; il en était dix, et les appartements royaux ne s'étaient point ouverts encore.

Une vague inquiétude commençait à se répandre parmi la foule ; on se demandait tout bas des nouvelles du monarque ; et chacun se souvenait avec terreur que, la veille au soir, il s'était senti si fatigué et si faible, qu'il avait abandonné sa banque de pharaon à la duchesse pour se retirer chez lui.

Enfin, un homme se montra sur le perron, et son apparition impressionna vivement la foule des courtisans.

Ce n'était point le roi, — c'était Miron.

Cet éternel Miron, alors âgé de vingt-cinq ans à peine, déjà savant comme un vieillard, qui devait être le médecin de cinq rois, et au terme de sa quatre-vingt-douzième année, voir mourir, jeune encore, le dernier des Valois, Henri de France et de Pologne.

Selon la coutume des médecins, le jeune Miron était vêtu de noir. Ce n'était donc point son costume, mais son visage pâle, triste, solennel qui effraya...

— Mesdames et messieurs, dit-il, le roi ne chassera point aujourd'hui. Sa Majesté est souffrante, elle a passé une nuit agitée et sans sommeil... et elle s'est rendue à ma prière, elle n'aggravera pas sa souffrance par un nouvel excès de fatigue...

Un douloureux murmure accueillit ces paroles du jeune médecin ; les chiens furent renvoyés sur l'heure au chenil, les chevaux de chasse aux écuries... Chacun mit pied à terre, et tous allaient se diriger, anxieux et empressés, vers la chambre royale, si Miron n'avait ajouté :

— L'état de Sa Majesté ne lui permet point de recevoir.

— Pas même moi ? demanda la duchesse devenant pâle et chancelante à la révélation de Miron.

— Vous exceptée, madame, répondit-il ; le roi désire vous voir.

La duchesse mit pied à terre et se dirigea à la hâte sur les pas du docteur Miron, vers l'appartement de François Iᵉʳ.

Le roi était levé et tout vêtu. Son costume de chasse témoignait même de son intention première d'assister à la chasse ; mais ses forces l'avaient trahi, et Miron, le voyant pâle et défait, lui avait enjoint de ne point sortir.

Il s'était assis dans un grand fauteuil, auprès de la croisée entr'ouverte et livrant passage à l'haleine printanière qui courbait la cime verte des arbres. Un rayon de soleil se jouait dans sa chevelure argentée et éclairait son noble visage où glissait un triste sourire.

Il n'eut point la force de se lever, lorsque la duchesse entra et accourut vers lui, mais il la salua d'un sourire, prit sa main et la baisa galamment. Puis il se tourna vers Miron :

— Mon enfant, lui dit-il, peux-tu me laisser seul ?

— Oui, sire.

— Eh bien, passe dans le musée d'armes et attends... si j'ai besoin de toi, je t'appellerai.

Miron s'inclina et sortit.

— Ma mie, dit alors le roi, dont un sourire arqua les lèvres, asseyez-vous là, auprès de moi...

Elle obéit frissonnante et tout émue de cette pâleur morbide qui couvrait les joues de François Iᵉʳ, et elle pressa sa noble main qu'à son tour elle baisa.

— Ma pauvre duchesse, murmura le roi, j'ai fait un horrible rêve cette nuit... un rêve à hérisser les cheveux et à donner le frisson épouvanté de la mort.

— Mon Dieu ! fit la duchesse, que me dites-vous là, sire ?

— La vérité, duchesse. Et ce rêve m'a tellement impressionné que je me suis éveillé en sursaut, et que, depuis, j'ai souffert mille tortures.

— Ah ! fit la duchesse avec joie, voilà donc, sire, la cause de votre indisposition ! Heureusement les rêves n'ont aucune importance, et le réveil en a bientôt dissipé les funestes émotions.

Le roi hocha la tête.

— Je ne sais pas, dit-il ; mais il me semble que celui-là est d'un affreux présage.

— Mais qu'avez-vous donc rêvé, sire ? demanda madame d'Étampes avec effroi.

— J'ai rêvé, duchesse, que j'étais couché dans mon lit, au Louvre, la tête recouverte d'un suaire...

La duchesse poussa un cri.

— Je venais de mourir, duchesse ; mon corps était encore chaud, et mon âme s'était arrêtée grelottante dans les tentures du lit, et, avant de remonter à Dieu, elle examinait ce qui se passait autour de mon chevet mortuaire. A ce chevet, il y avait un jeune homme debout, la tête haute comme il convient à un roi... c'était mon successeur, le dauphin... Puis, tout à coup, sur le seuil de la porte, un homme s'était montré... Cet homme, c'était encore le dauphin ! Ou plutôt, c'était sa vivante image... Il était de même taille, du même âge ; il était vêtu comme lui ; comme lui il portait un pourpoint de velours blanc frangé d'or... Au côté, il avait même épée au fourreau d'acier. Si bien que, pour les courtisans et ceux qui pleuraient ma mort, il devenait impossible, en présence de ces deux hommes, de savoir désormais quel était le dauphin, ou plutôt le vrai roi.

— Grand Dieu ! exclama la duchesse épouvantée.

— Alors, acheva le roi avec un soupir, ces deux hommes marchèrent l'un vers l'autre, dédaigneux et fiers tous deux... tous deux la haine au cœur, l'insulte aux lèvres, le défi dans les yeux, et sans respect pour ma cendre encore chaude, ils mirent l'épée à la main...

Après avoir prononcé ces dernières paroles, le roi demeura pensif, le front incliné, la poitrine haletante.

— Sire, dit enfin la duchesse non moins émue, savez-vous bien que ce rêve est horrible ?

— Horrible, en effet, ma mie. Et savez-vous maintenant quel était cet homme qui entrait ?

La duchesse tressaillit.

— C'était notre enfant, murmura François Iᵉʳ avec un soupir.

A ce mot la duchesse devint horriblement pâle.

— Sire... sire... dit-elle éperdue, ne prononcez point un tel nom... L'enfant est mort, vous le savez bien... des bandits me l'ont enlevé sur la grande route de Turin à Gênes... Ils l'ont tué, sans doute... Ah ! j'ai toujours eu d'étranges et terribles soupçons à ce sujet...

— Des soupçons ? fit le roi avec tristesse, et qui donc soupçonner, si ce n'est de misérables bohémiens ?...

— L'homme que mon amour pour vous a offensé... répondit-elle en frissonnant... mon mari !

Un éclair terrible passa dans les yeux du vieux roi :

— Ah ! dit-il, si j'étais certain qu'un homme quelconque eût porté sciemment la main sur un fils du roi de France, j'allumerais moi-même le bûcher que je lui ferais dresser en place de Grève...

La duchesse baissait la tête et tremblait au nom de son mari, — ce mari terrible qui, depuis vingt années, protestait dans l'ombre et maudissait l'homme aux pieds duquel le respect l'enchaînait. Une des terreurs secrètes de madame d'Étampes, sa plus grande épouvante pour l'avenir, c'était, à coup sûr, la crainte qu'elle avait de tomber aux mains de son farouche époux après la mort du roi...

Et cette mort était prochaine ; le visage livide de François Iᵉʳ semblait l'attester.

Le roi était tombé en une rêverie profonde, et il y demeura plongé pendant quelques minutes sans que la duchesse osât l'interrompre. Tout à coup il releva la tête :

— Madame, dit-il, je crois que mes jours sont comptés et que le dernier est proche...

— Sire... sire... pourquoi ces lugubres pensées ? pourquoi ces folles terreurs ? n'êtes-vous point encore jeune et fort ?

Un sourire navré glissa sur les lèvres pâles du roi.

— J'ai cinquante-trois ans, dit-il, l'âge mûr, l'âge fort des hommes ordinaires, — la vieillesse des rois... La couronne que j'ai portée trente ans au front était si lourde que son poids m'a courbé violemment vers la tombe, me forçant à envisager le gouffre béant... Or, vous le savez, duchesse, la mort fascine ; elle attire à elle ceux qui l'osent regarder en face... Et je l'ai tant bravée et méprisée, moi ! N'ai-je point dormi sur l'affût d'un canon, la veille de Marignan ? N'ai-je point défié, appelé, invoqué le trépas à Pavie, afin de ne pas rendre mon épée à un vainqueur, moi François de Valois ! Tout cela, ma pauvre duchesse, use ce faible corps humain, si forte que soit l'âme qu'il enferme, — tout cela creuse prématurément les rides du cœur et du front, argente les cheveux et alourdit la pensée. Je suis vieux ; il me semble que j'ai près d'un siècle, et je sens que je vais mourir...

La duchesse couvrit son front de ses mains pour cacher ses larmes.

— Faites-moi un serment, chère âme, continua François Iᵉʳ.

— Parlez, sire, parlez... murmura madame d'Étampes, étouffant un sanglot.

— On dit, reprit-il, que la lucidité des mourants est extrême, et qu'aux approches de l'heure suprême ils soulèvent à moitié le voile impénétrable de l'avenir. Eh bien ! si cela est vrai, duchesse, je vous affirme, foi de roi, que mon fils n'est pas mort et que vous le reverrez...

Madame d'Étampes jeta un cri ; les entrailles de la mère s'émurent :

— Ah! fit-elle avec une explosion de joie indicible, puissiez-vous dire vrai, sire? Mon fils! mon fils! mon Raphaël adoré...

— Écoutez-moi, continua le roi; écoutez, chère âme... Vous allez me faire le serment que vous retrouverez mon fils, que vous remuerez ciel et terre, s'il le faut! mais que vous le retrouverez...

— Ah! exclama la duchesse, pouvez-vous exiger un tel serment, sire? Et qui donc chercherait son fils avec tout l'élan de l'amour, si ce n'était une mère?

— Bien! répondit le roi... Maintenant, chère âme, quand vous l'aurez retrouvé, vous lui parlerez de moi... vous lui donnerez de ma part cette cassette et cette épée...

Et le roi indiqua à la duchesse un petit coffret d'argent cisalé par Benvenuto, et lui montra du doigt une épée appendue au chevet de son lit.

— Cette cassette renferme deux cent mille livres tournois en bons de la Banque des juifs de Venise, dit-il; c'est la fortune que je lui destine. Cette épée, c'est celle que j'ai remise aux mains du boucher de Pavie. Celle de Marignan appartient au dauphin. Mais dites-lui, duchesse, à ce fils mystérieux de notre amour, à cet enfant que j'aime et chéris dans l'ombre, dites-lui que l'épée dont on est le plus fier n'est point celle qui rentre victorieuse au fourreau, au soir d'une bataille, mais celle qu'on a rendue le front haut, l'orgueil dans les yeux, le désespoir dans le cœur, car avec elle il semblait qu'on rendait son âme. Il la ceindra et la gardera toujours. Peut-être lui portera-t-il bonheur...

La duchesse pleurait.

Tout à coup François Ier se leva et, tout chancelant, se dirigea vers un guéridon qui supportait un timbre d'argent.

— Miron! Miron! appela-t-il en frappant le timbre avec une baguette d'ébène.

Miron parut.

— Mon enfant, lui dit-il en souriant, le premier ministre d'un roi qui se sent mourir est, à coup sûr, son médecin.

Miron se tut.

Son silence était lugubre comme un glas funèbre.

— Réponds-moi franchement, continua le roi, suis-je au seuil de l'éternité?

— Ah! sire, Dieu ne le voudra pas... exclama le jeune médecin.

— La science peut-elle prolonger mes jours?

Miron tressaillit et courba le front.

— La science, dit-il, combat les maladies, mais elle ne peut triompher de l'épuisement.

— Vous le voyez, madame, dit le roi se tournant vers la duchesse, la lame a usé le fourreau... la vie s'en va!

Et alors il passa dans l'esprit et dans le cœur de l'héroïque monarque comme un amer regret de cette mort calme et sans secousses qui s'approchait; un éclair léonin jaillit de ses yeux, sa noble tête se renversa fièrement en arrière, et il murmura avec une sorte de fiévreuse impatience:

— Avoir été sacré chevalier par Bayard, se nommer François Ier, mourir et dans un lit... c'est triste! Ah! le canon de la bataille n'aurait-il pas mieux salué mon trépas que les canons du Louvre? Et mon drapeau, noirci par la fumée, haché par la mitraille, ne m'aurait-il point fait un plus splendide suaire que le linceul fleurdelysé qui m'attend à Saint-Denis? Mon Dieu! mon Dieu! pourquoi n'avez-vous point permis que François de Valois, le premier de son nom, le filleul de Bayard, mourût le casque en tête, l'épée au poing, le regard tourné vers l'ennemi?

Une larme de fierté indignée brilla dans les yeux du monarque, et il ajouta se tournant vers Miron:

— Combien de jours me reste-t-il à vivre?

— Peut-être huit... peut-être...

Miron s'arrêta.

— Achève! dit impérieusement le roi.

— Peut-être plus... acheva-t-il.

— Eh bien! une heure, un jour de plus, une heure, un jour de moins, qu'importe! Miron, je veux mourir au Louvre, sous la courtine de drap d'or de mon lit, sous un dais fleurdelysé, dans cette royale demeure que j'ai faite si splendide, au milieu de ce vaste Paris qui saluait et battait des mains lorsque je rentrais dans ses murs, le lendemain d'une victoire. Peut-on me transporter à Paris?

Miron parut réfléchir longtemps, et il examina le visage pâle et défait du roi, avec cette attention scrupuleuse et poignante du médecin qui étudie les progrès du mal.

— Oui, répondit-il enfin... dans une litière.

Le roi soupira.

— Je ne mettrai donc plus le pied à l'étrier? dit-il avec tristesse... On ne me verra donc plus en selle? Ah! mon Dieu! mon Dieu! Être roi et mourir en cul-de-jatte... Soleil de Marignan, sombre crépuscule de Pavie, où êtes-vous?

— Sire, dit alors Miron, Votre Majesté s'exagère son état. Elle peut vivre plusieurs jours encore. Qui sait même? Un miracle... et quel miracle plus efficace et plus grand Dieu pourrait-il faire, que conserver à son peuple un roi tel que vous...

François tendit silencieusement la main à Miron.

— Je ne vois, poursuivit celui-ci, aucun inconvénient à faire transporter Votre Majesté au Louvre, à la condition, cependant, qu'elle prendra quelque repos après la nuit agitée qu'elle a passée.

— Ah! il faut que je dorme?

— Au moins quelques heures, sire.

Et Miron fit à la duchesse un signe d'intelligence que cette dernière comprit à merveille.

— Miron a raison, dit-elle; Votre Majesté a besoin de repos.

— Soit! fit le roi avec un soupir de lassitude. Adieu, duchesse...

— Au revoir, sire, et à bientôt, dit-elle, portant la main de François à ses lèvres.

Miron continuait à examiner le roi avec la tenace attention qui est particulière aux oracles de la science, et il se disait à part lui:

— Dans deux jours, le roi de France ne se nommera plus François Ier, mais Henri II... le roi est un homme mort.

Madame d'Étampes s'enfuit, éplorée, et le cœur agité des plus sinistres pressentiments, jusque chez madame Catherine de Médicis qui était rentrée en ses appartements et attendait avec impatience des nouvelles du roi.

— Ah! madame, lui dit-elle en entrant, la France va être cruellement éprouvée dans quelques heures... le roi se meurt!

Catherine jeta un cri et devint toute pâle...

— Mon Dieu! mon Dieu! fit-elle avec effroi, vais-je donc être reine?

— Hélas!

— Reine de nom! murmura la jeune princesse avec une ironique amertume... reine dérisoire et sans pouvoir, statue vivante qu'on adorera des lèvres et non du cœur, idole menteuse en la puissance de laquelle nul ne croira...

— Madame...

— Ah! fit la princesse, dont le sourire navré trahit les douleurs, ne voyez-vous point d'ici se dresser le piédestal où montera la duchesse de Poitiers? Ne les voyez-vous point déjà, madame, tous ces courtisans faméliques du règne futur, tous ces gentilshommes, haineux et vains, que le joug du devoir rend impatients, encombrer les antichambres de cette reine de fait, devant le pouvoir usurpé de laquelle pâlira ma majesté réelle?...

Et Catherine essuya une larme furtive qui disait l'implacable orgueil du sang des Médicis.

— Pauvre reine! — murmura la duchesse qui oubliait devant cette douleur sa propre douleur; — pauvre reine... Vous aimiez donc le dauphin?

Catherine tressaillit violemment.

— Non, dit-elle; et pourtant...

Madame d'Étampes la regarda avec une affectueuse insistance.

— Pourtant, reprit-elle, je crois que l'aurais aimé...

Il s'échappa de la poitrine de la jeune princesse un soupir si profond, si désespéré que madame d'Étampes éprouva pour elle un de ces mouvements de sympathie profonde que les femmes ressentent lorsqu'elles devinent, au fond d'une douleur violente, cette cause première des vraies douleurs, l'amour.

La jeune princesse était assise sur une sorte de lit à la turque, tel qu'on en voyait dans le palais de ses pères, à Florence, l'une des villes d'Italie auxquelles Venise avait inculqué le goût oriental. Ce lit, roulé auprès d'une grande croisée en ogives tout ouverte, lui permettait d'aspirer les senteurs printanières qui montaient du parc et des jardins sur l'aile matinale des brises, et d'admirer le charmant et mélancolique paysage déroulé sous les fenêtres du château.

C'était, à coup sûr, le lieu, et peut-être aussi était-ce l'heure des mystérieuses confidences, car madame d'Étampes prit dans ses belles mains blanches la main brune et petite de la fille d'Italie, et lui dit:

— Ah! madame, que n'êtes-vous ma fille au lieu d'être celle qui sera ma reine...

— Pourquoi ce vœu? demanda la jeune princesse en lui tendant son front.

— Pourquoi? fit la duchesse, parce que je vous prendrais dans mes bras, et, vous pressant sur mon cœur, je vous dirais: « Enfant, dans le soupir qui soulève ton sein, dans cette larme qui brille au fond de ton grand œil noir, dans cette tristesse répandue sur ton front, pauvre enfant, enfant chérie, j'ai deviné un mystère. »

Un rapide incarnat colora les joues de Catherine, s'effaça ensuite et fit place à une pâleur mortelle.

— Eh bien! murmura-t-elle, vous qui, seule, avez été bonne et respectueuse pour la pauvre princesse exilée loin de son pays, en une cour étrangère et hostile, vous qui n'avez point jeté un regard dédaigneux et hautain à la fille des Médicis, les princes marchands, devenue fille de France, vous qui, peut-être, serez la seule amie de cette reine abandonnée le jour même de son couronnement, appelez-moi votre enfant...

La duchesse enlaça de ses bras Catherine de Médicis.

— Enfant, murmura-t-elle, ouvrez-moi votre cœur, confiez-vous à moi... Vous aimez...

— Peut-être... soupira Catherine.

— Et cet homme qui fit battre votre cœur pour la première fois, sous le ciel bleu de votre belle patrie, sans doute, ce n'était point le dauphin...

— Non, fit la princesse d'un signe.

— Pauvre enfant... pauvre princesse... pauvre reine... Voilà donc votre sort éternel, votre destin inexorable, à vous toutes filles des grands et des rois, dont la beauté et l'amour sont soumis aux caprices de la politique?... Celui que vous aimiez était peut-être un simple gentilhomme...

— Je ne sais, murmura Catherine.

La duchesse laissa échapper un geste de surprise.

— Je l'ai vu une heure, moins peut-être... une seule fois... Ah ! fit-elle en portant la main à sa poitrine, avec un geste de souffrance, il est toujours là...

Une nouvelle larme brilla dans les yeux de Catherine.

— Mon Dieu ! dit-elle bien bas, j'ignore jusqu'à son nom...

Elle se tut un moment, comme si elle avait voulu savourer la délicieuse amertume de ses souvenirs; et puis, à son tour, obéissant à ce mouvement de sympathique confiance ressenti par la duchesse quelques minutes auparavant, elle se jeta dans ses bras en disant :

— Je veux que vous sachiez tout... car ce secret me pèse et m'oppresse... car ce souvenir est la torture de ma vie...

— Parlez, madame, parlez, mon enfant... Ne voyez en moi qu'une mère...

— Savez-vous, reprit Catherine, pourquoi j'aurais pu aimer le dauphin, mon époux, pourquoi j'ai souffert horriblement de son abandon et du triomphe de ma rivale? C'est que ce n'était point lui-même que j'aimais en lui... C'est que le dauphin aurait pu, à toute heure, me rappeler cet homme étrange dont la voix résonna dix minutes à mon oreille, dont le regard croisa un instant mon regard, pour jeter en mon cœur un trouble éternel...

— Mystère ! murmura la duchesse, qui ne comprenait point le sens de cette singulière confidence.

— Oh ! oui, mystère... mystère inexplicable... continua la dauphine. Mais écoutez donc, madame, écoutez...

— C'était un soir à Milan... l'année dernière... ma dame d'honneur, la signorina Maria di Polve, la marquise de Saint-André aujourd'hui, achevait, avec moi, de se travestir pour le bal que nous offrait, au duc mon père et à moi, la noblesse milanaise. Le bruit avait couru, dans le bal, que je paraîtrais déguisée en Albanaise, tandis que Maria serait en dame de la cour de France. Il me parut original de tromper l'attente universelle et de faire prendre à ma dame d'honneur le costume que je devais porter , tandis que je prendrais le sien moi-même. Fantaisie fatale ! Au moment où nous sortions de mon oratoire, un cavalier vint à nous, me prit pour Maria, me demanda une minute d'entretien et me dit : « Mademoiselle, M. de Saint-André vous aime... il se bat demain par amour pour vous... et il voudrait vous voir une dernière fois... » Que me dit-il encore ? Je ne sais... Mais son regard, son geste, sa voix, firent aussitôt battre mon cœur avec une violence inouïe; mes jambes fléchirent... mes tempes se mouillèrent d'une sueur glacée... le frisson de l'épouvante et de la mort s'empara de moi... Je sentis que je venais de lier à tout jamais mon cœur, ma vie, ma pensée éternelle à cet homme... Et cet homme, je ne le connaissais point... j'ignorais son nom... un seul aurait pu me le dire... et jamais je ne le lui ai demandé.

— Pourquoi? demanda madame d'Etampes, vivement impressionnée.

— Parce que demander ce nom au marquis de Saint-André, c'était me trahir peut-être... c'était lui livrer le secret de mon amour... il m'eût vue pâlir et trembler...

— Eh bien! acheva la princesse, un mois après, à Florence, on me présenta mon fiancé, le dauphin de France, Henri de Valois... Ah! duchesse, duchesse... ce que je souffris alors, le cri de surprise et d'épouvante qui m'échappa à sa vue... nul ne le dira jamais.

— C'était lui, sans doute! exclama madame d'Etampes.

— Non, répondit Catherine, non, ce n'était pas lui ; car le dauphin arrivait de France et n'était jamais allé à Milan. Mais cet homme, cet inconnu, celui que je ne devais jamais revoir... eh bien ! il ressemblait au dauphin d'une façon si étrange, si surprenante, que si on les eût vus à côté l'un de l'autre, on eût juré qu'ils étaient jumeaux.

La duchesse, à ces mots, poussa un cri déchirant, un cri de suprême joie et d'angoisse indicible:

— C'est lui ! murmura-t-elle, c'est LUI !

La pâleur mortelle, la voix entrecoupée de la duchesse, impressionnèrent la jeune dauphine aussi vivement qu'elle l'avait impressionnée elle-même par son récit.

— Vous le connaissez donc ! s'écria-t-elle.

Madame d'Etampes, à cette question si brusque, si directe, si inattendue peut-être, oublia ce qu'oublient si rarement les femmes, l'art de dissimuler son âge:

— C'est mon fils ! répondit-elle.

Et, à cet aveu, la dauphine recula et jeta un cri:

— Votre fils, dit-elle, le fils du roi ?

— Oui, murmura la duchesse d'une voix inintelligible, car elle se repentait déjà de son imprudente franchise... Du moins...

— Du moins...? interrogea Catherine.

— Ce pourrait être lui... acheva madame d'Etampes avec un soupir.

Et comme si elle eût éprouvé sur-le-champ un amer et poignant regret de ce pénible aveu, elle ajouta:

— Mais je suis folle, sans doute, folle à lier... car enfin il est beaucoup plus jeune que le dauphin... et puis... comment serait-il à Milan ?

Catherine de Médicis écoutait avidement la duchesse, et une sorte de lueur s'opérait lentement dans son esprit.

— Madame, dit-elle tout à coup à la duchesse devenue rêveuse, je jurerais maintenant que cet homme est un fils du roi.

Madame d'Etampes était en proie à une cruelle émotion, et, une fois de plus, la coquetterie de la femme s'effaça chez elle devant l'instinct de la mère.

— Quel âge avait-il donc? demanda-t-elle.

— Je ne sais, mais il paraissait vingt-quatre ou vingt-cinq ans.

— Vingt-cinq ans ! c'est bien cela... Mon Raphaël est né à Chambord, madame, en septembre mil cinq cent vingt... et il avait quatre ans lorsqu'il me fut enlevé.

— Ah! dit Catherine avec une joie d'enfant, car il lui semblait que c'était de lui que la duchesse allait parler, de lui dont nulle voix humaine ne l'avait jamais entretenue, ah ! dites-moi cela, madame, dites-moi tout... Comment vous a-t-on enlevé votre fils ?

Mais la duchesse paraissait absorbée en une méditation douloureuse et profonde et elle ne répondit pas.

Que se passait-il en son âme? Hélas ! peut-être que déjà une pensée d'égoïsme l'emportait sur le généreux élan maternel qui la possédait tout entière quelques minutes auparavant. Ce n'était plus son fils que madame d'Etampes espérait revoir : c'était l'homme qui devait la protéger contre les rigueurs du dauphin, la haine de sa rivale, Diane de Poitiers; l'ingratitude de ces courtisans serviles, aujourd'hui rampants et lâches devant elle, demain ses plus cruels ennemis. Et au lieu de répondre à la question de la dauphine, elle lui demanda brusquement: — Ainsi, vous n'aviez jamais vu cet homme?

— Jamais...

— Et vous ignorez jusqu'à son nom?

— Aurais-je donc osé le demander?

— Mais, fit la duchesse avec le tenace sang-froid de ceux qui veulent atteindre leur but et refoulent loin toute émotion, ne m'avez-vous pas dit tout à l'heure qu'un seul homme aurait pu vous le dire ?

— Oui, le marquis de Saint-André.

— Eh bien ! fit madame d'Etampes, il me le dira en ce cas.

La dauphine frissonna.

— Oh ! dit-elle, pourquoi le lui demander?

Il semblait à Catherine que demander le nom de l'homme qu'elle aimait était un crime.

— Pourquoi? exclama la duchesse avec animation ; — mais ne faut-il donc pas que je retrouve mon fils ?

— C'est vrai... murmura la jeune princesse, je n'ai plus le courage de m'y opposer.

— Où est M. de Saint-André ?

— A Paris, avec sa jeune femme, à laquelle j'ai accordé un congé illimité. Cependant, acheva la dauphine en souriant, la lune de miel dure depuis bien longtemps déjà, et ma pauvre Marie me fait un vide affreux.

— Eh bien! fit la duchesse avec vivacité, allons à Paris.

— Mais... balbutia la dauphine, agitée d'un vague et funeste pressentiment, pourquoi... cette précipitation... pourquoi abandonner le roi?

— Je veux retrouver mon fils ! s'écria madame d'Etampes.

Et elle se leva, frappa violemment sur un timbre, et demanda sa litière à l'huissier qui se présenta, sa verge blanche à la main.

La duchesse ne songeait plus au roi, ou du moins un sentiment tout nouveau, tenace, absolu, inexorable, s'emparait de son esprit. Elle voulait retrouver sur-le-champ, le plus vite possible du moins, ce fils longtemps oublié, le retrouver avant la mort du roi, l'amener au chevet du moribond et s'en faire une égide.

— Ah! pensait-elle, il faudra bien qu'il arrive ici... Il faudra bien, dût-on crever cent chevaux sur la route de Paris à Milan, qu'on ramène au roi qui va mourir, ce fils qu'il n'a cessé d'aimer et de pleurer en secret.

L'agitation de madame d'Etampes était telle que Catherine n'osait opposer à sa résolution le moindre prétexte.

— Venez, princesse, venez, madame ! s'écria encore la duchesse. Il faut voir à tout prix le marquis de Saint-André. Car, si c'était lui... Ah! vous ne devinez donc pas que sa vue prolongerait l'existence du roi... car vous ignorez de quel ardent amour S. M. environne la mémoire de ce fils né dans l'ombre et qu'il croit mort depuis si longtemps... Si nous le retrouvions, si nous pouvions le conduire aux pieds de ce grand monarque prêt à s'éteindre. Oh! tenez, il me semble que Dieu ferait un miracle...

Il y avait peut-être trop d'emphase dans l'exaltation de madame d'Etampes pour que cette exaltation fût sincère; mais la dauphine s'y trompa et répondit :

— Eh bien ! allons à Paris... allons, madame, et ne perdons pas une minute !

Peut-être aussi qu'en prononçant ces dernières paroles, Catherine obéissait, à son insu sans doute, à un autre sentiment que le désir de prolonger la vie du roi...

Elle était femme ; elle avait la naïve candeur de la jeunesse ; elle aimait...

Elle espérait le revoir !

La duchesse courut chez le roi, mue par un premier transport de joie ! elle allait se jeter aux pieds du monarque et lui dire :

— Sire, sire, vous aviez raison... nous allons retrouver notre enfant... Notre enfant vit encore...

Mais sur le seuil de l'appartement royal, elle trouva Miron ; Miron, calme, froid, impassible, qui lui barra le passage avec ces simples mots:

— Le roi dort !

— Mon Dieu ! exclama vivement madame d'Étampes, il faut pourtant que j'aille à Paris, sur-le-champ... à l'instant même...

— Madame, dit le médecin avec fermeté, le roi dort ; peut-être ne retrouvera-t-il de longtemps quelques heures de repos ; si nous voulons retarder l'instant fatal, prolonger cette existence qu'un souffle peut détruire, respectons ce sommeil...

L'émotion de la duchesse était à son comble.

— Miron, dit-elle, parlez-moi franchement, avouez-moi la vérité tout entière.

— J'obéirai, madame, interrogez-moi.

— Le roi est-il réellement en danger de mort ?

— Oui.

— Vivra-t-il quelques jours encore ?

— Peut-être... mais Dieu seul le sait. Sa Majesté veut aller à Paris ; elle veut aller au Louvre... La fatigue qui résultera du trajet peut hâter le moment suprême.

— Eh bien ! opposez-vous à ce départ... il le faut !

— Je ne puis, murmura Miron, le roi est le roi : devant sa volonté tout doit s'incliner et fléchir.

La duchesse exhala un soupir étouffé.

— Mon Dieu ! dit-elle, faites qu'il vive huit jours encore.

Puis elle ajouta, s'adressant toujours à Miron :

— Je vais à Paris, j'y vole plutôt. Je vais y rechercher la clef d'un mystère duquel dépend peut-être une prolongation d'existence pour le roi. Vous lui direz que je suis partie pour préparer Paris et le Louvre à son retour, et l'y attendre... Adieu... je pars...

II. — Dans lequel le Napolitain Giuseppe reparaît.

En amont de la Seine, et sur la rive gauche du fleuve, à cet endroit même où s'élèvent aujourd'hui les dernières et pauvres maisons du faubourg Saint-Marcel, qui commence où finit le pays latin, on voyait alors un petit hôtel isolé dont les tourelles baignaient dans l'eau et semblaient regarder avec mélancolie les pignons orgueilleux du Louvre, la fière demeure des rois.

Cet hôtel, récemment restauré, dominait un vaste jardin qui s'étendait au midi sous un dôme immense et sombre de platanes et de tilleuls plantés par les générations précédentes.

Longtemps cette retraite isolée, car nulle habitation de haute mine ne l'avoisinait, était demeurée solitaire et confiée à la garde silencieuse et taciturne d'un vieux serviteur, Caleb rêveur et sombre, qui n'adressait la parole à personne et ne prononçait jamais le nom de ses maîtres absents.

Tout ce que le populaire des quartiers environnants savait, c'est que cet hôtel avait appartenu à un gentilhomme poitevin, le vieux marquis de Saint-André, lequel était mort, vingt années auparavant, en duel par un inconnu, un Italien, croyait-on.

Quelle avait été la cause du combat ? Nul ne le savait.

Le marquis était-il le dernier de sa race, ou bien laissait-il une postérité ?

On ne le savait pas davantage.

Enfin, à qui appartenait maintenant cet hôtel ?

Cette dernière question était tout aussi difficile à résoudre.

Cependant, un soir, vers la fin de l'été précédent, tandis que le populaire se pressait, curieux et avide d'émotions, sur le passage de la jeune dauphine, madame Catherine de Médicis, qui arrivait d'Italie et se rendait au Louvre, une litière, dont les rideaux de cuir de Cordoue étaient soigneusement tirés, une litière, disons-nous, s'arrêta devant la porte depuis si longtemps fermée de ce petit hôtel, et deux jeunes gens, un homme et une femme, en descendirent.

Ils étaient beaux tous deux ; ils paraissaient s'aimer.

La population souffreteuse et pauvre du pays latin et du faubourg Saint-Marcel s'émut de cette arrivée ; elle espéra même qu'elle saurait aussitôt le nom de ces nouveaux maîtres de la demeure abandonnée ; mais elle fut déçue dans son attente.

Les deux jeunes gens s'enfermèrent de ce petit hôtel que, depuis un mois on restaurait à la sourdine, et comme s'ils eussent été jaloux de leur bonheur et l'eussent voulu dérober à tous les yeux, ils évitèrent de se montrer, et n'assistèrent à aucune des fêtes qui se donnaient au Louvre, à Chambord et à Rambouillet ; et ce fut à peine si on les entrevit à de rares intervalles et durant plusieurs mois, le soir, au coucher du soleil, se promenant les mains enlacées, sur la berge ou dans une barque qui remontait le courant limpide du fleuve.

On le devine, ces deux jeunes gens, ces amants jaloux de leur bonheur, c'étaient le jeune marquis de Saint-André et sa belle épouse Maria di Polve.

Or, le soir de ce même jour où madame d'Étampes et la dauphine avaient quitté Rambouillet vers le coucher du soleil, les deux jeunes gens se promenaient lentement, au bras l'un de l'autre, sous les dômes de verdure de l'immense jardin, et ils s'abandonnaient à une douce causerie.

— Mon cher ange, disait le marquis à la belle Maria, le hasard, il faut en convenir, a de singulières et bizarres fantaisies... Vous vous souvenez de mon duel avec le marchese et du jeune homme que je vous mandai la veille ?

— Oui, dit Maria, mais je serais bien embarrassée de vous le dépeindre. Je l'ai vu à peine.

— Eh bien, dit le marquis, ce jeune homme se nommait Raphaël ; il était maître armurier et prévôt d'armes ; il ignorait son origine et se croyait gentilhomme... il y a tant de gens qui ont cette prétention sans la pouvoir justifier ! Cependant il avait nobles façons et grand air, et puis il conservait précieusement des armoiries brodées sur la chemisette d'enfant qu'il portait le jour de son abandon... Or, poursuivit le marquis, figurez-vous, ma bien-aimée, que ce jeune homme dont la belle et noble figure m'avait vivement impressionné ressemble d'une manière frappante, étrange, et comme la goutte d'eau ressemble à celle qui lui succède, à monseigneur le dauphin Henri de Valois.

Maria fit un geste d'étonnement profond.

— Lorsque je quittai Milan pour me rendre à Florence et y devenir votre heureux époux, continua le marquis, je n'avais jamais vu le dauphin. Jugez de mon étonnement et de ma stupeur en me trouvant en face de lui. Je crus voir Raphaël. Cependant il me fut aisé de me convaincre que le dauphin et l'armurier étaient deux êtres parfaitement distincts...

— C'est étrange ! murmura Maria. Et vous n'avez jamais témoigné votre surprise au dauphin ?

— Jamais !

— Ni à l'armurier ?

— Je ne l'ai plus revu, et dans mes lettres je me suis bien gardé de lui parler de cette ressemblance.

— Pourquoi cette discrétion ?

— Parce que, peut-être, j'aurais trahi un secret d'État.

Maria tressaillit.

— Je jurerais, murmura M. de Saint-André, que Raphaël est un frère inconnu du dauphin.

— Que dites-vous donc, grand Dieu !

Le marquis n'eut point le temps de répondre, car le bruit lointain d'une cloche se fit entendre et lui arracha un geste de surprise et presque d'effroi. Cette cloche avertissait les hôtes mystérieux du petit hôtel qu'un visiteur leur arrivait.

Qui donc venait troubler leur solitude et leur amour ?

Ceux qui sont heureux n'attendent plus le bonheur et doivent, par conséquent, tressaillir au moindre événement, et redouter sans cesse une catastrophe.

M. de Saint-André et sa jeune femme avaient si bien enseveli leur félicité dans l'ombre et le mystère, si bien fermé leur retraite au bruit et à la curiosité du monde, qu'ils ne craignaient rien tant que l'apparition subite de témoins importuns.

Au son de cette cloche qui ne retentissait jamais, ils pâlirent tous deux et se regardèrent avec un mutuel effroi, ainsi que deux colombes blanches frissonnent lorsque le cri perçant de l'épervier vient troubler leurs amours sous le dôme de vert feuillage qui cache leur nid.

Mais, tandis qu'ils demeuraient à la même place, se tenant les mains et le cœur serré par l'angoisse, ils virent apparaître, à l'extrémité d'une allée qui conduisait au corps de logis principal, le vieux serviteur qui, pendant vingt années, avait été l'unique gardien du petit hôtel, et derrière lui un homme à la démarche pesante, à la rotondité fabuleuse, qui se dandinait agréablement sur ses jambes, dont les humbles mollets étaient battus par une grande rapière. M. de Saint-André reconnut tout aussitôt le Napolitain Giuseppe, le prévôt de maître Guasta-Carne, et son front soucieux se dérida.

Le jovial armurier ne pouvait, en effet, lui apporter une mauvaise nouvelle, si l'on en jugeait surtout par le sourire fleuri qui épanouissait son visage haut en couleurs et l'air d'importance conquérante que respirait toute sa personne.

Il salua les deux époux jusqu'à terre, et s'adressant ensuite au marquis :

— Votre Excellence, lui dit-il, ne me fait point sans doute l'honneur de me reconnaître ?

— Pardon, signor, je vous reconnais très-bien. Vous êtes le seigneur Giuseppe, n'est-ce pas ?

— Ancien prévôt de maître Guasta-Carne, Excellence.

— Ah! vous avez quitté le service du maître?

— Pour entrer à celui du seigneur Raphaël.

Le marquis fit un geste d'étonnement.

— Raphaël a donc quitté Milan? demanda-t-il.

— Oui, signor.

— Et où est-il?

— Sur la route de Paris.

M. de Saint-André tressaillit.

— Nous chevauchons depuis huit jours sans repos ni trêve, tant mon nouveau maître avait hâte de gagner Paris.

— Mais où donc est-il? demanda le marquis avec une impatience où éclatait l'amitié qu'il avait vouée au jeune armurier.

— Je le devance d'une heure.

L'œil de M. de Saint-André brilla de joie, mais tout à coup son front s'assombrit, et il songea que Raphaël ne venait sans doute à Paris que pour y revoir la dauphine; et alors il se prit à trembler en se souvenant de cette ressemblance fatale qu'il avait avec Henri de Valois, le futur roi de France.

Giuseppe tira alors de son sein un pli cacheté qu'il remit au marquis. Celui-ci en rompit aussitôt le fil de soie et lut :

« Mon cher marquis,

« Il y a six mois que vous avez quitté mon chevet de convalescent, et dans quelques heures je presserai vos deux mains. Je ne vous écris donc que pour vous annoncer mon arrivée à Paris, chez vous. Peut-être allez-vous frissonner à cette nouvelle, car vous savez mon secret et devinerez quelle force inconnue, quel irrésistible aimant m'attire vers ce Paris dont je n'aurais dû jamais entendre prononcer le nom. Je l'aime, ami! je l'aime! plus qu'autrefois, plus que jamais, plus que toujours! J'ai abandonné cette noble ville de mon enfance obscure et heureuse, cette calme et pauvre maison de mon père adoptif où s'écoulèrent, si douces et si paisibles, mes premières années; j'ai renoncé à Marianna, ma fiancée, à mes compagnons de travail, à tout... Où vais-je? Quelle est ma destinée? Je ne sais.

« Suis-je un de ces fous lamentables qui courent à la mort un sourire aux lèvres? ou bien vais-je savoir enfin le secret de ma naissance et acquérir la preuve que je suis assez noble pour tout oser? Je ne sais encore.

« Et cependant, mon ami, il me passe dans le cœur et dans la tête d'étranges frissons d'enthousiasme, de terribles élans d'ambition et d'orgueil, et parfois il me vient aux lèvres un sourire si hautain que je me demande si je ne suis pas un fils de roi. Oh! si cela était, il faudrait bien qu'*elle* m'aimât! Vous comprenez cependant, mon ami, que je ne viens point à Paris sans but apparent. Ce but le voici : Le roi de France a écrit à mon maître, Guasta-Carne, pour l'attirer à sa cour. Le maître est trop vieux; il m'envoie à sa place. Je vais donc m'ouvrir ainsi les portes de la cour de France, approcher à toute heure le roi, les princes... Je la verrai!

« Ah! folie et dérision humaines! faut-il donc, ami, que j'aie été couché sanglant et sans force dans mon lit, le jour où elle a engagé sa main et sa foi... n'aurais-je pas dû entrer dans cette église de Florence où le mariage eut lieu, marcher à cet homme et lui plonger ma dague en pleine poitrine? Ami, ami, pardonnez-moi ma folie, ne vous épouvantez pas de mon exaltation... je tâcherai d'être raisonnable, d'étouffer les sourdes colères de mon âme, d'imposer silence aux battements de mon cœur... mais il faut que je la voie! Adieu, à ce soir, car j'atteindrai Paris vers la nuit tombante.

« RAPHAËL. »

— Pauvre fou! murmura le marquis consterné et tendant la lettre à Maria, qui la lut en pâlissant.

Soudain le marquis fit un nouveau geste d'étonnement; la cloche des visiteurs retentissait une seconde fois, et pourtant ce ne pouvait être encore Raphaël.

M. de Saint-André se précipita vers l'hôtel, laissant sa jeune femme avec Giuseppe. De sombres pressentiments l'agitaient, et cependant il courait au-devant de ce qui pouvait être un malheur ou un péril.

Une litière venait d'entrer dans la cour du petit hôtel, et une femme en descendait. Il reconnut la duchesse d'Etampes. La duchesse était seule; elle avait laissé la jeune dauphine au Louvre.

— Messire, dit-elle à M. de Saint-André, d'un ton léger qui dissimulait mal les préoccupations qui l'agitaient, madame Catherine et moi sommes venues à Paris, elle pour y voir sa chère Maria que vous lui avez enlevée, moi... pour vous voir.

— Moi! fit le marquis en tressaillant.

— Donnez-moi la main et conduisez-moi en un lieu où nul ne puisse nous entendre.

Le ton de mystère de la duchesse alarmait déjà l'heureux époux.

— Rassurez-vous, lui dit-elle tout bas, aucun malheur ne menace la dauphine, si ce n'en est un pourtant... elle va être reine.

Le marquis recula brusquement.

— Hélas! murmura madame d'Etampes, le roi est au plus mal... il revient au Louvre ce soir, et jamais il ne retournera à Rambouillet.

L'accent léger de la duchesse avait fait place à une grave et profonde émotion, et le marquis, en l'entraînant dans le jardin, sentit sa main trembler sur son bras.

— Nous sommes seuls ici, madame, lui dit-il enfin, et vous pouvez me confier sans crainte le motif de votre visite.

— N'aviez-vous pas suivi votre femme et par conséquent la dauphine à Milan, quelques jours avant son mariage?

— Oui, madame.

— A Milan vous eûtes un duel?

— Hélas! non, madame; je ne me suis point battu.

— Mais, fit la duchesse, vous deviez vous battre, puisqu'un jeune homme se présenta de votre part devant madame Catherine, qu'il prit, grâce à son déguisement, pour la signorina Maria.

— C'est parfaitement vrai. Et ce jeune homme est celui-là même qui, me devançant au rendez-vous, tira l'épée pour moi et fut grièvement blessé.

— Mon Dieu! fit la duchesse avec effroi.

— Pendant trois mois, continua le marquis, ce noble ami fut entre la vie et la mort; cependant, aujourd'hui, il est sain et sauf.

Madame d'Etampes respira.

— C'était donc un de vos amis? demanda-t-elle.

— Un ami de la veille, madame.

— Rien en lui ne vous a-t-il frappé?

Le marquis hésita et regarda la duchesse avec défiance.

— Parlez, dit-elle avec une émotion croissante; au nom de madame Catherine qui m'envoie, je vous en supplie!

— Eh bien! madame, il ressemblait à s'y méprendre à monseigneur le dauphin.

— Ah! exclama la duchesse, elle m'a donc dit vrai? Et... ce jeune homme... quel était-il?

— Un ouvrier armurier de Milan.

Un cri d'angoisse, où le doute se trahissait tenace et poignant, s'échappa de la poitrine de madame d'Etampes.

— C'était un enfant trouvé, continua le marquis; le maître d'armes Guasta-Carne l'avait recueilli à l'âge de trois ou quatre ans, et l'avait élevé comme son fils.

La duchesse poussa un nouveau cri, et cette fois l'espoir s'y peignit.

— Mais, continua M. de Saint-André, malgré l'humble condition où le hasard l'a jeté, Raphaël...

— Raphaël! exclama la duchesse; il se nomme Raphaël!

— Oui, madame.

— C'est mon fils, murmura-t-elle tout bas, se trahissant une fois encore.

A son tour le marquis laissa échapper une exclamation de surprise.

— Le fils du roi, acheva la duchesse.

Et puis elle reprit avec véhémence :

— Oh! vous êtes son ami, n'est-ce pas? Il s'est battu pour vous, il a joué sa vie... Vous devez l'aimer... Eh bien! le roi touche à sa dernière heure; il m'a parlé de lui; il mourrait heureux s'il le pouvait voir et le bénir... Partez, monsieur, sautez en selle et courez à Milan; crevez vingt chevaux s'il le faut, mais ramenez-moi Raphaël, mon fils!

— Madame, répondit le marquis, cette peine est inutile, Raphaël sera ici dans une heure.

— Que dites-vous? s'écria la duchesse, pâle de joie et de subite émotion.

Pour toute réponse, le marquis tendit à madame d'Etampes la lettre de l'armurier qu'avait apporté Giuseppe. Elle la parcourut rapidement; le bonheur éclata dans ses yeux pendant quelques secondes; tout à coup son front se plissa, comme si une réflexion subite, une de ces pensées profondes où se révèlent l'astuce et la prudente sagesse des femmes, eût traversé son cerveau; et elle dit froidement à M. de Saint-André :

— Marquis, puis-je compter sur vous?

— Oui, madame, après l'aveu que vous venez de me faire. Car j'aime Raphaël ainsi qu'on aime l'homme à qui l'on doit tout, — son bonheur et sa vie, et puisque vous êtes sa mère...

— Marquis, reprit-elle, le hasard a quelquefois des caprices si étranges, il se plaît à de bizarres rapprochements, qu'il se pourrait fort bien que ce jeune homme et l'enfant dont je pleure la perte n'eussent rien de commun entre eux.

— Ah! fit le marquis.

— Dans ce cas, songez combien serait cruelle une déception et pour moi et pour lui...

— Faudra-t-il donc que je me taise?

— Au moins jusque-là.

M. de Saint-André interrogea la duchesse du regard.

— Ecoutez, dit-elle. L'enfant que le roi et moi nous pleurons est né à Paris, dans une petite maison qui fut longtemps le rendez-vous mystérieux de nos amours. Il y a vécu jusqu'à l'âge de trois ans. Je ne sais ce qui me dit que là, seulement, je pourrai avoir la preuve que je cherche. Je vais donc vous y attendre ce soir, vous y viendrez avec lui.

La duchesse se pencha alors à l'oreille du marquis et lui murmura quelques mots à voix basse, car ils se trouvaient en présence de Maria et de Giuseppe qui venaient à sa rencontre, et la saluèrent.

— Chère belle, dit-elle à la jeune marquise, madame Catherine me mande vers vous avec mission d'ambassadeur. Votre absence la fait cruellement souffrir, et elle est venue au Louvre tout exprès pour se rapprocher de vous. Je vais vous emmener dans ma litière.

En prononçant ces derniers mots, madame d'Etampes se tourna vers le marquis et lui dit en souriant :

— Rassurez-vous, cher sire, je vous la rendrai demain.

Les deux époux échangèrent un regard triste et passionné. N'était-ce point le premier anneau de leur chaîne de bonheur qui se brisait?

— Et maintenant venez, acheva la duchesse en prenant la main de Maria; venez, la dauphine vous attend.

Puis se penchant de nouveau à l'oreille du marquis :

— A ce soir, n'est-ce pas?

Saint-André s'inclina et la conduisit jusqu'à sa litière où la jeune femme monta auprès d'elle.

— Marquis, murmura encore la duchesse, je vais que ses porteurs se mettaient en marche, dites-moi donc, à moi sa mère, quelle est cette femme qu'il aime si passionnément... n'est-ce pas...

— Ah! fit le marquis en tressaillant, n'avez-vous donc pas deviné?

— Oui, répondit-elle d'un air pensif.

Et elle ajouta mentalement :

— Je crois que cet amour me servira! je le crois fermement...

M. de Saint-André demeura seul avec Giuseppe, et, pour la première fois, son isolement lui parut affreux.

Avec sa jeune femme son bonheur s'était envolé.

En vain le joyeux Napolitain essaya-t-il de chasser avec sa bonne humeur et sa verve intarissable le nuage de sombre tristesse répandu sur son front... Le marquis demeura pensif, le sourcil froncé, et ce ne fut que deux heures après, lorsque le pas d'un cheval s'arrêta au pont-levis de l'hôtel, qu'il secoua sa prostration et laissa échapper une exclamation de joie en courant à la rencontre de Raphaël. C'était bien lui en effet.

— Ah! cher ami, s'écria-t-il en sautant à terre et jetant la bride aux mains d'un valet, pour courir les bras tendus au marquis, cher, bien cher ami, quel bonheur de vous revoir!... Ah! ne me grondez point, ne m'en veuillez pas... pardonnez-moi mon imprudence... Si vous saviez quel vent fatal m'a poussé... Aussi je viens à vous, à vous mon ami, mon conseil, mon guide; je viens vous ouvrir mon cœur, vous confier mon ambition et mon espérance.

Le marquis attacha sur Raphaël un regard où son amitié parlait éloquemment.

— Frère, lui dit-il, car je puis bien te donner ce nom, à toi qui m'as fait si heureux au péril de tes jours; frère, ta douleur est devenue ma douleur, ton ambition la mienne, ton rêve le but ardent auquel j'essaierai d'atteindre pour toi. Oui, tu avais raison, Raphaël, quand tu me disais : « Je dois être, je suis gentilhomme! »

— Ah! exclama Raphaël, sais-tu donc quelque chose de ma naissance, ami?

— Oui et non.

— Encore un mystère?

— Oui maintenant, non dans une heure.

— Que veux-tu dire?

— Ceci: moi je ne puis rien te révéler, mais il est une personne... Raphaël tressaillit et porta la main sur son cœur :

— Ah! dit-il, son nom, frère, son nom?

— Je ne puis. Mais viens avec moi et tu sauras tout.

Le marquis prit son épée et son manteau, et Raphaël l'imita.

— Emmenons-nous Giuseppe? demanda-t-il.

— Oui, répondit le marquis. Je ne sais qui me dit qu'il nous sera utile.

La marquise avait suivi madame d'Etampes. L'hôtel, quand M. de Saint-André et ses deux compagnons l'eurent quitté, ne renferma donc plus que le vieux Caleb et les autres serviteurs.

Le marquis fit prendre à Raphaël une petite ruelle sombre et tortueuse, démolie aujourd'hui, qui longeait le bord de l'eau par un côté et touchait de l'autre au pays latin. Cette ruelle, fort longue, conduisait à ce qu'on appela depuis la place Saint-André-des-Arts.

Au bout de cet étroit chemin, les trois cavaliers trouvèrent une rue plus large, puis une autre, et encore une autre, et ils finirent par déboucher par le carrefour Buci, ainsi appelé parce que les comtes d'Amboise-Bussi y avaient leur hôtel.

Or, tout à côté de cette demeure, se trouvait une petite maison d'apparence modeste, bien qu'elle eût une mine plus opulente que celles qui formaient les trois côtes du carrefour. Deux petits pignons sur rue et un écusson dont les couleurs étaient mal taillées témoignaient seuls qu'elle appartenait à des nobles.

Le marquis sonna à une poterne percée auprès de la grand'-porte, et elle s'ouvrit sur-le-champ.

Les trois visiteurs, pénétrant alors dans la maison, se trouvèrent dans un petit vestibule, éclairé par une seule lampe suspendue à la voûte, et qui ne jetait sur les objets environnants qu'une clarté indécise; puis la poterne se referma sans bruit et toute seule.

Aucun valet ne se montra.

Le marquis indiqua à Giuseppe une banquette recouverte en velours noir frangé de rouge, et lui fit signe de s'y asseoir et d'attendre.

— Viens, dit-il ensuite à Raphaël tout rêveur.

— C'est singulier! murmurait le jeune armurier; j'ai vu quelque part, je ne sais où, une salle toute semblable.

M. de Saint-André lui fit gravir un large escalier dallé de marbre et emprisonné dans la cage ouvragée d'une de ces rampes de fer que les serruriers du seizième siècle découpaient en si merveilleux contours; puis, arrivé au premier étage, il poussa une porte qui s'ouvrit sans résistance, et introduisit son ami dans un grand salon aussi peu éclairé que le vestibule.

Là, il y avait un valet, un petit négrillon vêtu de rouge, et dont les oreilles, selon la mode du temps, supportaient d'énormes anneaux d'argent massif, tandis que d'autres anneaux beaucoup plus grands encore enserraient ses poignets en forme de bracelets. C'était le signe de sa servitude.

Le négrillon s'inclina devant les deux cavaliers, et parut attendre leurs ordres.

— Conduis ce gentilhomme! lui dit le marquis en désignant Raphaël.

Et comme Giuseppe s'était assis dans le vestibule, le marquis se jeta sur un escabeau à clous d'or, et demeura dans le salon.

— Allez, dit-il à Raphaël, allez, et bon courage! car vous allez peut-être apprendre d'étranges choses.

Raphaël suivit le nègre.

Son cœur battait à rompre, car il lui semblait que mille souvenirs confus lui montaient au cerveau, et essayaient de soulever le voile qui pesait sur sa mémoire et lui dérobait ses premières années. Et, en même temps, une sueur glacée perlait à son front d'une pâleur marmoréenne, et sa main qu'il avait campée sur sa hanche, étreignait convulsivement la poignée ciselée de sa dague, car il ne portait point d'épée.

Le négrillon lui fit traverser plusieurs pièces dans lesquelles la lune filtrant au travers des croisées ogivales jetait seule un rayon de clarté; puis, tout à coup, il souleva la lourde draperie qui recouvrait une porte d'un seul battant, et frappa deux coups discrets :

— Entrez! dit une voix de femme.

Le nègre poussa la porte, et un flot de lumière vint éblouir Raphaël qui se trouva introduit dans une sorte d'oratoire d'où s'échappaient ces parfums délicats, ces tièdes et odorantes émanations qui trahissent si bien la présence d'une femme.

Puis la porte se referma derrière lui, et l'armurier se trouva seul devant une femme qui lui parut belle en dépit de quelques filets argentés parsemés dans sa noire chevelure.

Cette femme était debout devant la cheminée dont le manteau supportait deux lourds candélabres d'origine italienne.

Elle était vêtue de noir et son regard était triste.

A la vue de Raphaël elle réprima un cri et un geste d'étonnement, geste et cri que lui arrachait sans doute cette ressemblance étrange qu'il avait avec le dauphin. Mais Raphaël était lui-même si profondément ému qu'il ne surprit ni le geste ni le cri.

Il tenait les yeux baissés, ainsi qu'un criminel prêt à entendre son arrêt de mort.

— Approchez, messire, lui dit-elle avec bonté, et dites-moi pourquoi et comment vous êtes ici?

La duchesse d'Etampes, car c'était elle, on le devine, avait déjà eu le temps de se maîtriser complétement. La mère avait disparu : restait la femme!

Raphaël fit un pas, puis il s'arrêta, leva les yeux et regarda encore son interlocutrice; mais cette fois il ne tremblait plus, il n'hésitait plus, et il rejeta sa tête en arrière comme un homme qui a reconquis tout son sang-froid, toute sa présence d'esprit, tout son courage.

— Madame, dit-il gravement, continuant à attacher un tenace regard sur cette femme qu'il croyait voir pour la première fois, je suis arrivé à Paris il y a une heure; je suis descendu chez un gentilhomme de mes amis, le marquis de Saint-André.

— Je le connais, dit froidement la duchesse redevenue complétement maîtresse d'elle-même.

— Je viens de Milan, continua Raphaël, de Milan où j'ai été élevé par un maître d'armes, le trempeur Guasta-Carne.

— Vous êtes Milanais? demanda-t-elle l'examinant à son tour, et luttant intérieurement avec ce sentiment maternel si profond et si éloquent qu'il commande aux natures les plus sceptiques et les plus égoïstes.

— Non, madame, je suis un enfant abandonné, sans nom et sans parents, n'ayant d'autre moyen de retrouver la mère qui m'a donné le jour qu'une chemisette de lin où des armes, les siennes sans doute, se trouvent brodées.

— Ah!

Et malgré l'émotion violente qui l'agitait intérieurement, la duchesse demeura calme en apparence.

— Le marquis m'a conduit ici, poursuivit Raphaël, en me disant

Giuseppe présenté par Caleb. (Page 13.)

que peut-être vous... pourriez... m'apprendre de grandes choses...

Madame d'Etampes était pensive. Une lutte violente s'élevait en elle.

Peut-être doutait-elle encore... Peut-être quelque hardi projet combattait-il encore l'instinct maternel.

— Ainsi, dit-elle, après un silence pendant lequel Raphaël s'était repris à trembler ; ainsi vous ignorez le lieu de votre naissance ?

— Hélas !

— Le nom de votre mère ?

— Oui.

— Et... cette chemisette ? ces armes ?

Raphaël tressaillit en se souvenant qu'il avait laissé chez le marquis le précieux signe de reconnaissance , soigneusement enveloppé dans sa modeste valise, mais en même temps aussi ses regards, quittant le visage de madame d'Etampes, allèrent s'égarer dans un angle de l'oratoire, et y découvrirent un petit berceau de vieux chêne sculpté, véritable chef-d'œuvre de cette époque artistique, abrité de rideaux blancs, et dont le chevet faisait face à la cheminée sur laquelle flambaient les deux candélabres.

Raphaël se dirigea sans mot dire vers ce berceau ; puis, de cette place, il regarda attentivement la duchesse, inquiète de ce long examen.

Ensuite il alla à elle, la prit par la main, et toujours silencieux, il la fit asseoir dans un grand fauteuil placé auprès du berceau.

Puis enfin il s'écria :

— Maintenant, voici le passé qui revient, le voile qui couvrait mes souvenirs se déchire... Vous êtes ma mère !

III. — Cœur de mère. — Astuce de femme.

Un cri où l'accent maternel parlait plus haut que la politique astucieuse de la femme, échappa à la duchesse. Elle voulut se lever et courir à Raphaël ; mais une impérieuse émotion la cloua dans ce fauteuil où il l'avait fait asseoir, et elle demeura sans voix, sans haleine, le regardant fixement et s'enivrant avec une âcre volupté de son trouble, de son angoisse et de cette pâleur qui couvrait le front du jeune homme.

Raphaël alla vers elle et s'agenouilla, puis il prit sa main dans les siennes, la porta respectueusement à ses lèvres et continua avec véhémence :

— Oh ! oui, bien que vous soyez si belle et si jeune encore qu'on vous prendrait à peine pour ma sœur aînée... oui, vous êtes ma mère... C'est bien vous que je vis un soir, comme je vous vois aujourd'hui, assise dans ce fauteuil, comme aujourd'hui, vêtue de noir, et pleurant. Pourquoi ces pleurs ? Alliez-vous donc vous séparer de moi ? Ou bien mon père...

Raphaël s'arrêta à ce mot ; une indicible émotion étreignait sa gorge, et il regardait toujours la duchesse frissonnante et si pâle qu'on eût dit une statue.

Enfin, cette dernière lutte qui s'était élevée chez elle entre la femme dont l'orgueil était si cruellement froissé par l'âge de son fils, et la mère dont le cœur s'éveillait après un long sommeil en écoutant bruire, harmonieuse et emplie d'enivrantes et mystérieuses tendresses, la voix de son enfant, — cette lutte cessa : la femme fut vaincue, et la mère, ouvrant les bras, enlaça son enfant et couvrit de baisers sa belle tête brunie au soleil italien.

— Oui, murmura-t-elle, oui, je te reconnais... oui, tu es mon fils, mon Raphaël pleuré si longtemps et si longtemps perdu... Ah ! si tu n'avais point reconnu cette pièce où s'écoula ta première enfance, ce berceau sur lequel je me penchai tant de fois haletante et le cœur plein d'alarmes ; si tu n'avais point reconnu ta mère... eh bien ! dans ta voix d'homme elle eût démêlé les bégaiements naïfs de l'enfant, cherchant à épeler son nom... Oui, tu es mon enfant, Raphaël ; l'enfant de mes entrailles et de mon cœur. C'est toi que des bandits masqués m'arrachèrent un soir, dans une gorge des Apennins... toi que j'ai cru mort si longtemps, et que je retrouve vivant, jeune et fort,

— Voilà ton père ! — d.t la duchesse à Raphaël. (Page 18.)

Et s'animant par degrés au contact de ce sentiment maternel si plein d'exaltation sublime, elle se leva et poursuivit en regardant son fils avec enthousiasme :

— Car vous êtes beau, messire, car vous êtes un jeune et brillant cavalier... car dans vos yeux étincelle un fier regard, tandis que votre main vaillante repose hardie et ferme sur la garde de votre dague.

Et comme une expression de subite tristesse se répandait sur le front du jeune homme, elle se souvint tout à coup de cet ardent amour qui le possédait et l'avait amené à Paris...

Alors elle le prit par la main, l'entraîna sur un lit de repos, le fit asseoir auprès d'elle, et lui mettant au front un nouveau baiser :

— Mais, cher enfant, murmura-t-elle, puisque je t'ai retrouvé, puisque je suis ta mère, auras-tu donc un secret pour moi? Et ne me diras-tu point, ô mon fils, pourquoi ce voile de mélancolie sombre s'étend sur ton regard et pâlit ton beau visage?... Pourquoi!... Ah! tu frémis et tu trembles, tu détournes les yeux... Raphaël, mon Raphaël bien-aimé, parle, je t'en supplie... Ne suis-je donc pas ta mère?

Raphaël gardait un silence farouche; une larme brilla dans son œil...

Alors la duchesse devint caressante et séductrice comme une jeune femme auprès de l'homme qu'elle aime; elle s'agenouilla presque devant son fils, prit dans ses petites mains blanches la main nerveuse et brune de l'armurier, et murmura d'une voix suppliante :

— Parle, enfant; parle, je t'en prie...

— Eh bien! ma mère, dit-il avec une énergie subite, j'aime...

— Ah! fit-elle soulagée.

— J'aime, poursuivit Raphaël, et l'objet de mon amour est placé si haut... si haut, que j'ai le vertige en y levant mes yeux; si haut, qu'à moins d'être fils de roi...

La duchesse tressaillit, et, pour cacher son trouble, elle baisa de nouveau la tête brune de son fils.

Une dernière lutte s'élevait entre la mère et la femme. La femme devait-elle livrer un dernier secret?..,

— Mais, s'écria tout à coup Raphaël, vous, si belle, si noble, si majestueuse, vous, ma mère, dont le front est si pur qu'on dirait qu'il attend une couronne, qui donc êtes-vous? quel nom allez-vous me donner? Oh! dites-moi que je suis gentilhomme...

— Tu l'es, dit-elle tout bas.

— Votre nom? interrogea-t-il avec angoisse.

Elle baissa la tête et répondit d'une voix inintelligible :

— On me nomme la duchesse d'Etampes.

Pour la première fois peut-être, cette femme rougissait de son nom, courbait le front devant son infamie...

N'était-elle point devant son fils?

— La duchesse d'Etampes! exclama Raphaël qui se leva vivement et fit un pas en arrière; la maîtresse du roi de France!

Un cri étouffé jaillit de la poitrine de la duchesse, tandis qu'une larme brûlante coulait sur sa joue; et puis, elle se précipita vers son fils, les mains suppliantes et murmurant avec angoisse :

— Oh! ne me maudis pas, enfant; par pitié, ne me maudis pas! Ecoute-moi plutôt, écoute-moi... Laisse-moi te dire combien elle est à plaindre, cette femme, cette enfant de quinze ans qu'on marie contre son gré à un vieillard stupide et farouche, — tyran sans pitié et sans cœur, bourreau sans entrailles qui égorge sa victime lentement, minute après minute, heure après heure... Et combien elle est excusable, cette femme, lorsqu'un jour où les yeux rougis par les larmes, elle est forcée de suivre son maître à une fête de la cour, elle voit lui sourire, elle entend lui parler à l'oreille et tout bas, un homme vaillant et beau, un héros dont la victoire a bercé l'étincelante jeunesse, un homme qui a nom François de Valois, que Bayard appela son filleul, devant lequel Charles-Quint a tremblé, et que le monde admire en s'inclinant, frémissant d'amour et d'enthousiasme. Ah! ne la maudis pas, cette femme qui t'a porté dans ses flancs, cette mère qui s'agenouille et rougit devant son fils...

2

Et elle s'agenouilla aux pieds de Raphaël, qui jeta un cri et la releva vivement, l'enlaçant de ses bras :

— Mais, s'écria-t-il enfin, la voix tremblante d'émotion et d'effroi, de ces deux hommes, de celui dont vous portez le nom ou de celui qu'enveloppa votre amour, qui donc...

Il s'arrêta frémissant...

La duchesse l'entraîna vers la cheminée à côté de laquelle se trouvait le portrait en pied d'un gentilhomme.

Il était jeune et beau; l'orgueil majestueux des Valois éclatait sur son front; des fleurs de lys d'or étoilaient sa cuirasse; au pommeau de son épée brillait ce diamant fabuleux qu'un paysan suisse trouva sur le champ de bataille de Morat et qui avait orné la garde de celle du vaillant duc de Bourgogne, Charles le Téméraire.

Enfin, le peintre avait représenté le héros debout, la main appuyée sur l'affût d'un canon que recouvrait à moitié un manteau fleurdelysé. C'était le lit de camp sur lequel il avait attendu l'aurore de Marignan.

— Voilà ton père! dit la duchesse à Raphaël ébloui et frissonnant.

— Ah! exclama-t-il enfin avec une joie fébrile, songes agités de mes nuits, rêveries sombres et sauvages de mes journées solitaires, vous ne m'aviez donc pas trompé?... Je suis donc un fils de roi!...

Et, s'exaltant tout à coup :

— Je puis donc l'aimer cette femme, assise sur les marches d'un trône; je pourrai donc lui dire, à cette reine future...

Un cri sourd s'échappa de sa poitrine; il s'interrompit brusquement et murmura avec rage :

— Insensé! n'est-elle point à un autre? et ne suis-je point le bâtard, moi!...

Un silence farouche et sombre succéda tout à coup à cette fièvre de paroles ardentes. Il oublia sa noble origine, son espoir et jusqu'à sa mère...

Il songeait à Catherine...

A Catherine de Médicis, la femme du vrai fils de France, à Catherine perdue pour lui à jamais...

Et la duchesse l'avait écouté; elle avait tour à tour tremblé, pâli, frissonné... Et puis, soudain, le trouble de son cœur, l'angoisse de cette âme de mère que brise la douleur du fils, tout cela s'était évanoui comme s'évanouissent au réveil les rides du front qu'un rêve pénible avait assombri...

Une de ces lueurs étranges, une de ces pensées infernales comme le cœur et le cerveau des femmes en peuvent seuls engendrer, venait de traverser l'esprit machiavélique de la duchesse.

La mère était vaincue enfin, — restait la femme!

Cette femme égoïste et blasée, cette sirène au front si jeune, au cœur vicieux, *cette ourdisseuse* d'intrigues si habilement nouées, cette courtisane rompue aux plus mystérieux ressorts de la politique infernale... la duchesse d'Etampes enfin!

Dix secondes lui avaient suffi pour échafauder tout le plan d'une vaste et terrible intrigue, toute la tactique d'une partie suprême que son astre pâlissant allait jouer contre la destinée...

Et le sourire du triomphe passa soudain sur ses lèvres, et elle regarda Raphaël avec cet orgueil sans rival d'une mère qui rêve un trône pour son fils!

La mère reparaissait de nouveau dans la femme; mais ce n'était plus la mère anxieuse et frémissante, c'était la mère implacable et froide, la mère altière et sans cœur qui allait faire de son fils l'instrument et peut-être le marchepied de son ambition.

Et comme Raphaël s'apercevait enfin de ce calme subit, elle lui prit la main de nouveau et lui dit :

— Tu l'aimes donc bien?

— J'aurais conquis le monde pour un de ses regards.

— Eh bien! murmura-t-elle, qui te dit que ce regard ne tombera jamais sur toi?

— Et lui! Lui, cet homme que le hasard a fait mon frère... Lui que je hais comme la brume qui rampe sur le sol hait le soleil qui monte radieux dans l'éther, — lui! qui recueillera le dernier soupir, le dernier baiser de mon père, parce qu'il est l'enfant du grand jour, alors que je suis le fruit de l'ombre et du mystère... lui! qui lui a offert un trône, quand moi je n'avais pas même un nom et une épée de gentilhomme à mettre à ses pieds... n'est-il point le mur de bronze et d'airain qui s'élèvera éternellement entre elle et moi?...

Raphaël tourmenta à ces mots le manche de sa dague dans sa main crispée.

— Crois-tu donc qu'elle l'aime?

— Qu'importe! n'est-elle point à lui pour toujours?

— Enfant, enfant... dit tout bas la duchesse d'une voix caressante, si tu savais combien elle a déjà souffert... combien de larmes elle a versées... Ah! cœur simple et naïf qui crois que la beauté et la jeunesse qui rayonnent doivent irrésistiblement séduire, — qui t'imagines que parce qu'elle t'a paru belle et noble entre toutes, elle doit être aimée de son époux! — tu ne sais donc pas qu'elle est abandonnée et seule en cette cour brillante; que ses ennemis sont tous ceux qui s'inclinent devant le règne prochain d'une rivale éhontée, et que les adorateurs des astres qui se lèvent sont plus nombreux que les grains de sable que l'Océan roule à la grève... Tu ne sais donc pas que moi,

ta mère, je suis la seule amie, l'unique confidente de cette pauvre reine future que son époux délaisse pour la vieille Diane de Poitiers; que j'ai essuyé les pleurs de ses yeux, consolé les plaies de son âme, et qu'elle m'a avoué son amour?...

— Son amour! son amour, dites-vous?

— Oui, elle aime...

— Et qui donc aime-t-elle? exclama-t-il, tandis qu'une fureur subite étincelait dans ses yeux.

— Toi, répondit simplement la duchesse.

Si la foudre du ciel eût atteint Raphaël, si la balle d'un mousquet ou la lame triangulaire d'une épée forgée par Guasta-Carne, son vieux maître, l'eussent atteint en pleine poitrine, il eût moins chancelé, moins tournoyé sur lui-même; — il eût poussé, en s'affaissant, un cri moins strident et moins douloureux, car la douleur et la joie sont sœurs.

La duchesse le soutint dans ses bras; elle le ranima par ses caresses; elle lui murmura les plus tendres paroles qu'une mère ait jamais trouvées au fond de son cœur pour ranimer son enfant près de mourir.

Et lorsqu'il eut repris ses sens et reconquis un peu de raison, lorsqu'il eut résisté à cette foudroyante révélation du bonheur, elle lui parla de Catherine, dépeignant avec enthousiasme l'amour de la jeune princesse, son trouble, ses terreurs, ses angoisses...

Puis, lorsqu'elle eut fini, — tandis que Raphaël fasciné écoutait encore, elle s'écria tout à coup, changeant de ton et d'attitude, et laissant glisser sur ses lèvres un soupir d'amère indignation :

— Elle t'aime, n'est-ce pas? à toi seul appartient son cœur, son amour, sa vie... comme le cœur et l'amour de ton père t'appartiennent?... Eh bien! dans quelques jours, dans quelques heures, cet amour elle ne pourra plus te l'avouer; entre elle et toi, il y aura non-seulement un homme, son époux, mais encore toute une cour hostile, envieuse, acharnée à sa perte, — une cour qui a juré ma mort, une cour qui s'est promis ma ruine... Dans quelques heures, le roi ton père, ce grand François de Valois, dont la dernière pensée sera pour toi, aura cédé la place à Henri II, ton ennemi bien plus que ton frère... Et Henri II chassera la duchesse d'Etampes ta mère; il reléguera en un château éloigné Catherine qu'il n'aime pas; — il humiliera la jeune reine de son dédain et la courbera aux pieds de Diane la favorite... Il traitera d'aventurier misérable Raphaël l'armurier, l'enfant trouvé, le vagabond sans nom et sans patrie, — Raphaël le fils de François de Valois, celui qu'il préférait dans le mystère de son cœur et l'isolement de son âme... Voilà, mon fils, voilà, mon enfant, notre destinée à tous trois : à moi, à Catherine, à toi, le bien-aimé de François de Valois.

— Oh! fit Raphaël dont l'œil étincela, taisez-vous donc, ma mère, ou je me tue sur l'heure!

— Eh bien! reprit la duchesse, si Dieu l'eût voulu, si la destinée eût été juste, — ce n'est point Henri de Valois, le fils maudit, le cœur sec, l'amant éhonté de Diane, qui régnerait en maître sur Catherine, qui monterait, l'orgueil au front, sur le trône devant lequel la France et l'univers s'inclineraient fascinés... Ce serait toi! Toi, en les veines de qui coule le noble sang de Valois, toi que ton père mourant bénirait; toi que Catherine aime... toi, mon orgueil, mon espoir, mon triomphe; car j'ai vu couler une larme de joie de mon royal amant, lorsqu'il courbait son noble front où l'amour paternel éclatait sur ton berceau d'enfant...

— Dieu ne l'a point voulu, répondit Raphaël en baissant la tête... Et cependant, ajouta-t-il tandis qu'un éclair jaillissait de ses yeux, cependant j'avais un cœur et une bravoure de roi... Oh! que je hais cet homme! cet homme qui me vole les derniers embrassements de mon père, et l'amour de Catherine, et le nom qu'après tout j'aurais bien le droit de porter, puisque je suis du sang des Valois!

La duchesse poussa un cri de joie :

— Ah! dit-elle, tu le hais donc! Et si Dieu faisait un miracle, si tout à coup tu te trouvais en son lieu et place, si Raphaël, l'armurier, devenait tout à coup Henri II de Valois, et se trouvait au bas des marches de ce trône vide et attendant un maître nouveau; — s'il entendait Catherine l'appeler son époux, — les gentilshommes et le peuple de France le saluer du nom de roi...

— Taisez-vous, ma mère, taisez-vous! exclama Raphaël saisi de vertige; vous êtes folle! vous allez tuer votre enfant!

Pour toute réponse, madame d'Etampes se dirigea vers un bahut qu'elle ouvrit; elle en retira un médaillon qu'elle tendit à Raphaël.

Et Raphaël recula épouvanté.

Il croyait voir sa propre image!

— Voilà le portrait du dauphin Henri de Valois, l'heureux époux de Catherine de Médicis, le successeur du roi François Ier, lui dit-elle.

IV. — Où le marquis de Saint-André apprend le nom du meurtrier de son père.

Raphaël, stupéfait, regarda sa mère de l'air d'un homme qui cherche la clef d'une énigme.

— Comprends-tu? dit enfin la duchesse.

— Non, répliqua l'armurier, qui croyait faire un rêve.

— Eh bien ! écoute...

Elle le fit asseoir de nouveau sur le lit de repos, et continua lentement :

— Tu ressembles au dauphin comme la goutte d'eau ressemble à la goutte qui lui succède. Il a cependant quatre années de plus que toi, — mais le soleil du Midi a bruni ton visage et creusé sur ton front de légers plis qui accusent plus d'années que tu n'en as encore. Si on vous voyait, toi et le dauphin, à côté l'un de l'autre, vêtus pareillement, portant au côté même rapière, — les courtisans, les familiers du roi, ceux qui voient Henri de Valois depuis son enfance, ne sauraient dire lequel des deux mérite ce nom.

— Eh bien ! demanda Raphaël avec inquiétude

— Ne comprends-tu donc point encore ?

— Non, dit-il en tressaillant.

— Si le dauphin mourait...

Raphaël se leva brusquement et regarda sa mère avec stupeur.

— Si la balle d'un mousquet, si la lame d'un poignard, continua-t-elle froidement, en délivraient le monde sans bruit, que nul ne sût et ne pût savoir que Henri de Valois est mort...

L'armurier frissonnait en écoutant la duchesse dont la voix était calme et dont le visage ne trahissait aucune émotion.

Il la regardait ainsi que l'oiseau fasciné doit regarder le serpent qui le pipe et l'attire à lui, — et il ne comprenait point encore...

— Tu ne comprends donc pas, reprit-elle, que nul ne saurait ne pourrait dire que Henri de Valois est mort, si on ne voyait en son lieu et place... si, oubliant que tu te nommes Raphaël, tu consentais à devenir Henri de Valois pour toujours ?

— Mais Henri de Valois n'est point mort ! s'écria Raphaël.

— Il peut mourir. Qui te dit qu'à cette heure où les haines civiles se partagent le royaume, où les branches cadettes de la royale maison des Capétiens contemplent avec envie le chemin du trône, nul ne songe à détruire par le fer, le feu ou le poison, la lignée des Valois d'Angoulême ?

— Ma mère !

— Et qu'il serait le bienvenu l'homme qui, comme toi, remplacerait sur le trône ce prince qui compte si peu d'amis, ce dédaigneux époux de la belle Catherine, cet amant sans pudeur de la vieille et criminelle Diane de Poitiers.

Raphaël tremblait de tous ses membres et se taisait.

— Ah ! tu n'as point vu comme moi le roi, ton père, verser une larme à ton souvenir ; tu ne l'as point entendu murmurer tout bas : Celui-là est le vrai fils de mon cœur... Et penses-tu donc qu'on ne se puisse affranchir de vains préjugés, lorsqu'il est besoin d'hériter de son père ?

— Un crime ! balbutia l'armurier, dont la conscience se révoltait.

— Qu'importe ! si tu ne le commets point toi-même.

— Mais j'en serais le complice ! Oh ! non, jamais ! jamais ! exclama Raphaël dont les cheveux se hérissaient.

— Alors, dit froidement la duchesse, il faut oublier Catherine ; il faut fuir, enfant ; emmener ta mère en quelque retraite ignorée... Il faut...

— Oh ! répondit le jeune homme en attachant un ardent regard sur madame d'Etampes ; dites-moi maintenant que vous n'êtes pas ma mère, car ce que vous me proposez est infâme !

Et Raphaël se redressa, superbe, hautain, dédaigneux, ainsi qu'il convient à un honnête homme que le crime a voulu tenter.

A son tour, la duchesse frissonna et recula devant cet œil impérieux où le reproche se traduisait amer et plein de hauteur ; — une fois de plus, elle eut honte d'elle-même en présence de son fils, et elle se jeta à ses genoux en demandant grâce :

— Ah ! murmura-t-elle d'une voix brisée, pardonne-moi, enfant, pardonne à une mère d'avoir rêvé le pouvoir, le bonheur, le triomphe pour son fils... Si j'ai été coupable, n'est-ce pas par amour maternel ? Si je hais cet homme et si j'ai rêvé sa mort un instant, n'est-ce point parce qu'il est le fruit d'un autre amour, le fils d'une rivale ?... Grâce ! mon enfant, grâce pour ta mère !

Elle s'exprimait d'une voix brisée et entrecoupée de sanglots ; son regard était suppliant et elle joignait les mains ainsi qu'une victime implorant la pitié de ses bourreaux.

L'indignation de Raphaël fut vaincue, il comprit jusqu'à quel point une mère qui a rêvé le bonheur et l'élévation de son fils est excusable dans ses projets les plus follement criminels ; et il la releva, la prit dans ses bras et la couvrit de baisers.

— Pauvre mère ! murmura-t-il.

Et puis il s'agenouilla à son tour devant elle et lui dit :

— Non, votre fils ne sera pas malheureux et proscrit, ô ma mère ! non, on ne le chassera point comme un vagabond, car il partira de lui-même et ne paraîtra point à cette cour de France où on le traiterait de bâtard et d'aventurier... Il partira, et vous le suivrez... En quel lieu du monde une mère serait-elle plus heureuse qu'auprès de son enfant ? Vous viendrez avec moi, ma mère ; je vous emmènerai sous le ciel bleu de cette tiède Italie qui fut ma patrie d'adoption, et nous y vivrons les mains enlacées, nous résignant et priant Dieu de nous donner des jours meilleurs...

La voix de Raphaël était caressante et suave ; — elle eût profondément touché et remué tout autre cœur que celui de la duchesse...

Quelle mère n'eût pressé son fils avec joie sur son sein et ne lui eût répondu :

— Partons.

Mais madame d'Etampes n'était plus mère ; elle était redevenue la femme politique égoïste et sans cœur, — et si elle s'était émue un instant de l'indignation de son fils, si elle avait tremblé devant sa colère, — cette colère évanouie et faisant place à la prière et aux paroles d'amour filial que lui murmurait Raphaël, — elle n'avait point tardé à reconquérir tout son sang-froid, toute son infernale présence d'esprit et à les mettre aussitôt en œuvre pour arriver à son but, au moyen d'un piège nouveau et dans lequel, pensait-elle, la vertu de l'armurier finirait par succomber.

— Tu as raison, lui dit-elle, mon Raphaël bien-aimé, et je te suivrai en quelque lieu du monde qu'il te plaira de m'emmener ; mais partirons-nous ainsi ?... Moi, sans avoir recueilli le dernier soupir de ton père...

— Mon père ! exclama Raphaël dont la voix s'altéra, et qui, pour la première fois peut-être, éprouva ce sentiment d'amour et de respect qu'inspire un pareil nom. Ah ! ne pourrai-je donc point baiser ses mains, m'agenouiller devant lui et lui demander sa bénédiction ?

— Viens donc alors, répondit la duchesse avec un accent de joie spontanée. Viens, mon enfant...

Ce qui se passa en ce moment de joie, de douleur et d'angoisse tout à la fois dans l'âme de Raphaël est impossible à redire. Il allait voir son père !

Ce père qui avait nom François Ier de Valois et qui était roi de France.

Ce père qui allait mourir... Raphaël chancelait et appuyait sa main sur sa poitrine qui semblait vouloir éclater ; il regardait tour à tour le portrait du héros et sa mère souriante et calme, dont les yeux exprimaient le bonheur...

Pour quelques secondes il oublia Catherine.

La duchesse ouvrit de nouveau le bahut dans lequel elle avait pris ce médaillon qui représentait Henri de Valois, — et elle en retira un masque de velours.

A cette époque, les masques étaient fort à la mode parmi les grands seigneurs et les dames de la cour.

Le gentilhomme qui s'esquivait la nuit, de son hôtel, pour aller courir le guilledou, la femme de qualité qui assignait un mystérieux rendez-vous à quelque bachelier pauvre et beau dont les yeux bleus et la blonde chevelure avaient touché son cœur, dissimulaient leurs traits sous le masque.

Le masque était indispensable, et tout le monde en possédait. Il était donc tout naturel que madame d'Etampes eût chez elle un pareil objet.

— Tu vas me suivre au Louvre, dit-elle à Raphaël ; mais il faut cacher ton visage, ce visage qui rappelle si parfaitement le dauphin. Si nous négligions une précaution pareille, nous nous exposerions aux plus grands dangers.

— Vous avez raison, dit-il en plaçant le loup sur sa figure.

— Maintenant, acheva-t-elle en nouant elle-même les rubans de soie du masque, attends-moi quelques minutes. Je vais renvoyer M. de Saint-André.

La duchesse sortit et laissa Raphaël seul dans l'oratoire. Pendant les dix minutes que dura cet isolement, le jeune armurier dompta les émotions poignantes qui l'assiégeaient depuis quelques heures, et il se prit à réfléchir.

Il réfléchit à l'inflexible bizarrerie du hasard qui le condamnait à l'obscurité, tandis que cet homme auquel il ressemblait trait pour trait, et qui était du même sang que lui, son égal par conséquent, et non son maître, aux yeux de la nature, monterait paisiblement sur le trône, se glorifierait tout haut de porter le noble nom de Valois, régnerait sur le peuple sur la femme que lui, Raphaël, aimait et adorait, et chasserait sa mère, parce qu'elle n'aurait été, après tout, que la maîtresse du feu roi.

Et malgré lui, en dépit de sa loyale nature, de son indignation de tout à l'heure, alors que la duchesse lui avait dévoilé ses coupables projets, il sentit se réveiller en lui cette haine jalouse dont il enveloppait le dauphin, et plusieurs fois, tandis qu'il contemplait tour à tour le médaillon qui le représentait et le portrait du vainqueur de Marignan qu'il avait devant lui, sa main crispée chercha le manche de sa dague.

— Oh ! murmura-t-il tout à coup avec fureur, car l'image adorée de Catherine venait de passer souriante devant ses yeux troublés, si je me trouvais en face de lui, je crois que je le tuerais !

Et il jeta le médaillon à terre, appuya dessus le talon de fer de sa botte éperonnée et le brisa...

En ce moment la duchesse reparut, et un sourire de joie glissa silencieux sur ses lèvres.

Le démon voyait son œuvre s'accomplir lentement.

Il s'était écoulé un temps assez long entre le départ de la duchesse et son retour.

Qu'avait-elle dit à M. de Saint-André en le congédiant ?...

Il nous faut, pour le savoir, faire un léger pas en arrière.

Le marquis était demeuré dans cette grande salle d'attente où le négrillon s'était avancé vers Raphaël pour le conduire auprès de madame d'Etampes.

Il avait attendu patiemment le retour de son ami, songeant toujours à sa chère Maria, et l'esprit assailli de mille terreurs vagues et superstitieuses. Le son lugubre de cette cloche qui, dans la soirée, lui avait annoncé que leur retraite était découverte, que le mystère en était violé, retentissait encore au fond de son cœur. Il voyait l'avenir plein d'orages.

Tout à coup, la porte par où le négrillon et Raphaël étaient sortis, s'ouvrit et livra passage à la duchesse elle-même.

Elle vint à lui, grave et pensive, le pria, d'un geste, de reprendre le siége qu'il avait quitté pour s'incliner devant elle, et, s'asseyant auprès de lui :

— Marquis, dit-elle, j'ai un court entretien à vous demander.

— Je vous écoute, madame.

— Aimez-vous Raphaël?

— Comme un frère.

— Lui feriez-vous le sacrifice de votre vie?

— Comme il m'avait fait celui de la sienne.

— Bien, vous êtes un noble cœur.

— Raphaël court-il donc un danger?...

— Peut-être... mais je vous avertirai si le péril devient imminent. Faites-moi un seul et unique serment.

— Lequel, madame?

— Jurez-moi que, quoi qu'il arrive, quoi que Raphaël puisse dire ou faire, quelque projet extravagant ou sage, sublime ou criminel qu'il forme, vous ne chercherez pas à l'en dissuader.

Le marquis regarda la duchesse avec inquiétude.

— Mon Dieu! répondit-elle avec calme, la politique a d'impénétrables mystères, et moi sa mère, moi qui viens de passer dans ses bras une heure de félicité suprême, je dois bien l'aimer autant et plus que vous, n'est-ce pas? Eh bien! je vous jure la première qu'il n'agira que d'après mes conseils.

L'étonnement du marquis était à son comble.

— Jurez à votre tour, dit la duchesse.

— Soit, murmura-t-il, je vous jure, madame, que quoi que fasse ou veuille faire Raphaël, je ne m'y opposerai pas, et que je le suivrai, fût-ce au bout du monde, prêt à tirer l'épée pour lui, contre quiconque serait son ennemi.

Un éclair de satisfaction brilla dans les yeux de madame d'Etampes.

— Il est à moi, pensa-t-elle.

Puis elle ajouta :

— Encore une question, marquis!

— Parlez, madame.

— Comment est mort votre père?

— Tué en duel, disent les uns, assassiné, disent les autres, répondit-il avec tristesse.

— Les uns se trompent, les autres ont raison.

— Que dites-vous, madame, grand Dieu! Êtes-vous certaine...

— Votre père est mort assassiné, marquis, fit-elle avec l'accent d'une conviction inébranlable.

Une pâleur nerveuse se répandit sur le visage du marquis.

— Oh! murmura-t-il, suffoqué et portant la main à la garde de son épée.

— Au bord de l'eau, il y a aujourd'hui même dix-neuf ans... Et savez-vous quel était son meurtrier?

— Le meurtrier était un Italien, répondit le marquis, un inconnu dont j'ai vainement demandé le nom à tous les échos de l'Europe.

— Ce nom, je le sais.

— Vous, madame!

— Attendez donc, marquis, attendez... Votre père est mort frappé d'un coup d'épée par devant, et d'un coup de dague par derrière.

— Horreur!

— Le coup fut porté par l'Italien. C'était un gentillâtre piémontais qui tuait pour de l'argent, un bravo qui coûtait au marc le franc ses coups de dague et de mousquet, selon la qualité de la victime. On le payait, et il tuait...

La main de M. de Saint-André tourmentait la poignée de son épée.

— Son nom, madame, son nom? demanda-t-il.

— Felice Aventurino.

— Ah! s'écria le marquis hors de lui, dussé-je bouleverser le monde...

— Vous ne le trouverez pas, dit froidement la duchesse.

— Je vous jure...

— Il est mort, acheva-t-elle tranquillement.

— Malédiction! exclama le marquis d'une voix sourde.

— Quant au coup de dague, reprit la duchesse, ce coup qui tua bien réellement votre père... il fut porté par un autre.

— Ah! fit M. de Saint-André avec une explosion de joie sauvage, et il n'est point mort, celui-là, n'est-ce pas?

— Non, dit la duchesse.

— Vous le connaissez?

— Comme vous.

— Et... il est à la cour, peut-être...

— Il devrait y être.

— Dites-moi donc son nom, alors? dites, madame, au nom du ciel!

— Attendez, marquis. Savez-vous l'âge qu'il avait alors?

Le marquis écoutait avec anxiété.

— C'était un enfant de dix ans.

M. de Saint-André fit un geste de stupéfaction.

— Et cependant, continua la duchesse toujours froide, toujours calme et lente en ses paroles, sa main ne trembla point, son cœur ne battit pas plus fort; il se glissa la dague à la main derrière votre père, qui regardait son adversaire en face, et il lui enfonça sa dague entre les deux épaules, tandis qu'Aventurino le frappait d'un coup de quarte en pleine poitrine.

— Le lâche! poursuivit le marquis.

— Eh bien! poursuivit la duchesse, savez-vous quel était cet enfant, marquis?

— Son nom! son nom, madame; dites-le-moi! Il faut que mon père soit vengé...

— Son nom? fit la duchesse, je vais vous le dire : Cet enfant était le fils de Charlotte de Savoie, reine de France, et on le nommait Henri de Valois.

Le marquis poussa un cri sourd et recula frappé d'épouvante et d'horreur.

VI. — Première victoire.

L'étonnement, l'horreur, la stupéfaction douloureuse qui s'emparèrent de M. de Saint-André en entendant la duchesse accuser le dauphin d'être le meurtrier de son père, ne peuvent se décrire et s'expliquer que si l'on songe qu'à cette époque le roi et les princes étaient et devaient être des idoles qu'un gentilhomme apprenait à vénérer dès son enfance.

Il crut faire un de ces rêves remplis de visions fantastiques et terribles, au sortir desquels l'homme qui s'éveille respire, soulagé, et contemple la lumière du jour avec un bonheur indicible.

Il regarda la duchesse.

La duchesse était calme, et sa physionomie exprimait une telle franchise que le marquis demeura confondu.

— Mon Dieu! murmura-t-il d'une voix étouffée, dites-moi donc, madame, que vous me trompez... que vous vous jouez de moi...

— Je dis vrai.

— Mais c'est impossible à croire!

— Rien n'est impossible.

— Ainsi donc, le dauphin...

— Le dauphin a tué votre père.

— Ah!

— Et non d'un coup loyal frappé en pleine poitrine, mais d'un coup de dague entre les deux épaules.

— Savez-vous que ce que vous dites là est affreux?

— Affreux et infâme, en effet.

— Mais, enfin, quel motif... quelle raison... quel conseil perfide?... car enfin c'était un enfant!

— Ah! vous voulez tout savoir?

— Tout, madame.

— Et vous m'écouterez?

— Jusqu'au bout.

La voix du marquis était ferme et résignée.

— Eh bien, soyez satisfait, dit la duchesse, vous saurez tout!

Elle s'assit et continua :

— Votre père aimait la reine.

L'étonnement et l'attention de M. de Saint-André redoublèrent.

— Il faisait partie du cortége qui alla quérir Charlotte de Savoie à Turin, comme vous, marquis, vous étiez de celui qui est allé à Florence, lors du mariage de la dauphine Catherine de Médicis. Il vit la princesse et en devint éperdument amoureux. Cet amour respectueux comme l'adoration, muet comme la tombe, survécut aux années qui passent et déflorent la jeunesse, au temps qui s'écoule et cicatrise les plaies saignantes... Dix ans s'écoulèrent. Le marquis de Saint-André aimait toujours la reine de France. Il s'était fait le courtisan de son malheur et de son abandon, car le roi ne l'aimait point et la délaissait. Il était un de ses écuyers, et comme tel il la voyait et l'approchait à toute heure. Et pourtant jamais une parole audacieuse, jamais un geste affectueux, jamais un regard de convoitise ou de regret, ne le trahirent. Il aimait la reine à la façon de ces esclaves de l'antiquité, mystérieusement épris d'une belle dame romaine, et la suivant au bain ou à l'atrium, sans oser jamais manifester un désir coupable. Le marquis votre père eût été abandonné dans une île déserte avec Charlotte de Savoie; il eût eu la conviction que ni elle ni lui n'en sortiraient jamais, qu'il n'eût point cessé, pour cela, de la traiter avec le respect profond et mesuré d'un sujet pour sa souveraine. Et dix années avaient passé cependant. Le marquis s'était marié; il avait essayé de se guérir, par les affections saintes de la famille, de cette passion funeste et sans issue. Vains espoirs! Mais un jour cet homme si patient, si résigné, cet homme qui adorait dans l'ombre et respectait l'honneur de son roi, s'avisa d'être jaloux quand l'honneur de ce roi fut menacé. Désespérée enfin de son abandon, abreuvée de dégoûts, lasse de verser des larmes, la reine jeta autour d'elle ce regard éperdu du matelot qui sombre, et elle chercha une affection, un bras sur lequel elle pût s'appuyer, un cœur qui la comprît. Votre père était jeune encore; il était brave et beau ;—elle aurait pu l'aimer… Elle ne devina point son amour; peut-être le dédaigna-t-elle… Ses regards s'arrêtèrent sur un gentilhomme du pays breton, Jean de Penhoël, baron de Kerbrie. Le baron était un jeune page, un bel enfant de dix-neuf à vingt ans, timide et brave à la fois. Elle lui laissa voir son amour, et il tomba à ses pieds; il faillit être heureux… Votre père devina tout. Il alla trouver le jeune baron, et lui dit :

« — Vous êtes un enfant et je suis un homme ; votre vie vaut mieux que la mienne et je ne veux point la briser. Aussi, quittez la cour, partez, retournez dans votre pays et n'en revenez jamais, car je vous tuerais !

« Le page était brave ; il avait cette tête folle et aventureuse qui pousse la jeunesse vers le danger ; il provoqua votre père, lui fit une grave insulte et l'obligea à croiser le fer… Le page fut tué roide. Mais la reine aimait son page, et elle jura qu'il serait vengé. Elle avait deviné enfin l'amour de votre père, et elle regardait cet amour comme un titre de plus à sa haine. Un jour que son service l'appelait auprès d'elle, et qu'ils se trouvaient seuls, elle lui reprocha amèrement la mort du page, — et alors le marquis, éperdu, hors de lui, s'oublia, lui qui ne s'oubliait jamais… Il se jeta à ses pieds et osa lui avouer son amour. Et tandis qu'elle le repoussait, la porte s'ouvrit tout à coup et le dauphin entra. C'était un enfant de dix ans, mais il avait déjà tout l'orgueil altier, toute la hauteur irascible de sa race. Il comprenait le respect servile que devait inspirer une femme qui était à la fois sa mère et la reine de France ; et il s'arrêta pâle et l'œil en feu sur le seuil de la porte, en voyant un homme à ses pieds. La vue de son fils rendit à Charlotte, pétrifiée un moment de tant d'audace, sa présence d'esprit, son dédain, sa haine. Elle se leva orgueilleuse, terrible, et désignant votre père au dauphin :

« — Tenez, mon fils, lui dit-elle, cet homme a osé m'outrager.

« Le dauphin fit un pas vers le marquis, et puis levant sa main d'enfant, il le frappa au visage.

À ces dernières paroles de la duchesse, M. de Saint-André rugit comme un lion blessé et tira à demi son épée du fourreau.

— Attendez donc, reprit-elle avec ironie. Là ne se borna point la vengeance du dauphin. Votre père ne pouvait provoquer un enfant, le fils du roi. L'Italien Aventurino se chargea de l'injure ; le dauphin le suivit; il voulut assister à ce duel sans merci qui ne devait se terminer que par la mort de votre père; et comme ce dernier se défendait vaillamment, comme la chose traînait en longueur, il se glissa derrière le marquis et le frappa.

La duchesse s'arrêta à ces mots et regarda le marquis.

M. de Saint-André était pâle, la sueur inondait son front, ses dents s'entre-choquaient, et il murmurait avec rage :

— Il faut pourtant que je venge mon père, il le faut! Et celui qui l'a tué, son meurtrier, son assassin, c'est l'homme que demain j'appellerai mon roi! Horreur et malédiction !

— Marquis, — répliqua la duchesse, — je vous ai dit la vérité; ce qui vous reste à faire ne me regarde point.

M. de Saint-André était atterré.

— Seulement, continua la duchesse, je crois que le serment que je vous demandais tout à l'heure était inutile, et qu'à présent vous laisserez Raphaël parfaitement libre et maître de ses actions si étranges qu'elles soient. Maintenant voulez-vous que je vous donne un conseil?

— Parlez, murmura le marquis hors de lui.

— Retournez à votre hôtel, faites-y seller un cheval pour vous, un pour Raphaël, prenez avec vous son écuyer, et venez l'attendre à cette poterne qui se trouve en face du bac de Nesles. Il est à présumer qu'il aura un voyage à faire cette nuit, et vous priera de l'accompagner. Allez, marquis.

M. de Saint-André se dirigea vers la porte, pensif et sombre comme un homme qui marche à l'échafaud.

— Un mot encore, marquis, lui dit madame d'Etampes en le rappelant.

Il s'arrêta et attendit.

— Connaissez-vous la route du château d'Anet?

— C'est celle d'Evreux, répondit-il en tressaillant.

Et il murmura à part lui :

— Ah ! je devine enfin !

La duchesse rentra dans l'oratoire au moment où Raphaël écrasait du pied le médaillon représentant le dauphin, et, à cette vue, nous l'avons dit déjà, elle eut un sourire de triomphe :

— L'un m'appartient déjà, — pensa-t-elle;—Catherine aidant, j'aurai l'autre.

Puis elle dit à Raphaël :

— Maintenant, ne perdons plus une minute. Il est dix heures, allons au Louvre. Donne-moi ton bras.

Elle poussa le ressort d'une porte masquée, y fit passer le jeune homme et le conduisit par un petit escalier en coquille jusqu'à une cour intérieure où quatre vigoureux porteurs attendaient patiemment.

— Au Louvre! leur dit-elle, et le plus rapidement possible.

La mère et le fils montèrent dans la litière, et, dix minutes après, ils en descendirent à cette poterne, située en face du bac de Nesles, que la duchesse avait indiquée au marquis comme lieu de rendez-vous.

Cette poterne s'ouvrit aux premiers coups discrets des porteurs; puis Raphaël, guidé par sa mère, pénétra dans un étroit corridor faiblement éclairé et gardé par un lansquenet qui s'effaça militairement devant la duchesse, qu'il reconnut aussitôt.

Au bout de ce corridor, l'armurier trouva un escalier mystérieux qui conduisait aux appartements secrets du Louvre et à celui que la duchesse y occupait ordinairement.

À cette heure tardive de la soirée, les corridors et les galeries du palais n'étaient plus encombrés par la foule des courtisans. À peine la duchesse et son mystérieux compagnon soigneusement masqué rencontrèrent-ils çà et là quelque gentilhomme de service, quelque seigneur égaré et courtisant une des filles d'honneur de madame Catherine ; — et personne ne parut s'étonner de voir madame d'Etampes suivie d'un cavalier dont le visage était couvert d'un loup.

Ils arrivèrent ainsi jusqu'à l'oratoire de la duchesse, — et là, cette dernière, fermant soigneusement les portes derrière elle, dit à Raphaël :

— Tu as voulu voir ton père, mon enfant, tu le verras… mais il ne te verra point, lui.

Raphaël fit un pas en arrière.

— Et pourquoi donc? demanda-t-il.

— Parce qu'il est moribond et que la joie qu'il éprouverait à ta vue le tuerait sur-le-champ.

Raphaël courba la tête.

— Mon Dieu ! murmura-t-il, mon Dieu !

Et puis, continua madame d'Etampes implacable, tu ressembles si parfaitement au dauphin, qu'il te prendrait pour lui… et tu ne veux point cela, n'est-ce pas?

— Oh ! fit Raphaël avec colère, toujours le nom de cet homme, toujours lui !

— Il n'y a peut-être au monde que madame Catherine qui ne s'y tromperait point, continua la duchesse se jouant ainsi de la douleur de son fils, et attisant sa haine pour Henri de Valois, en lui rappelant l'amour de Catherine.

Elle souleva une lourde draperie et mit à découvert une issue secrète et obscure, un étroit couloir qui conduisait de son appartement à la chambre du roi.

Ce couloir tournait sur lui-même comme un labyrinthe. La duchesse passa la première, tenant son fils par la main, puis tout à coup un jet de lumière brilla à l'extrémité du couloir, et tous deux se trouvèrent au seuil d'une porte vitrée imparfaitement recouverte par un rideau.

Cette porte donnait dans la chambre royale.

La duchesse posa un doigt sur sa bouche pour recommander le silence à Raphaël, et elle le laissa derrière la porte vitrée, tandis qu'elle entrait seule et repoussait cette porte sur elle.

Raphaël, immobile derrière le rideau, retenant son haleine et le cœur serré d'une indicible angoisse, plongea son ardent regard dans la chambre royale et examina tous les objets.

En face de lui se trouvait le lit du roi.

Sur ce lit, Raphaël aperçut la noble tête amaigrie et pâle de François 1er, renversée à demi et les yeux fermés.

Le roi dormait.

L'œil du jeune homme enveloppa cette tête d'un regard empli de tendresse, et son cœur battit si fort en ce moment qu'on eût pu en entendre les pulsations.

Cet homme, c'était son père!

Au chevet du roi, un autre homme était assis, — Miron.

La duchesse s'avança vers lui sur la pointe du pied et lui dit tout bas :

— Comment va-t-il?

— Il a supporté le trajet sans fatigue.

— Ah !

— Mais un peu de délire s'est emparé de lui, il y a une heure. Il a prononcé des mots sans suite, au milieu desquels j'ai distingué cette phrase qui revenait sans cesse sur ses lèvres : « Je voudrais voir mon fils, mon fils bien-aimé… celui qui est perdu…

— Ciel ! fit la duchesse.

— « Celui que je préfère, poursuivit Miron continuant son récit… mon Raphaël. »

Raphaël écoutait, et son cœur battait à rompre sa poitrine.

— Miron, dit brusquement la duchesse, le roi n'avait point de délire.

Miron la regarda, étonné.

— Le fils dont il parlait existe; longtemps perdu, nous l'avons retrouvé enfin… Il est…

La duchesse hésita.

— Il est à Milan, dit-elle, et je vais l'annoncer au roi.

— Silence! fit impérieusement le médecin.

— Pourquoi me taire ?

— Parce que toute émotion violente, joie ou douleur, le tuerait.

Madame d'Etampes courba la tête, — et Raphaël, immobile et sans haleine, crut qu'il allait mourir, tant il souffrait d'une atroce douleur, en songeant qu'il ne recevrait point les derniers embrassements de son père.

Tout à coup le malade fit un brusque mouvement, se tourna et se retourna dans son lit, et quelques mots inarticulés s'échappèrent de ses lèvres :

— Ah ! Raphaël !... Raphaël !... murmura-t-il, dormant et rêvant toujours... ô mon fils bien-aimé !...

Ces mots firent tressaillir et frissonner le jeune homme jusqu'à la moelle des os, et il écouta avec anxiété.

Mais le roi ne parla plus et se rendormit tout à fait.

Alors la duchesse se leva, regagna la porte vitrée, laissa retomber le rideau sur elle, entraîna silencieusement Raphaël à travers le couloir mystérieux ; — et lorsqu'ils furent arrivés dans l'oratoire, elle le regarda...

Raphaël était pâle comme un spectre, et il tremblait de tous ses membres.

— Eh bien ! dit-elle, tu as vu... n'est-ce pas ?... Tu as entendu ?... C'est toi qu'il aime... toi qu'il voudrait faire son héritier... Et le dauphin montera sur le trône cependant... et il te chassera... toi et ta mère... Viens donc, enfant, fuyons... viens... c'est l'heure des fugitifs et des proscrits...

La main de Raphaël était crispée sur sa dague.

— Oh ! murmurait-il, je hais cet homme... je le hais !

— Cet homme, articula lentement la duchesse, sera bientôt ton roi... Mais, ajouta-t-elle, je n'ai point le courage, mon pauvre enfant, de t'arracher un dernier et suprême bonheur... Je veux que tu la voies une fois encore !

Raphaël éprouva une sensation terrible et chancela.

— Viens, continua madame d'Etampes, qui commençait à pressentir la victoire et tentait un suprême effort ; viens, je vais te conduire aux pieds de Catherine... de Catherine, l'épouse de l'heureux dauphin.

Raphaël était sombre et pâle comme ces hommes que le remords poursuit, et qui cependant se laissent conduire par la main sanglante du crime !

VII. — Victoire !

Madame d'Etampes avait trop vécu parmi les hommes de cour, lesquels dissimulent assez bien leurs sensations, pour n'avoir point deviné, d'un seul coup d'œil, l'étrange révolution qui s'opérait en Raphaël, — cœur simple et droit, accessible à tous les orages de la passion.

Elle comprit que cette haine du jeune homme pour le dauphin, si violente déjà, arriverait à son paroxysme lorsqu'il aurait vu Catherine, et se serait mis à ses genoux.

Alors le démon reparaîtrait et remplacerait la mère résignée à la fuite ; le démon parlerait de meurtre, de vengeance...

Et Raphaël succomberait !

— Viens, lui dit-elle. Elle est seule à cette heure ; elle t'attend...

Madame d'Etampes avait, en effet, en quittant le petit hôtel du marquis, couru chez la dauphine, lui annonçant l'arrivée de Raphaël à Paris.

Raphaël suivit sa mère en chancelant. Mille pensées confuses, incohérentes, se heurtaient dans son cerveau ; — il croyait être le jouet d'un rêve, et son cœur ne battait plus...

La duchesse l'entraîna par les corridors déserts du Louvre ; elle lui fit traverser successivement plusieurs salles vides et silencieuses ; — puis elle poussa une petite porte, — et Raphaël éprouva une sensation semblable à celle qu'il avait éprouvée une heure auparavant, quand le négrillon avait ouvert la porte de cet oratoire où la duchesse l'attendait.

Un flot de lumière l'avait ébloui ; puis, sa mère l'avait poussé doucement au milieu d'une petite salle, comme il n'y en avait de pareille que dans le splendide palais des Médicis, à Florence.

De forme ovale, toute mignonne, cette pièce était déserte. Les parfums délicats et pleins d'ivresse d'une serre-chaude attenante, et dont les portes étaient ouvertes, y pénétraient et l'embaumaient. Un tapis oriental couvrait le sol ; des étoffes de même origine tendaient les murs et se drapaient çà et là en plis moelleux autour des cadres d'or des glaces vénitiennes.

Tout le luxe de l'Italie, cette patrie de l'élégance et des arts au moyen âge, semblait s'être réfugié en cette adorable retraite où la dauphine essayait d'oublier l'absence de son beau pays en s'y environnant de tous ses souvenirs.

Bronzes florentins, coupes de Benvenuto, bahuts en bois de cèdre incrustés d'argent et d'or, toiles splendides des maîtres, statues de marbre et de porphyre, antiquités précieuses, — tout s'y trouvait, tout y était entassé dans un pêle-mêle apparent qui pouvait, à bon droit, passer pour l'art lui-même.

Raphaël demeura fasciné au milieu de cette salle, et il chercha des yeux la fée d'un pareil séjour.

La fée était absente, — et la duchesse elle-même, dans les plans de laquelle entrait sans doute l'intention de ne point assister à l'entrevue des deux amants, la duchesse s'était retirée, laissant Raphaël tout seul.

Cette tiède atmosphère, ces parfums enivrants, cette clarté de plusieurs bougies dont l'éclat, adouci par de discrets abat-jour, allait se refléter dans les glaces de Venise, toutes ces choses enfin qui lui rappelaient la voluptueuse Italie qu'il venait de quitter, produisirent sur Raphaël une sensation étrange.

Son cœur, glacé naguère, se reprit à battre avec violence ; son front courbé se redressa ; l'angoisse qui l'étreignait fit place à une sorte de joie secrète, la joie de l'espérance, l'espérance du rêve qui va se réaliser enfin.

Il se prit à aspirer avec une âcre volupté ces senteurs mystérieuses qui trahissaient la présence habituelle d'une femme jeune et belle, et il oublia quelle distance le séparait d'elle pour ne songer qu'à l'immense bonheur de la revoir.

Et pendant les quelques minutes qui s'écoulèrent pour lui, en cet isolement, Raphaël se sentit si altier et si fort ; le sang qui coulait en ses veines se prit à parler si haut, qu'il ne trembla plus, et qu'il lui sembla que nul au monde n'avait le droit de lui interdire l'entrée de cette demeure où, cependant, à pareille heure, le dauphin seul avait le droit de pénétrer.

Il fit quelques pas autour de lui, jetant à chaque objet un regard distrait et curieux, enveloppant tout de cet œil caressant et rêveur de l'homme qui demande à tout un souvenir de celle qu'il aime...

Ses yeux s'arrêtèrent sur un portrait...

C'était celui de la princesse !

Il laissa échapper un cri de joie, le cri d'un enfant, et se précipita vers ce portrait qu'il se prit à contempler avec admiration.

Catherine était frappante de ressemblance.

Et, absorbé qu'il était en cette extatique contemplation, il oublia d'ôter son masque et n'entendit point un léger bruit de pas, — des pas de sylphe effleurant la mousse des bois, — qui se firent entendre au seuil de la serre chaude et glissèrent indécis sur les tapis d'Orient.

C'était Catherine !

La jeune princesse était belle à désespérer et rendre fou les plus sages. On eût dit que la douleur et la solitude n'avaient pâli son front que pour donner à son teint cet éclat mat et marmoréen des femmes du Nord, et encadrer ensuite son visage de cette luxuriante chevelure d'ébène et de ces noirs sourcils qui font le regard si profond, si doux, si velouté, double et exclusif apanage des filles du Midi.

Elle était blanche et éblouissante comme une Française, brune et les lèvres rouges comme une Italienne.

A l'éclat enfantin et insoucieux de son œil, de cet œil si vif de jeune fille rieuse et folle, contemplant l'avenir sans terreur et le considérant, par avance, comme une fête sans fin, avait succédé un regard mélancolique empli d'une mystérieuse et vague tristesse. Sa lèvre était devenue sérieuse, et l'on devinait que cette frêle et belle plante exotique, arrachée au soleil du Midi, était en proie à un mal inconnu sous les âpres frimas du Nord.

A la vue de Raphaël qui lui tournait le dos et contemplait toujours son portrait, Catherine poussa un léger cri, et ce cri lui fut arraché moins par l'effroi et la surprise que par l'émotion.

Malgré son masque et son attitude, malgré le manteau qui drapait sa haute taille, n'avait-elle pas reconnu celui qu'elle attendait ?

Et la femme qui aime ne devine-t-elle point la présence de son amant aux pulsations subites et précipitées de son cœur ?

A ce cri, Raphaël se retourna et se trouva en face de Catherine.

Ah ! ce qu'il éprouva alors de joie et de terreur, d'émotion poignante et de félicité céleste en revoyant enfin cette femme entrevue dix minutes, et à laquelle, en ce court espace de temps, il avait voué son amour, sa vie, son avenir tout entier... nul ne le dira jamais ! Et cependant il ne chancela point ; il ne porta point la main à sa poitrine pour l'empêcher d'éclater ; il ne recula point, fasciné et terrifié par son bonheur ; — il ne se trouva pas audacieux et téméraire de pénétrer ainsi, ici, Raphaël l'armurier, Raphaël le forgeron, dans la retraite mystérieuse de celle qui devait être la reine de France un jour !

Non, le sang orgueilleux des Valois lui était monté au cœur et y affluait bouillonnant comme une lave enflammée ; — l'audace éclatait dans son regard ; il rejetait fièrement la tête en arrière, — et il arracha son masque et le jeta loin de lui en saluant Catherine. La princesse jeta un cri, — un cri de joie et d'effroi en même temps...

Et par une réaction bizarre des lois de la nature et de celles de l'étiquette et du préjugé, ce fut celle qui avait le droit de lever la tête, d'écouter dédaigneuse et superbe, qui baissa les yeux et se prit à trembler.

A son tour, Raphaël dominait et fascinait Catherine.

Il fit un pas, fléchit un genou devant elle, chancelante et sans voix, lui prit la main, et y mit un baiser silencieux.

Catherine frissonna des pieds à la tête, et cependant elle n'eut point la force de retirer cette main.

Elle était redevenue la jeune fille timide qui baisse les yeux et frémit d'un trouble inconnu sous le premier regard d'amour qu'elle inspire.

Et Raphaël, au contraire, — Raphaël enhardi, — oublia que cette femme qu'il aimait avec passion appartenait tout entière à un autre, et il ne se souvint que d'une chose, c'est qu'il n'était plus, lui, Raphaël l'enfant trouvé, le forgeron sans nom et sans patrie, mais Raphaël le fils du roi de France !

Il prit Catherine dans ses bras comme un frère aîné sa jeune sœur ; il la porta sur un lit de repos placé à l'entrée de la serre, et s'agenouillant de nouveau devant elle, reprenant ses deux mains dans la sienne, puisant une éloquence inconnue dans cet enthousiasme de la passion qui délire et atteint si vite le paroxysme de la folie, dans une tête chauffée à l'ardent soleil du Midi.

— O Catherine, murmura-t-il, Catherine de Médicis, vous que je n'ai vue qu'une fois et que j'ai aimée éternellement, vous pour qui je suis ici, vous qui m'aimez... ah ! laissez-moi vous dire que je ne suis point indigne de vous, que je ne suis plus l'humble armurier qui vous aborda, tremblant et timide, à Milan, pendant la nuit d'un bal... Catherine, ma bien-aimée, j'ai, moi aussi, du sang de Valois dans les veines...

Elle frissonnait à sa voix, à sa voix grave et mélodieusement timbrée où vibrait sa passion, et elle tremblait plus violemment que ces feuilles de saule que roule l'âpre vent d'automne.

— O Catherine ! poursuivit Raphaël, Catherine !... ma mère a donc dit vrai ? Vous m'aimez ! car votre main frémit dans la mienne, car votre sein est haletant, car vous baissez les yeux et n'osez me regarder... Ah ! tous les trésors de l'univers ne sauraient payer l'heure de félicité céleste que je goûte en ce moment...

Et la dauphine l'écoutait ; elle l'écoutait toute frémissante et saisie de vertige, ne songeant point à lui retirer ses mains, à se dégager de son étreinte, et elle leva enfin les yeux vers lui, ses beaux yeux pleins de larmes, et elle murmura d'une voix entrecoupée :

— Oui... je vous aime...

L'heure qui s'écoula pour eux en cette attitude, dans ce lieu solitaire où mille parfums pénétrants semblaient vouloir ajouter l'ivresse des sens à l'ivresse du cœur, — cette heure passa comme un long siècle de félicité et de bonheur suprême...

Tout ce qu'ils avaient de poésie et d'amour en leur âme, ces deux enfants du ciel bleu et des brises de mer, ils l'échangèrent en chastes et timides aveux, parlant cette langue ardente, animée, pleine d'images, cette langue italienne créée pour l'amour et qui dépeint si bien toutes les nuances et les délicatesses sans fin de la passion...

Et l'heure s'écoula cependant, sans que Raphaël eût osé approcher ses lèvres du front virginal encore de la dauphine ; — et ils oublièrent le monde et ses attachements humains ; anges qui avaient pourtant abandonné le ciel pour venir s'aimer sur la terre ; — ils oublièrent cet homme dont le nom s'élevait entre eux comme un mur d'airain, et Raphaël ne se souvint plus qu'une heure auparavant, sa mère lui disait : « Avant de fuir pour toujours, avant de t'éloigner, misérable et proscrit, veux-tu voir une dernière fois Catherine ? »

Ce n'était plus à une entrevue suprême qu'il assistait, l'oublieux et le fou ! il croyait être au premier rendez-vous d'un long amour ! Le rêve se brisa... La duchesse parut.

Elle était grave, pâle et triste... Et cette gravité, cette pâleur, cette tristesse, contrastaient étrangement avec l'expression de bonheur répandue sur le visage de son fils.

Elle contempla un moment ces deux jeunes gens qui s'étaient levés, confus et visiblement affectés de cette brusque apparition qui interrompait ainsi leur bonheur, — et, marchant à Raphaël, elle lui dit :

— Allons, mon enfant, l'heure est venue... Il faut partir !

— Partir ! exclama-t-il du ton d'un homme qui s'éveille et confond encore le rêve et le réveil.

— Et pour toujours, acheva-t-elle froidement. Un cheval sellé t'attend à la porte du Louvre.

— Partir ! murmura en même temps la dauphine.

— Oui, répondit madame d'Etampes, car la nuit s'avance, et il ne faut pas qu'un seul être humain puisse savoir jamais que Raphaël l'armurier a passé une heure aux genoux de Catherine de Médicis, épouse du dauphin de France Henri de Valois.

La foudre tombant au milieu d'eux eût produit moins d'épouvante et de désespoir, de stupéfaction et d'horreur chez les deux amants, que ce nom prononcé tout à coup par la voix sourdement railleuse de la duchesse.

Ils jetèrent un cri tous deux, un cri d'angoisse et de malédiction, — un cri qui dissipa les dernières ivresses du rêve, déchira en mille lambeaux le voile d'illusions qui, depuis une heure, couvrait leurs regards, et leur permit de voir enfin le présent et l'avenir dans toute son horreur désespérante et désolée.

Ce présent, cet avenir, n'était-ce point l'abîme sans fond, le gouffre béant qui les séparait ?

La dauphine s'affaissa, chancelante et brisée, sur le lit de repos ; Raphaël voulut courir à elle une fois encore, lui mettre au front un baiser d'éternel adieu...

Mais alors madame d'Etampes le saisit par le bras, et, déployant une vigueur nerveuse qu'on n'eût point soupçonnée chez une femme, elle l'entraîna violemment hors du boudoir, en lui disant :

— Viens ! viens, le déshérité et le maudit ! cède enfin la place à Henri de Valois, au triomphant dauphin, à ce frère bien-aimé qui te vole les derniers baisers et la bénédiction de ton père, — et la femme que tu aimas avant lui, et qu'il n'a dû qu'à ce rang auquel tu avais également des droits.

Ces paroles empoisonnées que la duchesse versait goutte à goutte dans le cœur enflammé et tout saignant du malheureux Raphaël produisirent leur funeste réaction.

Au bout de vingt pas, il s'arrêta brusquement, se dégagea de l'étreinte fébrile de sa mère et la regardant en face :

— Ecoutez-moi, lui dit-il, écoutez-moi, ma mère.

Ils se trouvaient alors au milieu d'une salle déserte faiblement éclairée. La duchesse promena autour d'elle un regard rapide, puis, certaine que nul ne pouvait les entendre,

— Parle, dit-elle.

Raphaël était subitement redevenu calme et froid. Une flamme sombre brillait seule en son regard, attestant les fureurs muettes de son âme bouleversée :

— Croyez-vous, ma mère, lui dit-il d'une voix brève, sifflante et qui résonnait comme le froissement sinistre de deux lames d'épée s'engageant et se dégageant sans cesse, — croyez-vous que Dieu ait voulu en les faisant naître frères, que deux hommes dont l'un est le bourreau de l'autre, qui lui vole la bénédiction paternelle, l'amour de la femme qu'il aime et jusqu'au droit d'avouer qu'un même sang coule en leurs veines, — croyez-vous que Dieu ait voulu que ces deux hommes s'aimassent et ne fussent point ennemis ?

— Non, répondit madame d'Etampes avec un calme qui acheva de vaincre chez Raphaël les dernières lueurs de l'esprit du bien.

— Alors, s'écria-t-il, si ces deux hommes sont nés ennemis, ils peuvent croiser le fer ! La haine constitue l'égalité. L'un de nous, moi ou lui, cessera de vivre avant demain. Où est-il cet homme à qui je ressemble, cet homme à la place de qui je pourrais régner ? Où est-il cet Henri de Valois qui chasserait demain son frère Raphaël ? — A nous deux ! L'un de nous sera roi ; l'un de nous possédera Catherine ! C'est le jugement de Dieu qui va en décider !

La duchesse étouffa un rugissement de joie.

— Enfin ! murmura-t-elle, enfin !

Les ruses infernales de madame d'Etampes triomphaient de la rude loyauté de Raphaël, et les deux fils du roi de France allaient se disputer dans l'ombre l'héritage de François de Valois, leur père mourant.

VIII. — Le Voyage.

La duchesse était une de ces femmes qui ne compromettent jamais un succès par des chants de victoire précipités.

Quelque joie qu'elle éprouvât en voyant Raphaël accepter ainsi ce rôle qu'il avait énergiquement repoussé d'abord, et consentir à l'éventualité de cette substitution qui pouvait placer sur le trône de France le fils naturel du roi au lieu de son héritier légitime, — la duchesse se contint et demeura calme et solennelle.

— Enfant, murmura-t-elle d'une voix grave et altérée, que Raphaël crut profondément émue, que je te vois tant souffrir, je te trouve si noble, si beau, je suis si forte de cette conviction que tu es le bien-aimé de ton père, que je n'ai point le courage de t'arrêter et que j'impose silence à mes entrailles de mère... Va, enfant ! Dieu est pour toi.

Et Raphaël écoutait, s'abreuvant à cette morale impie, et qui assouvissait les colères de sa passion foulée aux pieds par le destin ; il écoutait frémissant, l'œil en feu, les narines dilatées, aspirant je ne sais quel souffle inconnu de mort et de destruction.

Tout à coup, il porta la main à son côté ; cette main y chercha la garde d'une épée, et ne l'y trouva point.

— Ah ! dit-il, je suis d'assez bonne race, à présent, pour porter une épée. Une épée, une épée ! Ne suis-je pas gentilhomme ?

Alors une pensée impie traversa le cerveau de la duchesse ; elle abandonna Raphaël stupéfait de cette fuite, courut à la chambre royale, où Miron veillait assez mal, car il s'était endormi dans un fauteuil auprès du lit de François Ier, dormant toujours lui aussi, et, légère comme une biche, elle vola au chevet du roi cette vaillante épée de Marignan, qui était destinée au dauphin.

Puis elle revint à Raphaël, et s'apercevant qu'il était démasqué, elle le força à remettre son loup, de peur que quelque courtisan attardé ne les rencontrât et ne crût voir en lui le dauphin Henri de Valois. Puis elle lui tendit l'épée et lui dit :

— C'est celle avec laquelle ton valeureux père mit les Suisses en déroute à Marignan. Avec elle tu vaincras !

Et elle fit reprendre à Raphaël le corridor mystérieux, l'escalier tournant à la voûte en pente éclairée, sous laquelle retentissait le pas lourd et monotone d'un lansquenet de la garde.

Elle ouvrit elle-même la poterne, et tous deux se trouvèrent sur la berge de la rivière.

Raphaël lui prit la main et y mit un baiser silencieux. *(Page 22.)*

La nuit était obscure ; cependant Raphaël aperçut trois silhouettes se détachant plus noires encore sur le fond noir d'une nuit sans étoiles.

C'était un cheval veuf de son cavalier, et deux cavaliers dont l'un le tenait en main.

Les deux cavaliers étaient immobiles.

— Marquis ? dit tout bas la duchesse.

— Me voilà, répondit une voix que Raphaël reconnut.

C'était celle de M. de Saint-André.

La mère et le fils s'approchèrent.

— Tiens, dit la duchesse à l'oreille de Raphaël, voilà un compagnon de voyage qui ne te fera point défaut. Il a, lui aussi, un pressant besoin de régler un vieil et terrible compte avec le dauphin.

Raphaël tressaillit, mais sa résolution était prise. Il était sur la pente du crime, et cette pente est irrésistible.

Il lui fallait maintenant la vie, le nom, l'héritage et jusqu'à la femme de Henri de Valois.

Sa mère lui mit un baiser au front.

Ce baiser était froid ; il ne trahissait aucune des émotions poignantes que doit éprouver une mère en quittant un fils qui va confier sa vie et sa destinée à la pointe d'une épée.

Madame d'Etampes était redevenue ce génie politique, froidement calculateur, qui s'agitait depuis tant d'années. Elle n'avait plus de fils ; — Raphaël n'était désormais en ses mains qu'un moyen et un aveugle instrument.

Et tandis que Raphaël mettait le pied à l'étrier, elle s'approcha du marquis, lequel se pencha vers elle :

— Vous allez à Anet, dit-elle. Vous et lui, allez vous venger.

Le marquis eut un dernier frisson ; mais, comme Raphaël, il était résolu.

— Vous allez venger votre père, vous, continua la duchesse à voix basse ; Raphaël va conquérir la femme qu'il aime.

M. de Saint-André n'avait rien à répondre. Un serment le liait,

d'abord ; ensuite, il croyait voir se dresser devant lui l'ombre sanglante de son père.

— Maintenant, acheva la duchesse, à vous le soin d'assurer votre vengeance et de ramener à Paris un dauphin de France, un homme qui, pour tous, portera le nom de Henri de Valois.

M. de Saint-André comprenait enfin !

Raphaël était en selle.

— Adieu, dit la duchesse. Adieu... espoir et courage !

Et elle rentra au Louvre dont la poterne se referma.

— En route ! dit alors Raphaël.

M. de Saint-André poussa son cheval en avant et le mit au galop.

Raphaël et son écuyer Giuseppe le suivirent. Pendant vingt minutes, les trois cavaliers chevauchèrent silencieux, recueillis en eux-mêmes et sans oser échanger une parole. Giuseppe seul, ignorant tout à fait ce dont il était question, se hasarda à fredonner un refrain populaire dans Naples la belle.

Ce refrain n'eut aucun écho chez Raphaël. L'armurier était absorbé en lui-même, et sa tête s'inclinait sur sa poitrine, tandis que son cheval dévorait l'espace.

A quoi songeait-il ? Avait-il déjà regret ou remords par avance de l'acte inouï qu'il allait commettre ? Non, et nous l'avons dit, il était résolu. Rêvait-il déjà à cette puissance qu'il allait acheter au prix de la vie d'un homme, — à ce trône pour lequel il n'était point né et qu'un subterfuge indigne, basé sur une ressemblance fatale, allait peut-être lui donner ? Pas davantage.

Raphaël songeait à Catherine, à Catherine émue et frissonnante au son de sa voix, tout à l'heure ; à Catherine éperdue et toute rougissante, tandis qu'il oubliait l'univers à ses pieds ; à Catherine enfin qui allait être à lui pour toujours, si son épée ne le trahissait pas.

Et de même qu'un vieux général refait en sa tête vingt fois, pendant la nuit, le plan de la bataille qu'il livrera le lendemain, le jeune homme songeait, malgré lui, aux savantes leçons de son maître Guasta-Carne, et se remémorait toute cette nomenclature terrible

Ils étendirent la main sur le corps du roi défunt, et se la serrèrent avec une morne douleur. (Page 27.)

et perfide des coups de l'escrime italienne, la plus redoutable de toutes; et il s'avouait avec une sauvage ivresse que nul, de Milan à Venise et de Naples à Turin, n'avait osé se mesurer avec lui sans une impression de terreur profonde.

En lui, le maître d'armes avait fait place au gentilhomme, et le futur roi de France devenait spadassin.

Les trois cavaliers coururent ainsi pendant deux heures sur la route de Normandie sans échanger un mot.

Le marquis pensait à Maria, la blanche colombe si heureuse et si insouciante naguère, — à Maria qui, peut-être, porterait demain les lugubres vêtements de la femme veuve de son époux.

Raphaël se retrouvait, en rêve, dans le boudoir à l'italienne qu'il venait de quitter, aux pieds de la belle Catherine de Médicis.

Et quant à Giuseppe, il grommelait tout bas entre ses dents:

— Ma parole d'honneur ! et par le dieu Bacchus qui est un grand saint, quoi qu'en dise le calendrier qui l'omet en ses colonnes, je veux être pendu haut et court, ayant devant moi une cruche de vin bourguignon à laquelle je ne pourrais atteindre, si je sais où nous allons ! Ce pauvre Raphaël, que j'aime comme mon vrai fils, a décidément perdu la tête !

Tout à coup et comme s'il eût entendu la réflexion pleine d'humeur du Napolitain, Raphaël poussa son cheval vers celui du marquis, lequel, jusque-là, avait tenu la tête du cortège :

— Ah çà, lui dit-il, où allons-nous ?

— Au château d'Anet.

— Il est donc là ?

— Oui, chez madame Diane.

— Le château est-il loin encore ?

— Il est à quinze lieues de Paris. Au train dont nous allons, nous atteindrons le pont-levis avant le point du jour.

— Bien, dit Raphaël.

Le marquis ne répondit pas.

— Vous savez pourquoi je le cherche? reprit Raphaël après un silence.

— Je le devine, du moins.

— Et vous ?

— Moi, je le cherche aussi

— Ah ! fit Raphaël rêveur ; — le haïriez-vous comme moi ?

— Plus que vous !

— C'est impossible.

— Jugez-en : il a tué mon père.

Raphaël tressaillit.

— Il l'a assassiné d'un coup de dague porté par derrière... entre les deux épaules !

— Eh bien ! murmura Raphaël, je le vengerai !

— Pardon, interrompit vivement le marquis, ceci me regarde !

L'armurier haussa les épaules.

— Alors, dit-il, vous ne serez point vengé.

— Et pourquoi donc ?

— Parce que je le tuerai, moi !

— Peut-être... mais quand il m'aura tué lui-même.

— Non pas ! exclama Raphaël avec force.

Le marquis arrêta brusquement son cheval ; Raphaël l'imita.

— Et de quel droit, dit le marquis, empêcheriez-vous un fils de venger son père ?

— De quel droit, vous, répliqua Raphaël, placeriez-vous votre épée en face de sa poitrine, avant moi ?

— Ma vengeance est légitime.

— Moi, fit Raphaël avec hauteur, je ne veux point devoir à un autre le succès de la partie que je joue.

Ils échangèrent un regard hostile et menaçant ; — mais, à ce regard, succéda soudain un autre sentiment, et l'amitié cimentée par le sang versé parla plus haut dans le cœur de ces deux hommes que leur fierté respective.

— Frère, murmura Raphaël, nous formons cause commune ; ne l'oublie pas.

— Non, certes.

— Eh bien ! que le sort décide.

— Soit, répondit le marquis.

Et il fouilla dans ses chausses, de la poche desquelles il retira sa main fermée :

— Tiens, lui dit-il, j'avais deux pistoles : l'une à l'effigie du roi de France, — l'autre à celle de Charles-Quint. J'en tiens une dans le creux de ma main. Devine à quelle effigie elle est, si tu veux te battre le premier. France ou Espagne ?

— France ! dit Raphaël.

La nuit était noire ; — mais le marquis, ouvrant la main, examina attentivement la pistole, et ne pouvant en distinguer l'empreinte, il la tendit à Giuseppe, qui battit le briquet aussitôt. Deux étincelles jaillirent du silex :

— François Ier, roi de France ! prononça le Napolitain.

— Perdu ! murmura le marquis avec dépit.

Il poussa son cheval, et ils se remirent en marche.

Le ciel était noir ; une brise brûlante courait dans l'air ; l'orage était prochain. Bientôt de larges gouttes de pluie commencèrent à tomber ; puis de sombres lueurs jaillirent par intervalles des nuages amoncelés, et peu après, un éclair, projetant sa sinistre clarté à l'horizon, montra aux trois cavaliers la silhouette opaque du château d'Anet se dressant au milieu d'un parc de tilleuls centenaires.

— Voilà ! dit le marquis, étendant la main, voilà où il est !

En même temps, Giuseppe consultait un lambeau d'azur qu'on apercevait à l'orient et dans lequel scintillaient quelques étoiles :

— Nous avons encore une heure de nuit, — murmura-t-il.

Le château d'Anet, construction toute récente et d'un style d'architecture différent des lourdes constructions d'alors, ressemblait bien plus à une villa moderne, à une maison des champs qu'à une de ces demeures féodales qui couvraient çà et là le sol de la France.

Ceint d'un fossé où coulait une eau limpide et dans lequel ne croupissait point cette vase bourbeuse qui formait la défense des forteresses, — aux murailles épaisses, sans créneaux et sans beffroi lugubre, — blanc, coquet, entouré d'un paysage riant, et à demi perdu sous les verts massifs d'un grand parc, — il était bien la mystérieuse et charmante retraite d'une femme qui ne craignait ni les attaques de ses voisins, ni les regards osés et indiscrets, protégée qu'elle était par son titre de favorite d'un fils de France.

Point de soldats aux portes, si ce n'est un lansquenet à moitié converti en gardien de la grille d'entrée, et qui dormait du soir au matin, le menton appuyé sur son arquebuse.

Or, à cette heure avancée de la nuit, un profond silence régnait dans le château, dont le domestique, du reste, était fort peu nombreux.

Une seule lumière filtrait au travers des croisées du premier étage de l'édifice et éclairait à l'intérieur une salle, au milieu de laquelle, à cette heure insolite, un homme se promenait à grands pas.

Il paraissait en proie à une certaine agitation, et la pâleur de son front attestait qu'il ne s'était point couché.

— Fatale passion ! murmurait-il, amour funeste dont les liens m'enlacent et que je ne puis parvenir à briser ! Voici près de dix années que j'aime Diane... Dix ans ! Un siècle de la vie d'une femme, un siècle pendant lequel, si belle qu'elle soit, elle voit son front se creuser de plis imperceptibles, sa chevelure noire s'argenter çà et là, et demander les ressources habiles de l'art pour dissimuler les ravages du temps ! Dix ans, enfin, qu'elle exerce sur moi un empire absolu, qu'elle m'enchaîne auprès d'elle, sans que j'aie le courage et la force de briser mes liens, et de me soustraire à cette étrange fascination !

Le dauphin, car c'était lui, soupira profondément à ces derniers mots ; puis il reprit :

— Il faut pourtant que cette chaîne odieuse se brise tôt ou tard. Un jour viendra où je serai roi, et il ne faut pas, je ne veux pas que ce jour-là la reine de France soit humiliée. Madame Diane a eu raison, ce soir, de se montrer d'aussi sombre humeur et de me fournir ainsi le prétexte d'une rupture et d'une fuite. Courage ! il faut partir... Il faut aller reprendre au Louvre la place qui me revient...

Il était pâle, il chancelait à ce terrible mot de départ ; mais son œil brillait de résolution, et il boucla son épée, prit son manteau et son feutre. Puis, il ouvrit sans bruit la porte de la salle, gagna une galerie obscure, puis un escalier dérobé qui conduisait aux écuries du château. Là, Henri de Valois sella lui-même un cheval, avec l'aide du soldat qui veillait à la grille pendant la nuit, et mit le pied à l'étrier.

Un dernier soupir s'échappa de sa poitrine ; il jeta un dernier regard à ce petit manoir d'Anet, où dormait la femme qu'il aimait depuis tant d'années ; puis, faisant un dernier effort pour vaincre sa faiblesse et cet indigne amour, il sauta en selle et se fit ouvrir la grille.

Presque au même instant, le galop de plusieurs chevaux se fit entendre à l'extrémité de l'avenue de tilleuls qui conduisait au château.

L'orage était proche, nous l'avons déjà dit, et de temps à autre un éclair déchirait l'horizon et jetait sur le paysage une rapide et fauve lueur. Un de ces éclairs montra au dauphin trois cavaliers qui venaient à sa rencontre, et l'éloignement ne lui permettant point d'abord de les reconnaître, il arrêta court son cheval. — Étonné que

le manoir d'Anet reçût des visiteurs à une heure aussi matinale, instinctivement, Henri de Valois porta la main à son épée et s'assura qu'elle jouait aisément dans son fourreau.

IX. — Le Rêve du roi.

Nous avons laissé madame d'Etampes remontant au Louvre, après le départ de Raphaël et du marquis de Saint-André pour Anet.

La duchesse gagna son appartement, sonna ses femmes et se fit déshabiller et mettre au lit. Elle voulait dormir, tuer le temps à tout prix, afin de dominer l'anxiété profonde où elle était sur les résultats de l'issue probable de cette abominable intrigue qu'elle venait d'ourdir et dont le dernier acte allait se jouer durant cette nuit qui s'écoulait si lentement pour elle.

L'espoir de la duchesse fut déçu. Le sommeil s'obstina à fuir ses paupières ; son cœur, serré par l'angoisse, continua à battre violemment, tandis que mille visions fantastiques ou terribles passaient et repassaient grimaçantes dans l'obscurité peuplée de fantômes qui régnait dans les lourdes draperies de son lit. Son imagination troublée lui montra vingt fois, pendant ces mortelles heures de la nuit, son fils Raphaël, le fer à la main, en présence de Henri de Valois ; et cependant son cœur ne tressaillit point à la pensée que son enfant pouvait succomber dans la lutte, mais à celle que, s'il était vaincu, elle était perdue sans retour.

Madame d'Etampes était redevenue une véritable statue de bronze inaccessible à tout sentiment humain.

Enfin, cette longue et terrible nuit s'écoula ; les premiers rayons du jour, indécis encore, pénétrèrent dans son appartement, à travers les vitraux coloriés, et vinrent dissiper cette obscurité au milieu de laquelle la duchesse avait fait, éveillée, les plus horribles rêves.

Avec la lumière, madame d'Etampes retrouva ce calme et cette merveilleuse lucidité d'esprit qui constituaient sa force, — et elle songea qu'elle devait, avant toute chose, préparer Catherine à cette étrange substitution qui allait s'opérer.

Les trois cavaliers étaient partis avant minuit ; ils pouvaient être de retour au soleil levant, et la duchesse savait bien que, si tout le monde au Louvre devait se tromper à cette ressemblance inouïe de Raphaël avec le dauphin, madame Catherine ne s'y tromperait pas et reconnaîtrait aussitôt son amant.

Elle se fit donc vêtir à la hâte pour se rendre chez la dauphine ; mais auparavant, elle jugea convenable d'entrer chez le roi, et elle y pénétra par le couloir secret. Miron était debout au chevet du noble malade.

La pâleur et l'abattement du jeune médecin étaient extrêmes ; il écoutait attentivement la respiration entrecoupée et sifflante de François Ier qui dormait d'un sommeil agité et prononçait des mots sans suite, résultat évident du délire.

Madame d'Etampes s'avança sur la pointe du pied et consulta Miron du regard.

Miron la regarda tristement :

— Ce que j'avais prévu, dit-il, est arrivé. Le roi a eu le délire toute la nuit, et il n'a pas deux heures à vivre.

La duchesse fit un geste d'effroi, se précipita vers le lit et prit la main du monarque dans les siennes.

Cette main était brûlante et inondée de sueur.

A ce contact subit, François Ier s'éveilla subitement et promena autour de lui un œil égaré et vitreux. Il regarda la duchesse et ne la reconnut pas. Puis, comme s'il eût cédé à un épuisement subit, il se retourna brusquement la face vers le mur et ferma les yeux.

Madame d'Etampes n'avait éprouvé aucune émotion. Son espoir et ses pensées étaient entièrement tournés vers Raphaël. Peu lui importait à présent que le roi mourût une heure plus tôt ou plus tard. Elle abandonna donc ce monarque qui l'avait tant aimée, et, laissant Miron tout seul auprès de lui, elle se rendit chez la dauphine.

La jeune princesse était encore dans ce boudoir à l'orientale où, la veille au soir, elle avait reçu Raphaël.

On s'en souvient, à l'apparition subite de madame d'Etampes, au nom du dauphin qu'elle avait prononcé, Catherine s'était évanouie en jetant un cri de douleur et d'effroi. Cet évanouissement avait duré plusieurs heures, et personne n'était venu à son secours, si bien que lorsqu'elle reprit ses sens, elle se trouva seule, couchée de son long sur le parquet, au milieu de cette salle où il lui semblait entendre résonner encore la voix caressante et voilée de Raphaël. Quelques minutes lui suffirent pour revenir au sentiment de la réalité, — réalité poignante, — réveil navré qui dissipait les plus chères illusions.

Catherine avait vu pendant une heure le ciel s'entr'ouvrir devant elle ; elle avait oublié son époux, Henri de Valois, en voyant Raphaël à ses genoux ; elle avait prêté une oreille affolée à ses sentiments d'amour ; ses mains avaient frissonné dans les siennes... Catherine avait vécu, en une heure, une éternité de bonheur.

Et maintenant elle s'éveillait de ce rêve céleste et se retrouvait seule, abandonnée des hommes et peut-être de Dieu...

Raphaël était parti, — parti pour toujours !

Et l'heure était proche où le dauphin, devenant roi, installerait orgueilleuse, effrontée, en une aile du Louvre, Diane de Poitiers, la favorite odieuse qui insulterait à l'abaissement de la reine de France.

Catherine n'était point encore cette illustre et grande princesse que son siècle devait si fort admirer, épouse résignée, mais forte ; reine comprenant la dignité et le poids de cette lourde couronne qu'elle était destinée à porter durant quatre règnes.

Elle avait encore les naïves alarmes de la jeunesse, ses souffrances ingénues et si violentes ; elle s'abandonnait au désespoir avec un découragement fatal, et loin d'essayer de lutter contre la douleur, elle se prit à fondre en larmes, la tête cachée dans ses mains, agenouillée et courbée sur le sol, dans cette attitude navrante qu'un sculpteur de cette époque avait donnée à la statue du Désespoir.

Madame d'Etampes la surprit ainsi.

On le sait, la jeune dauphine avait trouvé si peu d'amis à la cour de France qu'elle s'était prise d'une grande affection pour la duchesse, — même avant de soupçonner qu'elle était la mère de Raphaël.

A la vue de celle-ci, qui franchissait le seuil du boudoir, elle jeta un cri de joie et se précipita dans ses bras.

— Chère princesse... chère enfant... murmura la duchesse en la pressant sur son cœur.

Madame d'Etampes était maîtresse d'elle-même et possédait à merveille le nouveau rôle qu'elle allait jouer. Elle fit asseoir Catherine auprès d'elle et lui dit avec tristesse :

— Il est parti !

La dauphine étouffa un cri de douleur et pâlit affreusement.

— Résignons-nous et prions... continua la duchesse. Il est parti... Bientôt le dauphin arrivera... et avec lui Diane de Poitiers...

— Ah ! fit Catherine avec une indicible expression de dégoût et d'aversion.

Madame d'Etampes parut se recueillir un moment, puis elle regarda la dauphine avec une expression de tendresse presque maternelle.

— Pauvre enfant !... murmura-t-elle, comme il vous eût aimée, lui... comme il eût été un noble époux, un vrai fils de roi !... Quelle existence toute de vénération et de respect il vous eût consacrée...

Catherine baissait la tête et deux larmes coulaient lentement de ses yeux sur les mains de la duchesse.

— Ah ! chère enfant... reprit celle-ci avec expansion, si je n'écoutais que mon amour pour vous et pour lui...

La dauphine tressaillit.

— Eh bien ? demanda-t-elle, levant ses beaux yeux en pleurs.

— Je vous dirais, ô mon enfant : Venez, fuyons... allons le rejoindre... Nous trouverons bien en quelque coin du monde un asile inconnu, abrité des orages et des tempêtes, un asile où nous vivrons heureux...

— Et mes serments ! répondit Catherine, et ce nom de Valois que m'a apporté un fils de France !

— C'est juste, murmura madame d'Etampes qui baissa la tête ; pardonnez-moi... mon amour pour vous et pour lui m'égare.

Les larmes de la jeune princesse coulaient toujours silencieuses. Elle pressait la main de madame d'Etampes, et ce serrement muet semblait dire : Vous aviez raison tout à l'heure, résignons-nous et prions.

Mais tout à coup la duchesse la regarda fixement et lui dit :

— Catherine, mon enfant, si votre époux mourait, épouseriez-vous Raphaël ?

La dauphine était trop jeune pour n'avoir point encore la cruelle ingénuité de l'amour.

— Oui, répondit-elle, sans songer qu'elle acquiesçait en ce moment à un vœu impie.

— Et, si le dauphin mort, poursuivit madame d'Etampes avec une infernale naïveté, le trône de France étant sans héritier du sang des Valois, un homme qui lui ressemblerait aussi étrangement que Raphaël lui ressemble, venait prendre sa place et continuer, sous le nom du défunt, la lignée du roi François Ier, menacée de s'éteindre... que diriez-vous ?

— Ah ! répondit Catherine, ceci est impossible.

— Qui sait ? fit la duchesse.

— Le dauphin est plein de vie.

— Il l'était hier.... Mais...

Madame d'Etampes s'arrêta et regarda la dauphine.

Catherine de Médicis était encore une enfant ingénue et étrangère aux intrigues et aux criminelles astuces de la politique, et cependant, en ce moment, elle eut comme un pressentiment de sa grandeur et de son génie futur ; un éclair de cette vaste intelligence qui devait, plus tard, se développer en elle, traversa son cerveau, et il lui sembla qu'elle devinait à moitié les tortueux projets de madame d'Etampes. Ses larmes cessèrent soudain de couler ; sa voix, de tremblante qu'elle était, devint assurée et calme.

— Eh bien ! dit-elle, parlez... qu'allez-vous m'apprendre ?

— Mon enfant, répondit la duchesse dont l'intelligente hypocrisie se trouva dupe de cette résolution subite qui se peignait sur le visage de Catherine, — Raphaël vous aime, et vous êtes la femme de Henri de Valois ; donc, Raphaël hait profondément ce dernier. Ne faut-il pas que la haine éclate et se fasse jour en une lutte loyale ?

Catherine se leva brusquement.

— Ah ! s'écria-t-elle, je devine donc enfin !

A son tour, madame d'Etampes tressaillit et regarda Catherine avec inquiétude.

A l'heure du triomphe, allait-elle donc rencontrer un invincible obstacle ?

Catherine de Médicis s'était relevée calme, froide, indignée ; elle ne pleurait plus, et une fierté souveraine régnait dans ses yeux :

— Qu'osez-vous donc me proposer, madame ! s'écria-t-elle. Quoi ! vous avez pu croire un moment que la femme du dauphin de France se laisserait égarer par un fatal amour, à ce point d'armer son amant contre son époux ? Quoi ! vous avez pensé que Catherine de Médicis respectait assez peu ses devoirs, se respectait assez peu elle-même, pour oser rêver un bâtard à la place du vrai fils du roi, de l'héritier légitime du trône ? Et vous avez été assez folle pour croire que si Raphaël, votre fils, celui vers qui m'entraîne un coupable et irrésistible amour, venait ici les mains souillées du sang de mon époux, s'agenouiller devant moi, je ne saurais point me redresser de toute ma hauteur et de tout mon dédain pour repousser du pied l'assassin et le désigner à la vindicte des lois et aux tortures de l'échafaud ? Ah ! duchesse, dites-moi que vous êtes folle, ou je vous bannis de ma présence à l'instant même.

Et Catherine s'éloigna de la duchesse et la toisa du regard avec un dédain suprême.

Madame d'Etampes était foudroyée. L'orage éclatait là où elle ne l'avait point soupçonné, et dans cette femme haletante et brisée naguère, dans cette faible enfant, en qui elle croyait trouver une alliée muette et résignée à son bonheur, elle voyait se dresser une implacable ennemie, jalouse de l'orgueil royal et prête à venger sa dignité insultée et son époux assassiné.

Madame d'Etampes se vit perdue ; il lui sembla que déjà l'échafaud se dressait en place de Grève, tout exprès pour elle et pour ce fils dont sa morale impie avait peut-être déjà fait, à cette heure, un régicide, et, comme les grands criminels, à l'heure où s'écroule le plan ténébreux de leurs iniques projets, oublient toute mesure et toute retenue, se drapant, avec un cynique orgueil, dans un dernier blasphème, — elle se redressa à son tour, l'œil en feu, écumante, terrible de rage et d'impiété, et elle s'écria :

— Eh bien ! madame, eh bien ! Catherine de Médicis, épouse vertueuse et fidèle de Henri de Valois, apprête-toi à venger la mort de celui qui te foule aux pieds d'une rivale ; fais dresser l'échafaud de Raphaël qui t'aimait ; car, à cette heure, sans doute, Raphaël croise le fer avec Henri de Valois !

Catherine jeta un cri, — un cri terrible, émouvant, qui eût retenti, comme l'accent suprême du désespoir, jusque dans les profondeurs les plus secrètes de ce Louvre immense où elle était, — si un autre cri, cri lugubre et morne, n'eût, en ce moment, couru de salle en salle, de corridor en corridor, éveillant tous les échos et s'élevant dans les airs comme un glas funèbre :

LE ROI EST MORT !

Et cet autre cri eut un tel prestige de vertigineuse épouvante et de fascination douloureuse sur ces deux femmes qui venaient de se mesurer avec le regard de la haine et de l'indignation, qu'elles se précipitèrent toutes deux vers la chambre royale, dont la porte était grande ouverte, et où, déjà, le flot de courtisans éperdus entourait le lit sur lequel venait de s'éteindre cette grande existence qui avait eu nom François Ier de Valois-Angoulême.

Le héros de Marignan, le rival de Charles-Quint, le noble vaincu de Pavie, le filleul, enfin, du chevalier Bayard, venait d'expirer dans les bras de son fidèle Miron.

Le règne de Henri II commençait.

La duchesse d'Etampes et la dauphine s'arrêtèrent muettes, glacées au milieu de cette chambre, en face de ce lit où ne gisait plus qu'un cadavre.

. . . .

En ce moment aussi, un nouveau personnage apparut sur le seuil, le front pâle et hautain, l'œil plein de larmes, une main sur la garde de son épée, l'autre placée sur son cœur en signe de douleur profonde.

Et à la vue de cet homme, madame d'Etampes laissa échapper une exclamation d'effroi.

Cet homme, elle ne pouvait s'y tromper, elle, c'était le dauphin !

Presque en même temps, une autre porte s'ouvrit, celle qui venait de l'appartement de la duchesse, et sur le seuil de cette porte, un autre homme se montra aux regards stupéfaits des assistants.

Cet homme, c'était Raphaël, et il ressemblait si parfaitement au dauphin qu'il était impossible de savoir lequel des deux était Henri de Valois.

Et tous deux, venant à la rencontre l'un de l'autre, s'arrêtèrent en face du lit royal... Puis ils étendirent la main tous deux sur le corps du roi défunt, et se la serrèrent mutuellement avec une morne douleur.

Le rêve du feu roi ne s'était point réalisé jusqu'au bout. Les deux frères n'avaient point tiré l'épée. Bien au contraire, Raphaël s'agenouilla humblement alors devant Henri de Valois et lui dit :

— Sire, permettez à Raphaël l'armurier, auquel un bizarre caprice du hasard s'est plu à donner une ressemblance étrange avec Votre Majesté, de saluer le premier l'avénement de Henri de Valois, deuxième du nom et roi du pays de France !

§

Que s'était-il donc passé ?

Le dauphin, nous l'avons dit, s'était arrêté court en voyant, à la lueur d'un éclair, trois cavaliers s'avancer vers le château et venir à lui. Lorsqu'ils furent à vingt pas, il croisa son cheval en travers de la route et leur cria : — Qui êtes-vous et où allez-vous ?

— Nous allons au château d'Anet voir monseigneur le dauphin, lui répondit-on.

— Que lui voulez-vous ?

— Nous avons affaire à lui.

— Approchez donc alors, car le dauphin, c'est moi.

Les trois cavaliers qui, on le devine, n'étaient autres que Raphaël, Giuseppe et le marquis, modérèrent l'allure de leurs chevaux, firent quelques pas encore et se trouvèrent en présence de Henri de Valois.

Il est de certaines heures dans la vie où le pressentiment du danger se révèle énergiquement chez l'homme. Le dauphin éprouvait, en ce moment, ce sentiment bizarre; car, la main sur son épée, ferme sur les étriers comme un chevalier prêt à soutenir le choc d'une lance, il attendit patiemment que les cavaliers fussent auprès de lui pour renouveler sa question : — Qui êtes-vous? que voulez-vous?

— Moi, dit l'un, je me nomme le marquis de Saint-André.

A ce nom, le dauphin tressaillit et sembla évoquer un lointain souvenir, car la voix du marquis était lugubre.

— C'est vous, Saint-André? demanda-t-il cependant avec une insouciance parfaite.

— Moi-même, monseigneur.

— Viendriez-vous au nom de mon père ?

— Non, monseigneur, répondit Saint-André, dont la voix était frémissante et voilée comme ces bruits menaçants et vagues qui s'élèvent du fond des forêts aux approches d'un orage, et font frissonner lugubrement le feuillage des grands chênes.

— Ah !... fit le dauphin rêveur, et de quelle part venez-vous ?

— De la mienne, monseigneur.

— Vous avez donc affaire à moi ?

— Oui, monseigneur.

— Eh bien ! retournons au château, en ce cas. Nous y serons plus à l'aise qu'ici. La nuit est noire, marquis ; la pluie commence à tomber par larges gouttes, et il fait un vent d'enfer. Les arbres du parc en craquent comme des ossements de morts.

— Inutile, monseigneur.

— Comment, inutile?

— Sans doute, je n'ai qu'un simple avis à demander à Votre Altesse.

— Mon bon ami, répondit 'e dauphin qui commençait à trouver la visite nocturne du marquis presque naturelle, si tu as un avis à demander sur quelque cas litigieux de droit ou de théologie, tu as tort de t'adresser à moi. Je suis bien plus ignare qu'un génevéfain. Va plutôt trouver maître Ramus, le professeur de philosophie, qui prêche en la rue du Fouarre.

— Vous vous trompez, monseigneur ; l'avis que je veux avoir de Votre Altesse se rapporte à une question de blason.

— En ce cas, marquis, parle sur-le-champ. Je suis assez bon gentilhomme, j'imagine, pour décider ces questions-là.

— Si j'ai bonne mémoire, monseigneur, répondit le marquis, le roi François Ier, votre auguste aïeul, armé chevalier par Bayard, le lendemain de Marignan, se releva après l'accolade et; regardant les gens d'armes de sa suite, leur dit simplement :

« — Messire et messeigneurs, m'est avis qu'en fait de point d'honneur, et quelque illustration particulière qui se rattache à leur naissance, tous les gentilshommes sont égaux et peuvent croiser le fer mutuellement. »

— C'est mon avis, Saint-André.

— Ainsi, monseigneur, si vous m'aviez insulté, vous daigneriez descendre de votre rang de prince pour croiser votre rapière avec moi simple gentilhomme du pays dauphinois?

— Sur l'honneur, marquis.

L'accent du dauphin était rêveur. Il semblait deviner...

— Au reste, monseigneur, continua Saint-André avec quelque ironie, je suis d'assez bonne maison. Un de mes ancêtres, en l'an neuf cent quarante, gouvernait la province de Graisivaudan pour le dauphin Humbert, et il alla, lui tout seul, clouer son gantelet, à Chambéry, sur la porte du duc Philibert de Savoie.

— Je le sais, mais je suppose, marquis, que tu n'as nul besoin de me faire valoir tes titres à une réparation. Je ne t'ai jamais offensé, que je sache.

— Rappelez vos souvenirs, monseigneur...

— Oh! oh! parlerais-tu sérieusement, marquis? demanda le dauphin avec hauteur.

— Sérieusement, monseigneur.

— Très-bien. Nous allons voir tes titres. Et ces cavaliers qui t'accompagnent?...

— Un gentilhomme italien et son écuyer.

— Ah! ah! demandent-ils également une réparation?

— Oui, monseigneur.

Le dauphin garda un moment le silence, puis il répondit d'un ton calme et superbe où éclatait l'orgueil chevaleresque des Valois :

— Je le vois, messeigneurs, vous avez l'un et l'autre même but, et vous jouez de bonheur, car vous ne m'eussiez pas rencontré une heure plus tard. J'allais à Rambouillet. Or, comme l'avenue d'un parc n'est point un lieu convenable pour l'entretien que vous sollicitez tous deux, suivez-moi... je vais vous conduire en un carrefour de forêt où nous deviserons à loisir.

Le dauphin poussa son cheval, et passant à ces mots sur le front des cavaliers, leur montra le chemin et prit le galop. Ils coururent ainsi pendant dix minutes sur la route de Paris; puis Henri de Valois fit un détour sur la gauche, gagna la lisière d'une forêt et s'y arrêta. Puis, il mit pied à terre et s'adressa à Saint-André.

— Voyons, marquis, lui dit-il, où et quand vous ai-je offensé? Par la mémoire du saint roi Louis, mon ancêtre, qui rendait justice à tout le monde, grands ou petits, il ne sera pas dit qu'Henri de Valois aura décliné l'honneur de se battre avec un simple gentilhomme, si ce gentilhomme est dans son droit!

— Monseigneur, j'ai à venger la mort de mon père.

— Bien, dit le dauphin. Avant de te répondre à ce sujet, marquis, laisse-moi demander au gentilhomme qui t'accompagne, pour quel motif il a pareillement affaire à moi?

Raphaël avait mis pied à terre comme le dauphin, et les trois cavaliers s'étaient instinctivement réfugiés sous les épais rameaux d'un vieux chêne qui les garantissait de la pluie, tandis que Giuseppe tenait bravement les chevaux en main.

L'armurier était demeuré silencieux et le front baissé pendant le colloque du marquis et de Henri de Valois. Peut-être une dernière lutte s'élevait-elle dans le cœur du jeune homme, et la voix sympathique et franche du dauphin faisait-elle vibrer secrètement en lui cette fibre mystérieuse du sang qui rapproche les hommes à leur insu.

A la question directe du dauphin, il tressaillit vivement et répondit d'une voix qui émut pareillement Henri de Valois, sans que, toutefois, celui-ci pût se rendre compte de la cause inconnue qui déterminait son émotion.

Nous l'avons dit plusieurs fois déjà, la nuit était noire, et il n'eût point été permis au dauphin de remarquer le visage de Raphaël, alors même que ce dernier n'eût point été couvert d'un masque.

— Moi, dit-il, je suis un gentilhomme italien, du nom de Raphaël, monseigneur.

— Voici la première fois, messire, dit le prince, que j'entends prononcer votre nom.

— Je suis d'assez bonne maison cependant, murmura Raphaël avec une sourde ironie.

— Et je vous ai offensé? demanda le dauphin avec étonnement.

— Pas précisément, monseigneur. Cependant, il y a une fatalité qui veut que, vous ou moi, nous mourions cette nuit même.

— Pardon, fit le dauphin, s'adressant à Saint-André; êtes-vous bien sûr, marquis, que ce gentilhomme soit dans son bon sens?

— Oui, dit le marquis.

— Ecoutez donc, monseigneur, reprit Raphaël avec colère, écoutez et vous me comprendrez. Tant que vous vivrez, vous serez un obstacle insurmontable entre mon père et moi... Tant que vous vivrez, il me sera impossible de prendre le nom de mon père et d'appuyer mes lèvres sur le front de la femme que j'aime avec fureur et passion. Comprenez-vous, monseigneur!

— Ma foi, non! répondit Henri de Valois avec une insouciance parfaite, et tout à l'heure je vous demanderai de plus amples explications, car je ne puis deviner quelle étrange et néfaste influence j'exerce sur votre destinée; mais, à présent, permettez que je vide tout de suite ma querelle avec Saint-André, qui prétend avoir à venger la mort de son père. Vous sentez, messire, que ses droits sont plus sacrés que les vôtres et qu'il doit être le plus pressé.

L'accent du prince était froidement dominateur, et l'altier Raphaël, qui jamais n'avait courbé le front ni cédé à personne, Raphaël se sentit subjugué, et il n'osa point revendiquer le droit qu'il avait acquis par le sort, une heure plus tôt, de croiser le fer le premier.

— Voyons, Saint-André, poursuivit Henri de Valois en se plaçant fièrement, le chapeau en tête et le poing sur la hanche, en face du marquis, — tu prétends que je suis le meurtrier de ton père?

— Oui, monseigneur.

— C'est selon comme on interprète les choses, mon ami, mais ce n'est point ici le lieu de te donner des explications. Un Valois ne s'excuse point, l'épée à la main.

— A la bonne heure! fit le marquis avec une sourde ironie. Ainsi, Votre Altesse me va faire l'honneur...

— De me battre avec toi, marquis. Je suis à tes ordres, et, si tu trouves le chemin de ma poitrine, tu n'es point obligé de me ménager.

M. de Saint-André fit entendre un rugissement de joie.

— Ah! murmura-t-il, mon père... Tu vas donc être vengé ?

Et il tira son épée et la brandit.

Henri l'imita.

— Bon ! dit il avec insouciance, voici les éclairs qui flamboient au ciel, Pasques-Dieu ! comme disait le roi Louis XI, nous y verrons clair, j'imagine !

En effet, la pluie tombait déjà avec violence, le vent courbait la cime des grands arbres de la forêt, et les nuées, s'entr'ouvrant par intervalles, vomissaient le feu du ciel, qui projetait sa lueur sinistre sur le théâtre du combat.

C'était bien l'heure et le lieu d'une lutte acharnée entre un fils qui vengeait la mort de son père et le meurtrier.

Les deux adversaires croisèrent le fer, et, au premier cliquetis, au premier froissement des épées, Raphaël, qui avait assisté, muet et sombre, à cette scène préliminaire du combat, Raphaël sentit soudain son cœur se serrer et battre violemment. Craignait-il pour les jours de son ami, ou bien pour ceux de cet homme qu'il haïssait ? Il n'aurait pu le dire lui-même.

Pendant dix secondes, le fer froissa le fer, et un morne silence, que troublèrent seuls les éclats de la foudre, régna autour de ces deux hommes qui se disputaient leur vie avec un sauvage acharnement ; — du moins, le marquis, car le dauphin se contentait de défendre la sienne avec cette habileté merveilleuse en escrime que possédaient tous les Valois, et que le roi Henri III devait pousser aux suprêmes limites de l'art.

Puis, tout à coup, M. de Saint-André poussa un cri de rage et fit un pas en arrière...

Le dauphin l'avait rapidement désarmé d'un vigoureux revers de poignet, et son épée était allée tomber à dix pas. En même temps, Henri de Valois fit deux pas en avant et appuya la pointe de son épée sur la poitrine du marquis, lequel croisa les bras et dit froidement :

— Tuez-moi ! c'est votre droit (1).

— Mon cher marquis, répondit le dauphin avec calme, voici le moment, je crois, où je puis, sans lâcheté aucune, t'expliquer comment on peut, jusqu'à un certain point, m'attribuer la mort de ton père. Écoute-moi bien... Ton père outragea ma mère ; je le trouvai à ses genoux et je le frappai au visage. Je n'avais que dix ans alors, et ce ne pouvait être à moi que ton père demanderait raison de l'offense. Mon professeur d'escrime, l'Italien Aventurino, se battit en mon lieu et place. Il se battit loyalement et tua ton père dans toutes les règles, comme je l'eusse fait moi-même si j'avais été un homme.

— Mensonge ! exclama le marquis.

— Je dis vrai, répondit simplement le dauphin.

— Et le coup de dague dont vous l'avez frappé par derrière entre les deux épaules ?

— Moi ! exclama le dauphin.

— Vous ! dit froidement Saint-André.

— Mensonge ! car je n'ai appris le duel qu'après la mort de ton père et la fuite d'Aventurino.

Saint-André poussa un cri.

— Jureriez-vous cela, monseigneur ? exclama-t-il vivement ; le jureriez-vous ?

Le dauphin abaissa son épée, posa la main sur son cœur et dit solennellement :

— Marquis, sur l'honneur, je te jure que je t'ai dit la vérité !

— Infamie ! s'écria M. de Saint-André ; la duchesse a menti !

Et il se jeta à genoux devant le dauphin.

— Pardonnez-moi, monseigneur, murmura-t-il, ou plutôt tuez-moi ! car j'ai osé provoquer le fils de mon roi !

— Relève-toi, ami, dit le dauphin avec bonté et lui tendant la main, ne sommes-nous pas gentilshommes tous deux et n'avons-nous pas le droit de nous expliquer l'épée à la main ? Et maintenant, ajouta Henri avec cet accent de franchise qui attestait éloquemment son noble sang, laisse-moi vider ma seconde querelle.

M. de Saint-André prit la main du prince et la baisa ; puis il allait sans doute laisser échapper une noble et généreuse parole qui désarmât l'aveuglement impie de Raphaël ; mais il se souvint alors du serment que lui avait arraché la duchesse, et il se tut. Il était esclave de sa parole, si criminelle que fût celle à qui il l'avait engagée.

— A nous deux, mon gentilhomme ! dit une seconde fois le dauphin, attendant que l'Italien vînt se placer devant lui.

Mais Raphaël ne bougea. Une révolution tout entière et terrible s'était opérée en lui. En apprenant que sa mère avait menti, il avait vu se déchirer le voile qu'elle avait jeté sur ses yeux pour lui dérober le sentiment de l'honneur et du devoir... En voyant, le fer à la main, cet homme qui était, comme lui, le fils de son père, il avait éprouvé en son cœur ce tressaillement de terreur qu'on éprouve quand ceux que nous aimons sont en péril de mort...

(1) A l'époque de notre récit, le fait que nous racontons était tout simple, et le duel de Jarnac et de la Châtaigneraie en fait foi. Ce n'est que près d'un siècle plus tard que, l'escrime et le duel reposant enfin sur des bases et des lois positives, il fut reconnu et déclaré que frapper un homme désarmé constituait un acte déloyal qui déshonorait à tout jamais celui qui s'en rendait coupable. — Le désarmement équivalait alors à la victoire.

Raphaël s'éveillait brusquement d'un rêve affreux ; — le criminel et le fou qui voulait devenir fratricide, le bâtard qui avait osé un moment rêver le rang et le nom du prince légitime, avait enfin horreur de lui-même, et faisait place à ce Raphaël de Milan, si brave, si généreux, à cet élève chéri du vieux Guasta-Carne, que la blonde Marianna avait aimé si tendrement.

— Eh bien ? fit le dauphin étonné de cette inertie.

Raphaël fit un pas, tira son épée et la brisa sur son genou ; puis il se courba devant le dauphin et lui dit :

— Monseigneur, votre droit est de m'envoyer à l'échafaud, car depuis quelques heures, abusé par mon désespoir et de perfides insinuations, j'ai osé rêver la mort de mon prince pour me substituer à lui... Mais par pitié pour le sang qui coule dans mes veines, épargnez-moi la honte et l'ignominie de la Grève... tuez-moi.

Et Raphaël, croisant les bras, arracha son masque, et un éclair, illuminant soudain son visage, fit pousser un cri de stupeur au dauphin.

— Tuez-moi, dit froidement l'armurier, j'ai mérité la mort. Je suis le fils de la duchesse d'Étampes !...

Le dauphin laissa échapper une exclamation de surprise et presque de joie, puis il tendit sa main à Raphaël :

— Mon frère ! dit-il.

On devine le reste. Le sang avait parlé au cœur de ces deux hommes, et ce fut les mains enlacées qu'ils remontèrent à cheval et s'élancèrent vers Paris, pour y voir encore une fois celui que l'un tout haut, l'autre tout bas, appelaient mon père.

Hélas ! ils arrivèrent trop tard.

X. — Les deux frères.

Il y avait trois jours que la dépouille mortelle du roi François Ier avait été descendue en grande pompe dans les funèbres caveaux de Saint-Denis où reposaient les rois de France, prédécesseurs du héros de Marignan.

Pendant trois jours, à l'aurore, à midi et au coucher du soleil, un héraut d'armes, se montrant au balcon du Louvre, avait fait entendre le cri traditionnel trois fois répété : *Le roi est mort ! vive le roi !*

Le règne de Henri de Valois, deuxième du nom, commençait. Le nouveau monarque, en grand deuil, avait reçu l'hommage lige de la noblesse, l'hommage du parlement ; — et le peuple avait salué son avènement de ces cris de joie qui se renouvellent à l'aurore de chaque règne et disent si bien l'ingratitude et l'oubli des nations pour le passé.

Avec le nouveau roi, une cour nouvelle s'était constituée tout à coup. Les mécontents du dernier règne, les ambitieux tenus à l'écart, les courtisans longtemps déçus dans leurs espérances s'étaient groupés avec empressement autour de Henri II. Madame Diane de Poitiers avait sur-le-champ envoyé un messager au roi, pour le prier de lui réserver un appartement au Louvre ; — et le roi n'avait point répondu encore, n'osant formuler ni un acquiescement, ni un refus, tant il redoutait à la fois et de retomber sous le joug de cette passion fatale, et de s'y soustraire pour toujours.

Le vieux connétable, Anne de Montmorency, était devenu le conseil, l'ami, le premier ministre du jeune monarque. Il avait été chargé de vérifier l'état des finances de l'armée, de régler l'emploi du temps à la cour, et de présider à la journée du plaisir et du travail du nouveau roi.

Ce dernier l'avait consulté sur la demande de la favorite, et le vieux connétable, qui était un fin politique et jugeait prudent de ne rompre en visière avec personne, s'était contenté de répondre :

— Sire, le roi de France doit oublier, momentanément du moins, les affections mystérieuses et les secrets attachements du dauphin. Il est nécessaire à votre grandeur que madame Diane demeure quelques jours encore en son manoir d'Anet, et ne reparaisse à la cour qu'après que la reine aura reçu les hommages de ses sujets.

Le roi avait goûté ce conseil ; et pour la première fois peut-être, il avait songé à Catherine et s'était avoué que la reine de France était belle, et que l'homme qui l'aimerait en serait aimé serait heureux entre tous. Mais Henri II aimait Diane ! En vain luttait-il de tout son pouvoir et de toute sa raison contre cette attraction fatale, en vain essayait-il de briser le charme...

Les conseils de Montmorency, la beauté de Catherine, le pressentiment qu'il avait des troubles et des désordres que la présence à la cour de l'altière favorite allait susciter dès la première heure, étaient impuissants à vaincre en lui ce terrible et malheureux amour.

Or, c'était le matin du troisième jour qui avait suivi les funérailles du roi François Ier. Le jeune roi était seul en son cabinet de travail, où l'avait laissé Montmorency, après avoir travaillé avec lui depuis le point du jour. Le sablier, placé entre les deux croisées ogivales, marquait sa dixième heure. Le temps était magnifique ; le soleil répandait ses rayons les plus lumineux à travers une brume bleue qui flottait sur Paris et sur la Seine ; les arbres qui croissaient sur la berge, entre le Louvre et le fleuve, avaient parsemé le dôme vert de petites fleurs blanches ou roses ; et le roi sentait monter du dehors

jusqu'à lui cette brise printanière chargée des mystérieux parfums
d'avril, qui parlent si éloquemment la langue muette de l'amour.

Henri oubliait, à moitié penché qu'il était à l'une des croisées ouvertes, les grands événements qui venaient de s'accomplir dans sa
destinée : la mort du roi son père, et son avénement, et les soucis
et le poids de cette couronne qui chargeait son front de vingt-neuf
ans... Il songeait aux verts et mystérieux ombrages d'Anet, sous
lesquels Diane et lui avaient abrité si longtemps leur amour,—et il
regrettait Anet et Diane...

Montmorency a raison, murmurait-il, il faut bien que j'aie la
force d'oublier Diane, pour me souvenir que je suis roi de France et
l'époux de Catherine de Médicis; mais Montmorency ne sait pas que
le cœur et la raison s'accordent rarement, et que la politique et ses
âpres soucis ne valent pas l'amour et ses bonheurs secrets... O mon
père! pourquoi donc votre trépas prématuré me fait-il roi!

Au souvenir du grand roi, Henri sentit une larme rouler dans ses
yeux, et un soupir s'échappa de sa poitrine oppressée.

On frappa à la porte.

— Entrez! dit le roi se retournant et abandonnant l'appui de la
croisée.

La porte s'ouvrit; un homme apparut et salua Henri II avec le
profond respect d'un sujet pour son souverain. C'était Raphaël.

Le jeune armurier était exactement vêtu comme le jour où M. de
Saint-André l'alla trouver à la salle d'armes du maître Guasta-Carne.

Il portait son pourpoint d'armurier, la toque jaune et bleue mi-
partie qui attestait de son enrôlement dans la corporation milanaise
des forgerons, et il n'avait au côté qu'une simple dague, — façon
éloquente d'avouer qu'il n'avait point le droit de porter l'épée des
gentilshommes.

Le roi fit un geste de surprise et lui tendit la main.

Raphaël prit cette main et la baisa respectueusement en mettant
un genou en terre :

— Sire, dit-il, la bonté de Votre Majesté et son oubli des injures
sont si grands, que j'ose me présenter devant elle et la supplier de
m'accorder une grâce.

— Relève-toi et parle, répondit le roi d'un ton affectueux.

Mais Raphaël demeura le genou en terre et continua :

— Il y a la cour de Votre Majesté une femme qui a rêvé le plus
grand attentat qui puisse être commis contre la royauté...

Le roi tressaillit.

— Cette femme, sire, a encouru non-seulement votre royale disgrâce, mais encore le châtiment réservé aux criminels de lèse-ma-
jesté...

Le roi se tut et écouta attentivement Raphaël.

— Mais, reprit l'armurier, cette femme est ma mère, et il est du
devoir de son fils de venir implorer sa grâce à vos pieds.

Le roi fronça le sourcil, puis releva Raphaël.

— Raphaël, lui dit-il, il ne sera pas dit que je t'aurai refusé la
grâce que tu me demandes. Ta mère n'a point rêvé seulement la
mort de l'héritier de la monarchie, elle a fait plus encore : autrefois,
elle a livré à l'empereur Charles-Quint des secrets d'Etat qui pouvaient entraîner la ruine de ce royaume de France qu'elle gouvernait
alors. Si la duchesse d'Etampes n'était pas ta mère, je lui demanderais à coup sûr un terrible compte de cette influence néfaste qu'elle
exerça pendant vingt années sur l'esprit aveuglé du feu roi... Mais
tu viens m'implorer, et je te fais grâce!

— Ah! sire, murmura Raphaël ému jusqu'aux larmes, vous êtes
noble et grand, et mon cœur vous appartient comme déjà mon sang
et ma vie sont à vous.

— Mais, reprit le roi, tu comprendras toi-même que je ne puis
donner au monde le spectacle de la faveur éternelle de la duchesse.
Si elle demeure à la cour, on dira qu'elle domine le nouveau roi,
comme elle dominait son prédécesseur.

Raphaël baissa les yeux.

Le roi continua :

— Que la duchesse parte, qu'elle se retire à Chambord ou dans
telle de ses terres qui lui conviendra. Ce n'est point un exil, c'est un
congé, je te charge de le lui annoncer.

Raphaël baisa de nouveau la main du roi.

— Sire, dit-il, merci! Raphaël, l'armurier, gardera un souvenir
éternel de la clémence du roi Henri II.

Puis le jeune homme ajouta, s'inclinant de nouveau :

— Feu le roi, votre père, avait écrit à mon maître, le vieux Guasta-
Carne, la lettre que voici.

Et Raphaël tendit la lettre au roi, qui la lut attentivement d'un
bout à l'autre.

— Mais, reprit-il, quand Henri II eut terminé sa lecture, mon
maître était vieux; il tenait à sa chère patrie, à sa maison inondée
des rayons du soleil, à ses chers élèves qui le vénéraient et l'aimaient,
à sa blonde Marianna, fleur du Nord éclose aux ardeurs du Midi,
— et n'osant refuser les offres magnifiques du roi de France, qui
daignait lui faire l'honneur de l'appeler à sa cour, — il me chargea
de le remplacer et de venir enseigner aux gentilshommes français
cette noble science de l'escrime que nous avons perfectionnée, nous
autres Italiens.

Le roi fit un geste dédaigneux.

— Tu sais bien, ami, lui dit-il, que je ne souffrirai point que tu
remplisses à ma cour les humbles fonctions de maître d'armes.

— Aussi, reprit Raphaël, viens-je excuser mon vieux maître et
moi-même en prenant congé de Votre Majesté.

Le roi tressaillit et regarda Raphaël avec inquiétude.

— Sire, continua le jeune homme avec tristesse, je fais mes adieux
à Votre Majesté. Je retourne à Milan, où je succéderai à mon vieux
maître, à mon père adoptif Guasta-Carne.

— C'est impossible! s'écria Henri.

— Pourquoi impossible, sire?

— Parce que ta place est ici.

— Le cœur de Votre Majesté égare sa raison.

— Nullement, frère.

— Sire, sire..., murmura Raphaël avec tristesse, vous savez bien
que ma destinée est maudite; que fils de l'ombre et du hasard, je
dois rendre à l'ombre et au hasard mon existence misérable.

— Tu es fou.

— Non, sire, je suis malheureux et maudit. Voilà tout.

Le roi poussa un soupir; puis il regarda Raphaël avec une expression de tendresse où éclataient la grandeur et la bonté infinies de son
cœur.

— Je croyais, dit-il, que l'amitié de ton roi... de ton frère...

— Ah! sire, s'écria Raphaël, n'ajoutez pas un mot, car cette
amitié dont vous parlez m'accable de douleur et de remords.

— Que veux-tu dire?

— Hélas! ne le savez-vous pas?

Henri tressaillit une seconde fois.

— Tu l'aimes donc bien? demanda-t-il avec bonté.

— Sire, murmura Raphaël, ma réponse serait un blasphème.

Le roi avait compris.

— Laissez-moi retourner à Milan, sire, y reprendre mon humble
et paisible existence de forgeron, et y épouser Marianna, la fille de
Guasta-Carne, l'armurier.

Le roi gardait le silence, — mais la voix du sang parlait en son
cœur, et, à son tour, il éprouvait ce sentiment d'ardente affection
qui s'était emparée de Raphaël à l'heure suprême où ils avaient dû
croiser l'un sur l'autre une épée impie.

Et, pendant ce silence, Raphaël demeura les yeux baissés et tout
frissonnant, comme l'homme qui attend l'arrêt suprême de sa
destinée.

Enfin le roi releva la tête.

— Serais-tu heureux à Milan?

Cette question bouleversa l'armurier.

— Heureux! fit-il avec une légère ironie; puis-je l'être, sire?

— Qui sait? Peut-être aimeras-tu un jour Marianna?

Ce nom de Marianna, que le roi prononçait, produisit sur Raphaël
une étrange émotion.

Il lui sembla qu'il était déjà l'époux de la fille de son maître, de
Marianna qui l'aimait et qu'il n'aimait point, qui épieraient en vain sur
ses lèvres un sourire, sur son front un rayon de bonheur, dans ses
yeux un éclair d'espoir, et à laquelle ses yeux et son front répéte-
raient à toute heure et avec une fatale éloquence que son rêve et
son idéal, celle à qui appartiendraient éternellement son cœur et sa
pensée, ce n'est pas elle, ce ne serait jamais elle!

Et Raphaël, entrevoyant un pareil avenir, eut horreur de lui-
même et répondit vivement au roi :

— Non, sire, non, jamais je ne retournerai à Milan!...

Le roi tressaillit.

— Tu restes donc! lui dit-il.

— Non, sire, je pars...

— Et où iras-tu, enfant?

— Demandez à la feuille détachée de sa tige et que roule le vent
d'automne où elle va. Demandez au bloc de roche, arraché des
hautes cimes, au fond de quel abîme il s'arrêtera. Demandez à
l'homme que pousse le vent fatal du destin où le destin va l'entraîner?...

Raphaël soupira avec amertume.

Mais, tout à coup, un éclair passa dans ses yeux; il se redressa
avec toute la fierté d'un Valois qui aurait pu porter son noble nom
au grand soleil, et il sembla à Henri II qu'il voyait devant lui, plus
jeune de vingt années, François Ier lui-même, à la veille d'une bataille, l'ardeur du combat dans les yeux, l'orgueil chevaleresque de
la grande race au front.

— Sire, dit Raphaël, je suis né soldat; ma vie a été liée tout
entière à la garde d'une épée. Je dois mourir sur un champ de bataille. Donnez-moi une place de soldat ou de capitaine, peu importe!
dans vos armées, Raphaël le forgeron tombera frappé par devant en
criant : Vive le roi!

Raphaël était beau de fierté et d'enthousiasme en prononçant ces
paroles; le roi en fut touché et il lui jeta ses bras autour du cou.

— Frère, dit-il, puis ne tu le veux, je t'enverrai aux armées, non
pour que tu y meures, mais pour que tu sois victorieux et que tu
affermisses mon trône, sur les dernières marches duquel tu auras
toujours ta place.

Raphaël secoua la tête.

— J'ai mon destin, murmura-t-il.

— Es-tu donc si faible, s'écria Henri II, que tu ne puisses le vaincre ?

— Que voulez-vous dire? demanda Raphaël.

— Et craindrais-tu donc, poursuivit le monarque, de te trouver à toute heure...

Raphaël interrompit le roi d'un geste.

— Je vous comprends, sire, dit-il. Non, Votre Majesté a raison, et l'homme doit être plus grand que l'infortune qui l'accable et il en doit supporter le poids. Que je reste à la cour ou que je m'en éloigne, jamais Raphaël l'armurier ne lèvera un regard coupable jusqu'à sa souveraine...

Un cri de joie échappa au monarque.

Il prit les deux mains de Raphaël, le fit asseoir auprès de lui, et dépouillant cette dignité froide qui est l'apanage éternel, l'enveloppe immuable de la majesté :

— Frère, dit-il, le roi de France n'est plus ici, puisque nous sommes seuls. En public, aux yeux de tous, je serai ton roi, — quand nous nous retrouverons sans témoins, je serai ton ami et ton frère... Embrasse-moi, frère... Entre Henri et Raphaël, entre le fils de la reine de France et celui de la duchesse d'Etampes, n'y a-t-il pas des liens mystérieux que le vulgaire doit ignorer, mais dont nous devons nous souvenir toujours?

Une larme brillait dans les yeux de Henri II.

— Ah ! sire, murmura Raphaël, que ne suis-je mort de honte et de douleur le jour où j'ai prononcé le nom de Votre Majesté avec l'accent de la haine.

— Enfant!... dit le roi avec tendresse.

— Aussi, reprit Raphaël avec enthousiasme, qu'elle dispose de moi, maintenant! qu'elle use à son gré de mon bras, de mon sang, de ma vie ! Mon bras ne sera jamais assez lourd pour frapper ses ennemis, mon sang ne sera jamais assez abondant pour arroser ces champs de bataille que l'oriflamme de mon roi illuminera de sa vaillante auréole, ma vie assez digne de s'éteindre à l'ombre sacrée d'un pareil drapeau.

— Ainsi, tu me restes? fit Henri II avec l'affectueuse insistance d'un frère aîné.

Une dernière fois le souvenir de Raphaël vola à Catherine, et alors une pensée généreuse et sublime s'empara de son cœur ; il songea que la reine de France pouvait être, tôt ou tard, sacrifiée à l'ambitieuse et perfide domination de Diane de Poitiers, — et il osa se dire que puisque Catherine ne pouvait l'aimer, elle devait aimer son époux ; qu'il fallait que, désormais, la reine de France régnât réellement et sur l'esprit et sur le cœur du roi, — qu'elle fût heureuse enfin, — et que c'était à lui, Raphaël, d'assurer ce bonheur sur des bases inébranlables.

— Eh bien ? répéta Henri II avec inquiétude.

— Donnez-moi vingt-quatre heures de réflexion, sire, répondit Raphaël. Demain, j'aurai fait mon choix entre la cour et l'armée.

— Soit ! dit le roi en soupirant.

§

Le soir du même jour, la reine Catherine de Médicis était seule dans son oratoire, — cette petite salle orientale où elle avait reçu Raphaël et qui attenait à une serre où la jeune princesse avait fait venir tous les arbustes et toutes les plantes de sa chère Italie.

Elle était seule, tristement assise au bord de son lit de repos, essayant de distraire l'amertume de ses pensées par la lecture d'un poëme de son pays, l'*Orlando furioso*.

La marquise de Saint-André, la belle Maria di Polve, entra sur la pointe du pied et vint à elle.

— Ah ! dit la reine levant la tête, te voilà, mon enfant ? Merci, tu me viens toujours aux heures où je souffre.

— Ne suis-je pas la plus dévouée et la plus ancienne servante de Votre Majesté ?

— Dis sa meilleure amie.

Maria baisa la main de la reine.

— Ma pauvre Maria, reprit Catherine, te souviens-tu de notre jeunesse si heureuse... et de tous ces rêves que nous faisions toutes deux... tu voulais être aimée par un beau gentilhomme à la moustache retroussée, à l'éperon tapageur... Moi, je rêvais une couronne...

La reine soupira.

— Folle! malheureuse folle que j'étais! reprit-elle, je ne savais point de quelles épines cruelles ce jouet d'enfant est orné; j'ignorais par combien de larmes, de tortures, de nuits d'insomnie et de jours navrés, je paierais cette vaine grandeur... O Maria, Maria... combien je regrette notre Florence, si blanche et si parfumée, et nos jeux enfantins et nos calmes soirées au bord de l'Arno!...

Une larme brilla dans les yeux de Catherine. Maria vit cette larme, comprit cette douleur profonde qui emplissait le cœur de la jeune reine, — et, oubliant que trois jours avaient élevé entre elle et

son amie une nouvelle barrière, creusé un abîme de plus, en posant la couronne de France sur sa tête, elle lui prit les mains et l'enlaça de ses bras comme autrefois en murmurant :

— Chère princesse!...

— Maria, reprit Catherine en baisant sa jeune compagne au front, depuis quelques heures je suis en proie à d'étranges pensées et obsédée d'un bizarre souvenir.

La marquise regarda la reine avec inquiétude.

— Te rappelles-tu, poursuivit Catherine, ce nécromancien bizarre que le duc Laurent, mon père, fit venir un jour au palais ?

— Oui, dit Maria, c'était, je crois, un seigneur espagnol du nom de don Luiz Herrera. Jeune, beau, magnifique, il ne ressemblait en rien à ces diseurs de bonne aventure qui se montrent affublés d'une vieille souquenille, portant une grande barbe blanche et mendiant quelques écus pour prix de leurs révélations mystiques. Don Luiz était alchimiste pour son plaisir; il avait trouvé la pierre philosophale; il convertissait le cuivre en or, le charbon en diamants. Toujours jeune et beau, malgré les années qui passaient, il se vantait d'être immortel (1) et prétendait avoir connu Philippe-Auguste, le lendemain de la bataille de Bouvines. Il semait l'or sur son passage avec la prodigalité d'un prince, et les souverains de l'Italie lui faisaient un grand accueil.

— C'est cela même, dit Catherine.

— Comment donc Votre Majesté a-t-elle pu se rappeler cet aventurier?

— Je me suis souvenue de ses prédictions.

— Ah ! fit Maria avec un regard interrogateur.

— J'avais alors treize ou quatorze ans, continua la reine. Nous étions à table dans un salon d'été que mon père avait récemment fait construire au bord de l'Arno. Don Luiz me regarda tout à coup avec une expression étrange et que je n'oublierai jamais... Puis il vint à moi, se levant de table, et il me prit la main :

« — Madame, me dit-il, vous serez reine.

« Je répondis par un sourire d'incrédulité.

« — Pourquoi pas? fit mon père qui m'idolâtrait et rêvait pour moi les plus grandes destinées.

« — Vous serez reine, poursuivit don Luiz, croyez-moi... L'avenir ne saurait me cacher un seul de ses secrets.

« — Serai-je heureuse?

« — Non, me dit-il tristement.

« Et comme je pâlissais, il ajouta :

« — Vous serez malheureuse en amour; l'homme que vous aimerez sera éternellement séparé de vous; mais vous serez une grande reine, et l'Europe sera à vos genoux un jour. Vous serez femme de roi et mère de roi.

« — Mon fils régnera donc? murmurai-je.

« — Vos fils régneront.

« Je tressaillis.

« — Vous aurez quatre fils, dit-il ; trois monteront sur le trône, et vous en verrez mourir trois dans vos bras.

« Je jetai un cri et faillis m'évanouir.

« — Madame, acheva don Luiz, vous ne serez ni heureuse épouse, ni heureuse mère, ni amante fortunée; — les joies de famille ne vous souriront point; — mais vous serez une femme de génie, et votre politique illuminera le monde et projettera à travers les siècles futurs et les pages poudreuses de l'histoire, un sublime, un impérissable éclat. »

— C'est étrange! murmura madame de Saint-André.

— Etrange, en effet, soupira Catherine, car une partie de la prédiction s'est déjà réalisée. J'aimais Raphaël, et Raphaël est perdu pour moi... je suis reine, et reine délaissée...

La tête de la jeune reine s'inclina sur sa poitrine; elle demeura silencieuse et pensive un moment, comme si elle eût pu lire dans cet avenir dont le nécromancien avait déjà soulevé un coin du voile qui le recouvrait, et elle oublia peut-être ses douleurs présentes pour envisager avec terreur les épreuves sinistres que lui réservait le destin.

— Madame, dit enfin Maria essayant de rompre le courant de ces douloureuses préoccupations, je suis chargée d'une mission auprès de vous...

Catherine tressaillit et releva la tête.

— Raphaël... murmura bien bas la marquise.

— Ah! dit Catherine avec un mouvement d'effroi, que viens-tu me parler de Raphaël? ne sais-tu point...

— Raphaël, continua Maria di Polve, quitte le Louvre et Paris demain au point du jour, et il s'estimerait le plus heureux des infortunés si Votre Majesté daignait lui accorder une dernière entrevue.

— Non, non, dit Catherine avec force, de pareils adieux sont trop cruels...

(1) Qu'on ne nous accuse point ici de renouveler l'histoire si connue du comte de Saint-Germain. Ce dernier, entre autres transformations qu'il prétendait avoir subies pendant sa longue vie, soutenait qu'il avait été, au XVIe siècle, don Luiz Herrera, et qu'il avait prédit l'avenir à Catherine de Médicis.

— Marquis, sur l'honneur, je te jure que je t'ai dit la vérité. (Page 29.)

— Il est là... dans la salle voisine... hasarda la marquise.

Catherine, à cette révélation, devint pâle et tremblante, et n'osa répondre.

— Il vient avec l'assentiment du roi...

La jeune reine leva les yeux au ciel... elle était vaincue.

— Mon Dieu!... murmura-t-elle, pardonnez-moi cette dernière faiblesse!...

Maria se leva vivement, courut à la porte, l'ouvrit et appela :

— Raphaël!

Raphaël entra sur-le-champ. Comme le matin, chez le roi, il portait son humble costume d'armurier et sa toque mi-partie.

Il s'inclina devant la reine, comme se fût incliné le plus humble de ses sujets; puis il fit un pas et fléchit le genou.

— Madame, dit-il, le roi de France a daigné m'accorder le commandement d'une compagnie de gens d'armes dans l'armée d'Italie. Je pars demain au point du jour, et j'ai osé solliciter l'honneur de prendre congé de ma souveraine.

Catherine tremblait et baissait les yeux. Maria voulut sortir ; Raphaël la retint d'un geste.

— Demeurez, madame, dit-il... la reine de France ne saurait rester seule...

La délicatesse du jeune homme toucha Catherine et l'émut profondément; elle tendit la main à baiser à Raphaël et lui dit :

— Raphaël, j'ai su votre noble conduite, et votre mère essayait en vain de vous calomnier; j'avais foi en vous!... Je vous remercie d'avoir respecté l'antique prestige de la royauté, d'avoir compris que la reine de France était reine avant d'être femme. Je vous remercie enfin, Raphaël... — et elle appuya sur ce dernier mot, — de n'avoir point cédé au désespoir, en cherchant un refuge dans la mort. Il y a un plus grand courage à vivre qu'à mourir...

— Madame, répondit Raphaël, mes douleurs ne seront rien si le bonheur sourit à Votre Majesté, et j'y emploierai mes forces, mon courage, mon sang et ma vie.

La reine regarda Raphaël avec étonnement.

— Le roi a été bon et noble pour moi, continua-t-il; il a daigné m'accorder son amitié au lieu de me chasser de sa présence. J'avais à choisir : fuir le Louvre et votre présence, aller ensevelir ma douleur en quelque retraite ignorée, essayer d'oublier et maudire lâchement ma destinée; — ou bien demeurer ici, près de vous, vous voir à toute heure, vous dévouer ma vie, veiller sur votre bonheur...

Catherine ne comprenait point encore.

— J'ai choisi, ajouta Raphaël. Je ne fuis point, je ne m'éloigne pas pour toujours. Je quitte simplement la cour de France pour laisser à Votre Majesté le temps de reconnaître qu'entre le roi et moi, entre le noble et généreux Henri de Valois et Raphaël l'armurier, la distance est si grande que l'illusion est impossible... Plus tard je reviendrai...Quand vous l'aimerez... ajouta-t-il avec une fermeté stoïque.

Et comme Catherine baissait les yeux de nouveau :

— Je vous l'ai dit, le roi m'a offert son amitié; il a daigné invoquer ces liens mystérieux qui nous unissent; il m'a permis de lui parler en secret et tout bas un autre langage que celui d'un courtisan et d'un sujet, — et je me suis juré, madame, de consacrer à votre bonheur, à votre gloire à venir, l'influence de cette amitié. Pardonnez à Raphaël les espérances coupables qu'il osa concevoir un jour. — L'ami du roi, madame, dévouera sa vie à vous faire réellement reine...

Catherine comprenait enfin!...

— J'étais là, poursuivit Raphaël, tandis que vous racontiez à la marquise de Saint-André les sinistres prédictions de l'Espagnol don Luiz Herrera. J'ai entendu malgré moi... eh bien, à mon tour, laissez-moi vous prédire l'avenir. Non, vous ne serez point épouse malheureuse et mère infortunée, car Dieu est juste et grand! mais vous serez aimée du roi votre époux, mère de princes nobles et grands, vénérée de vos sujets. Vous oublierez cette passion funeste qu'un

Vous serez reine, croyez-moi... (Page 31.)

homme obscur et indigne de votre amour vous avait inspirée. Ce souvenir s'évanouira bientôt, comme s'évanouit un mauvais rêve, comme se dissipent les brumes de la nuit aux premiers rayons du soleil. Puis un jour viendra où vous tendrez votre main royale à celui qui fléchit humblement le genou devant vous, et vous lui direz alors : « — J'ai besoin que vous alliez mourir pour moi... » Et celui-là, vous regardant alors, voyant briller sur votre front la sérénité de votre double félicité de femme et de mère, celui-là, oubliant à son tour qu'il a souffert, partira le bonheur dans les yeux, le sourire aux lèvres, l'orgueil au front, et ira mourir pour sa reine, murmurant au fond de son cœur satisfait :

— Il est donc bien vrai que bon sang ne ment pas! ..

Raphaël se releva fier, calme, l'orgueil de sa royale humilité dans les yeux : il s'inclina de nouveau devant la reine et fit un pas de retraite.

— Adieu, madame, dit-il.

Elle le reconduisit jusqu'au seuil de l'oratoire, et, au moment où la porte allait se refermer entre elle et lui, elle lui tendit une dernière fois la main et lui dit :

— S'il est vrai que la conscience du devoir et de l'abnégation apaise la douleur, s'il est vrai que ceux qui se dévouent trouvent en leur dévouement la récompense de leur sacrifice, adieu, Raphaël... soyez heureux, Dieu est juste et grand, vous l'avez dit; Dieu vous fera des jours meilleurs...

Et Catherine laissa retomber sur lui la draperie de soie qui recouvrait la porte, et elle revint à Maria émue jusqu'aux larmes de cette scène où les deux jeunes gens avaient été l'un et l'autre si dignes et si fermes en leur commune douleur.

— Allons, lui dit-elle, le rêve est brisé pour toujours... Maintenant, il faut que je sois reine!.. maintenant, je veux être épouse et mère... je veux maintenant que l'histoire à venir, garde le nom et la mémoire de Catherine de Médicis...

Un éclair de dignité et d'orgueil suprême passa en ce moment dans les yeux de la jeune reine, et involontairement la marquise songea à la prédiction de don Luiz, et elle crut voir déjà, dans cette pauvre enfant pâle et brisée par l'émotion, apparaître cette grande figure qui, comme la femme forte des Écritures, devait voir mourir un à un, sans que la douleur parvint à la terrasser, ces trois fils qui devaient clore la double lignée des Valois...

Dans les antichambres de la reine, Raphaël retrouva le marquis de Saint-André, chez lequel il avait logé depuis la mort du feu roi, et qui l'avait accompagné au Louvre.

— Ami, lui dit-il d'une voix calme et assurée, le sacrifice est accompli. Je l'ai quittée sans faiblesse, et, vive Dieu! l'homme qui ne fléchit point au moment suprême, ne fléchira jamais. Je pars demain... je veux qu'elle m'oublie... et elle m'oubliera, j'en ai le ferme espoir.

M. de Saint-André ne répondit pas.

— Je pars, reprit Raphaël; mais, en partant, je vais te confier une grave mission.

— Parle, dit le marquis; tu sais que mon amitié est sans bornes.

— Écoute-moi donc alors. Le roi est dominé par une funeste et fatale influence, celle de madame Diane de Poitiers. Il ne faut pas que cette femme entre jamais au Louvre et vienne humilier de sa faveur impudique l'orgueil royal de Catherine. Le roi m'a promis de la tenir éloignée... Mais, tu le sais, l'amour triomphe des serments les plus sacrés, et quand je ne serai plus là...

— Je te comprends, murmura M. de Saint-André.

— Si l'orage gronde, appelle-moi, je quitterai l'armée, je viendrai défendre celle que je ne puis plus aimer, et que, cependant, je veux faire heureuse et respectée.

— Je te le jure, dit le marquis.

— Maintenant, acheva Raphaël, laisse-moi; je vais chez ma

mère... chez la duchesse, se hâta-t-il d'ajouter, comme s'il eût rougi de donner le nom de mère à cette femme qui l'avait placé, sans remords, sur la pente du crime. Je vais lui transmettre les ordres du roi.

Et Raphaël quitta M. de Saint-André et se rendit chez madame d'Etampes, qui vivait enfermée dans ses appartements depuis la mort du roi, abandonnée de tous ses courtisans de la veille, frissonnante à chaque bruit, tant elle redoutait le courroux du nouveau souverain, et s'attendait à chaque minute à voir entrer chez elle un officier chargé de la conduire en quelque forteresse.

A la vue de son fils, elle poussa un cri; — mais ce cri lui était encore inspiré par ce profond égoïsme qui la dominait tout entière. Elle espérait voir en lui un sauveur, — rien de plus.

Le cœur de cette mère dénaturée était étranger à cet élan.

Raphaël salua avec respect.

— Madame, lui dit-il, le roi, aux genoux duquel je me suis jeté ce matin, a daigné oublier...

La duchesse laissa échapper une exclamation de joie.

— Le roi a daigné oublier, comme je voudrais oublier moi-même. Il m'a chargé de vous annoncer que vous ne seriez inquiétée ni dans votre fortune, ni dans votre liberté, et que le passé serait comme s'il n'avait point existé. Il désire que vous rendiez, pour quelques mois, soit au château d'Etampes, soit à Chambord, —après quoi vous pourrez reparaître à la cour... Adieu, madame.

Raphaël salua sa mère et fit un pas vers la porte.

— Mon fils! murmura-t-elle, cédant peut-être à un vague sentiment d'amour maternel, et comme si elle eût voulu triompher de cette tristesse dédaigneuse dont son enfant l'accablait.

— Ah! madame, fit-il d'une voix émue, pourquoi n'étiez-vous pas sincère le jour où vous me proposiez de fuir avec moi?... Pourquoi n'avez-vous point voulu me laisser cette dernière illusion de l'homme en me persuadant que j'avais retrouvé celle qui me donna le jour?... Hélas! il était écrit que je serais éternellement l'enfant maudit de la destinée... Je n'ai pas même une mère!...

Et Raphaël étouffa un sanglot et s'enfuit.

XI. — Dans lequel on voit poindre un nouveau personnage.

Tandis que ces événements s'accomplissaient au Louvre, le château d'Anet continuait d'être solitaire et nul courtisan n'y était venu encore saluer humblement madame Diane de Poitiers. Cependant, François Ier était mort, et avec lui s'était évanoui le pouvoir de madame d'Etampes, l'implacable ennemie de Diane...— la comtesse avait appris la nouvelle le jour même du départ de Henri de Valois, départ qui avait eu pour première cause une querelle d'amour, la veille au soir. Bien qu'elle-même et les gens du château d'Anet eussent complétement ignoré la rencontre du dauphin avec Raphaël et le marquis de Saint-André, —la comtesse avait été peu affectée de cette fuite précipitée. Ce n'était point la première fois que Henri essayait de se soustraire à l'influence despotique de sa maîtresse, — qu'il s'éloignait pour jamais et revenait au bout de quelques jours, plus épris de ses charmes et plus docile à ses moindres caprices.

La comtesse, apprenant son départ, s'était contentée de faire une petite moue dédaigneuse, après quoi elle s'était occupée, selon sa coutume, d'abord à dresser un charmant épagneul de race écossaise, ensuite à broder au métier un coussin armorié; puis enfin à monter à cheval, suivie de son page Actéon, et à parcourir avec lui les environs. Mais, le soir, le bruit de la mort du roi se répandant tout à coup dans les environs, était arrivé jusqu'au château d'Anet, — et madame Diane en avait été instruite. De là, grande joie et grande alarme en même temps dans l'esprit et le cœur de la comtesse. Allait-elle régner enfin, ou bien le dauphin, ébloui par sa nouvelle grandeur, distrait de son amour par les soucis de cette couronne qui lui advenait si brusquement, allait-il l'oublier et se laisser dominer par une influence nouvelle?

L'anxiété de la duchesse fut grande, et elle eut d'abord le dessein de commander ses porteurs et sa litière et de courir à Paris. Un sentiment de pudeur et de haute convenance l'en empêcha.

Elle se contenta d'écrire au nouveau monarque, confiant sa lettre à Actéon et lui enjoignant de ne point perdre une minute.

L'enfant partit, galopa une partie de la nuit et rapporta, le lendemain, au point du jour, une réponse de Henri II.

La lettre du roi était évasive. Elle ne laissait point deviner une disgrâce complète, mais elle enjoignait à la comtesse de demeurer à Anet jusqu'à nouvel ordre.

Que signifiait cet éloignement? Diane de Poitiers se prit à trembler sérieusement pour sa faveur; elle ne redouta point peut-être la ruine complète et sans retour de sa puissance, mais elle craignit d'avoir à engager bientôt une lutte terrible avec la duchesse d'Etampes et les derniers partisans du feu roi qui, sans doute, s'étaient emparés de l'esprit de Henri II.

Là où elle avait cru trouver un triomphe facile, elle devinait la guerre, — et, pour la première fois peut-être, songeant à ses trente-

sept années bien sonnées, la comtesse consulta avec inquiétude le miroir d'acier de son oratoire.

Etait-elle toujours aussi belle? Sans doute que le démon de la coquetterie fut sincère ce jour-là, — par extraordinaire, — car la comtesse remarqua quelques plis dans l'ivoire de son front et un filet blanc dans sa chevelure noire et lustrée.

Le général, qui voit son plan de bataille déjoué par l'ennemi, n'éprouve pas une émotion plus cruelle que celle qu'éprouva la comtesse à la vue de ces légers ravages du temps; elle frissonna et pâlit, et, soudain, elle songea à conjurer le péril en allant au-devant de lui. A n'en plus douter, elle avait été desservie auprès du roi par des ennemis secrets; mais il lui fallait connaître ces ennemis et en savoir le nombre avant de songer à engager la lutte.

Cette dernière considération détermina Diane à demeurer à Anet jusqu'à ce qu'elle eût pu se procurer de minutieux détails sur les événements accomplis au Louvre, et la situation de la cour depuis la mort du feu roi.

Diane chercha autour d'elle un messager intelligent, un émissaire fidèle et dévoué qui pût la servir. Mais, parmi tous ceux qui l'entouraient, les uns étaient de pauvres diables de serviteurs à qui les grilles du Louvre seraient impitoyablement fermées; d'autres, des gentilhommes, pauvres d'esprit, qui regarderaient sans voir et ne devineraient rien...

Actéon seul était capable de s'acquitter d'une semblable mission.

Disons ce qu'était Actéon.

C'était d'abord le page de madame Diane, laquelle n'avait qu'un page, alors que sa puissante rivale, la duchesse d'Etampes, en avait jusqu'à trois.

Actéon était un bel adolescent de dix-neuf à vingt ans, blond, teint rose et vermeil, svelte et grand, avec des mains de femmes et des pieds d'enfant.

Actéon était si beau, que plusieurs fois le dauphin en avait froncé le sourcil, murmurant à l'oreille de Diane:

— Chère âme, ma vie, vous savez bien que votre page touche à sa vingtième année, et qu'on en jasera fort à la cour si vous le conservez en ces fonctions enfantines?

Mais un sourire de la comtesse, un de ces sourires qui font croire à l'amour des femmes, dissipait aussitôt l'humeur jalouse du prince, et Actéon restait page.

La duchesse aimait fort Actéon.

Pourquoi?

Etait-ce parce qu'il avait été envoyé du loyal pays breton, à l'âge de neuf ans, par un pauvre gentilhomme, son père, qui le recommandait à la comtesse à son lit de mort?

Etait-ce parce qu'elle devinait chez Actéon une de ces sympathies secrètes, de ces vénérations profondes que les femmes qui touchent à la maturité inspirent à l'adolescence naïve et pleine de foi?

Nous ne saurions le dire encore. Toujours est-il que Diane de Poitiers aimait Actéon, et qu'elle ne s'en fût défait pour rien au monde.

En retour, Actéon avait voué à Diane ce culte, cette vénération qui n'est plus le respect filial, qui n'est peut-être pas l'amour hardi et plein d'espérance, mais qui tient évidemment de l'un et de l'autre de ces sentiments si opposés.

Actéon frissonnait, sans trop savoir pourquoi, quand la belle comtesse se prenait à caresser de sa main blanche les boucles blondes de ses cheveux; quand elle abaissait son regard vers lui, il rougissait jusqu'au blanc des yeux; et lorsqu'il entrait par hasard dans son boudoir et la surprenait à sa toilette, il s'oubliait à la contempler avec cette naïve admiration qui part du cœur de la jeunesse et va, comme un parfum printanier, envelopper la femme aimée et l'imprégner tout entière. Si Diane eût fait un signe, Actéon fût tombé à genoux; si elle eût dit un mot, il se fût précipité du haut des tours d'Anet, ou se fût enfoncé dans le sein son poignard jusqu'à la garde.

Par un juste retour des choses d'ici-bas, et comme conséquence inévitable de son amour pour la comtesse, Actéon haïssait sourdement le dauphin. Le respect clouait sa langue et lui faisait baisser les yeux; mais si Henri de Valois eût été un simple gentilhomme, bien certainement Actéon lui eût proposé une partie dont la vie de l'un ou de l'autre eût été l'inévitable enjeu. Actéon, du reste, était un garçon aussi intelligent que brave; né en Bretagne, aux environs du Mont-Saint-Michel, il joignait en lui l'austère loyauté du Breton à l'astuce querelleuse du Bas Normand. Actéon comprenait à demi-mot, devinait un signe et faisait toujours son profit d'un geste imprudent.

En présence de Diane, il était un enfant timide, et l'amour lui enlevait peut-être la meilleure portion intelligente de ses facultés; mais, loin d'elle, lorsqu'il ne sentait plus le poids de son long et doux regard, lorsque sa voix si harmonieusement timbrée ne résonnait plus à son oreille, il redevenait ce page hardi, tapageur et prudent à la fois, toujours prêt à écouter aux portes, à se glisser, cauteleux et l'œil ouvert, sur les pas mystérieux d'un seigneur en bonne fortune au fond d'une ruelle; leste et souple à ce point de ne respecter ni croisée grillée de fer, ni balcon élevé, à faire le coup de dague avec les écoliers du joyeux pays latin, après avoir vidé maint pot de vin d'Argenteuil, à croiser l'épée avec un gentilhomme impertinent et trop dédaigneux d'une naissante moustache; ce page, enfin, dont le type charmant a été immortalisé par les grands siècles de la monarchie.

En songeant à Actéon, la comtesse comprit tout de suite quel parti elle en pouvait tirer.

Elle le manda donc aussitôt auprès d'elle, et lui dit un peu brusquement : — Actéon, m'aimes-tu?

Le page rougit et se tut.

— Voyons, fit-elle, charmée de ce trouble, tu n'es point une belle jeune fille de seize ans, mon pauvre Actéon, pour rougir ainsi. Réponds donc?

— Oh! murmura-t-il, vous savez bien que je donnerais ma vie pour vous, avec un seul regret... ajouta-t-il d'une voix timide.

— Ah!... et quel est ce regret?

— Celui de ne pouvoir recommencer à la première occasion.

— Vous êtes un courtisan, mon beau page, dit la comtesse charmée du compliment. Seyez-vous donc là... et causons.

Actéon n'osa point s'asseoir.

— Je vous écoute, madame, dit-il.

— Assieds-toi donc, fit-elle avec une insistance enchanteresse, prenant le page par la main et le poussant, moitié de gré, moitié de force, dans un grand fauteuil.

Puis elle se plaça en face de lui et continua :

— Tu es un garçon d'esprit; c'est incontestable.

Actéon rougit de nouveau.

— Au lieu de rougir une fois de plus, fais-toi le même aveu et écoute-moi.

Actéon regarda la comtesse et attendit.

— Mon cher petit page, poursuivit Diane avec une adorable câlinerie, je suis la femme la plus malheureuse du monde...

— Vous! fit-il avec inquiétude?

— Moi ! dit-elle avec une émotion qui bouleversa le page.

— Tu le sais, j'ai... aimé. . le dauphin.

Actéon pâlit.

— C'est te dire que... que je ne l'aime plus ..

Diane était femme, et elle savait qu'une femme a mauvaise grâce de parler à l'homme qui l'aime de l'homme qui l'a aimée. Elle corrigeait donc ainsi, par cet aveu qui faillit arracher un cri de joie naïve à Actéon, l'impression douloureuse qu'elle lui causait en lui rappelant ses amours avec Henri de Valois.

— Mais, continua-t-elle aussitôt, si je n'aimais plus le dauphin depuis longtemps, au moins j'espérais conserver son amitié afin de faire un peu de bien autour de moi et récompenser tôt ou tard tous ceux qui, comme toi, me furent dévoués et fidèles...

Actéon écoutait et craignait de comprendre.

— Or, voici que le dauphin est devenu roi, et il m'abandonne à mes ennemis.

— Je vous défendrai! s'écria Actéon avec un juvénile et chevaleresque enthousiasme, tandis qu'il se levait à demi, campait fièrement sa main gauche sur sa hanche et portait l'autre à la garde de son épée.

Diane lui sourit et continua :

— Malheureusement, j'ignore leur nombre et jusqu'à leur nom. . je ne sais quel est celui ou celle qui me dessert auprès du roi, et il faut que je le sache cependant.

— Je le saurai, répondit Actéon avec calme, et puis alors nous verrons.

— Il faut le savoir d'abord, me le venir dire ensuite, et puis nous verrons ensemble ce qu'il faut faire.

— Très-bien, madame.

— Tu vas aller à Paris.

— Sur-le-champ.

— Tu t'introduiras au Louvre...

— De gré ou de force, j'y entrerai.

— Actéon, mon bel ami, la ruse est une belle chose...

— Bon! on rusera...

— Ne dédaigne aucun renseignement. Ecoute un peu partout, joue de la dague au besoin... Interroge finement tout le monde...

— J'ai compris, dit laconiquement le page.

— Va, alors.

Actéon se leva et fit un pas de retraite.

— Adieu, fit la comtesse, lui tendant la main et posant un baiser maternel sur son front ; adieu, mon ami... mon seul ami, peut-être adieu et courage!

Actéon appuya, frémissant, ses lèvres sur la main de la comtesse, et se redressa, fier et hardi, comme un vrai page breton qu'il était.

— Ah ! fit Diane avec une joie naïvement jouée, j'oubliais, mon beau chevalier, la tradition héroïque...

Actéon la regarda.

— Autrefois, dit-elle, quand un chevalier allait pieusement batailler pour sa dame, celle-ci lui donnait une écharpe, un gant, une relique, un gage d'amour quelconque qui lui devait servir de talisman.

Actéon pâlit de joie et étouffa un cri de bonheur.

La comtesse étendit la main vers un dressoir sur lequel se trouvait une paire de charmants ciseaux à lames d'or.

— Ma foi, dit-elle, je n'ai ni écharpe ni relique, ni gant parfumé sous la main, mais voici qui vaut tout autant.

Et Diane de Poitiers déroula, en détachant une épingle, les flots noirs et lustrés de son abondante chevelure, et coupa elle-même une mèche de ses cheveux devant le page ébloui.

Puis elle tressa coquettement cette mèche, la roula entre ses doigts et la tendit à Actéon, qui la reçut à genoux et la plaça sur son cœur, entre son pourpoint de soie bleu et sa chemisette de lin.

Ensuite il se releva, tout frémissant d'enthousiasme et d'audace, et dit à la comtesse, avec cette suffisance impertinente et glorieuse de la jeunesse qui va, d'un pied conquérant, au siége de l'univers :

— Maintenant, madame, je crois que si je me mets en tête de vous faire reine de France, j'y arriverai, Dieu et mon épée aidant.

Une heure après, Actéon galopait sur la route de Paris.

XII. — Les aventures du page Actéon.

Actéon atteignit la porte Maillot à la tombée de la nuit, et se dirigea sur-le-champ vers Paris.

Comme il traversait le petit village de Chaillot, son attention fut éveillée par des cris, des injures, et ce tapage qui accompagne inévitablement une querelle.

Le bruit, les injures et les cris partaient d'une maison isolée au bord de la route et sur la porte de laquelle se balançait majestueusement la traditionnelle branche de houx, appendue au-dessus d'une enseigne ainsi conçue :

« Aux Vendanges de l'Auxerrois, Guillaumet, aubergiste, loge à pied, à cheval, les gentilshommes et les manants. »

Comme tous les pages du monde, Actéon était buveur, et il connaissait tous les cabarets de Paris et de la banlieue qui jouissaient de quelque réputation.

Or, le cabaret des Vendanges de l'Auxerrois, tenu par maître Guillaumet, était un des plus renommés de l'époque. On y buvait le meilleur vin que les coteaux de l'Yonne eussent jamais produit et les écoliers du Pays latin, les écuyers du Louvre et quelquefois les pages du roi et des grands seigneurs y accouraient de toute part et s'y donnaient rendez-vous.

Actéon s'y était aventuré mainte fois, et il y avait trouvé plus d'une querelle dont il s'était fort galamment tiré du reste.

Cependant, ce jour-là, le jeune page aurait passé devant la pompeuse enseigne de maître Guillaumet sans détourner seulement la tête, tant il avait hâte d'accomplir sa mission diplomatique, si le rassemblement formé à la porte du cabaret, les cris et le bruit ne lui eussent éloquemment prouvé qu'il se passait à l'intérieur quelque chose d'inusité.

Or, en garçon prudent et avisé qu'il était, le page se fit à l'instant le raisonnement que voici :

— On se querelle chez Guillaumet, donc il s'y passe quelque chose d'extraordinaire. Par conséquent, il doit y avoir beaucoup de monde, et, dans ce cas, peut-être y rencontrerai-je quelqu'un qui me pourra donner un bon avis et me renseigner utilement. Entrons.

Et Actéon s'écria :

— Hé ! Antoine, garçon de l'écurie du diable, montre-toi!

Cette interpellation cavalière s'adressait au valet d'écurie de maître Guillaumet, lequel était en même temps garçon de salle et servait, sur les tables graisseuses du cabaret, les pots de grès emplis de vin bourguignon.

Antoine accourut, reconnut Actéon et s'inclina d'une façon souriante et obséquieuse, qui attestait de la popularité du page dans le cabaret.

Actéon lui jeta la bride et mit pied à terre.

— Quel vacarme fait-on ici? demanda-t-il au valet. Le feu est-il à la bicoque, ou bien tes pratiques se sont-elles aperçues que ton vin était catholique et largement baptisé?

Antoine leva les mains au ciel en homme scandalisé d'une pareille supposition et répondit :

— Ce n'est point cela, monseigneur, c'est une querelle qui s'est élevée entre un cavalier italien et des écoliers de l'Université.

— Ah! dit Actéon intéressé, et quel est ce cavalier?

— Je ne le connais pas, et il est venu ce soir pour la première fois.

— Et à quel propos la querelle?

— Les écoliers l'ont accusé d'être un espion de la dauphine, c'est-à-dire de madame Catherine de Médicis, notre auguste reine depuis deux jours.

— Tiens, pensa Actéon, cet Italien pourrait fort bien m'apprendre quelque chose.

Et il entra dans le cabaret.

La salle était emplie d'une foule bruyante, animée, qui gesticulait et criait, émettant les opinions les plus diverses, et composée des éléments les plus dissemblables. On y voyait des écoliers, des gens d'armes, des pages du Louvre, des varlets, — en un mot, un peu de tout, c'est-à-dire des gens de bonne et de mauvaise compagnie.

Au milieu du cercle, un homme était debout, la tête nue, la main sur la garde d'une longue rapière.

A son embonpoint, à sa face rubiconde et brunie au soleil méridional, à ses cheveux noirs et à sa moustache en croc, à la façon conquérante, enfin, dont il contemplait la foule ameutée autour de lui et le menaçant, on eût reconnu sur-le-champ le Napolitain Giuseppe, l'ancien prévôt de maître Guasta-Carne, l'écuyer de Raphaël, pour le moment.

En face de lui étaient campés, menaçants aussi, la main sur la dague ou la rapière, trois écoliers pris de vin qui l'injuriaient grossièrement.

— Ah! manants fieffés, disait Giuseppe avec indignation, gratteurs de parchemins, écoliers ignares, vous ne savez point, en vérité, à qui vous avez affaire; on me nomme Giuseppe, mes maîtres, et je suis assez bien avec le roi Henri II pour avoir le crédit de vous faire envoyer à la potence, en place de Grève. Mais je n'en ferai rien, soyez tranquilles, et je me vengerai bien moi-même, sans y employer le bourreau... Ah! vous me qualifiez d'espion! ah! vous m'avez jeté au visage un verre de vin! ah! vous croyez que parce que je suis seul ici je ne me défendrai pas... eh bien, nous allons voir... En garde! drôles, en garde! je me battrai avec trois... avec cent... avec mille! Corpo di Bacco! suis-je pas prévôt d'escrime?

Et Giuseppe mit flamberge au vent, s'adossa au mur et prit cette attitude menaçante d'un beau tireur qui tombe en garde.

Les trois écoliers dégainèrent en même temps; ceux qui se trouvèrent dans la foule les imitèrent, — tandis que nul homme d'armes ou écuyer ne songeait à prendre parti pour le Napolitain.

Ce fut en ce moment que le page Actéon entra.

Il avait entendu les dernières paroles de Giuseppe, — et n'eût été le pressentiment secret qu'il avait que la connaissance du Napolitain lui serait profitable, son caractère généreux et brave l'eût sans doute entraîné à prendre parti pour un homme qui allait lutter seul contre plusieurs adversaires.

Il écarta vigoureusement la foule et alla droit à Giuseppe.

— Par la mort-Dieu, mon cavalier, s'écria-t-il en jetant un regard dédaigneux aux écoliers, il ne sera pas dit que ces drôles auront impunément insulté un galant homme comme vous. Voici le secours de mon épée qui vous arrive, et elle est lourde, croyez-le bien...

En prononçant ces derniers mots, Actéon dégaina et se plaça fièrement à côté de Giuseppe.

L'entrée d'Actéon et son intervention belliqueuse produisirent une sensation profonde parmi les spectateurs et surtout parmi les instigateurs et les acteurs de la querelle.

Actéon était fort connu, fort populaire et très-redouté dans le cabaret de maître Guillaumet. On le savait franc buveur, généreux, toujours prêt à payer l'écot, comme il était également disposé à rosser un écolier tapageur ou un varlet brutal.

On savait, en outre, qu'Actéon était page de madame Diane de Poitiers, la maîtresse de monseigneur le dauphin, le roi depuis deux jours, — et, comme la disgrâce momentanée de Diane était ignorée du vulgaire, le page était plus que jamais un personnage influent aux yeux des habitués des *Vendanges de l'Auxerrois.*

Quand on vit Actéon prendre parti pour le Napolitain, les dispositions, généralement hostiles des spectateurs de la querelle, se modifièrent singulièrement, et les écoliers eux-mêmes se prirent à réfléchir et à hésiter, au travers des fumées de leur ivresse.

— Ah! misérables drôles! dit Actéon avec colère, vous ne rougissez point de vous ruer tous sur un seul, et vous vous considérez, en vérité, comme très-braves et très-hardis, honteux paillards que vous êtes, de brandir trois épées sur la même poitrine? — Eh bien! allez, mes maîtres, voyons!...

Et Actéon tomba pareillement en garde.

— Ah! s'écria Giuseppe en remerciant du regard son allié inconnu, nous allons avoir bon marché de cette canaille, corpo di Bacco!...

Mais les écoliers, après avoir réfléchi, eurent peur, et, quand la peur les eut pris, ils reculèrent... et la foule s'écarta.

— Oh! oh!... fit Actéon avec dédain, je vois qu'il n'est besoin ni d'épée ni de dague pour avoir raison de semblables drôles... Un fouet suffit.

Et il frappa du plat de son épée le dos de l'écolier le plus âgé et le plus grand. L'écolier ne riposta pas; il avait peur. Il prit la fuite, et ses deux compagnons l'imitèrent, tous trois jetant leur rapière dont ils n'avaient osé se servir.

Les huées de la foule qui, subitement, avait changé d'opinion, les accompagnèrent hors du cabaret, — tandis que le Napolitain serrait expansivement la main d'Actéon et le remerciait avec chaleur.

— Ma foi, mon cavalier, lui dit le page, je n'ai fait que mon devoir en vous protégeant. Je suis au service du roi, et comme le roi a épousé madame Catherine, qui est Italienne, je suis naturellement l'ami des Italiens.

— Corpo di Bacco! mon jeune maître, répondit Giuseppe émerveillé du ton de franchise du page, vous êtes un joli garçon et un brave cœur.

Actéon s'inclina modestement.

— Et je félicite le roi, poursuivit le reconnaissant Napolitain, de vous avoir à son service.

— Tout comme moi, la reine Catherine d'avoir à elle un cavalier aussi accompli que vous, répondit courtoisement le page.

— Je ne suis point à la reine. messire.

— Ah! fit Actéon surpris.

— Mais c'est tout comme...

— Ah! fit encore Actéon. Et à qui êtes-vous?

— A quelqu'un que le roi aime fort... Mais chut! ajouta le Napolitain en posant un doigt sur ses lèvres, il y a trop de monde ic. pour qu'on y puisse conter ses affaires à tout venant.

— Vous avez certes raison. Et si vous n'avez mieux à faire, je vous engagerai à venir avec moi, à la Croix du Trahoir, une hôtellerie décente et convenable, celle-là. Nous y viderons une bouteille poudreuse de vin de Beaune, qui vaudra bien, j'imagine, la détestable piquette de ce drôle de Guillaumet.

— Hum! murmura Giuseppe, alléché par le vin de Beaune, cela n'est pas très-loin d'ici, et nous y serons en vingt minutes.

— Allons, en ce cas.

Et Giuseppe remit son épée au fourreau... tandis que le page se disait, en l'imitant : —Je crois que j'ai fait là une bien bonne rencontre, et que ce poussah d'écuyer m'en dira plus long, à lui tout seul, que tous les familiers du Louvre réunis.

— Allons! marauds, dit-il tout haut, en écartant les buveurs et les oisifs qui obstruaient l'entrée du cabaret, place !... laissez-nous passer et saluez ce gentilhomme avec respect, si vous tenez à conserver mes bonnes grâces.

— Bon! pensa Giuseppe, voici qu'on me croit un gentilhomme... Ma mésaventure finit, en réalité, par ne pas trop mal tourner.

Actéon recommanda son cheval à Antoine, et prit familièrement le bras de l'écuyer, décidé à faire à pied le trajet de Chaillot à la rue de l'Arbre-Sec.

Malgré son extrême jeunesse, le page était assez madré pour savoir que le meilleur moyen de tout apprendre est de ne jamais interroger. Donc, au lieu de questionner Giuseppe, il jugea nécessaire de lui parler de lui-même, au contraire.

— Ce cabaret des *Vendanges de l'Auxerrois,* dit-il, dégénère singulièrement, et je m'aperçois qu'on n'y peut plus entrer maintenant sans courir risque de s'encanailler... Voici près de six mois que je n'y ai mis les pieds.

— Six mois !... fit l'écuyer stupéfait.

L'honnête Napolitain ne comprenait pas qu'on pût passer six mois sans retourner dans un cabaret où l'on avait déjà bu.

— Mon Dieu! la raison en était bien simple : je n'étais pas à Paris.

— Ah! fit Giuseppe avec curiosité.

— J'arrive de Bretagne.

Actéon mentait, mais il en avait pris son parti depuis longtemps, se disant que le mensonge est indispensable à la diplomatie et à l'amour.

— Vous arrivez à l'instant même?

— A l'instant!

— Tiens, fit Giuseppe qui était fort curieux, le roi a donc des affaires en Bretagne?

— Non, mais j'en avais, moi. Je suis Breton et je possède au pays de Vannes un vieux manoir en ruine, entouré de quelques champs pierreux, que je n'avais pas revu depuis mon enfance. Le mal du pays m'a pris, et le roi, qui n'était alors que dauphin, m'a dit un jour : « Actéon, mon bel ami, je te donne un congé aussi long que tu le désireras; va voir tes vieilles murailles et tes métayers. » Ce qui fait que je suis parti page du dauphin et reviens page du roi.

— Comment! fit Giuseppe étonné, vous êtes encore page!

— Pourquoi pas?

— Quel âge avez-vous?

— Vingt ans.

— Est-on encore page à vingt ans?

— Quand le métier vous plaît... C'est un état charmant, mon gentilhomme. On est l'ami du maître, on boit sec, on aime à son aise et on passe sa vie à courir les aventures dans les plus mystérieux corridors du Louvre.

— Ce raisonnement est plein d'esprit, murmura Giuseppe.

— Or, poursuivit Actéon naïvement, tant que je n'aurai pas de barbe, je resterai page.

— Et après?

— Ah! dame, le roi m'aime assez pour m'attacher à sa personne en qualité d'écuyer.

— Vraiment?

— Mon Dieu! fit Actéon avec un imperturbable aplomb, le roi ne peut pas se passer de moi et je suis son confident ordinaire... Je l'ai servi un peu de toutes façons. A l'armée... et dans les boudoirs...

Le Napolitain sourit avec finesse.

— J'ai porté discrètement plus d'un message d'amour.

— Je comprends...

— Et je crois que Sa Majesté me reverra avec grand plaisir.

— Je le crois aussi, murmura Giuseppe de plus en plus émerveillé des galantes façons du page.

— Mais, demanda Actéon, puisque nous sommes en veine de confidences, dites-moi, cher seigneur, comment vous vous êtes fourvoyé dans cet affreux cabaret d'où nous sortons?

— D'une façon bien simple. J'aime le vin de Bourgogne par-dessus tous les vins.

— Et vous avez mille fois raison… c'est le meilleur.

— Je ne suis venu d'Italie que pour en boire à mon aise.

— Franchement, il méritait cet honneur.

— Or, dès mon arrivée, je me suis enquis des principaux cabarets, pensant qu'avant de faire un choix, il serait convenable de les visiter tous. C'est la raison qui m'a déterminé à entrer aux *Vendanges de l'Auxerrois*. Là, j'ai fait la rencontre de ces trois écoliers qui m'ont cherché querelle sous le prétexte que j'étais Italien et que je faisais le métier d'espion.

— Fi!…

— D'espion de la reine… comme si la reine avait des espions.

— Ah! exclama Actéon indigné.

— D'autant plus que je ne suis point à la reine.

— Seriez-vous au roi?

— Pas davantage. Je suis l'écuyer du seigneur Raphaël.

— Raphaël!… voilà un nom que je ne connais pas.

— Ah! dit Giuseppe avec mystère, c'est un assez bon gentilhomme, cependant.

— De quelle nation?

— Il vient d'Italie, mais il est Français.

— En vérité!

— Et le roi ne fait point fi de sa noblesse.

— Diable!

Et en prononçant ce dernier mot, Actéon cogna à la porte de l'hôtellerie de la Croix du Trahoir, devant laquelle son compagnon et lui venaient de s'arrêter.

— Mais, ajouta Giuseppe devenant circonspect, je bavarde comme une pie borgne, et la naissance du seigneur Raphaël, mon maître, est presque un secret d'État.

— Oh! oh! pensa Actéon, en voici bien d'une autre. Décidément, j'ai bien fait de m'arrêter aux Vendanges de l'Auxerrois.

— Entrons, dit-il à Giuseppe en s'introduisant dans le cabaret.

XIII. — Où Giuseppe noie sa discrétion et sa prudence au fond d'un pot.

Actéon entra dans l'hôtellerie comme un homme habitué à voir tous les fronts se découvrir respectueusement devant lui.

Les buveurs étaient moins nombreux, mais ils étaient plus choisis et de meilleures façons que les hôtes des *Vendanges de l'Auxerrois*. C'étaient, pour la plupart, des gentilshommes de province venus à Paris pour solliciter, des officiers de reîtres et de Suisses, quelques pages par-ci par-là, car les pages, en ce temps-là, se fourraient un peu partout.

On salua Actéon avec la déférence affectueuse qu'inspirent les jeunes gens en bonne voie d'avenir; les uns lui donnèrent la main, d'autres lui envoyèrent un sourire gracieux qui témoignait de l'influence qu'on lui supposait; tous examinèrent avec curiosité son compagnon Giuseppe, dont l'accoutrement attestait la qualité d'étranger.

Actéon répondit avec une courtoisie diplomatique à tous ces humbles saluts, et alla, sans mot dire, s'asseoir en un coin, à la table la plus éloignée du comptoir de l'hôtesse, demandant deux bouteilles de vin de Beaune, et faisant signe à son convive de prendre place vis-à-vis de lui.

La bonne mine d'Actéon, jointe à la reconnaissance que le page lui avait inspirée, et à la déférence qu'on semblait lui témoigner, avait fini par lui gagner l'entière confiance de Giuseppe, lequel se repentait déjà, et avant même que les bouteilles de vieux Beaune eussent été décoiffées, d'avoir répondu évasivement et d'un air de mystère touchant le seigneur Raphaël, son honorable maître.

— Ah çà! dit Actéon en brisant le goulot de l'une des bouteilles avec le manche de sa dague, savez-vous, cher seigneur, que boire sans manger est une fort vilaine chose?

— Hum!… fit Giuseppe, il est de fait que le vin creuse horriblement.

— Je n'ai point soupé, moi…

— Ni moi, dit Giuseppe.

— Que penseriez-vous d'une volaille froide et d'un morceau de venaison?

— Per Bacco! l'idée est excellente.

Actéon appela l'hôtesse.

Cette dernière était une femme de trente-cinq ans environ, encore belle, un peu grasse, et à laquelle tous les pages, hormis peut-être celui de Diane de Poitiers, adressaient de timides hommages.

Précisément à cause de l'indifférence que lui témoignait Actéon, Rosine la blonde, ainsi la nommait-on, avait un faible déterminé pour lui et le lui prouvait en lui ouvrant un crédit constant et illimité, et le servant avec un empressement digne d'éloges, en dépit des murmures de son vieux mari, le père Lacoudrette, l'hôtelier le plus maussade du monde. Rosine s'empressa donc d'accourir et attendit humblement les ordres d'Actéon.

— Ma chère hôtesse, lui dit-il, j'arrive de voyage et j'ai grand'-faim. Ce gentilhomme, qui est mon ami, éprouve également un appétit fort remarquable, et vous feriez bien de nous dresser une table et deux couverts au premier étage, dans une salle bien chaude, et où nous soyons seuls… Ces gens-là font un vacarme, ajouta-t-il en désignant les autres buveurs, qui me casse la tête.

Rosine la blonde s'inclina avec le plus charmant sourire et s'empressa de donner des ordres à ses garçons.

Quelques minutes après, Actéon et Giuseppe étaient attablés, seuls, en présence d'un souper dont la mine appétissante eût séduit le gentilhomme le moins affamé et le plus mélancolique, et par les ordres du page un rempart de flacons poudreux s'élevait tout à l'entour de la volaille froide et du cuissot de chevreuil en marinade qu'on venait de servir.

Pendant une demi-heure, Giuseppe but et mangea robustement, — puis, le vin aidant, il devint communicatif et demanda pardon à son jeune ami de sa défiance première; — à quoi Actéon répondit qu'on était toujours maître de ses secrets, et partant libre de ne s'en point dessaisir; — ce qui fit que Giuseppe, piqué au vif, délia sa langue complètement et apprit en peu de mots au page ébahi quels liens mystérieux unissaient Raphaël au dauphin.

Actéon avait, fort heureusement, conservé son sang-froid et sa raison, au fur et à mesure que Giuseppe perdait la sienne, et il avait affecté une indifférence profonde en écoutant la singulière histoire de Raphaël.

Le Napolitain ne lui avait fait grâce, du reste, d'aucun détail, pas même de l'amour de Raphaël pour Catherine. C'était vraiment dommage qu'il n'eût pas assisté aux entrevues du jeune homme avec le roi et la reine, car il les eût narrées minutieusement aussi.

Quand Giuseppe était gris, sa loquacité n'avait plus de bornes.

— Oh! oh! pensait Actéon, je crois tenir un des fils de l'intrigue, et, à moins que ce drôle ne me fasse un conte d'ivrogne, voilà des détails assez intéressants à rapporter au château d'Anet. Il me reste, acheva le page mentalement, qu'à voir ce seigneur Raphaël et à m'assurer, par cette merveilleuse ressemblance, si le Napolitain ne m'a point menti.

Comme s'il eût deviné les réflexions d'Actéon, Giuseppe reposa brusquement son verre vide sur la table et s'écria :

— Corpo di Bacco! mon jeune coq, votre société est charmante, nul n'en saurait disconvenir; mais il n'est si bonne compagnie qu'il ne faille quitter enfin, et je pars demain au point du jour.

— Ah! dit Actéon, vous partez?

— Oui, certes.

— Où allez-vous?

— J'accompagne le seigneur Raphaël.

— Où va-t-il?

— A l'armée. Le roi lui a donné un commandement.

— Diable!

— Et il m'attend à l'hôtel de Saint-André.

— Eh bien! dit Actéon, je vais vous y conduire. C'est à deux pas d'ici.

Giuseppe se leva.

— Payons d'abord l'écot, dit-il.

— Chut! fit Actéon, vous êtes chez moi.

— Plaît-il?

— Et l'écot me regarde.

— Vous plaisantez…

— Nullement; un page du roi peut bien faire une courtoisie aussi légère à l'écuyer du seigneur Raphaël.

Giuseppe ne trouva aucune objection à faire et boucla son épée.

— Mon cher écuyer, dit Actéon, vous voyez en moi l'homme le plus heureux du monde d'avoir fait votre connaissance. Vous êtes plein d'esprit et de rondeur, et je n'ai qu'un regret, celui de ne pouvoir vous suivre à l'armée. Mais mon service me retient auprès du roi.

Par ces derniers mots, Actéon rappelait à Giuseppe qu'il ne devait point se repentir de ses confidences.

Le page descendit le premier, s'approcha du comptoir de l'hôtesse, tira sa bourse et paya l'écot, à la grande stupéfaction de maître Lacoudrette, qui murmurait déjà et s'imaginait qu'Actéon s'en irait comme à l'ordinaire, en priant d'ajouter à son compte la dépense nouvelle. Or, comme la croyance générale, accréditée depuis l'avènement du nouveau roi, était que madame Diane de Poitiers allait être toute-puissante, le père Lacoudrette en concluait que son page Actéon roulait déjà sur l'or, et que, prochainement, il viendrait acquitter cette note fabuleuse, qui s'enflait tous les jours.

Il le salua donc jusqu'à terre et le reconduisit jusqu'à la porte de l'hôtellerie avec les façons les plus obséquieuses que jamais aubergiste ait employées pour honorer ses pratiques.

Actéon prit Giuseppe par le bras et le conduisit sur la berge de la Seine jusqu'au pont Saint-Michel, — employant, durant ce trajet, toute sa perfide éloquence à lui suggérer l'idée de le présenter à Raphaël. Voir cet homme qui ressemblait si parfaitement au roi, était, depuis une heure, l'idée fixe du page.

Mais, soit que le vin eût épaissi l'intelligence de l'honnête écuyer qui décrivait, en marchant, les arabesques les plus fantastiques, soit que Giuseppe, conservant une dernière parcelle de raison, se souvînt que l'hôtel de Saint-André était fermé à tout le monde, Actéon en fut pour ses peines.

Arrivés au pont Saint-Michel, le Napolitain serra la main du page, le remercia chaleureusement une dernière fois et le quitta.

— Per Bacco! comme dit cet imbécile, murmura Actéon, je verrai le seigneur Raphaël, dussé-je payer de ma vie une fantaisie pareille.

Et, au lieu de rebrousser chemin, il se mit à arpenter le pont de long en large, en dépit de l'obscurité, de la fraîcheur de la nuit et de l'heure avancée, cherchant une idée et ne la trouvant pas.

Tout à coup, il vit apparaître à l'extrémité du pont, — car il se trouvait alors à peu près au milieu, — une forme humaine qui se mouvait et venait à lui à grands pas. Un certain bruit d'éperons résonnant sur les planches du pont, et une plume blanche qui se détachait sur le fond noir du ciel, le convainquirent aussitôt qu'il avait affaire à un gentilhomme.

— Bon! pensa-t-il, ne négligeons aucune rencontre. La plus insignifiante en apparence est souvent la meilleure en réalité.

Là-dessus, Actéon se campa immobile au milieu du pont, et quand le gentilhomme fut près de lui : — Pardon, messire, lui dit-il, de vous arrêter un instant, car vous paraissez pressé.

— Plaît-il? fit une voix jeune et fraîche qui trahissait un adolescent de dix-huit à vingt ans.

— J'ai un rendez-vous, continua Actéon, avec une belle dame aux environs de la tour Saint-Jacques-la-Boucherie, et je ne sais pas très-bien l'heure qu'il est. Vous le savez, mon gentilhomme, le cœur des amoureux marche toujours plus vite que le temps.

— Tiens, dit le nouveau venu, c'est Actéon.

— Parbleu! répondit ce dernier, je ne me trompe pas, c'est Hector.

— Moi-même.

— Le page de la duchesse d'Étampes...

— Aujourd'hui page du roi, mon cher.

— Ah! fit Actéon, je vous en fais mon compliment. Ainsi vous ne savez pas l'heure qu'il est?

— Onze heures, messire.

— A merveille! nous avons le temps...

— Hein? fit le page du roi avec inquiétude.

— Mon cher monsieur Hector, dit Actéon, vous souvenez-vous de certaine querelle que vous me fîtes un soir?

— Moi?

— Parbleu! vous ne pouvez l'avoir oublié. C'était à Rambouillet, un jour de chasse. Nous n'étions pas très-bien en cour, alors, madame Diane et moi, et l'insolence était fort permise. Nous chevauchions de compagnie; vous jugeâtes plaisant et convenable de faire passer votre cheval dans une mare, de m'éclabousser et de me couvrir de boue. Je fus contraint de rentrer au château et d'aller changer de costume.

— Je m'en souviens, dit le page avec hauteur.

— Le lendemain, quand je voulus vous demander raison, la duchesse vous avait envoyé à Chambord. C'était, ajouta Actéon d'un ton moqueur, un moyen de vous montrer impertinent sans danger.

— Pardon, monsieur, répondit le page, il me semble que vous allez bien loin... et si je n'étais pressé.

— Ah! iriez-vous à un rendez-vous d'amour... comme moi?

— Pas précisément.

— En ce cas, rien ne vous presse... il n'y a que les femmes qu'on n'a pas le droit de faire attendre,

— Pardon, j'accomplis une mission du roi. Si vous me voulez attendre une heure...

— Où donc allez-vous?

— Porter une lettre à l'hôtel Saint-André.

— Cher messire, dit froidement Actéon barrant résolûment le passage au jeune homme, dans une heure j'aurai rendez-vous d'amour. Autant nous en expliquer tout de suite et vider notre petite querelle.

— Pardon, dit le page, j'en suis fâché, mais j'obéis au roi... Place!...

— Cher seigneur, répliqua Actéon, pour se faire le serviteur du roi, il faut être libre et maître de sa personne.

— Eh bien?

— Et vous ne l'êtes pas.

— Plaît-il?

— Quand un homme en a insulté un autre, il appartient à cet autre, corps et âme, jusqu'à ce qu'il lui ait fait raison de l'insulte.

— Alors, attendez-moi... je vais courir... je tâcherai de gagner du temps.

— Impossible, mon cher sire, je suis pressé...

Et Actéon mit l'épée à la main.

Le page ne dégaîna point.

— Monsieur, dit-il avec fermeté, vous n'ignorez point que vous et moi sommes au service du roi?

— Sans doute.

— Et que le service du roi passe avant nos querelles.

— Peuh! c'est selon...

— J'ai une lettre du roi pour le seigneur Raphaël... un gentilhomme italien.

— Je le connais, dit froidement Actéon.

— Or, continua Hector, si je vous tue, le mal n'est pas grand.

— Merci!

— J'aurai perdu vingt minutes, voilà tout. Mais si vous me tuez...

— Le mal sera moindre, répondit Actéon avec impertinence.

— Au contraire, car le service du roi en souffrira.

— C'est ce qui vous trompe, mes sire.

— Comment cela?

— Je porterai votre lettre. Ne suis-je pas au service du roi, moi aussi?

— Tiens, dit le page, c'est une idée.

— Excellente, n'en doutez pas...

— Pourrai-je compter sur votre parole?

— Parbleu! vous ne voulez pas m'insulter deux fois, j'imagine?

— Soit! en ce cas, je suis à vos ordres.

— Nous battons-nous ici?

— Comme vous voudrez... Cependant, observa Hector, le lieu me semble mal choisi. On peut nous déranger.

— Alors descendons au bord de la rivière... sous le pont...

— Vous avez raison.

Et le page suivit Actéon.

— Tenez, dit ce dernier, lorsqu'ils furent arrivés au lieu du combat, posez votre lettre sur cette pierre, afin que je n'aie pas la peine de vous fouiller après votre mort. Je répugne à toucher un cadavre...

— Moi, dit le page sur le même ton impertinent, j'éprouve la même aversion pour la chair morte. En sorte que si je vous tue, ce que j'espère bien, je vous pousserai du pied dans la rivière pour ne pas être chagriné de vous longtemps par votre présence.

Hector posa alors la lettre du roi sur la pierre indiquée, et les deux enfants, après avoir échangé ces fanfaronnades, mirent galamment habit bas et croisèrent le fer en hommes qui sont habitués à ces sortes de passe-temps.

XIV. — Encore un nouveau personnage.

Deux jours s'étaient écoulés depuis qu'Actéon avait quitté Anet.

Diane de Poitiers avait passé ces deux jours dans la plus mortelle inquiétude. Les yeux tournés vers Paris, elle attendait avec anxiété un message du roi...

Le message n'arrivait pas.

Elle attendait Actéon.

Actéon ne revenait pas non plus...

La pauvre comtesse tremblait très-fort pour son pouvoir, et elle commençait à désespérer, lorsque, le matin du troisième jour, au moment où elle sonnait ses camérières pour se faire habiller, on annonça le jeune page.

— Qu'il entre! s'écria-t-elle... qu'il entre à l'instant...

Et, vêtue d'un peignoir du matin, insoucieuse de sa beauté à laquelle l'art n'avait pas encore prêté son secours, elle attendait Actéon, pâle d'émotion et le cœur palpitant.

Actéon entra, le sourire du triomphe aux lèvres, — et, par extraordinaire, il oublia de rougir et de baisser les yeux.

— Eh bien! dit la comtesse, rassurée soudain par la mine sereine du jeune homme, eh bien?

— Ah! dit Actéon d'un ton suffisant et léger, j'apporte de grandes nouvelles...

— Sont-elles bonnes?

— Hum!... si l'on veut.

— Comment, si l'on veut?

— Le roi a la tête à l'envers...

— A l'envers! s'écria la comtesse.

— Il aime sa femme...

La comtesse fit un soubresaut sur le lit de repos où elle était à demi couchée.

— C'est-à-dire, acheva railleusement Actéon, qu'il essaye...

Diane pâlissait et regardait Actéon avec effroi.

— Mais, dit Actéon, il n'y parviendra pas.

— Pourquoi?

Actéon regarda sa maîtresse avec admiration.

— Vous êtes si belle!...

En toute autre circonstance, la comtesse eût sans doute trouvé son page impertinent; mais elle était trop émue pour prendre garde à cette hardiesse, et elle dit naïvement:

— Tu crois?

— Ah! murmura Actéon, dont le cœur se prit à battre et oublia un peu pourquoi il était venu, si j'étais le roi...

Cet aveu si naïf et si franc triompha de la coquetterie et du calme ordinaire de la royale courtisane; elle se prit à rougir, et pour la première fois peut-être, elle songea que, en effet, le dauphin avait eu souventes fois raison, et qu'Actéon était bien grand pour demeurer page.

— Voyons, Actéon, dit-elle, au lieu de me conter fleurette, fais-moi donc le plaisir de t'expliquer.

— Ma foi, répondit le page, honteux à son tour de sa hardiesse, voici la vérité, madame : — Le dauphin... je me trompe, le roi n'aime pas la reine, et il vous aime encore.

— Ah !... fit la comtesse en respirant, tu crois?

— Parbleu !... mais le roi a des conseillers...

La comtesse fronça le sourcil.

— Et des conseillers qui sont les amis de la reine, et, par conséquent, vos ennemis.

Un sourire de haine passa sur les lèvres de Diane.

— Ah ! dit-elle avec irritation, si je les connaissais...

— Je les connais, moi...

— Vrai ? fit-elle avec joie.

— Ne suis-je point allé à Paris tout exprès?

— Eh bien !

— Eh bien ! madame, murmura le page en baissant les yeux, vous savez bien que je n'aurais jamais osé reparaître devant vous si je n'avais réussi.

Diane regarda une seconde fois le page, et s'avoua qu'il était charmant et que ses fonctions enfantines ne lui seyaient plus.

— Et puis, ajouta Actéon, qui décidément s'enhardissait et oubliait sa réserve habituelle, ne m'aviez-vous pas donné un talisman? Avec un pareil gage, pouvais-je échouer?

— Mon beau page, murmura Diane, moitié souriante, moitié sérieuse, vous êtes un fat!

Actéon rougit.

— Voyons, poursuivit-elle, quels sont donc mes ennemis?

— Il y en a beaucoup.

— Mais encore...

— D'abord, la duchesse d'Etampes.

— Elle est donc encore en faveur?

— Non ; mais elle a conseillé la reine.

— Ensuite?

— Le connétable de Montmorency.

Diane fit un mouvement de stupéfaction.

— Le vieux roué, dit Actéon, se tourne un peu d'où vient le vent. Il croit à la ruine complète de la maîtresse du roi et il intrigue contre elle. C'est le métier des courtisans.

— Alors, interrompit Diane, ce n'est pas lui qui conseille le roi?

— D'abord, non. Mais à présent, il corrobore les inspirations que reçoit le roi.

— Et de qui viennent ces inspirations?

— Du seigneur Raphaël.

— Qu'est-ce que le seigneur Raphaël?

— Ah ! dit Actéon, c'est un grand personnage.

— Et de quel pays, bon Dieu ! exclama la comtesse étonnée.

— De la couronne de France, s'il vous plaît.

— Ah çà, fit Diane, tu es fou, mon bel ami; il n'y a jamais eu à la cour de France de grand seigneur de ce nom.

— Eh bien ! il y en a un maintenant.

— D'où vient-il?

— D'Italie.

— Alors, dit dédaigneusement la comtesse, c'est un courtisan de la reine, un Florentin.

— Pas le moins du monde; il est Français... et d'assez bonne race encore.

— Allons donc! tu déraisonnes, murmura Diane qui croyait posséder sur le bout du doigt son nobiliaire de France, et n'y trouvait aucune maison illustre du nom de Raphaël.

— Je parle fort sensément, au contraire. Le seigneur Raphaël est de fort bonne naissance, puisqu'il est de race royale.

Cette fois, la comtesse regarda Actéon avec l'inquiétude d'un médecin qui commence à soupçonner la folie chez son malade.

— C'est le frère du roi, ajouta le page.

— De quel roi? exclama Diane stupéfaite.

— Du roi Henri de France, madame.

— Le roi n'a pas de frère. Actéon, tu es fou!

— De frère légitime, non; mais il a un frère *mystérieux*...

Tiens, pensa Actéon qui était en veine d'esprit : *mystérieux* est un joli mot.

Puis il reprit tout haut :

— C'est le fils du roi François Ier et de la duchesse d'Etampes.

— Il est mort! s'écria la comtesse.

— Alors, il est ressuscité, car je l'ai vu.

Et Actéon raconta à la comtesse ébahie l'histoire de Raphaël aussi fidèlement que la lui avait narrée l'écuyer Giuseppe, puis son amour pour Catherine, sa rencontre avec le dauphin et toute cette longue intrigue que nous avons précédemment déroulée sous les yeux de nos lecteurs; puis sa rencontre avec le page de madame d'Etampes, tout autant de choses que nos lecteurs connaissent déjà.

Maintenant, qu'était-il advenu de la rencontre et des suites de cette rencontre? c'est ce que nous allons apprendre en faisant un pas en arrière.

XV

Après avoir échangé ces compliments de funèbre courtoisie, Actéon et le page croisèrent le fer et s'attaquèrent vigoureusement l'un l'autre.

Ils étaient de même force, ils avaient la même valeur, et la même animosité les animait. L'un était à Diane de Poitiers, l'autre à la duchesse d'Etampes. Ils se haïssaient depuis longtemps, et l'occasion était belle pour eux de se le prouver.

Pendant cinq minutes, ils ferraillèrent à qui mieux mieux et dans toutes les règles de l'art, parant et ripostant avec un égal sang-froid, et ne pouvant parvenir à se toucher. Mais bientôt le page Hector, irrité de cette résistance opiniâtre, commença à perdre de son calme et chargea son adversaire par une remise vigoureuse. Actéon, toujours froid, rompit lestement, rompit encore, cessa d'engager le fer, et, profitant de la seconde hésitation qui s'empara d'Hector, dont l'épée ne sentait plus l'épée ennemie et qui se découvrait dans la ligne haute, il allongea vivement le bras, et se fendit avec la foudroyante rapidité de l'éclair.

L'épée d'Actéon s'enfonça dans la poitrine du page et ne s'arrêta qu'à la garde.

Le page poussa un cri, vomit un flot de sang et tomba.

— Diable! murmura Actéon, je suis un maladroit, je ne voulais pourtant pas le tuer.

Et comme la jeunesse est généreuse et douée des plus nobles instincts, il se pencha sur le page, le prit dans ses bras, et, le relevant, il l'appuya contre un mur pour s'assurer si le mal était sans remède.

Hector respirait encore, et son adversaire eut un frisson d'espérance en s'apercevant que l'épée avait pénétré en un endroit où, sans doute, elle n'avait attaqué aucun des organes de la vie.

En ce moment, les pas réguliers et lents des hommes du guet retentirent sur la berge.

— Au secours! cria Actéon... au secours!

Le guet pressa le pas, et dix hommes accoururent sur le théâtre de la lutte.

— Tenez, dit Actéon, voilà un pauvre gentilhomme qui vient d'être victime d'un accident déplorable et qui aurait grand besoin de chirurgien. Transportez-le quelque part. Moi, j'ai une lettre du roi à porter.

Et Actéon s'empara de la lettre dont il lut la suscription à la lanterne d'un soldat du guet.

Cette suscription était ainsi conçue :

Au sire Raphaël, gentilhomme milanais, en l'hôtel de Saint-André.

Actéon examina le scel de la missive. Le scel était de cire couleur azur aux armes de France.

Puis le page retira son épée de la plaie béante, l'essuya délicatement sur l'herbe, et, laissant son malheureux adversaire aux mains des soldats du guet, il prit en courant la route de l'hôtel Saint-André, traversant le pont Saint-Michel et gagnant la rive gauche de la rivière.

En courant, Actéon s'adressa le monologue suivant :

— Il est réellement fâcheux que j'aie si fort maltraité ce pauvre Hector, et je doute fort qu'il en revienne; mais à quelque chose malheur est bon, et il est venu tout à point me fournir un bon prétexte pour voir de mes yeux ce seigneur Raphaël qui ressemble si fort au roi et que j'ai tant envie de connaître... Et puis, d'ailleurs, ajouta-t-il en manière de consolation, on a bien raison de dire que tout homme cherche sa destinée et s'abandonne fatalement à elle. Si cet écervelé d'Hector eût passé la Seine au bas de Nesle qui fait face au Louvre,— ce qui est infiniment plus logique et plus commode, — au lieu de choisir le pont Saint-Michel, il se porterait à merveille... Voyez à quoi tient la vie d'un homme! c'est à ne plus oser mettre le pied à la rue.

Et Actéon soupira comme s'il eût voulu clore par un regret l'oraison funèbre du page.

— Au fait, acheva-t-il, soulevant le marteau de bronze de l'hôtel Saint-André, à la porte duquel il venait de s'arrêter, au fait, ce garçon meurt à propos... il était insolent et querelleur, et il eût fini par s'attirer une mauvaise affaire.

Ce fut Giuseppe lui-même, qui, toujours trébuchant, vint ouvrir à Actéon. En voyant le page, il demeura interdit, et se repentit peut-être de lui avoir fait mainte confidence, car les fumées du vin commençaient à se dissiper. Mais Actéon le rassura sur le champ.

— Ah! cher seigneur, lui dit-il avec un sourire, je ne m'attendais pas en rentrant au Louvre au plaisir de vous voir une dernière fois. Mais voici que le roi, qui ne s'enquiert jamais si ses serviteurs sont las et ont passé la soirée en selle ou à table, vient de me confier cette lettre pour votre honorable maître le seigneur Raphaël.

Et Actéon tendit la missive scellée aux armes de France. Giuseppe n'avait plus a... se objection à faire à la visite tardive du page.

Corpo di Bacco ! mon jeune coq, votre société est charmante ! (Page 37.)

— Donnez, dit-il, étendant la main vers la lettre.
— Pardon, répondit Actéon ; je dois la remettre moi-même au seigneur Raphaël.
— Ah ! fit Giuseppe avec défiance.
— Car, enfin, ajouta le page avec la bonhomie la plus naïve, il se peut que le roi attende une réponse.
— C'est juste, dit Giuseppe... venez avec moi.
Et il conduisit Actéon au fond du jardin jusqu'à un petit pavillon que le marquis avait assigné pour logis à son ami. Puis il ouvrit la porte et annonça : — Un page du roi.
Raphaël se promenait de long en large, oubliant qu'il partait le lendemain au point du jour et qu'il avait besoin de quelque repos.
Absorbé en une méditation profonde, il paraissait accablé sous le poids de ce dévouement et de l'immense sacrifice qu'il s'imposait volontairement. Peut-être pensait-il à elle... peut-être, à cette heure suprême du départ, revoyait-il avec le mélancolique et profond regard du souvenir, sa paisible jeunesse écoulée en l'humble maison du vieux Guasta-Carne.
L'arrivée subite du page l'arracha à sa rêverie. Il s'arrêta, leva la tête, envisagea Actéon, et lui rendit son salut.
Puis il ouvrit la lettre du roi avec une certaine émotion. Raphaël avait pris congé en présence de Montmorency et de plusieurs autres seigneurs. L'étiquette avait donc interdit au roi ces épanchements de tendresse fraternelle qui auraient dû précéder sa dernière entrevue avec Raphaël.
Aussi s'en dédommageait-il amplement, en écrivant à celui que tout bas il nommait son frère quelques lignes affectueuses. Raphaël lut et relut cette lettre avec le plus vif attendrissement, et Actéon vit briller une larme dans ses yeux, tout en admirant cette étrange ressemblance du jeune homme avec le roi.
— Giuseppe, dit Raphaël, donne-moi des plumes et du parchemin.
— Vous voyez, souffla Actéon à l'oreille du Napolitain, il va répondre à Sa Majesté.

En effet, Raphaël traça d'une main agitée quelques lignes sur lesquelles il laissa tomber une larme, puis il scella le parchemin et le tendit au page.
— Tenez, mon ami, dit-il, remettez ce pli au roi ce soir même... c'est de la dernière importance.
Et il congédia le page du geste.
Actéon s'inclina, serra la main de Giuseppe et sortit.
Le Napolitain le reconduisit jusqu'à la porte de l'hôtel et lui renouvela ses remercîments et ses protestations d'amitié, souhaitant du fond du cœur de le revoir bientôt.
Actéon s'en alla d'un pied léger, gagna le pont Saint-Michel, dont l'extrémité était éclairée par une lanterne, et se plaçant, la lettre de Raphaël à la main, sous le rayon le plus lumineux, il se tint le discours suivant :
— Actéon, mon ami, vous allez commettre là une indiscrétion capitale, et qui vous pourrait bien conduire en place de Grève, et y opérer le divorce de votre tête avec votre corps ; — mais cette indiscrétion pouvant être utile à la cause de madame Diane de Poitiers, à laquelle appartiennent votre sang et votre vie, il n'y a réellement pas à hésiter.
Et Actéon brisa sans façon le sceau de la lettre que Raphaël écrivait au roi.
Actéon lut ce qui suit :

« Sire roi, mon frère,

« Que Votre Majesté me permette de lui donner ce dernier nom, car nul ne lira ma lettre, et le secret de ma naissance ne sera violé par personne.
« Votre Majesté est noble et bonne en me conservant sa royale amitié, et j'en emporterai à l'armée une reconnaissance qui sera éternelle... »
— Oh ! oh ! s'interrompit Actéon, le seigneur Raphaël sait à mer-

Je vous prierai d'en conclure que je suis votre égal, et que je n'ai point l'habitude de souffrir les impertinences. (Page 45.)

veille l'état de courtisan, et il prend son illustre frère par le côté sensible des rois, la flatterie. Poursuivons...

Et le page poursuivit :

« Je n'aurais osé espérer la faveur suprême que Votre Majesté vient de m'accorder en m'écrivant de sa royale main une lettre où le monarque s'efface devant le frère.

« Cette marque précieuse de l'amitié de Votre Majesté m'encourage à lui donner avis, ou plutôt à la supplier de ne le point dédaigner.

« Sire, les rois doivent au monde un noble et grand exemple pour inculquer à leurs peuples le respect de cette autorité sainte que Dieu a placée en leurs mains comme en celles d'un chef de famille, ils doivent pratiquer eux-mêmes ces vertus patriarcales qui font la force des pères et établissent, sur des bases inébranlables, la vertu à venir des enfants.

« Sire, je supplie à genoux Votre Majesté de fermer à jamais son oreille et son cœur aux séductions d'une passion, d'un amour indigne d'elle... »

— Bon! fit Actéon, voici pour la comtesse. L'insolent!

« Sire, continua le page en lisant, Votre Majesté a été unie devant Dieu et devant son peuple à une princesse noble et pure, digne en tous points de l'amour de Votre Majesté.

« Cette princesse est destinée à partager la gloire future de votre règne, à donner à la France un rejeton de votre noble race. Sire, ne l'oubliez pas... »

— Par les cornes du diable, murmura Actéon, qui jugea inutile d'aller plus loin et remit tranquillement la lettre dans sa poche, si la comtesse lit cette lettre, — et elle la lira, j'imagine, — elle vouera au seigneur Raphaël une bien belle amitié.

Actéon faisait cette réflexion mentale en continuant son chemin et repassait le pont Saint-Michel; il était tellement préoccupé qu'il bouscula un passant marchant en sens inverse, et le coudoya de la façon la plus injurieuse.

— Corpo di Bacco!... jura le passant avec un accent italien bien prononcé.

— Encore un Italien, pensa le page. Il en pleut donc à Paris?

— Maladroit! continua le passant.

— Maladroit vous-même! riposta Actéon.

Après avoir échangé ces mots peu polis, le page et le passant s'arrêtèrent d'un commun accord, et se toisèrent du regard.

Actéon, d'un seul coup d'œil, jugea son adversaire. C'était un homme d'une taille herculéenne, à la démarche arrogante, au regard insolent, vêtu avec une recherche de mauvais goût et qui réunissait en son costume toutes les couleurs criardes chéries par les méridionaux. Son pourpoint était écarlate, son feutre blanc, ses chausses jaunes, sa botte à entonnoir bleu de ciel.

Il portait en verrouil une longue épée, de celles qu'on nommait *coquilles*, par suite de leur garde, et il posait la main sur cette épée d'un air belliqueux et plein d'insolence qui ne déconcerta point cependant le page Actéon.

Le favori de Diane de Poitiers se contenta de poser également la main sur la garde de son épée, et, regardant l'Italien en face, il attendit que celui-ci lui renouvelât ses observations.

Mais, en même temps, ce dernier avait envisagé Actéon, et la jolie figure du page le séduisit à ce point, qu'il lui dit d'un ton calme et tout à fait courtois :

— Ah! mon jeune gentilhomme, excusez-moi de mon emportement, mais vous m'avez heurté si brusquement...

— J'en conviens, messire, répondit Actéon sur le même ton de courtoisie, et la faute en est à la nuit qui est fort noire, et à messieurs les échevins de Paris qui sont avares de lanternes. Je vous en fais mille excuses.

— Et moi, dit l'Italien, je suis désolé d'avoir appelé maladroit un jeune et beau cavalier comme vous.

Actéon et l'Italien échangèrent un salut.

— Moi, répondit Actéon, je suis au désespoir d'avoir riposté par a même épithète. Ils se saluèrent de nouveau, et chacun d'eux allait, sans doute, suivre son chemin, lorsque Actéon demanda hardiment à l'Italien : — Votre seigneurie serait-elle étrangère dans Paris?... et, en ce cas, ne serait-elle point égarée?

— Oui et non, répondit l'Italien ; je suis arrivé aujourd'hui et suis descendu à l'hôtellerie du *Grand-Charlemagne.*

— En face le bac de Nesle?

— Précisément.

— Vous regagnez votre logis, sans doute?

— Non, dit l'Italien, je cherche l'hôtel de Saint-André.

Actéon tressaillit.

— Tiens!... dit-il, vous connaissez le marquis?

— Quelque peu.

— Je sors de chez lui.

— Vous? dit l'Italien qui tressaillit à son tour.

— J'en sors à l'instant même.

— Alors, vous me pourrez donner un renseignement précieux.

— C'est selon...

— Connaissez-vous le seigneur Raphaël, un armurier italien qui loge chez le marquis?...

— Je le connais.

— En vérité?

— Je viens de lui porter une lettre du roi.

— Ah! ah! fit le colosse avec l'accent de la haine, le roi lui daigne donc écrire?

Actéon devina qu'il avait affaire à un ennemi de Raphaël, et il dit négligemment :

— Le seigneur Raphaël est le meilleur ami du roi de France.

L'Italien recula.

— Se pourrait-il? murmura-t-il avec rage.

— Et si, ce qu'à Dieu ne plaise! il avait des ennemis, ces ennemis auraient grand'peine à lui nuire, protégé qu'il est par un aussi grand personnage.

— Eh bien! mon jeune sire, je me moque de la protection du roi, moi.

— Bon! fit le page d'un air naïf, seriez-vous son ennemi?

— Implacable!...

— Oh! oh!

— Et je me suis juré d'avoir sa vie.

— Que vous a-t-il donc fait?

— Il m'a laissé pour mort d'un coup d'épée à la porte de Florence, à Milan, et pendant les six mois que j'ai passés au lit entre la vie et e trépas, mon rival a épousé la femme que j'aimais.

— Diable!... fit Actéon, je ne vois pas, en vérité, de haine plus légitime.

— Et j'assouvirai cette haine ce soir même, mon gentilhomme, soyez-en sûr...

— Bah!... que comptez-vous faire?

— Je vais aller le trouver, et il se battra avec moi.

— Vous savez par vous-même qu'il est très-habile en la science de l'escrime?

— Peu m'importe, je le suis aussi.

— Messire, dit gravement Actéon, voulez-vous me permettre un conseil ?

— Voyons, dit l'Italien.

— Vous êtes l'ennemi du seigneur Raphaël et le voulez occire, n'est-ce pas ?

— Ce soir même.

— Votre désir est légitime, mais ne peut se réaliser.

— Nous verrons bien...

— Le seigneur Raphaël vient de quitter Paris.

— Que dites-vous? Corpo di Bacco!

— Le roi l'envoie à l'armée.

— Alors je cours après lui.

— Ecoutez-moi, messire... écoutez!...

— Parlez, mais soyez bref... et dites-moi à quelle heure il est parti?... par quelle route?

— Je n'en sais absolument rien ; mais entre nous, je vous confierai que je hais pareillement le seigneur Raphaël.

— Vous?

— Moi.

— Ah! ah!... Alors nous allons courir ensemble.

— Attendez donc... Après vous et moi, il y a encore un très-haut personnage qui hait le seigneur Raphaël.

— Ah!... quel est-il?

— C'est une femme.

— La reine, peut-être?

— Non; la reine l'aime.

— Et quelle est donc cette femme qui le hait?

— C'est une femme qui touche également de près au roi, la comtesse Diane de Poitiers. Or, poursuivit Actéon, un homme qui vous a empêché d'épouser la femme que vous aimiez mérite mieux qu'un coup d'épée et une mort vulgaire. C'est une vengeance plus éclatante qu'il vous faut, et comme la comtesse et moi nous voulons également nous venger, peut-être serait-il convenable de nous entendre **tous trois.**

— Peut-être avez-vous raison...

— La comtesse, dont je suis l'ami, continua Actéon, est à son castel d'Anet, où je retourne moi-même dès demain. Venez-y, je vous présenterai. Votre nom, mon gentilhomme?

— Le marchese della Strada.

— Bien. C'est un noble nom.

Le marchese s'inclina.

— Maintenant, messire, acheva Actéon, au lieu de courir après votre ennemi, que vous ne rencontrerez certainement pas, rentrez tranquillement à votre logis, dormez sur les deux oreilles et attendez ma visite demain. Nous causerons plus longuement. Adieu...

Le page salua l'Italien qui lui serra la main avec chaleur, et il se dit en s'en allant :

— Je joue de bonheur ce soir; voilà un auxiliaire trouvé et un grand secret découvert. Il est fâcheux que ce pauvre Hector... Bah! acheva-t-il avec philosophie, après tout, un page de plus ou de moins... bagatelle!...

Actéon s'en alla droit au Louvre, frappa discrètement au guichet d'une poterne, et au *qui vive?* du Suisse de garde, il répondit à mi-voix :

— Service du roi!

Introduit dans le palais, Actéon, qui en connaissait les plus mystérieux détours, évita le grand escalier et les galeries où il aurait pu rencontrer beaucoup de monde et attirer inutilement l'attention sur lui. Il se dirigea par un corridor obscur et un escalier en coquille vers le logis d'un page du roi, son ami, qu'on nommait Gaston, heurta doucement à la porte, et quand celui-ci vint lui ouvrir, il lui dit :

— Je viens d'Anet au galop pour voir certaine dame qui m'honore de sa mystérieuse amitié, et comme la belle ne peut me garder en son logis, je viens te demander l'hospitalité.

Le page reçut Actéon sans défiance, partagea son lit avec lui et le cacha une partie du lendemain, après avoir fait tenir un petit billet au marchese, par lequel il l'avertissait qu'il ne le pourrait aller voir à l'hôtellerie du *Grand-Charlemagne,* mais qu'il l'attendait à Anet, le jour suivant.

Actéon avait jugé prudent de ne point se montrer.

Il passa la journée à écouter aux portes, à épier ce qui se faisait et se disait au Louvre, questionnant adroitement son ami Gaston qui le mit au courant des nouvelles du jour et de la chronique scandaleuse de la cour; puis, la nuit venue, il s'esquiva, se rendit au cabaret des *Vendanges de l'Auxerrois,* où il avait laissé son cheval, et le lendemain matin il était à Anet.

Actéon rendit donc un compte exact de tous ces événements à la comtesse, lui montrant la lettre de Raphaël au roi, et lui annonçant l'arrivée du marquis della Strada qui, bien certainement, pourrait être d'un grand secours à sa cause.

L'altière favorite avait écouté son page avec ce calme irrité qui précède les orages de la passion dans le cœur des femmes, et, lorsqu'il eut fini, elle murmura :

— Oh! il faut que je me venge de cet homme !

La comtesse n'eut point le temps de méditer avec Actéon un plan de vengeance. La cloche qui annonçait l'arrivée d'un étranger se fit entendre aussitôt.

— Voici le marchese, sans doute, se dit Actéon.

Actéon se trompait : ce ne fut point l'Italien qu'on introduisit auprès de Diane, mais un grand vieillard à l'air sombre et farouche, dont les yeux fauves lançaient des éclairs, et qui demanda une audience secrète à la comtesse.

— Voilà un homme, murmura Actéon en souriant, qui peut se vanter de n'avoir pas son pareil en laideur; et si, à ses vêtements, on ne voyait qu'il est gentilhomme, je le prendrais volontiers pour un assassin. Cependant, soyons prudent...

Et Actéon, tirant son poignard, se plaça derrière la porte, et regarda par le trou de la serrure, prêt à porter secours à la comtesse.

Pendant ce temps, le vieillard s'inclinait devant Diane.

— Madame, lui dit-il, je vous suis peut-être inconnu, car depuis vingt années que j'ai quitté la cour, la douleur a blanchi ma barbe et mes cheveux, et la honte a courbé mon front.

— En effet, murmura Diane étonnée, je n'ai aucun souvenir de Votre Seigneurie.

— J'arrive de Bretagne, madame, où je vivais solitaire, attendant que l'heure de la vengeance vînt à sonner pour moi. Cette heure est venue, madame, le jour où le roi François 1er est descendu dans la tombe. La nouvelle m'en est parvenue, et je suis monté à cheval et je suis accouru vers vous, car c'est à vous que je viens demander cette vengeance que j'attends depuis vingt années... je suis le mari outragé et foulé aux pieds de votre ennemie, la duchesse d'Étampes!

XVI. — Un mois après.

Un mois s'était écoulé depuis les événements que nous venons de raconter. Aux tièdes haleines du printemps avaient succédé les ardeurs de l'été, — et cependant le sommet des Alpes exposait aux rayons du soleil de juin ses neiges éternelles, qui resplendissaient comme un miroir immense. C'était le matin ; les premiers rayons de l'astre-roi glissaient obliques et indécis encore à la crête de ces monts fameux, où Annibal et François Ier avaient, à près de deux mille ans de distance, imprimé leur pied conquérant. Sur un des pics les plus élevés de cette chaîne gigantesque, jetée par hasard entre la France et l'Italie, se dressait alors une forteresse, — aire d'aigle, nid de faucon, suspendu entre le ciel et la terre, et confiant sa base à l'étroite plate-forme d'un roc antédiluvien. Cette forteresse, qui dominait les deux versants des Alpes, tournant à la fois ses tourelles vers le Dauphiné et le Piémont, appartenait au roi de France (1).

Elle avait été bâtie par les anciens ducs de Savoie, conquise et perdue tour à tour par les anciens Dauphins, reprise par le roi Charles VIII, défendue par Bayard, démantelée par les Impériaux, restaurée par François Ier, et en fin de compte elle renfermait en ce moment une armée de huit cents hommes, isolée du reste de l'armée royale qui occupait les plaines du Milanais, et menacée par six mille Espagnols qui s'étaient établis au pied des Alpes et se disposaient à l'assiéger.

Le Fort des Suisses, tel était son nom, défendait un des passages les plus importants du Mont-Cenis. Sa prise pouvait entraîner une invasion dans le Dauphiné, et le roi de France tenait énormément à sa conservation.

Malgré la faiblesse de la garnison, le fort était, du reste, à peu près inexpugnable. Un rocher pyramidal lui servait de base, des précipices béants l'entouraient de toutes parts et un unique sentier dans le roc y conduisait par le versant de France.

Ce sentier pouvait, à la rigueur, être détruit à l'aide de la mine, — et, dans ce cas extrème, il était à peu près impossible de s'en emparer, tant que la garnison aurait à son service de la poudre à canon, des boulets et des pierres à faire pleuvoir sur les assaillants.

Or, ce matin-là, deux hommes armés de pied en cap se promenaient et causaient sur la plate-forme du fort, la visière de leur casque levée. L'un était jeune, grand, mince, et avait fière tournure et grand air sous son armure de chevalier ; — l'autre était de taille moyenne, épais et robuste en sa courte stature : il paraissait suer sous le poids de son armure, et malgré l'âpre fraîcheur de la brise des montagnes et le voisinage des neiges éternelles, il essuyait de temps à autre son front, ainsi qu'un homme que la chaleur accable.

C'était, on le devine, Raphaël et son écuyer Giuseppe.

— Corpo di Bacco ! murmurait le Napolitain avec un soupir lamentable, avouez, seigneur Raphaël, que tout n'est pas rose dans la vie ?

— Pourquoi cette exclamation ? demanda Raphaël.

— Jugez-en vous-même, seigneur. Nous vivions fort tranquilles à Milan, en la maison de notre honorable patron Guasta-Carne. Milan est un séjour enchanteur. Le métier n'était pas rude ; la table du maître était bonne, et quand la journée était finie, on avait encore plus d'une heure charmante à dépenser...

— Ah ! fit Raphaël rêveur.

— Les arlequinades, les comédies, la taverne, le bal des remparts, où les plus jolies Milanaises accouraient à l'envi..., continua Giuseppe soupirant toujours.

Raphaël haussa les épaules.

— Mais, poursuivit l'écuyer d'une voix triste et lamentable en sa résignation, le démon de l'ambition, ce funeste présent des dieux, s'est emparé de votre éclatante seigneurie et de mon obscurité roturière ; l'amour a perdu l'une et le vin de Bourgogne a damné l'autre. Ces deux passions réunies nous ont poussés à courir le monde, vous en gentilhomme, moi comme simple écuyer ; nous sommes allés à Paris, vous pour vous y convaincre qu'un abîme infranchissable vous séparait de votre amour, moi pour y demeurer persuadé qu'en tous pays on trouve les mêmes crus de vin bourguignon.

Raphaël écoutait distraitement son loquace compagnon.

— Enfin, acheva Giuseppe sans se décourager, de chute en chute, ou plutôt de grandeur en grandeur, nous voilà réduits, Votre Seigneurie et moi, à vivre isolés et reclus en cette forteresse voisine des étoiles, sans autre compagnie que des soldats stupides, en présence d'une armée qui nous affame et nous assiégera au premier jour, et sans autre distraction que le monotone et splendide panorama qui se déroule sous nos pieds.

— Maître Giuseppe, dit laconiquement Raphaël, vous êtes un niais.

Giuseppe recula stupéfait de l'apostrophe.

— Mon vieil ami, continua son compagnon d'un ton plus amical, pardonne-moi cette réponse un peu vive, mais en même temps laisse-moi te dire que tu comprends fort mal le devoir d'un gentilhomme.

— Plaît-il ? fit Giuseppe.

— Écoute-moi...

Giuseppe regarda Raphaël d'un œil interrogateur.

<hr>

(1) Ce fort, qu'on nommait le Fort des Suisses fut rasé sous Charles IX, lors des guerres de religion en Dauphiné.

— Tu sais maintenant mon origine : je suis fils de roi...

— Belle noblesse, Corpo di Bacco ! monseigneur...

— Frère de roi ! continua Raphaël.

— Jolie parenté !

— Or, le roi a placé sur moi sa confiance, oubliant mon crime et mes torts.

— Peuh ! grommela Giuseppe, ces torts-là étaient bien pardonnables.

— Au lieu de me chasser, il m'a accordé son amitié...

— Il paraît, pensa Giuseppe, que l'amitié d'un roi est décidément un friand morceau, à voir le cas qu'en fait mon honorable maître.

— Sa Majesté, poursuivit Raphaël, a bien voulu m'accorder un commandement dans ses armées, me laissant libre de choisir.

— Singulière liberté !

— J'ai choisi le poste le plus périlleux.

— Et le plus triste, seigneur...

— Défendre le Fort des Suisses avec une faible garnison, tenir en ses mains une des clefs de la France et défendre cette clef jusqu'à son dernier soupir, n'est-ce point la mission la plus glorieuse qu'on puisse rêver ?

Giuseppe fit la grimace.

— On meurt de soif ici, murmura-t-il.

Mais Raphaël ne prit garde à cette prosaïque interruption, et il s'avança vers le bord de la plate-forme, à l'angle d'une tour carrée, position d'où le regard embrassait à la fois les deux horizons, la France et les sites accidentés du Dauphiné, l'Italie et les plaines dorées du Piémont.

De ce lieu, le jeune homme embrassait trente lieues d'horizon, et il pouvait voir, enveloppé dans la brume du matin et dans les floconneuses vapeurs que le soleil levant faisait étinceler à l'horizon, le champ de bataille de Marignan, où son glorieux père, le roi François Ier, avait écrasé les Suisses vingt ans auparavant ; — puis, en tournant la tête vers l'occident, et noyée encore dans l'ombre, cette lointaine vallée de l'Isère, où le héros de trois règnes, le preux *sans peur et sans reproche*, Bayard, était né sous les lambris enfumés d'un humble manoir.

Raphaël contempla silencieusement pendant quelques minutes ce majestueux et double panorama ; pendant quelques minutes, il demeura plongé en une rêverie profonde, oubliant Giuseppe et ses moroses observations ; — puis ses regards, abandonnant les lignes extrèmes de l'horizon, s'abaissèrent verticalement à ses pieds, et du haut de ce nid de vautours qu'il foulait, il put voir, ainsi qu'un point rendu presque imperceptible par la distance, le camp des Espagnols adossé aux derniers versants des Alpes.

Ce camp, c'était l'ennemi. Cet ennemi, immobile et indécis, en apparence, ne pouvait tarder à prendre un parti décisif, et à escalader les flancs ardus des montagnes pour monter à l'assaut de ce géant de pierre assis sur un rocher qu'on nommait le Fort des Suisses et qui défendait à l'Espagne, tant qu'il demeurerait debout, de franchir les Marches françaises.

— Oh ! s'écria-t-il enfin, j'ai bien fait de choisir ce poste de combat ; il était fait tout exprès pour un fils du héros de Marignan et de Pavie. Montez, Espagnols altiers, enivrés de votre ancien maître l'empereur Charles-Quint, montez à l'assaut, venez, accourez ! tant qu'il y aura un boulet en cette citadelle, tant qu'un cœur battra ici dans une poitrine française, tant que Raphaël vivra et pourra brandir une épée, vous ne passerez pas ! En ce lieu où je suis, le voisin des grandes aigles des Alpes, sur ce roc d'où j'aperçois au loin dans la brume les champs où blanchirent les ossements des ennemis de mon père, je puis bien relever le front et m'écrier avec orgueil : L'homme qui défend ces murs a du noble sang des Valois dans les veines !

— Mon maître est fou ! pensa Giuseppe qui n'avait pas, malgré sa science en escrime, des idées bien arrêtées sur l'héroïsme et la gloire.

En ce moment, les regards de Raphaël tombèrent sur l'étroit sentier taillé dans le roc qui conduisait à la forteresse, et il vit avec un certain étonnement deux cavaliers qui en gravissaient lentement les rampes.

— Oh ! oh ! fit Giuseppe, qui les avait pareillement aperçus ; qu'est-ce que cela ?

— Un messager du roi, sans doute. Va donner des ordres pour qu'on reçoive ces deux cavaliers, et qu'ils me soient amenés à l'instant même.

L'honnête écuyer, qui trouvait son maître assez monotone dans ses discours et était charmé qu'un incident nouveau et inattendu vînt rompre un moment l'uniformité de la vie de garnison qu'il menait entre ciel et terre depuis quelques semaines, ne se fit point répéter l'ordre qu'il avait reçu, et il s'engouffra joyeusement dans un large escalier qui conduisait de la plate-forme à la poterne principale du fort.

Puis il se fit ouvrir cette poterne, et attendit patiemment que les deux cavaliers aperçus dans le lointain se présentassent au pont-levis.

Bientôt ces derniers atteignirent le bas des remparts du fort.

Alors, l'un d'eux sonna du cor, et sur l'ordre de Giuseppe, le pont-levis s'abaissa en criant sur ses chaînes rouillées.

— Corpo di Bacco ! exclama le Napolitain aussitôt qu'il eut envisagé le premier des deux cavaliers, voilà une figure de connaissance, et, si je ne me trompe pas, c'est le seigneur Actéon, un page du roi !

En même temps, le cavalier faisait franchir le pont-levis à son cheval et s'écriait pareillement :

— Dieu me damne ! je crois que j'ai devant moi le seigneur Giuseppe, un écuyer du plus haut mérite, auquel j'ai rendu un léger service, il y a un mois environ, dans le cabaret des *Vendanges de l'Auxerrois*.

Et Actéon, car c'était lui, mit pied à terre et courut tendre la main au Napolitain.

— Sang du Christ ! murmura Giuseppe émerveillé d'une pareille rencontre et secouant énergiquement la main du page, quel heureux hasard vous amène en ce sépulcre, mon jeune et noble ami ?

— Ah ! dit Actéon en riant, deux raisons...

— Voyons la première...

— Je suis page du roi, et je suis comme tel porteur d'un message pour l'honorable seigneur Raphaël.

— Très-bien. Et la seconde ?

— La seconde est simplement le désir que j'avais de vous revoir, cher seigneur, et de vous faire passer, en ma compagnie, une existence moins désagréable que celle que vous me paraissez mener ici.

— En ce cas, soyez le bienvenu, car je m'ennuie horriblement en cette maudite forteresse.

En prononçant ces derniers mots, Giuseppe regarda le compagnon d'Actéon, et fit la grimace.

— C'est mon écuyer, dit le page.

— Fi, l'horrible figure ! grommela Giuseppe avec dégoût.

Et, en effet, le visage de l'écuyer d'Actéon et toute sa personne étaient fort déplaisants à l'œil.

C'était un vieillard au regard sombre, farouche, à la barbe inculte, aux lèvres minces et arquées par une sourde et implacable ironie...

On ne comprenait pas comment un gentil garçon comme Actéon avait pu choisir un écuyer d'aussi repoussant visage.

— Voilà un vieux drôle, murmura Giuseppe, qui ne me convient nullement.

XVII. — L'écharpe rouge.

L'écuyer d'Actéon mit pied à terre comme lui et salua Giuseppe.

— Soyez le bienvenu, dit ce dernier d'un air maussade qui démentait la courtoisie de ses paroles.

L'écuyer s'inclina sans répondre.

— Ah çà, dit Giuseppe au page, votre écuyer est donc sourd ou muet ?

— Ni l'un ni l'autre, dit Actéon, mais il ne sait point la langue française. Il est Bas-Breton.

— Ah ! fit Giuseppe, continuant à regarder l'écuyer avec une curiosité mêlée de répugnance.

— C'est un vieux serviteur de ma famille, poursuit Actéon, et j'y tiens beaucoup.

— Je comprends cela, mais...

— Mais, interrogea le page d'un air naïf.

— Il a une bien horrible figure.

— Vous trouvez ?

— Le diable serait de mon avis, j'en répondrais, et cependant le diable n'est pas difficile, que je sache.

— Excusez cet air farouche, dit Actéon ; le pauvre homme a été malheureux...

— Ah !

— Il était marié... il aimait sa femme...

— Bon ! je comprends... il a manqué de philosophie.

Et Giuseppe se prit à rire et entraîna Actéon pour le conduire auprès de Raphaël.

Le jeune gouverneur reçut le page avec une courtoisie pleine de cordialité, puis il ouvrit avec empressement une lettre qu'Actéon lui apportait de la part du roi.

Voici ce que contenait cette lettre :

« Mon cher et féal,

« Le porteur de la présente est un jeune et joli garçon, bon gentilhomme et d'une bravoure éprouvée. Il remplissait auprès de madame Diane de Poitiers les fonctions de page. Mais on ne saurait être page éternellement, et la comtesse s'est aperçue que le sien commençait à porter fine moustache, ce qui aurait pu, jusqu'à un certain point, compromettre sa réputation. Cependant, comme elle l'aimait fort, elle m'a supplié de le prendre à mon service, et je vous l'envoie pour qu'il fasse ses premières armes sous vos ordres.

« Adieu, mon amé et féal ; que Dieu vous ait en sa sainte et digne garde.

« HENRI. »

Raphaël avait lu cette lettre à mi-voix, — mais Giuseppe n'en avait pas perdu un mot, et il fit aussitôt cette sage réflexion :

— On a bien raison de dire *menteur et effronté comme un page*. Ce petit Actéon, qui est un joli garçon, ma foi ! s'est moqué de moi à Paris en me disant qu'il était au roi, alors qu'il était à la favorite, — et le vin bourguignon aidant, je me suis déboutonné et lui ai conté mille choses dont, bien certainement, la comtesse aura fait son profit. Je suis un niais !

Et Giuseppe regarda Actéon du coin de l'œil.

Mais Actéon avait un visage si ouvert et si franc en ce moment que les inquiétudes du Napolitain, touchant ses indiscrétions, se calmèrent aussitôt, surtout lorsque la conversation suivante se fut engagée entre Raphaël et le page :

— Ainsi, dit le premier, vous venez de Paris ?

— Oui, messire.

— Vous avez vu le roi ?

— La veille de mon départ. Sa Majesté est au Louvre, et n'a point quitté ce palais depuis son avénement.

Raphaël fronça légèrement le sourcil, comme s'il eût hésité à faire une question nouvelle.

— Et, dit-il en hésitant, la reine ?...

— La reine est pareillement au Louvre... avec le roi.

Le front plissé de Raphaël se dérida :

— Le roi, dit-il, ne va donc plus à Anet ?

— Ah ! répondit Actéon, il en est, je crois, parti pour jamais, le jour où il est venu à Paris prendre possession de sa couronne. La comtesse est en pleine disgrâce.

Et Actéon crut de bon goût de soupirer, ainsi qu'il convient de le faire à un serviteur reconnaissant, au souvenir des infortunes de ses anciens maîtres. Ce soupir fut d'un bon augure pour Raphaël, qui ajouta :

— Eh bien ! cher monsieur Actéon, puisque le roi vous donne à moi, je tâcherai de justifier sa confiance en vous étant agréable et utile. Vous partagerez ici notre vie de périls et d'isolement, et, vive Dieu ! j'espère que bientôt nous aurons une belle occasion de servir vaillamment notre maître commun en défendant cette forteresse.

Actéon s'inclina :

— Vous voyez en moi, messire, dit-il avec un enthousiasme qui plut à Raphaël, un enfant qui brûle de devenir homme et dont l'épée sera lourde aux jours de la bataille, car il la tiendra avec son cœur.

— Merci, pour le roi ! répondit Raphaël. Maintenant, cher sire, comme des gens tels que vous commandent avant d'obéir, choisissez parmi les divers postes de commandement qu'il y a sous mes ordres.

— Une hallebarde de soldat me paraîtra le bâton de commandement le plus glorieux, messire.

— C'est noblement répondu, monsieur ; cependant je ne tiendrai nul compte de votre modestie, et je vous confie dès à présent la défense d'une tour en plaçant sous vos ordres cent lansquenets.

Actéon s'inclina de nouveau et avec un respect qui prouva à Raphaël que sa noble origine n'était point un secret pour le page.

— Les désirs de Votre Seigneurie sont des ordres, dit-il, j'obéirai.

Pendant tout ce colloque, l'écuyer d'Actéon était demeuré à quelques pas en arrière, dardant sur Raphaël un sombre regard.

Ce dernier levant enfin la tête, l'aperçut et éprouva ce mouvement de répulsion instinctive qu'avait déjà subi Giuseppe.

— Quel est cet homme ? demanda-t-il.

— Mon écuyer, messire, répondit Actéon. Je demande grâce à Votre Seigneurie pour sa figure peu avenante. C'est un Bas-Breton qui ne sait pas un mot de français, et que des chagrins domestiques ont cruellement éprouvé. Mais il est brave, loyal et fidèle, et je puis assurer Votre Seigneurie qu'il fera son devoir de serviteur et de soldat.

— Bien, dit Raphaël avec indifférence.

Puis il ajouta en se tournant vers Giuseppe :

— Tu vas donner des ordres pour qu'on prépare un logis convenable au seigneur Actéon.

— Messire, dit le page, m'accorderez-vous une grâce ?

— Parlez...

— Je désirerais fort que mon écuyer occupât le même appartement que moi. Il est habitué à me servir.

— Comme il vous plaira, répondit Raphaël.

— Oh ! oh ! pensa Giuseppe en allant exécuter les ordres de Raphaël, tout ceci me semble un peu louche. Décidément ce bonhomme n'a pas le talent de me plaire, et je crois qu'il faudra se défier.

Raphaël causa quelques minutes avec Actéon, puis il lui demanda la permission de le quitter pour aller passer une minutieuse inspection de la forteresse et de ses moyens de défense, — devoir rigoureux qu'il accomplissait tous les jours, soir et matin.

Actéon, demeuré seul avec son écuyer, s'approcha de lui et murmura :

— Ils n'ont pas la moindre défiance. Nous avons été reçus à merveille !

— Oui, fit l'écuyer d'un signe.

Et Actéon, l'entraînant vers le rempart, à une certaine distance des sentinelles et en un lieu où nul ne pouvait entendre un mot de leur conversation, Actéon ajouta :

— Il faudra cependant, monsieur le duc, que vous m'éclairiez quelque peu...

— Plaît-il? fit le vieillard, qui perdit aussitôt l'attitude respectueuse qu'il avait affectée devant le page, en présence de Raphaël et de Giuseppe.

— Il me semble que je suis un peu votre complice.

— Comment l'entendez-vous?

— Ne servons-nous point tous deux la comtesse?

— Vous vous trompez, répondit sèchement le faux écuyer.

— Ah! fit Actéon fronçant le sourcil.

— Vous êtes le serviteur de la comtesse, moi, son allié, poursuivit le vieillard avec hauteur.

— En ce cas, il me semble que nous allons au même but...

— C'est probable.

— Et qu'alors...

— Alors, mon jeune ami, il **vous** suffit de savoir que, si je suis votre écuyer en apparence, vous m'obéissez en réalité d'après les ordres de la comtesse à laquelle vous êtes tout dévoué.

— Sans nul doute, murmura Actéon avec dépit.

— Or, si la comtesse vous a enjoint de m'obéir et qu'elle ne vous ait pas communiqué notre but commun, c'est qu'elle l'a jugé inutile. J'ordonne, exécutez, voilà tout.

Et le vieillard tourna le dos à Actéon qui s'assit sur le rempart et murmura à part lui avec colère :

— Ah! madame Diane, il faut vous aimer comme je vous aime, pour avoir consenti à accepter le rôle indigne et subalterne que vous m'avez donné auprès de ce vieux bandit. Mais, vive Dieu! s'il doit se venger d'une façon déloyale et qui nuise aux intérêts du roi, Actéon se souviendra qu'il est gentilhomme, et dût-il endurer votre disgrâce éternelle, il n'obéira pas.

En ce moment Giuseppe reparut et vint à Actéon :

— Mon cher sire, lui dit-il, j'avais à cœur de vous prouver que Giuseppe n'est point un ingrat, et je vous ai fait préparer le plus beau logis du fort. Vous vous y trouverez à ravir et croirez être encore au Louvre ou à Anet? Venez, vous verrez...

Giuseppe prit familièrement le bras à Actéon et lui fit quitter le rempart.

— Ah çà, lui dit-il confidentiellement, savez-vous que j'ai sur le cœur un gros reproche à vous faire?

— A moi?

— A vous, mon gentilhomme.

— Et quel est-il?

— Vous ne m'avez pas dit, à Paris, qu'au lieu d'être au roi, vous étiez à madame Diane de Poitiers?

— Ah! dit Actéon avec un fin sourire, c'était alors la même chose.

— Comment cela?

Actéon prit un air mystérieux.

— Serez-vous discret?

— Comme la tombe..

— Eh bien! écoutez...

Et Actéon se pencha à l'oreille du Napolitain :

— Mon cher ami, lui dit-il, vous savez que le roi, quand il était dauphin, habitait Anet en cachette?

— Je le sais.

— Or, j'étais en réalité le page du roi, puisque j'étais à la comtesse.

— C'est assez juste.

— Il n'eût tenu qu'à moi d'en porter le titre.

— Eh bien?

— Mais la comtesse ne le voulait pas.

— Mais, observa Giuseppe, comment se fait-il que la comtesse se soit décidée à se séparer de vous?

— Ah! murmura Actéon, ceci est bien ma faute... et je ne vous le cacherai pas plus longtemps, je suis tombé en disgrâce...

— Vous êtes pourtant le garçon le plus beau et le plus spirituel que j'aie connu.

— Vous êtes trop aimable, en vérité. Mais j'avais commis quelques imprudences. Et puis, la comtesse s'est figuré que l'abandon du roi prenait sa source dans son secret attachement pour moi, et elle a écrit à sa Majesté une longue lettre pour la supplier de m'envoyer à l'armée. Ce que le roi s'est empressé de faire.

En terminant cette explication mensongère, Actéon pénétra avec Giuseppe dans l'appartement qui lui était destiné.

C'était une petite pièce ménagée au premier étage d'une tour et dont les croisées ogivales donnaient sur le versant oriental des Alpes. Par conséquent, on y pouvait apercevoir le camp espagnol établi au fond de la vallée.

Les Espagnols qui avaient, quelques années auparavant, occupé le Fort des Suisses, avaient luxueusement décoré les logis réservés aux officiers, et Actéon jeta autour de lui un regard satisfait et se put croire un instant dans un oratoire du Louvre.

Une seconde pièce attenante à la première avait été disposée pour le vieil écuyer, lequel suivait Actéon à quelque distance.

— A présent, mon cher sire, dit Giuseppe, vous voilà chez vous; vous pouvez dépouiller vos habits de voyage qui sont couverts de poussière et faire une galante toilette pour paraître à la table du seigneur Raphaël, qui m'a chargé de vous inviter à déjeuner.

Et Giuseppe s'en alla, laissant Actéon seul avec le faux écuyer.

Alors ce dernier ouvrit la croisée qui donnait sur le camp espagnol, et, sans consulter Actéon, il dénoua la ceinture rouge qu'il portait autour du corps selon la mode bretonne; puis la tenant d'une main, il la laissa flotter au dehors.

— Que faites-vous? s'écria Actéon surpris.

— Que vous importe!

— Un signal à l'ennemi?

— Peut-être...

— Monsieur, dit froidement le page, si vous méditez quelque trahison, prenez garde... Je veux bien servir la comtesse et votre vengeance, mais je ne trahirai point le roi. .

Le vieillard haussa les épaules :

— Hé! dit-il, qui songe à trahir le roi? Puisqu'il le faut, je vais vous dire à qui s'adresse ce signal... Il instruit de notre arrivée ici notre allié, le marchese della Strada, qui, vous le savez, est dans le camp espagnol.

Et le vieillard murmura avec une sourde ironie :

— Ah! je tiens donc enfin cet homme dont la naissance est une tache pour mon écusson! A nous deux donc, enfant du crime, à nous deux!

XVIII. — Le cartel.

Actéon était pâle de colère; il commençait à trouver blessant le ton impérieux et froid de son compagnon, et comme il était imbu de cette idée qu'un gentilhomme, abstraction faite des titres, vaut un gentilhomme, il ne se sentait nullement d'humeur à accepter auprès du duc d'Etampes, — on l'a deviné, c'était lui! — le rôle de subalterne.

Aussi fit-il un pas vers lui en croisant les bras; et, prenant une attitude hautaine :

— Monsieur, lui dit-il, permettez-moi de vous rappeler mon nom.

— Je le sais, dit le vieillard.

— N'importe! je me nomme Actéon de Kerbric et je suis gentilhomme breton.

— Après? demanda dédaigneusement le faux écuyer.

— Ce qui veut dire, poursuivit Actéon, que je suis d'aussi bonne noblesse que quiconque au monde.

— Et puis?

L'accent du duc était glacé.

— Je vous prierai d'en conclure que je suis votre égal, et que je n'ai point l'habitude de souffrir les impertinences.

— Ah! fit le duc avec un sourire railleur.

— Veuillez m'écouter, monsieur, et entendons-nous bien. Madame Diane, à qui j'appartiens et que je servirai fidèlement, ne m'a confié qu'une seule mission, celle-ci : vous introduire comme mon écuyer dans le Fort des Suisses. Ai-je rempli ma mission?

— Sans doute.

— En ce cas, je n'ai plus à subir vos insolences et votre domination impérieuse. J'ai été votre guide, je ne suis point votre complice. Si vous méditez un crime, ne comptez point sur moi...

— En vérité?

— Je me bornerai à me taire, à demeurer inactif. Mon silence et mon inertie serviront seuls votre vengeance, à laquelle je ne m'associe point.

Le duc haussa les épaules.

— Il est probable, ajouta Actéon avec dédain, que si la comtesse avait voulu que je vous aidasse, elle m'aurait confié le secret de votre présence ici.

— Il y a, fit le vieillard avec un accent d'impertinente raillerie, des instruments dociles qui ne doivent point savoir le dernier mot de l'œuvre qu'ils accomplissent.

— Eh bien! dit Actéon, avec un calme terrible dans lequel éclatait tout l'orgueil de son vieux sang breton, mon œuvre est accomplie. Restons-en là, ou plutôt à partir de cette heure, veuillez vous souvenir que je n'ai absolument rien de commun avec vous, et que je ne souffrirai pas plus longtemps vos airs de protection.

Le vieillard laissa tomber sur le page ce regard farouche et plein de mépris qui donnait à sa physionomie une expression repoussante.

— Vous êtes un enfant, dit-il, et mes cheveux sont blanchis.

— Soit, répondit Actéon.

Puis, à son tour, il regarda le vieillard avec une sorte de pitié dédaigneuse.

— Et cependant, tenez, ajouta-t-il, quelque chose me dit que l'ordre ordinaire de la nature va être interverti par nous; — que le jeune homme, l'enfant, celui à qui les conseils de l'âge mûr seraient nécessaires pour ne point faiblir, demeurera pur, et que le vieillard déshonorera peut-être ses cheveux blancs par quelque infâme action.

A ces paroles, le duc pâlit; un éclair de colère passa dans ses yeux, et il porta la main à son épée.

— Vous m'insultez, dit-il.

— Si vous jugez la chose ainsi, dit froidement Actéon, je suis prêt à vous faire réparation.

Le duc hésita, et puis son épée, à demi dégaînée, rentra au fourreau.

— Non, dit-il, les paroles inconsidérées d'un enfant ne sauraient me blesser, et je ne m'appartiens pas, j'appartiens à ma vengeance, et il faut que j'étouffe l'enfant du crime... cet enfant que je croyais avoir atteint mortellement dans son berceau, et qui est devenu homme tout exprès pour attester ma honte.

Et le duc tourna le dos à Actéon, reprit sa ceinture rouge et continua de l'agiter en dehors de la croisée.

Puis il revint au page et lui dit:

— Monsieur, un dernier mot.

— Je vous écoute, monsieur.

— Je n'ai nul besoin que vous me serviez. Mon secret, vous ne le saurez pas.

— Je ne vous le demande point.

— Mais vous vous tairez, n'est-ce pas?

— Oui.

— Et je continuerai à habiter près de vous?

— Soit.

— Ainsi, quoi que je fasse...

— Pour votre vengeance, je n'y trouverai rien à redire, puisque votre vengeance est utile à madame Diane; mais si vous deviez trahir le roi...

— Eh bien! fit le vieillard, qui tressaillit d'une façon imperceptible.

— Je vous tuerais.

Et Actéon prononça ces mots si froidement que le duc demeura convaincu de la résolution inébranlable du page.

— Soyez tranquille, répondit-il avec insouciance, j'aime peu le roi, car son père a souillé mon honneur et couvert de fange mon écusson, pur et sans tache naguère, mais ce n'est point à lui que j'en veux. Maintenant, faites-moi un serment.

— Lequel?

— Jurez-moi que si vous vous trouvez face à face avec le marchese Della Strada en présence de cet homme qu'on nomme Raphaël... vous ne ferez ni ne direz rien qui lui puisse laisser supposer que vous vous êtes jamais rencontrés.

— Soit.

— Me le jurez-vous?

— Foi de Breton et de gentilhomme.

— C'est bien. A présent, je puis me passer de vous.

Et le duc continua à agiter l'écharpe rouge.

Actéon le salua avec une courtoisie dédaigneuse et sortit pour se rendre à l'invitation de Raphaël.

Demeuré seul, le vieillard referma la croisée et vint s'asseoir au milieu de la chambre, reprenant cette méditative et sombre attitude qui lui était familière:

— Enfin, murmura-t-il, enfin! Cet enfant, cet homme, ce fruit maudit d'un amour maudit, va être l'instrument de ma vengeance. Et s'il est vrai qu'en leur cercueil, sous leur dalle funèbre, les pères morts s'éveillent et tressaillent, quand le vent d'un destin fatal agite, courbe et terrasse leur progéniture, tes cendres encore tièdes tressailleront, ô François de Valois, tes os frémiront de colère et de douleur, car cet homme qui a de ton sang dans les veines tombera déshonoré, et l'histoire dira que le bâtard d'un roi de France a livré à l'ennemi une forteresse française...

Et le vieillard se prit à rire d'une façon hideuse.

— Je sais bien, reprit-il, que je suis gentilhomme et qu'un gentilhomme ordinaire rougirait par avance du crime que je médite, de ce crime sans nom que nul, si ce n'est le marchese, n'a imaginé avant moi, car Diane de Poitiers, elle-même, cette autre courtisane, s'est livrée à moi en aveugle, et ne sait rien de mes projets; mais un gentilhomme déshonoré, celui-là n'a plus ni patrie, ni souverain qui l'enchaînent, ni serments, ni conscience qui le lient!

Et le duc continua à ricaner.

— En vérité, acheva-t-il, je crois que Satan est pour moi, car voici précisément le logis que j'occupais, il y a vingt années, lorsque je commandais ce fort pour le maître impie qui me foulait aux pieds. Et là, sous cette dalle, est l'issue secrète qui conduit dans la plaine, l'escalier taillé dans le roc par où j'introduirai l'Espagnol dans la forteresse.

Le duc, à ces mots, se leva, se dirigea vers le coin le plus obscur de la salle et examina attentivement une dalle qui paraissait plus usée que les autres.

— Bien, murmura-t-il, c'est la même; et bien certainement le nouveau gouverneur ignore ce qu'elle cache. Deux hommes possédaient seuls ce secret que les Espagnols eux-mêmes n'ont point connu, le roi et moi. Le roi est mort...

Actéon s'était dirigé vers l'appartement particulier de Raphaël. Le jeune gouverneur reçut le page avec une affabilité qui trahissait une sympathie secrète, et Actéon, en se trouvant à table avec lui, obéissant à ses instincts de gourmet et de buveur, ne put s'empêcher de faire la réflexion suivante:

— Quel dommage que le seigneur Raphaël soit notre ennemi et que madame Diane, que j'aime, l'ait pris en si grande aversion! C'est le plus galant seigneur que j'aie jamais vu, et je serais tout disposé à l'aimer et à devenir son ami si je n'aimais la comtesse... Ah! quelle fatalité que cette conséquence de l'amour qui nous fait ennemis de ceux que hait celle que nous aimons...

Actéon était gai, spirituel: il plaisait fort à Raphaël, et notre héros oublia momentanément ses douleurs en son aimable compagnie.

Les devoirs d'un gouverneur de forteresse qui n'est point assiégé encore ne sauraient lui prendre tout son temps. Raphaël avait passé en revue ses soldats, son artillerie; les postes avaient été relevés; il était maître de son temps.

Le déjeuner des deux jeunes gens se prolongea donc fort avant dans la journée, et Actéon conta les histoires les plus galantes, les anecdotes les plus piquantes qui avaient amusé la cour du feu roi — il fut spirituel et paradoxal, et fit les délices de Giuseppe, qui avait un faible déterminé pour lui et ne tarissait point en éloges et en admiration à chacune de ses saillies.

Raphaël lui-même s'était déridé et commençait à subir l'influence de ces petits vins de l'Italie septentrionale dont les celliers du fort étaient abondamment pourvus.

Mais le son d'un cor mit tout à coup un terme à cette gaieté insouciante, et rappela Raphaël à ses graves devoirs.

Ce cor annonçait l'arrivée d'un nouvel étranger: cet étranger était un soldat espagnol qui se présentait en parlementaire, une écharpe blanche à la main, et demanda à être introduit près du gouverneur.

Raphaël le reçut à table et prit de ses mains une lettre dont il brisa le sceau et qui était conçue en ces termes:

« Cher seigneur,

« Il arrive parfois que les morts sortent de leur tombe, ou plutôt, et ceci est beaucoup plus naturel encore, il advient que ceux qui devaient mourir et qu'on croyait morts se sont arrêtés aux portes du trépas. C'est un peu mon histoire, cher seigneur. Vous m'avez laissé pour mort et baigné dans mon sang; vous m'avez enfoncé votre épée dans la poitrine jusqu'à la garde, et il y avait fort à parier que je n'en reviendrais pas. Cependant j'en suis revenu. Je me porte même à merveille, et je crois que, si bonne est mon humeur, je me trouverais satisfait d'apprendre que vous-même êtes sain et sauf et parfaitement remis des suites de votre rencontre, si je n'avais eu le malheur de perdre, durant ma convalescence, ma fiancée, la signorina Maria di Polve, qui est devenue marquise de Saint-André, grâce au coup d'épée que vous m'avez administré. Or, cher seigneur, après une telle trahison, je ne puis résister au désir de me mesurer une seconde fois avec vous et de recommencer à mettre en pratique les savantes leçons de notre professeur commun, le vieux Guasta-Carne. Aussitôt rétabli, je vous ai cherché dans Milan. Vous étiez parti pour la cour de France. Je suis arrivé à Paris le lendemain de votre départ; enfin, me voici. J'ai un mien cousin dans l'armée espagnole qui vous assiège. Bien que je ne tienne pas plus pour le roi d'Espagne que pour le roi de France, j'ai trouvé convenable de préférer l'hospitalité du capitaine Herrera à la vôtre, et je vous écris, espérant que vous serez assez courtois pour vous mettre à mes ordres.

« Votre très-obéissant,

« Marchese DELLA STRADA. »

Raphaël lut cette lettre tout haut à Giuseppe et à Actéon. Puis il demanda du parchemin et répondit:

« Cher marchese,

« Votre désir me paraît des plus légitimes, et je m'empresse de me mettre à vos ordres. Mais, vous le savez, un gouverneur de forteresse ne peut quitter ses remparts, et il ne me serait point permis de franchir le pont-levis pour me battre avec vous de l'autre côté du fossé. Je ne puis donc vous offrir pour champ clos que la plate-forme de ma citadelle. Venez coucher ici, ce soir même, et demain, au point du jour, nous nous battrons. Ne refusez pas mon hospitalité; ce n'est point la mienne, mais celle du roi.

« Bien à vous,

« RAPHAEL. »

— Voilà un homme, murmura Giuseppe qui savait la terrible habileté de Raphaël, qui me paraît peu satisfait d'être encore de ce monde et qui veut à tout prix savoir ce qui se passe dans l'autre.

— Amen, répondit Actéon.

XIX. — La Cachette.

Le danger renferme une âcre volupté qui a le privilège de dissiper les anciennes préoccupations et d'amoindrir la douleur.

La belle humeur d'Actéon avait déjà rasséréné à moitié le front assombri de Raphaël, et dans le jeune page il avait vu sur-le-champ un compagnon, un ami, peut-être même un confident futur de ses souffrances; — l'arrivée du cartel de son implacable ennemi le marche se Della Strada acheva de le dérider, et il éprouva comme un mouvement de joie à la pensée qu'il jouerait, le lendemain, cette existence si vide et si désolée qu'il ne trainait qu'avec une amertume pleine de regrets.

Si la mort peut avoir un aspect repoussant pour ceux dont la vie est une longue fête, qu'environnent à la fois et le sourire éblouissant de la fortune et le regard mélancolique et charmant de l'amour, de la renommée, elle a un fatal et irrésistible attrait pour ceux qui vivent isolés et mornes parmi les ruines encore fumantes de leurs illusions et de leurs espérances les plus chères.

Certes, si on eût donné à choisir à Raphaël, d'un duel ou d'un combat, de cette lutte au grand soleil, où le héros tombe enivré par les accords guerriers du clairon et le bruit de la mitraille, devant Dieu qui bénit les braves, sous les yeux de la patrie qui les pleure et du roi qui les anoblit et les récompense, — ou de ce combat obscur, ténébreux, sans gloire retentissante, sans profit pour personne, lutte où deux hommes se disputent dans l'ombre de leur mutuelle existence, — il n'eût point hésité. Mais Raphaël ne pouvait choisir. L'heure de la bataille pouvait être loin encore, celle du duel était proche, et de quelque côté que vînt la lutte, sous quelque forme que se présentassent à lui les chances de mort, c'est-à-dire celles de l'oubli, — il devait les accueillir en souriant.

Il se prépara donc à recevoir courtoisement son adversaire et à croiser le fer avec lui dès le lendemain.

Le messager du marchese était parti, et un moment de silence entre les trois convives avait suivi ce départ.

— Ah çà, dit enfin Giuseppe, cet enragé marchese est-il donc las de vivre?

— Peut-être... murmura Raphaël.

— Et une première leçon ne lui suffit pas?

— Qui sait si la seconde ne sera pas pour moi?

— Allons donc!

— Mon bon ami, dit Raphaël, le marchese tire à merveille.

— Vous tirez beaucoup mieux encore. Il faut être fou ou las de la vie pour oser en essayer.

A ces paroles de Giuseppe, Actéon, qui éprouvait déjà une certaine sympathie pour Raphaël, sentit cette sympathie dégénérer en admiration. A cette époque, où tout le monde était brave par instinct, l'homme qui possédait à fond cette noble et merveilleuse science de l'escrime était presque un demi-dieu.

De là l'admiration subite d'Actéon.

— L'habileté est pour beaucoup, sans doute, reprit Raphaël, dans les chances diverses d'une rencontre; mais le hasard y joue pareillement un grand rôle. Le marchese peut me tuer.

— Lui! fit Giuseppe, en haussant les épaules.

— Pourquoi pas!

— Parce qu'un misérable ne saurait triompher d'un noble homme.

— Regardes-tu donc la mort comme un châtiment?

— Parbleu! dit Giuseppe, on ne boit pas de vin bourguignon en l'autre monde.

Cette boutade fit rire Raphaël.

— Mon avis, à moi, dit à son tour Actéon, est qu'on ne saurait trop tenir à la vie quand le rayonnement de la jeunesse éclate dans le regard et sur le front. Est-il rien de si bon que la vie?

— Qui sait si la mort n'est point le repos, et qui sait si le repos n'est pas le vrai bonheur?

— Hum! grommela Giuseppe, le seigneur Raphaël est diablement mélancolique et philosophe après boire. Tous ces crus d'Italie ne valent pas les sandales percées d'un poëte, et le vin de Bourgogne est le seul qui épanouisse le cœur.

— Quoi qu'il en soit, continua Raphaël, comme je puis fort bien être tué, et qu'en ce moment ma vie appartient plus au roi qu'à moi-même, il faut, si je lui fais tort de ma vie, que ses intérêts en souffrent le moins possible; par conséquent, je dois prendre toutes les mesures nécessaires pour la défense de la forteresse dans le cas où je ne pourrais plus la commander demain.

Raphaël, à ces mots, regarda Actéon.

— N'est-ce point votre avis? demanda-t-il.

— Cela me semble inutile, quoique prudent, répondit Actéon. Un noble homme comme vous ne meurt point au seuil de la jeunesse et d'une vie riche d'avenir.

La voix d'Actéon, en prononçant ces mots, avait un timbre mélancolique et grave qui trahissait la sympathie naissante que lui inspirait Raphaël.

Ce dernier devina cette sympathie, et lui serra affectueusement la main.

— Monsieur, lui dit-il, vous êtes peut-être le plus jeune de toute la garnison du fort; mais je lis dans vos yeux que vous êtes brave et prudent, que vos premiers pas dans la carrière des armes seront éclatants, et que, si une mission grave, périlleuse, de haute confiance vous était donnée, vous la rempliriez noblement.

— Vous avez raison, monsieur, répondit Actéon.

— Or, reprit Raphaël, cette mission je vous la donne.

— Vous?

— Moi.

— Quelle est-elle?

— Si demain je suis tué, vous prendrez le commandement de la forteresse et la défendrez jusqu'à ce qu'il n'en reste pierre sur pierre. Après quoi vous vous passerez votre épée à travers le corps sur son dernier rempart plutôt que de vous rendre.

— Monsieur, s'écria le page, quelque indigne que je sois d'une pareille confiance, j'accepte, puisque le danger change les enfants en hommes. Mais, rassurez-vous, ajouta-t-il, ce sera vous qui continuerez à commander le Fort des Suisses, vous qui vivrez pour servir le ro et repousser l'Espagnol, vous à qui je serai fier d'obéir.

— Ma foi! pensait Actéon à part lui, je me suis maladroitement embarqué dans la haine et les projets de madame Diane; car voici que le seigneur Raphaël m'inspire la plus vive sympathie, que je donnerais tout au monde pour être son ami, et que, cependant, il me faudra fermer les yeux et me taire pour respecter la vengeance de ce vieux drôle de duc... C'est désolant!

Raphaël prit le bras d'Actéon.

— Écoutez, lui dit-il, un homme qui se bat appartient à son adversaire. De l'heure où le marchese franchira le pont-levis, à celle où notre querelle sera vidée, je serai tout entier à ses ordres, et ne pourrai, par conséquent, m'occuper des soins de mon commandement; je vous nomme donc gouverneur provisoire du Fort des Suisses.

— Ah! s'il en est ainsi, s'écria le page, j'accepte avec empressement, et j'espère vous rendre bien vite ce commandement que vous déposez.

En même temps, Actéon faisait la réflexion suivante:

— Me voici placé entre ma conscience et mon devoir. Peut-être ce nouveau devoir me permettra-t-il de sauver Raphaël sans trahir mon serment.

La position d'Actéon était, on le voit, des plus délicates. Il avait obéi à Diane de Poitiers en introduisant le vieux duc au Fort des Suisses; il avait juré ensuite à ce dernier de ne s'opposer en rien à sa vengeance, le cas excepté où cette vengeance serait en même temps une trahison envers le roi, — et voici qu'un secret penchant l'entraînait vers Raphaël, qui devait être la victime de toutes ces combinaisons machiavéliques.

Actéon était fort embarrassé, et il eût donné tout au monde pour avoir le secret du vieux duc.

Pendant le reste de la journée, Raphaël lui fit visiter le fort en ses plus minutieux détails, le présenta à la garnison comme son lieutenant et son successeur dans le cas où il succomberait, et prit, en un mot, avec lui, toutes les précautions et toutes les dispositions que doit prendre l'homme qui est sous le coup d'une menace de mort.

Ces quelques heures d'intimité achevèrent de gagner à Raphaël le cœur d'Actéon, et il tressaillit douloureusement lorsque le son d'un cor annonça aux hôtes du fort l'arrivée du marchese.

Raphaël, en adversaire courtois, alla le recevoir au sortir du pont-levis et le salua d'un sourire.

Le marchese était simplement accompagné d'un écuyer. Il rendit à Raphaël son salut et son sourire; mais ce sourire, au lieu d'exprimer l'indifférence, respirait une haine violente et cruelle.

— Bon! pensa Giuseppe qui assistait à l'entrée du marchese, voici un homme qui se montre enfin sous son véritable jour. A la salle d'armes, il était humble avec les forts et insolent avec les faibles. Ici, il a peine à se dissimuler, et sa rancune est franche. Qu'on dise encore, acheva le Napolitain en manière d'oraison funèbre anticipée, que les hommes ne courent point fatalement à leur destinée : pauvre marchese!

Pendant que Giuseppe parlait ainsi, Raphaël présentait Actéon au marchese.

— Messire, disait-il, voici le nouveau gouverneur du fort; par conséquent, vous ne venez point chez moi, mais chez lui. Entrez donc sans scrupule.

Le marchese s'inclina et salua Actéon avec une feinte indifférence. Puis il dit à Raphaël :

— Votre Seigneurie pense-t-elle qu'il est absolument nécessaire de se battre en plein jour?

— Mais, dit Raphaël, c'est au moins plus naturel.

— C'est que, moi, j'ai fait un vœu.

— Lequel?

— Celui de me battre toujours entre minuit et trois heures du matin, attendu qu'avant minuit et après trois heures, je suis poursuivi par un remords dont la cause est trop longue à vous expliquer.

— Comme vous voudrez, répondit Raphaël avec une indifférence parfaite.

— Nous nous battrons donc à deux heures!

— Si cela vous plaît.

— A l'épée et au poignard?

— Soit.

— Jusqu'à ce que l'un de nous meure?

— Sans doute.

— Très-bien. Je vois que nous nous comprenons.

Et le marchese s'inclina de nouveau.

— Signor, lui dit alors Actéon en italien, langue qu'il possédait

Une torche à la main, le général espagnol et moi nous avons gravi les dernières marches. (Page 50.)

parfaitement, si vous voulez bien me suivre, je vais vous faire préparer un logis, voisin du mien, et mon écuyer vous servira.

Le marchese salua Raphaël et suivit Actéon.

Le nouveau gouverneur conduisit le marchese dans son appartement
où le sombre écuyer était demeuré enfermé, n'échangea pas un seul
mot avec lui, et les laissa en tête à tête, sans daigner même lever les
yeux sur le vieux duc.

En visitant le château dans tous ses coins et recoins, Actéon avait
remarqué à l'étage supérieur une petite pièce ménagée dans la même
tour que celle qui lui avait été donnée pour logis, et il s'était aperçu
que les solives mal jointes du plancher laissaient filtrer un faible rayon
de jour. Soit œuvre du temps, soit qu'elle eût été laissée à dessein,
cette fente permettait à celui qui se serait couché à plat ventre sur le
parquet de la chambre supérieure d'entendre assez distinctement et
même de voir tout ce qui se dirait et se passerait dans l'appartement
situé au-dessous.

— J'en aurai le cœur net, pensa Actéon, et je saurai leur secret.

Il se dirigea donc sans bruit vers l'étage supérieur, marchant sur
la pointe du pied, s'enferma au verrou, et, se couchant, prêta une
oreille attentive à la conversation des deux complices, sans perdre
de vue en même temps un seul de leurs mouvements.

XX. — Le secret.

Raphaël s'était retiré, dès la nuit tombante, dans son logis, et il
s'y était enfermé avec Giuseppe, auquel il avait remis plusieurs lettres que celui-ci devait porter à leurs destinataires si son maître venait à succomber.

L'une était pour le roi, une autre pour le marquis de Saint-André,
une autre pour le vieux Guasta-Carne et sa fille, la blonde Marianna.

Il n'y avait qu'une seule personne à laquelle Raphaël n'avait osé
écrire, et qui, cependant, à ce moment solennel, occupait toute sa
pensée.

A celle-là peut-être appartiendrait son dernier soupir, et pourtant elle ne le saurait pas, nul ne devait le lui redire.

Ceux qui tiennent à la vie, si braves qu'ils soient, ne sauraient
se défendre du secret espoir de triompher, pendant les dernières
heures qui précèdent le combat; — mais ceux qui, comme Raphaël,
n'aperçoivent autour d'eux qu'une existence désolée et vide, ceux
qui ont vu s'effeuiller une à une leurs illusions, leurs rêves les plus
chers, — ceux-là calculent avec une certaine joie leurs chances de
mort.

Raphaël savait que sa supériorité à l'épée était incontestable; mais
il réfléchissait, en même temps, que le combat aurait lieu à l'épée et
au poignard, et que, par conséquent, la lutte serait moins galante
et plus féroce, et permettrait ainsi à son adversaire de développer
sa vigueur herculéenne.

C'était avec une ivresse secrète que le jeune armurier songeait à
ce combat, qu'il regardait presque comme le jugement de Dieu, l'arrêt suprême du destin. Qui sait si le hasard ne l'allait point délivrer
de ce fardeau de la vie qu'il trouvait si lourd? s'il n'allait point lui
être donné de mourir en songeant à elle, et lui murmurant tout
bas, à travers l'espace, ce mot, qui ne serait plus un blasphème :
— Je vous aime, Catherine!...

Lorsqu'il eut écrit ses trois lettres, Giuseppe, qui, à de certains
moments, savait reprendre sur lui cet ascendant de frère aîné, de
vieil ami qu'il avait autrefois, en la salle d'armes de maître Guasta-
Carne, Giuseppe lui dit : — Voici qu'il est huit heures, seigneur,
et vous vous battez à deux heures du matin.

— Eh bien?

— Il n'y a que les lâches qui ne dorment point la veille d'un duel.

— C'est-à-dire que je dois dormir?

— Parbleu!

— Soit.

— Six heures de sommeil, c'est juste la mesure raisonnable pour
reposer le corps et assouplir les muscles. Quand vous vous éveille-

Et le marchese salua la jeune fille avec respect. (Page 57.)

rez, vous aurez une main excellente, et je ne donnerai plus une demi-pistole de la peau du marchese.

Raphaël se prit à sourire.

— Tu m'éveilleras à une heure et demie, dit-il.

— Soyez tranquille. Bonne nuit, maître.

— Bonsoir, mon ami.

Et Raphaël se mit au lit et ne tarda pas à s'endormir, car l'heure où le sommeil domine les braves d'une façon despotique est celle qui précède l'heure du combat. Giuseppe se mit alors en devoir de chercher Actéon. Actéon lui était devenu indispensable; depuis son arrivée, le Napolitain ne s'ennuyait plus, et il oubliait même le vin bourguignon, dont le Fort des Suisses était complétement dépourvu.

Le page, élevé provisoirement à la dignité de gouverneur, semblait avoir pris fort au sérieux ses nouvelles fonctions, et Giuseppe le trouva donnant des ordres, relevant les postes et les doublant.

— Oh! oh! fit l'écuyer, vous me paraissez prendre grand'peine à votre besogne, seigneur gouverneur...

— Je crains une attaque nocturne des Espagnols.

— Bah! depuis un mois que je suis ici, je ne les ai pas vus bouger encore.

— J'ai des indices du contraire pour cette nuit, répondit Actéon avec calme.

— Eh bien, qu'ils viennent, on les recevra.

— Seigneur écuyer, reprit Actéon d'un ton confidentiel, puis-je compter sur vous?

— Par la mort Dieu! la question est plaisante! De quoi s'agit-il!

— Voilà précisément ce que je ne puis vous dire.

— Ah!

— Jusqu'au dernier moment, bien entendu. Qu'il vous suffise de savoir que le fort, la garnison et son gouverneur, le vrai, c'est-à-dire le seigneur Raphaël, vont courir un grand danger, et que vous et moi pouvons seuls les sauver.

— Diable! vous m'effrayez...

— Chut! je ne puis en dire davantage pour le moment : un serment me lie.

Giuseppe regardait Actéon d'un air stupéfait.

— Il faut même, reprit le page, que d'ici à minuit vous m'évitiez le plus possible, afin de ne point éveiller les soupçons de nos ennemis.

— Nous avons donc ici des ennemis?

— Peut-être...

— Des traîtres!

— Assurément.

— Corbleu! murmura Giuseppe, êtes-vous bien dans votre bon sens, seigneur Actéon.

— Et dans ma plus saine raison, je vous jure...

— Mais, alors, il faut prévenir Raphaël?

— Non pas.

— Et pourquoi!

— D'abord, parce qu'il n'est plus gouverneur du fort.

— Tiens, c'est juste!

— Et ensuite parce qu'il est nécessaire qu'il ignore ce qui se passe. Ce n'est qu'à ce prix que je le puis sauver.

— Corpo di Bacco! si votre calme n'était aussi profond et votre regard si assuré, je vous prendrais pour un fou, tant ce que vous me dites me semble extraordinaire... étrange!

— C'est étrange, je l'avoue.

— Mais, fit Giuseppe avec défiance, comment se fait-il que vous, qui êtes ici depuis quelques heures à peine, vous sachiez déjà mieux que moi les secrets de la garnison?

— Ah! répondit Actéon en souriant, c'est tout simple. J'ai oublié que j'étais gouverneur pour me souvenir que j'avais été page.

— Eh bien?

— Et j'ai écouté aux portes.

— Et alors?

— Chut! Je vous l'ai dit, un serment me lie. Je ne pourrai parler qu'au dernier moment.

Et comme la physionomie de Giuseppe, devenue tout à coup défiante, s'assombrissait encore, Actéon lui prit la main.

— Regardez-moi bien en face, dit-il.

Giuseppe le regarda.

— Je suis gentilhomme, reprit l'enfant, je suis Breton. Un Breton
et un gentilhomme ne sauraient trahir le roi. Sur le double honneur
que j'ai d'avoir un écusson et d'être né au pays de Bretagne, je vous
jure que je suis fidèle au roi et que je défendrai le Fort des Suisses
jusqu'à mon dernier soupir et ma dernière goutte de sang.

— Je vous crois, répondit Giuseppe subjugué par l'accent de franchise d'Actéon.

— Donc, ne m'interrogez plus, gardez-moi le secret le plus absolu, car le salut de nous tous en dépend, et, à minuit, venez me
rejoindre.

— En quel lieu?

— Chez moi.

Actéon enveloppa Giuseppe d'un seul regard.

— Vous êtes taillé comme l'Hercule antique, dit-il.

— Et un peu plus fort que lui, répondit modestement le Napolitain.

— Par conséquent, vous porteriez bien un baril de poudre sur
vos épaules?

— J'en porterais dix.

— Ce serait trop. Vous descendrez au magasin des poudres, y
prendrez le baril le plus gros et le plus lourd, une mèche soufrée,
et m'apporterez le tout.

Giuseppe recula, étonné de plus en plus.

— Ceci, dit le page, est encore un mystère. Au revoir.

Et il laissa Giuseppe et continua sa promenade d'inspection à travers le fort. Au bout d'un corridor, il rencontra le marchese qui le
salua et vint à lui :

— Ah çà! lui dit-il tout bas, vous êtes toujours des nôtres?

— Parbleu! répondit Actéon, ne suis-je pas à madame Diane?

— D'où vient, alors, que vous vous querelliez si fort avec le duc?

— Ma foi! à vous dire vrai, il m'est insupportable. Il prend avec moi
des airs d'autorité qui m'ont poussé à lui dire que je ne le servirais
pas; ce que, cependant, et entre nous, je suis tout prêt à faire, par
amour pour ma maîtresse, bien entendu.

— Ce niais de Raphaël vous a donc fait gouverneur en son lieu et
place?

— Oui.

— Diable! murmura le marchese, ceci me chagrine.

— Pourquoi?

— Ah! fit l'Italien, je ne sais, mais j'ai des pressentiments... ça
pourrait mal tourner.

— Peuh! dit Actéon, sait-on jamais comment les choses finissent?
Qui sait s'il ne vous tuera pas?

Le marchese pâlit légèrement.

— Oh! dit-il, je lui ménage une botte secrète qu'il n'aura plus le
temps d'étudier à son tour.

— Croyez-m'en, cher seigneur, voici qu'il est tard, allez dormir;
je vous ferai éveiller à une heure. Je vous enverrai mon écuyer.

Et Actéon salua le marchese, qui prit le chemin de l'appartement
qu'on lui avait préparé à peu de distance de celui qu'Actéon occupait lui-même avec son prétendu écuyer breton.

Avant d'aller plus loin, il nous faut raconter succinctement et à la
hâte ce que, du haut de sa cachette, Actéon avait vu et entendu
quelques heures auparavant, l'œil et l'oreille collés à la fente du
plancher.

Le vieillard et le marchese s'étaient salués en hommes qui ne s'aiment ni ne s'estiment peut-être, mais que les circonstances et un
intérêt commun rapprochent et réunissent. Puis ils s'étaient assis
l'un près de l'autre et s'étaient pris à causer en italien.

— Vous avez compris le signal? demanda le duc.

— Oui, puisque me voilà.

— A-t-on trouvé l'orifice de l'escalier secret?

— La nuit dernière, grâce à moi, ou plutôt grâce aux indications
précises que je tenais de vous; l'entrée était obstruée par des broussailles qu'il nous a fallu couper et brûler. Une torche à la main, le
général espagnol et moi, nous avons gravi les premières marches
qui conduisent jusqu'à cette première porte de bronze qui s'ouvre
à l'intérieur à l'aide d'un arc-boutant. Six hommes peuvent monter
de front.

— Je le sais, et en dix minutes on peut introduire six cents hommes dans le fort, tandis que vous vous battrez avec cet homme et
détournerez ainsi son attention. Voici la dalle.

Et le vieillard désigna, dans le coin de la pièce, la dalle qui recouvrait l'orifice supérieur de l'escalier souterrain.

— Il a été convenu, poursuivit le marchese, entre le général espagnol et moi, que si Raphaël acceptait le combat de nuit, à une
heure on commencerait à gravir le souterrain.

— J'ouvrirai la porte de bronze à minuit.

— Dans le cas contraire, et s'il fallait attendre, nous aurions
placé sur la croisée d'où vous nous avez donné le premier signal,
une lampe allumée.

— Cela devient inutile, puisqu'il accepte.

— Et le page? demanda le marchese.

— Il ne sait rien; mais il s'en faut défier.

Le vieillard raconta alors son entretien avec Actéon, et la résolution que celui-ci lui avait manifestée de ne prêter la main à aucune
trahison envers le roi.

— Que faire, alors?

— De deux choses l'une : ou ébloui par ses nouvelles fonctions de
gouverneur qu'il prendra très au sérieux, il passera la nuit à veiller
sur les remparts; ou il viendra se coucher dans son lit. Dans le premier cas, il ne nous gênera point; dans le second, s'il s'éveille, s'il
oppose la moindre résistance, tant pis! je le tuerai...

— Ceci me paraît fort raisonnable, murmura le marchese.

— En vérité! pensa Actéon, qui n'avait pas perdu un mot de cet
entretien, et avait parfaitement remarqué la dalle mystérieuse; en
vérité! double brute, tu trouves raisonnable que l'on me tue sans
plus de façons?... Nous verrons bien, en ce cas...

Et Actéon laissa glisser sur ses lèvres un rire silencieux qui eût
déconcerté fort les deux complices s'ils l'eussent pu surprendre.

— Ah! messeigneurs, murmura-t-il, c'est une belle et bonne
trahison que vous méditez? Ce n'est point seulement au seigneur
Raphaël que vous en voulez, mais encore à une forteresse du roi de
France que vous comptez livrer à l'ennemi?... Vous êtes fous, mes
maîtres, car vous ne songez pas que je suis le commandant de cette
forteresse depuis une heure et que je me nomme Actéon de Kerbrie?

Et le page se releva fier, altier, l'œil étincelant, comme un jeune
lion qui commence à deviner sa force et l'acuité de ses ongles, et il
quitta sa cachette en murmurant :

— A nous deux, monsieur le duc d'Étampes, à nous deux! J'en
suis fâché pour madame Diane de Poitiers, et je vais faire tort à
mon amour; mais, par Notre-Dame d'Auray, ma patronne, il ne
sera pas dit qu'Actéon aura laissé assassiner un galant homme et
trahir le roi!

C'est en sortant de cette cachette que le page avait fait le tour du
château, doublé les postes des tours et des remparts, et rencontré
successivement le Napolitain Giuseppe et le marchese.

XXI. — Trahison.

En quittant Actéon, le marchese avait gagné son logis et s'était mis
au lit sur-le-champ, puis il n'avait point tardé à s'endormir de ce
sommeil lourd et pesant habituel aux natures herculéennes telles que
la sienne.

Le marchese était brave de cette bravoure féroce et grossière du
soudard que dominent des instincts sanguinaires; ensuite, il avait une
foi aveugle et profonde en sa force colossale, en son habileté de spadassin, et il avait puisé dans sa haine pour Raphaël une énergie
violente qui l'avait poussé à dormir, afin qu'il eût toutes ses forces
au moment du combat.

Actéon, en le saluant et l'engageant à s'aller reposer, lui avait dit
qu'il le ferait éveiller par son écuyer, — lui laissant comprendre
ainsi qu'il aurait avec le duc un dernier entretien et qu'ils pourraient ensemble arrêter les derniers plans de leur trahison. La surprise du marchese fut donc grande, lorsque, au lieu de faux écuyer,
il vit entrer dans sa chambre Actéon lui-même.

— Çà, signor, lui dit le dernier, il est une heure et demie. Levez-
vous et vous habillez.

— C'est inutile, répondit le marchese qui s'était jeté sur son lit
tout vêtu et se releva sur-le-champ. Mais où est le duc?

— Chez lui ou chez moi plutôt.

— Je l'attendais...

— Il ne viendra pas.

— Pourquoi?

— Parce qu'il aura autre chose à faire.

— Plaît-il? fit le marchese qui regardait Actéon avec défiance.

— Bon! fit le page en riant, vous savez bien ce qu'il fait!

— Moi?

— Vous.

Et Actéon posa un doigt sur sa bouche.

— Et dire, murmura-t-il, que je suis gouverneur de cette forteresse
depuis que le seigneur Raphaël se doit battre avec vous, et que je
pourrais...

Le marchese tressaillit et regarda Actéon avec inquiétude.

— Mais, ajouta celui-ci, un gouverneur ne saurait tout voir, tout
prévoir, et surtout savoir s'il y a des issues secrètes dans la forteresse qu'il commande.

— Comment savez-vous cela! s'écria le marchese en pâlissant.

— Je ne le sais pas, vous voyez.

— Qui vous a dit?...

— On ne m'a rien dit, je ne sais rien. Car si je savais quelque
chose, cher signor, je pourrais vous faire pendre, le duc et vous.
Heureusement je ne sais rien et n'ai rien vu. Pourquoi, ajouta-t-il
avec un sourire railleur, un gouverneur ne fermerait-il pas les yeux
par amour? Vous le savez, j'aime madame Diane de Poitiers et je
hais celui qui l'a aimée; donc ma conduite est logique.

— Alors, vous êtes complétement à nous?

— On ne sait pas, murmura Actéon avec le malin sourire d'un page, on ne saura jamais. Je ne fais que fermer les yeux.

— Je vais donc me venger! disait le marchese dont l'œil brillait de férocité, tandis qu'il bouclait son épée et suspendait sa dague à son flanc.

— Je vous le conseille, et si vous le pouvez tuer...

— Oh! fit-il en étreignant de sa large main le pommeau en coquille de sa rapière, mon bras ne faiblira point.

— J'en suis persuadé; cependant...

— Eh bien?

— On dit Raphaël un tireur de première force.

— De la mienne, c'est vrai; peut-être même dans une salle d'armes aurait-il l'avantage. Mais j'ai la force de la haine, moi; car il m'a empêché de tuer l'homme qui m'a volé ma fiancée.

— Pensez-vous, demanda Actéon d'un air naïf, que la haine soit un gage de victoire?

— Je le crois.

— Alors, cher signor, allez! voici l'heure du rendez vous.

— Allons! répéta le marchese.

Actéon posa un doigt sur ses lèvres.

— Chut! Maintenant, dit-il, suivez-moi.

Le jeune homme marcha le premier et fit prendre à son compagnon un petit escalier tournant, puis un corridor qui conduisait à une étroite plate-forme, ménagée sur le rempart entre deux tours, dont l'une était celle qu'il avait choisie pour demeure et par la fenêtre de laquelle le faux écuyer avait fait des signaux au camp espagnol.

Cette plateforme était comme une sorte de terrasse isolée du reste du rempart, au bas de laquelle s'ouvrait un précipice béant, et qui ne communiquait avec la forteresse que par une porte unique qu'on pouvait fermer à l'intérieur, et dont les durs panneaux en chêne soigneusement ferrés eussent résisté à la hache la mieux trempée.

C'était ce lieu que Raphaël avait choisi pour sa rencontre avec le marchese. Celui-ci et Actéon y arrivèrent les premiers.

— Tenez, dit le page tout bas en montrant à l'étage inférieur la croisée de la tour sur laquelle on avait laissé retomber, à l'intérieur, un épais rideau, je crois que notre ami le duc ménage au seigneur Raphaël une bien belle surprise.

— Laquelle?

— A deux heures précises, tandis que vous vous battrez, il ouvrira la croisée, et le seigneur Raphaël verra tout.

— Quoi tout?

— Bon! vous savez bien.

Actéon se prit à sourire, et le marchese demeura persuadé qu'il était entièrement à lui, et que l'heure où Raphaël perdrait en même temps l'honneur et la vie allait sonner.

— Jugez donc de l'effet, poursuivit Actéon d'un ton moqueur; tandis qu'il aura déjà grand besogne à défendre sa vie, il pourra voir tout à coup défiler dans ma chambre les plumets rouges des Espagnols.

Un sourire infernal crispa les lèvres du marchese.

— C'est cela, dit-il, rien ne manquera à ma vengeance... Une seule chose m'inquiète.

— Laquelle?

— C'est que, si déjà il n'est mortellement blessé, quand la croisée s'ouvrira, il abandonnera la partie avec moi, et ira se faire tuer par les Espagnols, afin de laver son honneur compromis.

Actéon haussa les épaules.

— Et cette porte, dit-il, qui nous empêche de la fermer à l'intérieur.

— Ah! exclama le marchese avec une joie féroce, c'est merveilleusement imaginé. Oh! ma vengeance sera superbe!

— Quand vous serez en présence, acheva Actéon, je la fermerai sans bruit, moi. Adieu... au revoir plutôt!

Et il s'en alla, laissant le marchese seul sur la plate-forme.

Celui-ci se prit à marcher à grands pas de long en large, attendant son adversaire avec la plus vive impatience.

Raphaël ne tarda point à paraître. Il alla droit au marchese et le salua avec courtoisie.

— Mille pardons, seigneur, lui dit-il, d'arriver le dernier. J'aurais dû vous prévenir.

Le marchese lui rendit le salut.

— Il n'est point deux heures encore, dit-il, Votre Seigneurie n'est point en retard.

Tandis que le marchese prononçait ces derniers mots, la porte de la plate-forme, à laquelle Raphaël tournait le dos, se referma sans bruit et comme poussée par des mains invisibles.

Un éclair de joie sauvage passa dans les yeux du marchese.

— Il ne saurait m'échapper à présent, pensa-t-il.

— Monsieur, dit Raphaël reculant d'un pas, et portant une main à la garde de son épée, tandis que de l'autre il replaçait son chapeau sur sa tête, ne trouvez-vous pas qu'il fait froid et que cette bise de nuit pénètre jusqu'à la moelle des os?

— En effet...

— Donc, il me semble que le meilleur moyen de nous réchauffer est d'aller vite en besogne et de terminer notre différend à l'instant même?

— Pardon, observa le marchese, qu'une idée infernale dominait; il n'est point tout à fait deux heures.

— Qu'importe!

— Et je voudrais bien, avant de vous accorder pleine et entière satisfaction, vous donner quelques nouvelles qui ne peuvent manquer de vous intéresser.

— Moi?

— Vous-même.

— Quelles sont ces nouvelles?

— Je vous les apporte de la cour de France.

— Ah! fit Raphaël qui tressaillit involontairement.

— Asseyons-nous un moment, continua le marchese qui prit place sur le rempart et attacha un œil ardent sur cette croisée qui devait s'ouvrir à deux heures et laisser voir à Raphaël les panaches espagnols et le convaincre de la trahison dont il était victime.

Les mots de «cour de France» avaient produit tout à coup une telle impression sur Raphaël, que, machinalement et subissant une influence inconnue, il s'assit auprès de son ennemi.

— Cher signor, reprit celui-ci, il y a longtemps que nous nous haïssons, n'est-ce pas?

— Peut-être...

— Ma haine à moi date de l'époque où je prenais leçon chez Guasta-Carne. Vos airs dédaigneux et votre habileté de tireur me déplaisaient fort.

— Mon mépris, répliqua Raphaël d'un ton glacé, date à peu près de la même époque. Je n'aime point les spadassins.

— Très-bien! murmura le marchese avec calme. Attendez donc, seigneur, j'aimais et je voulais épouser Maria di Polve, vous m'en avez empêché. Je voulais tuer le marquis de Saint-André, vous vous êtes battu pour lui. Vous voyez bien que vous aviez à ma haine bien des titres.

— Comme vous en aviez à mon indifférence et à mon dédain, répondit Raphaël avec un accent glacé.

— Or, cher seigneur, reprit le marchese, vous tuer ne suffisait pas à ma vengeance.

— Ah! ah!

— J'ai voulu trouver mieux.

Raphaël était devenu calme et froid en présence de l'ironie amère du marchese.

— Voyons, dit-il, qu'avez-vous fait?

— Je me suis d'abord inquiété de vos affaires, et j'ai su que vous aimiez la reine de France.

— Taisez-vous! fit impérieusement Raphaël.

— Attendez. Ensuite, j'ai pensé que vous aviez pour Marianna, la blonde fille de Guasta-Carne, une affection fraternelle.

— C'est vrai, murmura Raphaël, pâle de colère en voyant ces deux noms aimés dans la bouche de son ennemi.

— Attendez donc. Après avoir soigneusement recherché vos affections, j'ai recherché vos ennemis.

— Je n'en ai pas.

— Pardon, vous en avez deux, et tous deux aussi implacables que moi.

— Ah! fit Raphaël, vous croyez?

— J'en ai la preuve.

— Quels sont-ils?

— D'abord Diane de Poitiers, qui a juré votre perte le jour où elle a appris que vous conseilliez le roi contre elle.

— C'est juste, murmura Raphaël; j'ai des titres à sa haine. L'autre?

— L'autre est le mari de votre mère, ce duc d'Etampes déshonoré par le roi, déshonoré par votre naissance.

Un cri échappa à Raphaël.

— C'est justice, murmura-t-il en courbant le front.

— Or, à nous trois, cher seigneur, car nous nous sommes ligués contre vous, voici ce que nous avons fait.

Et le marchese se prit à ricaner, regardant avec une joie cruelle Raphaël qui tremblait de douleur et de colère.

— Tandis que vous étiez ici; nous avons perdu la reine, la reine que vous aimez, dans l'esprit de son époux.

Un cri de douleur échappa à Raphaël.

— La favorite est rentrée au Louvre. Le roi ne l'aime plus, mais il subit son ascendant, et, à cette heure, il est sous le joug d'un autre amour.

— Quel est cet amour? demanda Raphaël dont la voix tremblait.

— Le roi aime votre sœur d'adoption.

— Marianna!

— Oui, Marianna qui est venue à Paris vous chercher, et que le roi a trouvée belle. C'est moi qui l'ai conduite.

— Misérable! s'écria Raphaël avec indignation, tu me paieras ton infamie de ta vie.

— Peut-être...

— Maintenant, seigneur, écoutez donc la vengeance du vieux duc, de cet homme pour l'écusson de qui votre naissance est une tache ineffaçable.

Et la voix du marchese était railleuse et stridente.

— Après? après? s'écria Raphaël hors de lui.

— Le roi votre père a déshonoré le duc; le duc a voulu déshonorer la mémoire du roi dans son fils.

— Oh! exclama Raphaël, qui se redressa avec une fierté souveraine où la noblesse de son sang se révélait, je l'en défie! je suis pur!

— Ecoutez donc, seigneur. Le gentilhomme à qui son roi confie une forteresse, et qui livre cette forteresse à l'ennemi, n'est-il point déshonoré?

— Oui, mais je ne la livrerai point, moi.

— Qu'importe, si les contemporains le croient, si l'histoire l'écrit.

— Que veux-tu dire, infâme?

Et Raphaël prit devant le marchese une attitude menaçante.

— Ecoutez, seigneur, écoutez...

Raphaël était pâle et frissonnait. Cet homme, qui ne tremblait point pour sa vie, commençait à trembler pour son honneur.

— Le duc a autrefois commandé cette forteresse.

— Lui!...

— Il y a vingt ans, et seul il avait connaissance d'un escalier souterrain, d'une issue secrète qui la relie avec le fond de la vallée où sont campés les Espagnols... Eh bien! ce secret, mon maître, ricana le marchese, il l'a livré aux Espagnols, et les Espagnols vont venir... et le duc, ce faux écuyer bas-breton, les introduit à cette heure, tandis que vos soldats sont plongés dans le sommeil. Et les Espagnols vont s'emparer du Fort des Suisses; et l'histoire dira, car toutes nos mesures sont prises, que Raphaël, le bâtard de Valois, a trahi le roi de France son frère.

Raphaël, foudroyé, tournoya un moment sur lui-même, et puis, tout à coup, il poussa un cri, un rugissement, celui du lion tombé dans une embuscade et qui s'apprête à mourir en lion; il tira son épée et la brandit.

— Trahison! trahison! exclama-t-il... A moi, France, à moi.

— Vous êtes fou! mon maître, lui répondit le marchese avec dédain, et vous oubliez que vous m'appartenez, et que vous allez vous battre avec moi. En garde, Raphaël, en garde!

Et le marchese se plaça devant lui, l'épée à la main.

— Place! place! s'écria Raphaël en le repoussant, je veux sauver mon honneur et le fort du roi; place, misérable!

— Tu ne passeras pas, tu n'iras pas plus loin, lui dit froidement le marchese; la porte est fermée, tu ne passeras pas. Il faut mourir ici, Raphaël, l'heure est venue. En garde!... Tiens, acheva-t-il avec un hideux éclat de rire, en étendant la main, vois-tu cette croisée? C'est celle de la salle où aboutit l'issue secrète. Elle va s'ouvrir tandis que nous aurons l'épée à la main, et tu vas voir le duc, soulevant la dalle qui clôt l'escalier, donner la main au premier Espagnol.

— Place! hurla Raphaël. Ouvrez! ouvrez! au nom du roi!

Et il frappa du pommeau de son épée la porte de la plate-forme.

En ce moment, deux heures sonnèrent au beffroi de la forteresse.

— C'est l'heure, ricana le marchese; regarde, Raphaël, regarde! La croisée va s'ouvrir.

Et la croisée s'ouvrit brusquement en effet; la lourde draperie de l'intérieur s'écarta...

Mais soudain le marchese poussa un cri terrible, un cri de déception et d'angoisse... Sur la dalle mystérieuse qui n'était point soulevée et fermait toujours l'issue secrète, deux hommes étaient debout.

L'un pâle, sombre, la sueur au front, ainsi que le mauvais génie vaincu, était sans armes; — l'autre, le sourire du triomphe aux lèvres, et dans cette attitude que l'on donne à l'archange menaçant l'esprit du mal de son glaive de feu, lui appuyait la pointe de son épée sur la poitrine.

Le premier, l'homme désarmé et vaincu, c'était le vieux duc, le traître qui voulait livrer le Fort des Suisses à l'ennemi; — l'autre, c'était le loyal et jeune gentilhomme breton qui avait foulé son amour aux pieds pour demeurer fidèle à son roi...

C'était Actéon.

En ce moment aussi la porte de la plate-forme s'ouvrit, et Giuseppe parut sur le seuil, disant à Raphaël:

— Monseigneur, vous pouvez tuer tranquillement et à votre aise ce misérable. L'Espagnol ne pénétrera point cette nuit dans le fort; — le fort est toujours au roi. — Vive le roi!

XXII. — La lampe de minuit.

Que s'était-il donc passé?

C'est ce que nous allons apprendre à nos lecteurs, en leur faisant faire un pas en arrière.

A minuit moins quelques minutes, Actéon était rentré chez lui et il avait trouvé le faux écuyer accoudé à la croisée entr'ouverte de sa chambre, la tête dans ses mains, et plongé en une méditation profonde. Au bruit de la porte se refermant, le vieillard tressaillit et se retourna brusquement. La vue d'Actéon lui procura même une certaine impression désagréable qui n'échappa point à celui-ci.

— Mille pardons, monsieur, dit le page, de troubler ainsi votre rêverie.

— Plaît-il? fit dédaigneusement le duc.

— Mais vous le savez, continua Actéon avec un sang-froid rempli d'indifférence, ceci est mon logis, et voilà mon lit.

— Eh bien! couchez-vous, dit le duc.

— Hélas! je le voudrais.

— Qui vous en empêche?

— Je n'en ai pas le loisir. Je remplis de si graves fonctions par intérim...

Le vieillard arqua ses lèvres déprimées d'un air moqueur.

— C'est vrai, dit-il, vous avez pris au sérieux la plaisanterie, et vous jouez au gouverneur...

— Comme les enfants jouent au soldat, répondit Actéon avec un flegme non moins moqueur que le sourire du vieillard.

— Je vous en fais bien mon compliment.

Actéon s'inclina.

— Et je souhaite même que le roi vous conserve en ces fonctions.

— C'est fort possible. On a vu de plus grands miracles.

— C'en est pourtant que voir un gouverneur de vingt ans qui sort des pages.

— C'est également une chose extraordinaire qu'un gentilhomme dont la barbe et les cheveux ont blanchi songe à trahir son roi.

Le duc recula d'un pas et regarda Actéon avec une inquiétude irritée.

— Que voudriez-vous dire par ces paroles?

— Moi, fit négligemment Actéon, absolument rien. Je parle en général.

Le duc fronça le sourcil.

— Mon petit ami, murmura-t-il de ce ton railleur et hautain qui avait si souvent humilié la fierté du page breton, vous prenez avec moi des façons impertinentes dont je vous ferai repentir quelque jour.

— Vous croyez?

— J'en suis sûr.

— Moi, dit Actéon, je suis résolu à une chose.

— Laquelle?

— A vous faire conduire, un jour ou l'autre, pieds nus et un cierge à la main, à la porte de Notre-Dame de Paris...

— Insolent!

— Pour, de là, aller en Grève et y mourir par la corde; car un gentilhomme qui forfait à l'honneur des gentilshommes a perdu le droit de mourir par la hache.

Un éclair de fureur passa dans les yeux du vieillard.

— Vous m'insultez! s'écria-t-il.

Actéon ne daigna point répondre! mais il prit une lampe qui reposait sur un guéridon, s'approcha de la croisée et la plaça sur l'entablement à la grande stupéfaction du duc, qui s'écria:

— Que faites-vous donc?

— Vous le voyez, un signal.

— Un signal, à qui?

— Aux Espagnols.

Le duc pâlit et recula en portant la main à son épée.

— Mon Dieu! fit Actéon avec calme, qu'avez-vous donc? Est-ce donc si extraordinaire pour vous? Et ce matin n'en avez-vous pas ait autant?

— Otez cette lampe! exclama le vieillard avec colère, et courant à la croisée pour l'en enlever lui-même, si Actéon ne lui obéissait sur-le-champ. Mais Actéon le repoussa.

— Arrière! lui dit-il, arrière!

— Je suis trahi! murmura le duc qui tira son épée.

— C'est-à-dire, fit tranquillement Actéon, que votre trahison est démasquée... Ah! monseigneur, sous prétexte de vous venger de Raphaël, vous livrez à l'Espagnol une forteresse française? Et vous croyez qu'Actéon de Kerbric, le gentilhomme breton, le sujet fidèle, n'aura accepté le commandement de cette forteresse que pour vous en laisser ouvrir les portes à une armée ennemie? Vous êtes fou et infâme, monsieur le duc d'Etampes, et je vous l'avais prédit, vous déshonorez vos cheveux blancs.

Actéon avait pareillement dégainé en prononçant ces mots, et il portait la pointe de son épée au visage du duc.

— Eh bien! s'écria celui-ci, en garde donc!

Mais alors la porte s'ouvrit, et Giuseppe parut, portant dans ses bras le baril de poudre que le jeune gouverneur lui avait demandé.

A la vue de Giuseppe et du baril, le duc recula d'un pas encore, tandis que le Napolitain laissait échapper une exclamation de surprise en voyant Actéon et son prétendu serviteur prêts à croiser le fer.

— Cet homme que vous voyez là, lui dit Actéon, est un traître qui ne s'est introduit ici que pour livrer la forteresse aux Espagnols.

Un éclair sombre jaillit des yeux du vieillard.

— Maintenant, dit-il, il me faut ta vie.

— Ce sera vous faire un grand honneur que de la croiser contre la vôtre, répondit Actéon, mais j'accepte la partie.

— En garde donc!

— Attendez, fit le page avec calme, j'ai quelques dispositions à prendre.

Et du doigt désignant le duc à Giuseppe:

— Tenez, lui dit-il, cet homme, c'est le duc d'Etampes, c'est un traître ! Si je n'eusse placé cette lampe que voilà sur l'entablement de cette croisée, dans deux heures, cinq cents Espagnols eussent pénétré ici, égorgé la garnison endormie, massacré les postes, et au point du jour le drapeau du roi Philippe II eût flotté sur le Fort des Suisses.

Giuseppe écoutait comme un homme qui rêve et qui, ne pouvant parvenir à s'éveiller, écoute les bruits confus qui résonnent à son oreille. Il regardait alternativement le duc et Actéon.

— Un serment me liait, répondit celui-ci : j'avais juré à cet homme de l'introduire ici, non point pour qu'il y trahît le roi, mais pour qu'il se vengeât du seigneur Raphaël, dont la naissance est, à ses yeux, une honte pour lui. Ce serment ne me lie plus du moment où cet homme est infâme et traître, infâme envers son roi, traître envers sa patrie.

Un rugissement de fureur passa à travers les lèvres du vieux duc.

— En garde ! en garde ! s'écria-t-il.

— Attendez donc, fit dédaigneusement Actéon. Vous êtes par trop pressé de mourir.

Et il continua de s'adresser à Giuseppe :

— Si cet homme me tue, vous le ferez garrotter par deux soldats, puis au point du jour, vous le remettrez dans les mains du seigneur Raphaël en lui apprenant sa trahison.

— Mais, dit Giuseppe, comment cet homme a-t-il pu concevoir la pensée de livrer, lui tout seul, une forteresse défendue par huit cents hommes, et surtout comment aurait-il pu exécuter un pareil projet ?

— Tenez, dit Actéon frappant du pied une des dalles, là, sous cette pierre, il y a un escalier ; cet escalier, taillé dans le roc, conduit au fond de la vallée et aboutit au camp espagnol.

Cette révélation fit frémir Giuseppe.

— Cet homme a livré ce secret aux Espagnols, il devait leur ouvrir une porte de bronze qui ferme cet escalier vers le milieu. Les Espagnols devaient s'engager dans le souterrain, vers minuit, si, à cette heure, ils ne voyaient apparaître une lampe sur le bord de cette croisée. J'ai placé la lampe, ils ne bougeront pas. Maintenant, si cet homme me tue, vous aviserez demain aux moyens de défendre l'entrée du souterrain, et si la chose ne se peut, avec le baril de poudre que voici, vous vous ferez sauter avec la garnison.

— Très-bien, dit flegmatiquement Giuseppe.

Le duc écoutait, les cheveux hérissés, le visage couvert d'une pâleur livide, appuyé sur le pommeau de son épée, et dans l'attitude de l'homme autour de qui s'écroule tout à coup l'échafaudage lentement construit de sa vengeance.

— A présent, lui dit Actéon, en garde, monsieur le duc ! et finissons-en. J'ai hâte de vous tuer pour vous épargner la honte de la place de Grève.

Le duc et Actéon croisèrent le fer et se précipitèrent l'un sur l'autre avec une égale animosité.

Actéon ne pardonnait point au duc ses façons hautaines et le mépris avec lequel il l'avait constamment traité depuis leur départ de Paris ; le duc voyait dans Actéon l'homme qui faisait avorter sa vengeance et achevait de le déshonorer.

La fureur aveuglait le vieillard ; le page, plus calme, se souvint aussitôt des savantes leçons qu'il avait reçues, et, subissant une réaction toute différente de celle qui domine ordinairement deux hommes qui croisent le fer, — au lieu de s'exalter et de s'abandonner à la colère, il se calma sur-le-champ, et renonça à l'intention qu'il avait d'abord de tuer le duc, ne cherchant plus qu'à parer ses coups, et attendant une occasion favorable de le désarmer.

Au bout de quelques minutes, l'épée du duc, liée tierce sur tierce, lui fut enlevée du poignet, et celle d'Actéon menaça sa poitrine découverte.

— Monsieur le duc, lui dit-il alors froidement, votre vie est en mes mains.

— Tuez-moi ! rugit le vieillard.

— Fi ! le sang d'un traître est toujours désagréable à répandre, et puis votre vie ne m'appartient pas : vous en devez compte au bourreau. Je vous fais mon prisonnier, au nom du roi de France, et je vous dispense de me rendre votre épée.

Et tandis que le duc demeurait les bras croisés, le regard atone et comme frappé de la foudre, murmurant ; « O ma vengeance ! ma vengeance ! » Actéon alla ramasser l'épée qui gisait à terre, l'appuya sur son genou et la brisa.

Un cri de rage échappa au vieillard. Ce dernier outrage l'accablait.

— Monsieur, continua Actéon, puisque vous connaissez si bien cet escalier mystérieux par où devaient monter les Espagnols, vous allez nous servir de guide.

— Jamais, murmura le duc, tuez-moi, si vous voulez, c'est votre droit.

— Pardon, vous êtes mon prisonnier.

— Suis-je tenu à l'obéissance ?

— Non, mais peut-être allons-nous réfléchir l'un et l'autre et nous entendre à merveille.

Le sourire railleur du vieillard reparut sur ses lèvres.

— Vous abusez de votre triomphe, dit-il, la jeunesse est vantarde et cruelle.

— Vous vous trompez, monsieur le duc, écoutez-moi plutôt : ce sera chose inouïe que de voir monter sur l'échafaud, pour crime de haute trahison, un gentilhomme tel que vous et portant votre nom. Je gage qu'à cette heure vous donneriez volontiers, et mille fois pour une, cette vie qui m'appartenait tout à l'heure pour la sauver du bourreau.

— Oui, murmura le vieillard, tuez-moi !

— Eh bien ! obéissez-moi pendant deux heures, et je vous tuerai.

— Soit ! dit-il avec une joie sauvage.

— Jurez-le-moi !

— Sur mon écusson déshonoré par le roi de France, murmura le duc d'une voix sourde, je vous le jure.

— Bien. A deux heures précises, je vous tuerai. J'ai besoin que d'ici là vous viviez.

Le duc courba le front. Cette âme de bronze s'indignait d'être tout entière au pouvoir d'un enfant.

Alors Actéon tira son poignard et en introduisit la lame dans la fente qui séparait des autres dalles la dalle mystérieuse, et, non sans efforts, il parvint à la soulever, puis à la déplacer avec l'aide du duc et de Giuseppe. L'orifice du souterrain apparut alors à leurs regards.

— Une torche ! demanda Actéon.

Giuseppe sortit et revint muni d'une torche de résine enflammée.

— Il faut bien, murmura le page, que je sache par moi-même quelle résistance, en cas d'attaque, peut opposer cette porte de bronze...

Et donnant la torche au duc : — Guidez-nous, dit-il.

Le duc obéit et descendit le premier.

Actéon le suivit.

Puis vint Giuseppe qui, sur un signe d'Actéon, s'était muni du baril de poudre et le portait sur ses épaules.

Ils descendirent ainsi tous trois pendant un quart d'heure.

L'escalier tournait dans le roc en capricieuses spirales, qui attestaient que ceux qui l'avaient creusé avaient suivi, pour rendre leur besogne plus facile, les veines du rocher et les crevasses intérieures qui règnent dans la plupart des couches alpestres.

Au bout de trois cents marches, ils eurent atteint la porte de bronze.

Cette porte était un monument de force et d'art merveilleux. Les fameuses portes d'airain du temple de Janus n'étaient ni plus épaisses ni plus délicatement ouvragées.

Actéon la contempla avec admiration. Puis il s'assura que ses gonds énormes étaient solidement fichés dans le roc et que la barre de fer qui en fermait les deux battants reposait bien dans ses deux gâches.

— Je défie bien les Espagnols, murmura le page en riant, d'enfoncer cette porte, même à coups de canon, et la poudre que nous avons apportée comme remède extrême, nous sera tout à fait inutile. Les Espagnols peuvent venir frapper à cette porte, nous n'en dormirons pas moins bien, en haut.

Et Actéon remonta, après avoir fait laisser le baril derrière la porte de bronze et toujours précédé par le duc, devenu son esclave par terreur de l'échafaud.

— Monsieur, dit-il alors, lorsque la dalle eut été replacée sur l'orifice de l'escalier, je vous laisse sous la sauvegarde de l'écuyer Giuseppe. A deux heures, je reviendrai tenir ma promesse.

Actéon laissa Giuseppe et son prisonnier après avoir retiré la lampe de la croisée, fermé les volets et tiré soigneusement un rideau, afin d'intercepter la lumière à l'extérieur ; puis il alla éveiller le marchese. On sait le reste.

A deux heures Actéon revint, il avait imaginé la mystification de la croisée pour punir le marchese comme il avait déjà puni le duc.

Aussi, tandis que Giuseppe courait à la plate-forme, le page ouvrit brusquement la croisée, puis il appuya la pointe de son épée sur la poitrine du duc, qui croisait les bras et lui disait :

— Tuez-moi !

Actéon hésita, — et il sentit la garde de son épée trembler dans sa main.

XXIII.   Le drapeau blanc.

C'est à l'heure de la jeunesse que les instincts généreux de l'homme se développent avec une énergie merveilleuse.

Actéon tenait en ses mains la vie du vieux duc ; celui-ci le suppliait de frapper, afin de le soustraire à l'ignominie de l'échafaud, — et voici que la main d'Actéon tremblait et qu'il hésitait.

Le vieillard, que la haine avait rendu criminel, avait perdu en ce moment suprême cette expression de physionomie farouche et railleuse qui le rendait hideux à voir ; son visage était calme et résigné, l'orgueil d'un noble sang éclatait sur son front, et on eût dit, à son attitude digne et courageuse, un de ces vieux Romains qui attendaient le glaive des soldats de Brennus, assis dans leurs chaises curules.

— Frappez donc, répéta-t-il.

Mais Actéon jeta son épée loin de lui.

— Non, dit-il, il est impossible qu'un jeune homme tue un vieillard.

— Ma vie est à vous...

— Si je la prenais, ce serait un assassinat.

— Ce serait une délivrance.

— Jamais !

— Monsieur, dit froidement le duc, vous manquez à votre parole.

— Que voulez-vous dire ?

— Je ne vous ai obéi tout à l'heure que parce que vous m'avez offert de me soustraire au bourreau.

— C'est juste, murmura Actéon en courbant le front. Mais je ne puis.

Actéon hesita longtemps, et pendant cette hésitation, le vieillard, anxieux et la sueur au front, attendit la destinée de son honneur, de la volonté de cet enfant, qu'il traitait naguère avec tant de dédain.

— Monsieur, dit enfin Actéon, choisissez : voilà mon épée : si vous êtes las de la vie, tuez-vous; si vous voulez vivre encore, si vous croyez que le remords d'avoir forfait à votre honneur de gentilhomme n'empoisonnera point les quelques années d'existence qui vous restent, fuyez, vous êtes libre...

Le duc accueillit ces paroles avec le calme et l'indifférence de ce condamné à qui on apporte sa grâce lorsqu'il est déjà agenouillé et pose la tête sur le billot, c'est-à-dire lorsqu'il a enduré déjà les angoisses morales de la mort, angoisses qui ont épuisé son courage et ont jeté son esprit en une prostration terrible dont nulle émotion nouvelle ne saurait le faire sortir.

Il regarda Actéon et se contenta de lui dire :

— Vous êtes meilleur que je ne le pensais.

— Eh bien ! fit le page, hâtez-vous, monsieur, choisissez. Dans dix minutes il ne sera plus temps, car Raphaël aura tué le marchese, et alors il redeviendra gouverneur du Fort des Suisses, et il ne sera pas en mon pouvoir de favoriser votre fuite.

— Raphaël ! murmura le vieillard arraché subitement par ce nom à l'atonie qui s'était emparée de lui. Il se bat donc ?

— Tenez, dit Actéon, tournez-vous et regardez !

Et, en effet, par la croisée ouverte, on voyait la plate-forme sur laquelle, au milieu des ténèbres de la nuit, deux hommes se livraient un combat acharné, le fer froissant le fer, et les exclamations de rage du marchese répondant à la froide ironie de Raphaël, qui avait reconquis toute son énergie et tout son sang-froid en apprenant que la trahison était déjouée.

Le vieillard regarda et écouta; puis se tournant tout à coup vers Actéon : — Enfant, lui dit-il d'une voix grave, j'ai vécu vingt années la haine au cœur, la honte au front, n'osant plus regarder mon écusson en face, et me jurant de fouler un jour aux pieds les armes de ce prince qui m'avait volé mon honneur. J'ai haï de toutes les puissances de mon âme ce prince et son fils, l'enfant du crime. Le prince est mort : l'autre joue sa vie à cette heure et va mourir peut-être... S'il meurt, eh bien ! je serai vengé ! Que m'importera la vie, à moi, gentilhomme, qui ai voulu trahir le roi ? S'il survit, pourrai je survivre, moi, à ma vengeance avortée, à l'écroulement de cet édifice de haine si lentement et si laborieusement construit ? — Non, n'est-ce pas ? Eh bien ! acheva le vieillard dont les yeux étincelèrent comme doivent étinceler ceux du vieux lion frappé à mort, et qui n'a plus pour se défendre que les foudres de son regard, merci de m'avoir offert la vie et la liberté, je ne veux ni l'une ni l'autre. Mais donnez-moi votre épée, laissez moi attendre l'issue de ce combat, et quand tout sera fini, foi de gentilhomme dé-honoré, mais fier encore, je me ferai justice moi-même.

Et le duc s'appuya sur l'épaule d'Actéon, qui lui tendait son épée, et il monta sur l'entablement de la croisée et s'y tint debout, afin d'assister de plus près au combat de celui dont il souhaitait si ardemment la mort.

Et Actéon demeura derrière lui, muet, frissonnant, fermant les yeux, et faisant tout bas des vœux pour cet homme qu'il aimait déjà comme un ami, après avoir conspiré contre lui !

Revenons à Raphaël.

Au moment où Giuseppe, ouvrant brusquement la porte de la plate-forme, lui avait dit, en montrant le marchese :

— « Vous pouvez, monseigneur, tuer cet homme; la trahison est déjouée, et le Fort des Suisses est toujours au roi ! »

A ce moment, disons-nous, un cri de triomphe et de colère à la fois s'échappa de la poitrine de Raphaël, et, à son tour, barrant le passage au marchese :

— A nous deux donc, misérable ! lui dit-il, à nous deux !

Le marchese, à la vue du duc, sur la poitrine duquel Actéon appuyait la pointe de son épée, et de Giuseppe qui entrait et s'écrasait d'un regard de mépris, le marchese, disons-nous, avait compris, lui aussi, qu'une moitié de sa vengeance avortait, qu'il n'avait plus que la ressource suprême de tuer Raphaël, et que, s'il le tuait, il n'en serait pas moins massacré ou pendu comme un traître par la garnison du château.

Quelle que fût l'issue du combat, il lui fallait mourir, et autant valait, en ce cas, mourir vengé et tuer Raphaël.

Cette pensée releva son énergie abattue un moment, un cri de rage lui échappa et il fondit sur Raphaël, l'épée haute.

A son tour, Raphaël haïssait enfin cet homme qui avait voulu le déshonorer et jeter dans les bras du roi Marianna, la fille de son père adoptif. A son tour, il voulait tuer ce misérable et apaiser le sang fumant encore des nombreuses victimes de ce misérable spadassin.

Ils croisèrent le fer et s'attaquèrent avec fureur, le premier ivre de rage, l'autre calme et froid comme l'homme qui sent que la mort est au bout de son épée.

La lutte fut longue, acharnée; la haine y présidait, l'heure était solennelle, et ce duel dans les ténèbres avait quelque chose de dramatiquement terrible qui eût saisi de crainte et d'angoisse les spectateurs les plus accoutumés à de semblables combats.

Le marchese jurait et blasphémait, insultant son adversaire; Raphaël était devenu railleur, et il prédisait au marchese le sort qui l'attendait s'il sortait vainqueur de la lutte.

Pendant vingt minutes, le fer engagé jusqu'à la garde, ces deux hommes, également versés dans la noble science de l'escrime, se battirent avec une adresse et une vigueur égales, sans que le sang de l'un ou de l'autre vint rougir les dalles de la plate-forme; mais enfin le sang-froid et l'habileté de Raphaël triomphèrent; il obligea son adversaire, par une feinte savante, à se découvrir une seconde, et cette seconde lui suffit.

Le marchese, atteint d'un coup droit en pleine poitrine, jeta un cri de douleur et de rage, étendit les bras et tomba mort, serrant encore son épée dans sa main crispée.

Soudain, au cri de rage du marchese, un autre cri, cri sauvage, cri de désespoir et de haine inassouvie, répondit, et Raphaël, abaissant son regard vers la croisée de la chambre d'Actéon, aperçut debout sur l'entablement le vieux duc qui brandissait son épée et lui criait :

— Raphaël, enfant du crime et de l'adultère, que mon sang retombe sur ta tête et te porte malheur éternellement... Je te maudis, comme j'ai maudit ta mère !

Et Raphaël, épouvanté de cette malédiction, muet et immobile, put voir alors le vieillard se passer son épée au travers du corps, puis s'élancer, sanglant, dans le précipice béant qui s'ouvrait sous les murs de la forteresse.

<h2 style="text-align:center">§</h2>

Le lendemain, au point du jour, Raphaël et Actéon se promenaient ensemble sur la plate-forme de la forteresse. Les deux jeunes gens étaient amis désormais. Une nuit avait suffi pour les lier à tout jamais, et ils se tenaient par la main ainsi que deux frères séparés par une longue absence et que la destinée longtemps contraire réunit enfin.

— Ainsi, disait Raphaël qui possédait maintenant le secret d'Actéon, c'est-à-dire son amour pour Diane de Poitiers, nous ne serons point éternellement confinés ici, dans les murs de cette forteresse, éloignés du monde; — l'heure viendra où nous retournerons à Paris, où nous rentrerons tous deux au Louvre, et alors ce que Raphaël possède d'intelligence, de dévouement, de puissance, de fascination, il vous le consacrera, et tâchera de faire votre paix avec votre belle maîtresse.

— Merci ! répondit Actéon serrant la main de Raphaël.

— Mais, en attendant, continua celui-ci, il nous faut aviser au moyen de résister à l'ennemi et de paralyser pour lui l'avantage de ce souterrain, qui aurait pu être la cause de notre perte.

— La porte de bronze est solide...

— Mais on peut miner le rocher et la desceller.

— C'est juste, murmura Actéon.

— Et la porte descellée, il ne nous restera plus qu'à vendre chèrement notre vie.

Actéon se frappa le front.

— J'ai une idée lumineuse, dit-il.

— Laquelle ?

— Je crois avoir le moyen de faire lever le camp espagnol.

— Que dites-vous ? fit Raphaël stupéfait.

Actéon entraîna Raphaël vers cette partie du rempart qui regardait la vallée où les Espagnols s'étaient établis.

— Tenez, dit-il, ne croyez-vous pas que si la forteresse sautait, ses débris anéantiraient le camp espagnol ?

Raphaël regarda Actéon d'un air d'étonnement rempli d'admiration.

— Eh bien ? dit-il.

— Je m'en charge, reprit le page. Ecrivez-moi seulement la lettre que je vais vous dicter; je me charge de la porter moi-même au général espagnol.

— Mais...

— Cher seigneur, dit Actéon, les pages ont la réputation d'avoir quelque esprit. J'en ai rarement; mais je crois qu'aujourd'hui j'ai mis la main sur une bien belle idée.

Et le page conduisit Raphaël à l'intérieur de la forteresse, l'installa devant une table sur laquelle se trouvaient des plumes et du parchemin, et lui dicta la lettre suivante :

« Au général commandant l'armée espagnole, le gouverneur du Fort des Suisses.

« Messire,

« Deux hommes, deux traîtres se sont introduits ici hier et vous devaient livrer la citadelle que j'ai l'honneur de défendre pour le roi de France. Ils vous devaient ouvrir un passage secret, un escalier mystérieux creusé dans le roc, et vos soldats attendaient l'heure de minuit pour en gravir les marches. Heureusement la trahison a été déjouée à temps, et le signal que vous avez aperçu vous a engagé à remettre à la nuit prochaine l'exécution de vos projets.

« Vos deux complices, ces deux traîtres qui devaient vous ouvrir la porte de bronze, sont morts à cette heure : l'un s'est fait justice lui-même en se précipitant d'une croisée de la forteresse dans le ravin où vous pourrez retrouver son corps; — j'ai tué l'autre d'un coup d'épée à deux heures du matin.

« Maintenant, messire, je sais que vous n'avez plus besoin d'eux, et qu'avec du temps, de la force et de la patience, vous enfoncerez la porte de bronze et finirez par vous introduire dans la forteresse, et qu'après une résistance acharnée, il nous faudra bien céder au nombre et succomber. Mais vous vous tromperiez cruellement si vous supposiez que moi et ceux que je commande nous ne préférons pas mille fois la mort au déshonneur d'une reddition et de la perte des murailles que nous défendons.

« Aussi, je viens d'accumuler dans cet escalier souterrain creusé dans le roc qui supporte la forteresse une quantité de poudre suffisante à faire sauter le roc, le fort et ses huit tours, et à ébranler fortement les montagnes qui nous entourent.

« Si le fort tombe, ses débris retomberont sur votre camp et l'anéantiront; pas un homme n'échappera.

« Or, voici mon ultimatum : Mon lieutenant qui vous portera cette lettre arrivera dans votre camp à dix heures; pendant le temps qu'il conférera avec vous, un soldat se tiendra, mèche allumée, auprès des poudres.

« Si, à onze heures précises, votre camp n'est pas levé; si vos soldats ne se retirent, pliant leurs tentes, et si mon lieutenant n'obtient de votre parole de gentilhomme que d'ici à trois mois aucune armée espagnole ne se montrera à dix lieues du Fort des Suisses, ce que je saurai par un drapeau blanc que vous arborerez sur votre tente, le fort sautera.

« J'ai l'honneur d'être, etc.

« RAPHAËL. »

— Il vaut mieux mourir que de se rendre, dit froidement Actéon, achevant de dicter sa lettre.

— Vous avez raison, répondit Raphaël.

Et Actéon monta à cheval et porta la lettre de Raphaël au général espagnol, tandis que Raphaël faisait entasser toutes les poudres du fort dans le mystérieux escalier.

Puis, Giuseppe, une mèche à la main, se tint à l'orifice, prêt à descendre enflammer le premier baril, sur l'ordre de Raphaël, — et la garnison attendit.

Raphaël, une lunette d'approche à la main, demeura sur le rempart et attacha ses regards sur le camp espagnol.

Tout à coup un étendard blanc apparut au sommet d'une tente et se balança dans les airs...

Le général espagnol consentait à se retirer.

— Cet Actéon est plein d'esprit, murmura Raphaël; nous sommes sauvés !

DEUXIÈME PARTIE.

—

I. — Où le lecteur retrouve d'anciennes connaissances.

Bien des événements s'étaient accomplis au Louvre, tandis que Raphaël commandait le Fort des Suisses, et bien avant que le vieux duc et son compagnon le marchese della Strada eussent entrepris de livrer la forteresse aux troupes espagnoles.

Or, pour raconter ces événements, il nous faut, un moment, abandonner nos héros et faire un pas en arrière, en retournant à Paris et nous reportant au lendemain du jour où le marchese avait été présenté par Actéon à la comtesse.

L'Italien et le vieux duc avaient ourdi et combiné ensemble l'horrible machination que nous avons vue avorter si heureusement, et cela presque à l'insu de Diane de Poitiers.

La comtesse leur avait dit :

— Débarrassez-moi de ce Raphaël, peu importe comment. Je vous laisse la responsabilité tout entière des moyens que vous emploierez.

— Vous serez satisfaite, avaient-ils répondu.

Seulement le duc avait ajouté :

— Je ne vous demande qu'une chose : faites obtenir un emploi dans les armées du roi à votre page Actéon; qu'il soit envoyé en mission auprès de Raphaël qui a le commandement d'une forteresse sur la frontière piémontaise, et qu'il me permette de l'accompagner en qualité d'écuyer.

Alors la comtesse avait fait venir Actéon :

— Mon beau gentilhomme, lui dit-elle, m'es-tu toujours dévoué ?

— En doutez-vous, madame?

— Tu sais combien je hais ce Raphaël, n'est-ce pas ?

— Votre haine me semble fort légitime.

— Le duc et le marchese se veulent venger de lui. Tu les serviras.

— Comment se vengeront-ils?

— Je l'ignore, répondit Diane d'un air mystérieux auquel le page se méprit et qui lui laissa supposer que la comtesse possédait parfaitement leur secret, mais qu'elle ne le lui voulait pas confier, à lui, Actéon.

Et bien que sa fierté en souffrît, et qu'il se trouvât froissé dans son orgueil et son amour par ce manque de confiance, il aimait trop la comtesse pour ne point obéir.

Diane lui avait donné alors pour le roi Henri II une de ces lettres de recommandation qui sont bien plus un souvenir indirect de ceux qui les écrivent à ceux à qui elles sont destinées, qu'une chaude apostille pour celui qui en est porteur.

Cette lettre était semée de soupirs confus, de regrets comprimés à grand'peine, et sous le respect que semblait inspirer la majesté royale, on devinait les cendres tièdes encore, et prêtes à se rallumer au premier souffle, de ce long amour dont elle avait si habilement entouré le dauphin.

La comtesse paraissait se résigner à son abandon, mais non sans laisser glisser une larme sur le parchemin auquel elle confiait ce dernier adieu; et, lorsque le roi lut cette lettre, il éprouva une de ces émotions violentes qu'éprouvent seuls les hommes qui ont vivement et longtemps aimé, quand une circonstance fortuite leur apporte tout à coup le souvenir de l'idole dont ils ont abandonné le culte.

— Cette pauvre comtesse, dit-il à Actéon qui demeurait respectueusement à distance tandis que le roi lisait, ne prend donc point son parti de ne pouvoir venir au Louvre.

— Sire, repartit finement Actéon, de toutes les disgrâces qu'une femme doit éprouver, la plus cruelle est, sans contredit, celle qui lui vient du cœur de ceux qu'elle aime.

Actéon ne pensait pas un traître mot de ce qu'il disait là.

— Tu crois ? fit Henri avec quelque fatuité.

— Hélas ! sire, murmura Actéon, la comtesse ressemble pour moi à ces astronomes qui s'enamourent d'un bel astre. Leur amour n'est pas de ce monde... Si la comtesse eût regardé à ses pieds...

Actéon était un politique et un courtisan de premier ordre; en comparant le roi à un astre, il flattait l'orgueil de Sa Majesté, et en paraissant regretter l'aveuglement de Diane, il remuait au fond du cœur du roi cette corde jalouse que Henri avait si souvent sentie vibrer en lui, en voyant le beau page sans cesse auprès de la comtesse.

Actéon voulait obéir à Diane; pour cela, il fallait que le roi l'envoyât à l'armée, et il venait de trouver le meilleur argument à faire valoir en sa faveur.

— Tu veux donc devenir un homme de guerre, mon pauvre Actéon ? dit Henri, moitié riant, moitié fronçant le sourcil.

— Sire, j'ai vingt et un ans.

— Tout autant ?

— Et je suis gentilhomme.

— Ah çà, mais il me semble que la comtesse tenait fort à toi, jadis ?

Actéon soupira : — J'ai eu le malheur de lui déplaire.

— En vérité?

— Hélas ! sire.

— Et comment cela ?

Actéon rougit. Le jeune drôle savait rougir à propos.

— Bon ! dit le roi, je comprends. Tu as voulu faire à la comtesse un apologue touchant les astronomes.

Actéon balbutia une phrase inintelligible.

— Et je parie que tu étais précisément à ses pieds où tu lui conseillais de regarder pour oublier l'astre.

— La vérité est, sire, murmura le page qui joua le plus grand trouble, que les larmes que la comtesse verse dans la solitude me fendaient le cœur.

— Eh bien! mon bel ami, répondit le roi, tu diras à la comtesse que, si je ne puis lui donner un appartement au Louvre, je l'autorise cependant à venir habiter l'hôtel qu'elle possède à Paris. Elle y pourra recevoir ses amis et s'y distraire.

Actéon se mordit les lèvres jusqu'au sang. Cette dernière combinaison ne lui souriait plus en aucune façon, et il pressentit un rapprochement futur entre la comtesse et le roi.

— Quant à toi, poursuivit Henri, je ne vois aucun inconvénient à ce que tu quittes enfin ton pourpoint de page pour un haubert en bonnes mailles d'acier. Tu partiras dès demain, et je veux que tu commences noblement ta carrière. Je te vais mander au capitaine Raphaël, qui commande une place forte sur la frontière des Alpes.

Le roi allait au-devant du désir de la comtesse, et Actéon se confondit en remercîments en prenant la lettre que Sa Majesté daigna tracer de sa main royale et lui remettre pour Raphaël. Puis il retourna à Anet.

Le roi mit son masque. (Page 61.)

La comtesse devint folle de joie en apprenant que Henri II daignait mitiger les rigueurs de sa disgrâce, en lui permettant de venir à Paris et d'y habiter son hôtel de la rue des Lions-Saint-Paul.

— Dans un mois, je serai au Louvre, dit-elle avec un sourire de triomphe, au vieux duc d'Etampes, qui n'avait point quitté le château d'Anet.

Et elle partit le soir même, escortée d'Actéon et donnant rendez-vous au duc, rue des Lions, pour le lendemain, jour de son départ.

A dix heures du soir, madame Diane de Poitiers s'installait dans son hôtel.

Une heure après, le lourd marteau de bronze de la porte d'entrée retentissait avec fracas, et on annonçait à la comtesse que le marchese della Strada, déjà prévenu de son arrivée à Paris, demandait à être introduit auprès d'elle.

La comtesse ordonna à ses gens de laisser entrer le marchese, et elle laissa échapper une exclamation de surprise et d'admiration, lorsqu'elle vit entrer le marchese donnant la main à une femme d'une beauté merveilleuse et qui lui était inconnue.

C'était une jeune fille de dix-neuf à vingt ans, blonde comme la Fornarina de Raphaël, le peintre divin, timide et pudique comme une madone, — vêtue de noir, ainsi qu'on représenterait l'Amour abandonné et pleurant son rêve évanoui et brisé.

Avant d'aller plus loin, disons comment le marchese avait fait rencontre de cette merveilleuse créature.

L'Italien, tout entier à sa vengeance que la haine du duc et celle de la comtesse pour Raphaël semblaient devoir servir bientôt, attendait avec impatience, à Paris, qu'Actéon eût obtenu du roi la permission de se rendre à l'armée.

Il avait accompagné le jeune page au Louvre, et il avait patiemment attendu deux mortelles heures sur le seuil d'une poterne de la royale demeure qu'Actéon en ressortît.

— Victoire ! lui avait dit celui-ci ; je pars demain pour le Fort des Suisses.

— Corpo di Bacco! l'enfer est avec nous.

— A propos, fit Actéon, le roi permet à la comtesse de revenir à Paris, et je crains fort qu'elle n'y soit ce soir même. Je crois donc inutile que vous retourniez à Anet pour prendre congé d'elle, et je vous engage plutôt à vous présenter demain matin à son hôtel de la rue des Lions-Saint-Paul.

— Bien, dit le marchese, serrant la main d'Actéon ; j'y serai.

Et il s'en alla droit à son logis, tandis que le page remontait à cheval et courait au galop vers Anet.

Le marchese, depuis qu'il était à Paris, observait le plus strict incognito ; — il eût été désolé de rencontrer le marquis de Saint-André, qui aurait pu donner l'éveil à Raphaël, — et il ne sortait guère de l'hôtellerie du Grand Charlemagne que vers le soir, à l'heure du couvre-feu.

Alors le marchese s'abandonnait volontiers à ses instincts grossiers ; il fréquentait les tavernes le plus mal hantées, buvait avec les écoliers, auxquels sa stature herculéenne en imposait fort, et cajolait les bachelières pour achever d'oublier l'adorable image de Maria di Polve.

Le marchese noyait son amour au fond des pots et en compagnie de ces femmes douteuses qui peuplaient le pays latin et partageaient la joyeuse et chétive existence des clercs et des étudiants.

Or, à cette époque, le cabaret le plus mal hanté était, sans contredit, celui de la Pomme du Pin, situé en dehors de la porte Bourdeille, sur la route de Bourgogne. On y rencontrait des soldats, des écoliers, des génovéfains ivrognes et ignorants, des filles de Bohème et des Egyptiens de la cour des Miracles.

C'était là que le marchese passait sa soirée d'ordinaire, et à l'heure du couvre-feu, il quitta son hôtellerie, prit son manteau, enfonça son feutre sur ses yeux et s'en alla, suivant la berge de la rivière en amont, et laissant traîner bruyamment son épée sur le pavé, selon sa coutume conquérante et tapageuse. Il s'en alla sifflotant une barcarolle vénitienne, alors fort en vogue par toute l'Italie, coudoyant

Elle fut contrainte de s'asseoir au pied d'un arbre. (Page 67.)

avec insolence les rares passants attardés et les saluant de grossiers jurons s'ils se plaignaient d'avoir été bousculés.

La nuit était claire et lumineuse ; — la lune brillait au ciel tout parsemé d'étoiles, et à sa lueur, le marchese put voir venant à sa rencontre une femme à cheval, escortée par un homme qui tenait sa monture par la bride. La femme était vêtue de noir et enveloppée d'un grand manteau de forme méridionale. L'homme portait le chapeau pointu et le pourpoint milanais. Une grande barbe qu'à la clarté du jour on eût vue parsemée de nombreux filets blancs, descendait sur sa poitrine. Son costume était celui des artisans de la noble ville des armuriers, et la rapière à garde en coquille qu'il portait suspendue verticalement à sa ceinture attestait qu'il appartenait à la confrérie des compagnons d'armes.

Le marchese, qui n'était qu'à quelques pas de ce groupe assez singulier au milieu de Paris, s'arrêta court et se prit à écouter la conversation de la femme à cheval et de l'homme à pied.

— Marco, disait la première en langue italienne, mon vieux Marco, il faut nous arrêter à la première hôtellerie que nous trouverons. Je suis épuisée de fatigue, et notre voyage a été si long, cette ville que nous foulons est si vaste, qu'il faut remettre à demain nos investigations.

— Comme vous voudrez, signorina, répondit d'un ton mêlé de respect et d'affection l'homme que l'on avait appelé Marco. Vos désirs ne sont-ils pas des ordres pour moi, qui suis le plus vieil ouvrier de maître Guasta-Carne, votre honoré père ! que Dieu ait son âme !

A la voix de la jeune femme, le marchese avait tressailli profondément.

— Tenez, continua-t-elle, voici justement un cavalier qui vient à nous ; c'est un gentilhomme, si j'en juge par la plume blanche de son feutre ; je vais lui demander s'il ne connaît pas une hôtellerie dans les environs.

Le marchese, qui entendit distinctement ces paroles, continua sa marche et s'avança vers la jeune amazone.

— Seigneur cavalier, dit-elle alors en français, langue qu'elle parlait assez correctement, je suis étrangère ; mon compagnon et moi n'avons atteint les portes de Paris qu'après la tombée de la nuit, et nous sommes fort en peine de trouver un gîte. Nous pourriez-vous indiquer une hôtellerie dans le voisinage ?

— Sì, signorina, répondit le marchese.

— Un Italien ! exclama-t-elle avec cet accent joyeux de l'exilé qui tressaille en entendant vibrer tout à coup l'idiome chéri de sa patrie lointaine.

— Un Florentin, signorina.

— Ah ! signor, murmura la jeune femme, c'est Dieu qui vous place sur mon chemin.

Et le marchese s'approcha, puis jeta un cri :

— Marianna !

— Vous me connaissez ? exclama-t-elle.

— Je suis le marchese della Strada, répliqua le Florentin qui avait reconnu la blonde fille de l'armurier.

— Le marchese della Strada ! reprit-elle, l'ancien élève de mon père ?

La voix de Marianna était devenue caressante et joyeuse, car elle avait toujours ignoré que c'était avec lui que s'était battu Raphaël.

— Lui-même, signorina.

Et le marchese salua la jeune fille avec respect, et il s'approcha d'elle familièrement et lui baisa la main :

— Vous êtes à Paris ?

— Depuis huit jours.

— Ah ! la Providence est pour moi, murmura Marianna, puisqu'elle me fait vous rencontrer, car je ne connais personne, hélas ! en cette ville immense, personne, si ce n'est... ajouta-t-elle en hésitant.

— Qui donc ? demanda le marchese.

— Raphaël, répondit-elle tout bas.

— Mais comment êtes-vous ici, signorina ? qu'y venez-vous faire ?

— Ah ! signor marchese, murmura Marianna avec une émotion

subite et des larmes plein les yeux, ne voyez-vous pas mes vêtements de deuil ?

— Mon Dieu !

— Mon père est mort... dit-elle d'une voix brisée.

— Ah ! fit le marchese qui joua une douleur profonde ; peccaïre ! pauvre Guasta-Carne !

— Il est mort, reprit Marianna étouffant un sanglot, — et lorsqu'il a été mort, ses ouvriers, ses élèves ont abandonné et déserté sa maison, et je me suis trouvée seule, orpheline, sans autre ami que le pauvre vieux Marco, que voilà, sans autre affection en ce monde que Raphaël, mon frère d'adoption, l'élève chéri de mon père...

Et Marianna soupira.

— Mais, reprit-elle tristement, Raphaël était parti, l'ingrat ! Il était parti, cédant au vertige de l'ambition et de la gloire... On m'a dit même qu'un funeste amour l'avait entraîné vers Paris... Et comme Raphaël était désormais mon unique protecteur, comme les jeunes seigneurs milanais, sans respect pour la mémoire vénérée de mon père, osaient...

— Je comprends, murmura le marchese avec une feinte compassion.

— J'ai quitté Milan avec le dernier ami de mon père, et j'ai entrepris le voyage de Paris, espérant y trouver Raphaël.

— Pauvre enfant ! fit le marchese dont le cerveau était traversé déjà par d'infernales pensées.

— Mais, reprit Marianna, je ne connais personne dans cette ville qui me paraît immense ; et à qui donc demanderai-je où je puis trouver Raphaël ?

— A moi, dit le marchese.

— A vous ?

— Je l'ai vu.

— Vous l'avez vu ? Ah ! mais alors vous savez où il est, n'est-ce pas ? vous me conduirez vers lui... dites, signor marchese, vous aurez pitié de la pauvre orpheline ?

— Marianna, dit le marchese, Raphaël n'était-il point un enfant trouvé ?

— Mon père, hélas ! le recueillit enfant à la porte d'une église.

— Et n'espérait-il point retrouver sa famille ?

— Oui, et il se croyait gentilhomme.

— Eh bien ! il a retrouvé cette famille, mon enfant, et il est...

— Gentilhomme, mon Dieu ! exclama Marianna avec effroi.

— Plus peut-être, signorina.

— Que dites-vous ? murmura-t-elle épouvantée.

— Il est fils de roi, acheva le marchese.

Marianna jeta un cri. Une barrière nouvelle, infranchissable, s'élevait désormais entre elle et Raphaël !

II. — Tentation.

— Oui, mon enfant, reprit le marchese d'un ton affectueux, Raphaël est fils et frère de roi. Il est le fils de François 1er et de la duchesse d'Étampes.

Marianna, éperdue, avait caché sa tête dans ses mains. Le marchese parut se méprendre à cette violente émotion.

— Vous le voyez, chère Marianna, dit-il, Dieu vous a retiré votre père, mais Dieu est bon et vous donne un puissant protecteur. Remerciez Dieu, mon enfant.

Marianna ne répondit point ; elle fondait en larmes.

— Mais, continua le Florentin, le seigneur Raphaël n'est point à Paris...

Marianna tressaillit.

— Où donc est-il ? demanda-t-elle.

— Le roi seul le sait.

— Le roi !

— Oui, S. M. le roi Henri II lui a confié une mission secrète hier, et ce matin il est parti, sans faire connaître à personne le but de son voyage, lequel, du reste, assure-t-on, sera de courte durée.

— Mon Dieu ! mon Dieu ! murmura la jeune fille affolée, que vais-je donc devenir en cette ville immense ?

Le marchese eut, dans l'ombre, un infernal sourire ; puis, d'une voix caressante et protectrice :

— Marianna, dit-il, vous êtes la fille de mon maître bien-aimé, le pauvre Guasta-Carne, et je me souviendrai aujourd'hui de l'amitié qu'il me témoigna toujours. Aussi je remercie Dieu du fond de mon cœur de vous avoir placée sur mon chemin ; car, en attendant le retour de votre frère d'adoption, je serai votre protecteur, votre ami, et je remplacerai votre père.

— Merci, seigneur, merci ! murmura Marianna.

— Mon enfant, reprit le marchese avec un accent tout paternel, Paris est une ville dangereuse, où une jeune fille, pure et belle comme vous, ne saurait descendre en une hôtellerie sans y être très-exposée.

— Mon Dieu ! exclama la jeune fille frémissante.

— Mais, rassurez-vous, Marianna ; j'ai quelques amis en cette ville, et je puis vous conduire chez une noble dame qui vous recueillera chez elle et vous traitera comme son enfant.

— Son nom ? demanda la fille de l'armurier avec anxiété.

— C'est madame la comtesse Diane de Poitiers, une femme puissante à la cour et qui a toute influence sur l'esprit du roi... du roi, dont Raphaël est le frère.

Si Marianna eût pu savoir ce qu'était au juste Diane de Poitiers, elle eût certainement refusé au marchese la protection qu'il lui offrait auprès d'elle ; mais Marianna était une pauvre fille simple et candide, et le nom que le marchese venait de prononcer résonnait pour la première fois à son oreille. Elle répondit donc avec l'accent pénétré de la reconnaissance :

— Ah ! messire, que Dieu récompense votre noble cœur !

Puis, elle ajouta avec hésitation :

— Mais je ne suis que la fille d'un pauvre armurier, et qui sait si cette noble dame...

— Cette noble dame est mon amie, Marianna, car je lui ai rendu d'immenses services ; et vous, mon enfant, n'êtes-vous point la fille d'un homme que je vénérais à l'égal d'un père ? Ah ! chère enfant, c'est la Providence qui m'a conduit sur vos pas.

Et le marchese baisa galamment la main de la jeune Milanaise.

Le Florentin, en l'esprit de qui germait déjà tout un plan diabolique, s'était souvenu des paroles d'Actéon, qui lui avait annoncé que madame Diane allait revenir à Paris, et il présuma que, si la comtesse n'était pas de retour, du moins elle ne pouvait tarder.

— Venez, dit-il à Marianna, suivez-moi. Nous sommes à deux pas du logis de la comtesse.

Le marchese offrit son bras à la jeune fille qui avait mis pied à terre ; puis Marco, tenant toujours le cheval par la bride, les suivit à une faible distance. Ils gagnèrent le pont Saint-Michel, puis ils remontèrent la berge et atteignirent la rue des Lions et l'hôtel de la comtesse, où cette dernière venait d'arriver.

La surprise, l'étonnement, nous dirions presque l'admiration de la comtesse, se trouvèrent à leur comble, lorsqu'elle eut envisagé Marianna, l'enveloppant de ce regard rapide et sûr qui suffit à une femme pour analyser et juger la beauté d'une autre femme.

Puis elle tourna les yeux vers le marchese et sembla lui dire :

— Que signifient donc et votre visite à cette heure et la présence de cette jeune fille ?

— Madame, dit celui-ci, vous êtes aussi bonne que belle, et les grandes infortunes vous doivent toucher profondément. Je vous amène une pauvre orpheline sans amis, sans protecteurs, et qui n'espère plus qu'en vous.

Diane regarda Marianna une seconde fois. Elle avait remarqué d'abord que la jeune fille était merveilleusement belle ; maintenant elle s'apercevait que l'Italienne avait une de ces physionomies profondément sympathiques qui gagnent les cœurs. D'ailleurs, la comtesse était naturellement bonne pour tous ceux qui ne froissaient ni ses intérêts ni son orgueil.

— Approchez, mon enfant, dit-elle à Marianna qui se tenait à distance, tremblante et les yeux baissés, et qui que vous soyez, vous trouverez en moi une amie.

— Cette jeune fille, reprit le marchese, est Italienne, madame ; elle est Milanaise, et son père était un armurier du nom de Guasta-Carne.

La comtesse fit un geste de surprise, puis elle attacha un regard perçant sur le Florentin ; car celui-ci avait aux lèvres un mystérieux et diabolique sourire, — et Diane, abusée un moment, devina à moitié le but du marchese, et comprit que Marianna était, sans nul doute, destinée à servir leur commune vengeance.

— En effet, dit-elle tout haut, j'ai entendu parler de lui.

— On vous a parlé de mon père ? exclama la jeune fille.

— Oui, mon enfant, le roi François 1er désirait fort l'avoir à sa cour.

Marianna soupira. Elle se souvenait que Raphaël était parti pour Paris afin d'y excuser et d'y remplacer son père adoptif.

— Hélas ! dit le marchese d'un ton hypocrite qui acheva de convaincre Diane qu'il méditait quelque noirceur infâme, le pauvre Guasta-Carne est mort, laissant Marianna seule au monde, et n'ayant plus d'autre ami que Raphaël, son frère d'adoption.

— Raphaël ? fit la comtesse en tressaillant.

— Vous le connaissez ? demanda naïvement Marianna.

— Hé ! répondit le marchese, qui ne le connaît pas, ce bon et brave Raphaël, le frère du roi ?... C'est un des chers amis de madame la comtesse.

— C'est vrai, dit-elle, acceptant enfin aveuglément la situation que lui faisait le Florentin.

— Cette pauvre enfant, continua le marchese, pour échapper aux séductions qui l'environnaient à Milan, et désirant revoir son frère adoptif dont elle ignorait la brillante fortune, est venue à Paris, sans se douter, l'ingénue et la naïve, des dangers qu'elle allait courir dans cette Babylone moderne.

— Ah ! fit la comtesse avec un geste d'effroi.

— Dieu a voulu que je fusse le premier passant à qui elle a demandé son chemin, — et alors, madame, j'ai songé à vous, à votre noble cœur, et je l'ai conduite ici pour la placer sous votre protection ; car le seigneur Raphaël a quitté Paris, vous le savez, pour remplir une mission secrète du roi, et Marianna, sans vous, se trouverait à Paris sans aucun protecteur.

La comtesse prit Marianna par la main et la fit asseoir auprès d'elle.

— Venez, mon enfant, dit-elle. Il suffit que vous soyez chère à Raphaël pour me l'être à moi-même... Je serai votre amie, votre mère.

Marianna était devenue subitement pâle et frissonnante. Les dernières paroles de la comtesse venaient de lui enfoncer au cœur l'aiguillon mortel de la jalousie. Raphaël était donc bien cher à la comtesse ?

Mais, soit qu'elle eût deviné déjà que Marianna aimait Raphaël, soit qu'elle eût hâte de ne point laisser croire à la jeune fille que d'autres liens que ceux d'une amitié toute fraternelle l'unissaient à celui-ci, la comtesse ajouta aussitôt :

— Raphaël est le frère du roi, — du roi avec lequel s'est écoulée mon enfance, du roi que j'aime et vénère. Or, le roi éprouve une vive amitié pour son frère, et ne pas aimer ce dernier, ce serait ne pas aimer le roi.

A ces mots, Marianna éprouva cet indéfinissable bien-être, cette réaction subite et merveilleuse qui s'empare de l'homme qui revient à la vie après avoir eu le pied sur le seuil de la mort.

— Aussi, continua Diane, soyez la bienvenue ici, chère enfant, et regardez cette maison comme la vôtre.

— Madame, dit alors le marchese, permettez-moi de prendre congé de vous ; car, vous le savez, je pars demain.

— C'est juste.

— Vous partez, fit Marianna ; vous retournez en Italie ?

— Oui, mon enfant.

La jeune fille hésita... Un moment elle eut la pensée de prier le Florentin de l'emmener avec lui, tant elle avait le cœur serré depuis qu'elle savait la destinée de celui qu'elle aimait ; mais elle reporta aussitôt ses regards sur la comtesse, et le sourire de Diane lui parut si franc et si beau qu'elle se sentit attirée vers elle d'une manière irrésistible.

— Madame, reprit le marchese, permettez-moi de vous rappeler que j'attends vos ordres.

— Je suis à vous, répondit Diane.

Puis elle frappa sur un timbre, et donna quelques ordres pour qu'un appartement convenablement préparé dans l'hôtel pour Marianna, et, la prenant par la main, elle la conduisit elle-même dans la salle à manger où le souper de la jeune voyageuse était servi.

— Pardonnez-moi, chère enfant, lui dit-elle, si je vous laisse seule quelques instants, mais j'ai besoin de m'entretenir longuement avec le marchese, touchant une affaire des plus importantes et qu'il est chargé de mener à bien, pour moi, à Florence.

La comtesse rentra dans son boudoir, où le marchese était demeuré.

— Ah çà, messire, lui dit-elle alors, j'espère que vous allez me donner l'explication de ce mystère.

— Je vous l'ai dit : c'est la sœur d'adoption de Raphaël, votre ami.

— Mon ami !

— Pardieu ! répondit le marchese, d'un ennemi à un ami, il n'y a de différence que la largeur de la main. Raphaël est votre ennemi implacable, mais il aurait pu être votre ami.

La comtesse haussa les épaules.

— Or, reprit le marchese, à défaut de son amitié, pourquoi ne vous contenteriez-vous point de celle de Marianna, sa sœur adoptive, de Marianna qui l'aime.

— Elle l'aime !

— D'amour, madame.

Un éclair passa dans les yeux de Diane.

— Je gage, dit-elle, que vous avez déjà médité quelque raffinement infernal de vengeance.

— Peut-être...

— Voyons ? interrogea la comtesse.

— Raphaël aime la reine.

— Je le sais.

— Donc, il n'aime point Marianna. Mais il a pour elle cette affection aux bornes d'un frère pour sa sœur.

— Ah !

— Et s'il arrivait malheur à Marianna !

La comtesse fronça le sourcil.

— Raphaël ne s'en consolerait de sa vie.

— Que voulez-vous dire ?

— Mon Dieu ! je n'ai pas l'intention d'assassiner Marianna, croyez-le bien.

— De quel malheur parlez-vous donc ?

— Ah ! fit le marchese avec mystère. vous avez trop d'esprit pour ne point deviner.

— Jamais !

— Bah ! des scrupules ?

Diane regarda froidement le Florentin :

— Écoutez, dit-elle, je hais ce Raphaël de toutes les puissances de mon âme. . Mais je ne reporterai point cette haine sur la tête innocente de cette jeune fille, dont le front est si candide et le regard si pur.

Le marchese, à son tour, fronça légèrement le sourcil.

— Savez-vous, madame, dit-il, pourquoi vous haïssez Raphaël ?

— Oui, certes.

— Parce qu'il a juré de ruiner votre faveur au profit de la reine, qu'il aime.

— Vous touchez juste.

— Or, si le roi aime Catherine, vous êtes perdue à jamais.

— Je le sais.

— Cela peut fort bien arriver...

Un sourire de triomphe, où l'orgueil de la femme longtemps aimée éclatait, glissa sur les lèvres de Diane.

— Peut-être... fit-elle avec dédain.

— Mon Dieu ! vous ne le croyez pas, vous ne le craignez point ; je le vois... cependant. . .

Diane regarda attentivement le Florentin.

— Cependant, poursuivit-il, les hommes sont capricieux et changeants. Leur amour d'hier n'est plus celui d'aujourd'hui. Rien n'est éternel en ce monde. Et si le roi, qui vous aime encore, cesse de vous aimer, comme il éprouvera le besoin de reporter ses affections sur une autre femme, il aimera la reine, car, nulle, après vous, n'est aussi belle à la cour de France.

— Après ? fit la comtesse avec calme.

— Dans ce cas-là, madame, vous êtes perdue sans retour, car la reine vous hait autant et plus peut-être que vous haïssez Raphaël.

— Eh bien ! je braverai sa haine.

— Vous serez brisée comme un roseau.

— Ah ! vous croyez ?

— Oui, car la femme qui est reine et qui est aimée de son époux a, sur la terre, la toute-puissance, tandis que...

— Ah ! fit Diane d'un ton railleur, voyons l'alternative.

— Tandis que, si le roi aimait une autre femme que la reine, il ne pourrait, malgré ce nouvel amour, se dérober complètement à cette influence que vous exercez sur lui depuis si longtemps.

La comtesse tressaillit.

— Je commence à comprendre, dit-elle.

— Qui sait ? continua le marchese, qui sait si Marianna n'est pas plus belle que la reine, aussi belle que vous, madame...

— Démon ! exclama Diane, vous voulez me tenter ?

— Mon Dieu ! non, madame ; je me borne à supposer.

— Et c'est pour cela que vous avez amené cette jeune fille ?

— Ah ! fit simplement le marchese, Marianna est la fille de mon ancien professeur d'escrime. Je lui porte quelque intérêt, et le désir de la mettre en sûreté m'a poussé à la conduire ici. Maintenant, je n'ai pu m'empêcher de vous faire part de mes observations... mais libre à vous...

— Assez ! dit sèchement la comtesse.

— Savez-vous ? dit négligemment le Florentin, que la ressemblance du roi et de Raphaël pourrait bien égarer un peu le cœur et l'esprit de Marianna ? Adieu, comtesse...

Et sur ces mots, le marchese baisa la main de Diane, salua jusqu'à terre, et laissa la comtesse plongée en un abîme de réflexions.

— Elle est vaincue ! pensa-t-il. Le roi aimera Marianna...

III. — Le roi s'ennuie.

Il y avait environ quinze jours que Raphaël était parti, emportant du roi la promesse formelle qu'il ne reverrait point Diane. Henri II avait tenu parole jusque-là, mais il ne s'était point encore présenté seul chez Catherine, et s'était toujours fait accompagner d'un ou de plusieurs de ses officiers.

Le cœur du roi était donc vide. Il voulait oublier Diane, et il n'aimait point encore Catherine.

Il est vrai que les soucis de la politique, les affaires du royaume et huit heures de travail régulier avec le connétable absorbaient en grande partie son esprit, au moins durant le jour.

Mais quand venait le soir, lorsque, délivré de ses courtisans, de ses officiers et de ses ministres, le roi se retrouvait seul en ses appartements, il était possédé de cet étrange mal qu'on nomme l'ennui.

Son unique compagnon, alors, le seul être à qui il eût recours pour tuer le temps, était un jeune page du nom de Raoul d'Aurigny.

Raoul était un page de la famille d'Actéon, si nous pouvons nous servir de ce mot. Il était mauvais sujet, querelleur, plein d'esprit et de malice, et il regrettait fort le temps où son maître n'était encore que dauphin.

Ceci tenait à plusieurs raisons. Avant son avénement au trône, Henri avait fait de Raoul son page de confiance, son messager secret et mystérieux, son intermédiaire de tous les jours entre lui et Diane.

Or, Raoul détestait Actéon parce qu'Actéon avait autant d'esprit que lui ; — et comme il avait deviné qu'Actéon aimait Diane, il était heureux de pouvoir vanter à cette dernière, en présence de son rival, l'amour et la constance de son royal amant.

Depuis que Henri était roi, Raoul n'allait plus à Anet, et par conséquent il ne se donnait plus à cœur joie le plaisir de chagriner Actéon.

Ensuite, pendant le jour surtout, Raoul n'avait plus auprès de son maître le rôle flatteur de confident. Henri s'occupait de politique, et par conséquent il avait plus affaire à Montmorency qu'à son page.

Enfin, Henri II habitait le Louvre, et Raoul ne s'y pouvait souffrir ; il avait en horreur la royale demeure. Cependant, quand venait la brune et que le monarque, débarrassé de la pourpre et de la majesté royale, se retirait en son oratoire pour y lire quelque traité de vénerie ou un conte galant d'un poëte italien, — Raoul reparaissait armé d'un sourire, d'une anecdote scandaleuse ou plaisante, et il parvenait à dérider le front de son maître.

Or, un soir, Henri était mélancoliquement accoudé à l'une des croisées du Louvre, et il soupirait aussi naïvement que s'il n'eût pas été roi.

Sa Majesté s'ennuyait, — et elle songeait avec amertume que les soirées du château d'Anet étaient bien moins longues et bien moins monotones que celles du Louvre. Raoul entra.

— Ah! dit le roi, te voilà?... D'où viens-tu?

— De courir Paris.

— Ah! fit Henri avec indifférence.

— Votre Majesté ne sait point peut-être le plaisir qu'on trouve à ces promenades vagabondes, à ces courses sans but à travers sa bonne ville, — quand on se mêle, comme moi, à tous les groupes de populaire, quand on entre dans tous les cabarets et qu'on recueille un mot par ci, une anecdote par là.

— Eh bien! qu'as-tu recueilli? demanda Henri, alléché par les paroles de son page, et dominé par le besoin de se distraire à tout prix.

— Ma foi! sire, je viens de la rue des Lions-Saint-Paul.

— Plaît-il? fit le roi en tressaillant.

— Je ne suis pas, comme Votre Majesté, en froid avec la comtesse, et par conséquent je vais de temps à autre lui faire une visite.

— Ah! tu vois la comtesse?

— Pourquoi pas, sire?

— Peuh! Tu aurais pu me consulter et savoir auparavant...

— Votre majesté, interrompit Raoul, a le cœur trop généreux pour m'interdire d'aller rendre visite à une pauvre exilée.

— Tu appelles exilée une femme à qui j'ai permis d'habiter Paris?

— Bon! fit Raoul, on est toujours exilé quand on est banni de la présence de votre majesté.

— Flatteur!

— Et la comtesse considère sa situation comme telle.

— Vraiment?

— Mais, fit Raoul avec un sourire, elle prend son mal en patience?

— Tu crois?

— Et elle s'adoucit son exil le plus possible.

Le roi fronça le sourcil.

— Et que fait-elle donc? demanda-t-il.

— Elle se distrait et s'amuse.

Raoul regardait le roi du coin de l'œil. Le roi essayait de jouer l'indifférence, mais son visage trahissait cependant une vive inquiétude, mêlée sans doute d'un grain de jalousie, et il se demandait comment, loin de lui, Diane se pouvait amuser et distraire.

— Vraiment! reprit-il, la comtesse se distrait?

— Elle essaye du moins.

— Elle s'amuse?

— Le plus possible.

— Ah! fit négligemment le roi, je me demande ce qu'elle peut faire?

— D'abord elle a ouvert son hôtel à ses amis.

— A-t-elle encore des amis?

— Sans doute, sire.

— Ah! fit Henri devenu rêveur; je croyais que les gens en disgrâce n'avaient plus d'amis.

— La comtesse en a encore; elle fait exception à la règle.

— Je la trouve très-heureuse, ma foi!

— Cela tient à une raison toute simple.

— Ah! il y a une raison...

— Excellente, sire.

— Quelle est-elle?

— La disgrâce de votre majesté ne saurait durer éternellement.

— Hum! murmura le roi, voici ce que personne ne doit et ne peut savoir.

— La comtesse se l'imagine, cependant... Et ses amis sont comme elle.

— Ceci est plaisant!

— Ce qui fait que ceux qui lui demeurent fidèles savent bien qu'ils seront largement récompensés le jour où elle rentrera en grâce.

Un sourire assez dédaigneux glissa sur les lèvres de Henri II.

— Voilà justement, dit-il, où la comtesse et ses amis pourraient fort se tromper.

— Alors, dit Raoul, tant pis pour eux. Mais, en attendant, la comtesse mène joyeuse vie.

— Que fait-elle donc encore?

— Je l'ai dit à votre majesté, elle s'entoure de ses amis et s'en fait une petite cour. L'hôtel de la rue des Lions est devenu un Louvre en miniature, et l'on s'y amuse plus qu'ici.

— Ceci n'est pas difficile, soupira le roi. Ici on meurt d'ennui.

— A qui le dites-vous, sire? — Et Raoul soupira à son tour. — Ensuite, continua-t-il, la comtesse est devenue d'une coquetterie excessive.

— Hein! fit le roi brusquement.

— Depuis que votre majesté la délaisse, bon nombre d'adorateurs timides se sont enhardis.

— Maître Raoul, dit sèchement Henri II, prenez garde de vous rendre coupable du péché de médisance.

— Ah! sire...

— Et quels sont ces adorateurs?

— Il y en a bien dix ou douze.

— En ce cas, dit le roi un peu rassuré, le mal n'est pas grand; quand on a l'embarras du choix, on ne choisit jamais.

— On voit bien que votre majesté ne sait pas l'histoire du chandelier.

— Qu'est-ce que cette histoire?

— Si votre majesté me le veut bien permettre, je la lui narrerai.

— Je t'écoute, dit le roi en s'asseyant.

— Un vieux seigneur, commença le page, avait une jeune femme aussi belle qu'il était laid. Partant, il était jaloux comme un tigre, et il avait fait poser de solides barreaux à la croisée de sa dame, afin de prévenir toute escalade nocturne. Ensuite, il passait bien souvent la nuit entière à sa fenêtre placée justement vis-à-vis de celle de sa femme, ce qui faisait que de ce lieu, en plein jour, il voyait distinctement tout ce qu'elle faisait. Mais quand la nuit était noire, le jaloux avait beau s'accouder à sa croisée, il ne voyait plus rien derrière les vitraux blancs de la châtelaine, et alors il avait martel en tête, et son cerveau troublé lui montrait des légions d'amoureux dansant une ronde infernale dans la chambre de sa femme. Le vieux seigneur, dira-t-on, aurait fort bien pu se présenter inopinément chez la belle dame et s'assurer par lui-même qu'elle dormait paisiblement dans son lit.

— Parbleu! interrompit le roi, c'était beaucoup plus simple.

— Sans doute, sire, mais le bonhomme était de la pire espèce des jaloux, c'est-à-dire de ceux qui ne le veulent point paraître, à quelque prix que ce soit.

— Très-bien. Que fit-il donc?

— Il lui vint un jour une idée lumineuse.

« — Ma mie, dit-il à sa femme, je suis souffrant et malade, vous le savez.

« — Hélas! soupira la châtelaine en levant les yeux au ciel.

« — Or, j'ai consulté une magicienne très-habile en l'art de prédire l'avenir, et elle m'a dit que si, pendant dix années, vous laissiez un chandelier allumé dans votre chambre, pendant la nuit, je recouvrerais la santé.

« — Qu'à cela ne tienne! répondit la châtelaine qui, le soir même, alluma le chandelier.

« Le vieux seigneur s'était dit : « Le chandelier étant allumé, personne ne pourra entrer chez ma femme sans que je voie son ombre se projeter sur les rideaux.»

— C'était assez adroit, observa Henri II.

— Et cependant, reprit Raoul, le vieux seigneur s'était trompé.

— Comment cela?

— La dame aimait un galant seigneur, qui était en jeunesse et en beauté, ce que son vieil époux était en laideur et en caducité. Or, le galant seigneur s'en allait aux croisades, et il supplia la dame de ses pensées, par un billet que lui porta un page secret, de lui accorder quelques minutes d'entrevue pour qu'il prît congé d'elle. La dame n'y vit aucun inconvénient; mais au lieu de placer le chandelier sur la cheminée, ce qui fait qu'il eût éclairé sa chambre tout entière, elle le mit sur un guéridon auprès de la croisée. De cette façon les vitraux furent splendidement éclairés, aucune ombre ne se projeta sur les murs voisins, et le vieux seigneur ne se put douter que, derrière le chandelier, à deux pas, le jeune croisé avait juré à sa femme qu'il l'aimerait toujours et attendrait patiemment qu'elle fût veuve pour lui donner sa main.

— L'histoire est plaisante, dit le roi en riant, mais je ne vois point quel rapport elle peut avoir avec les douze soupirants de la comtesse.

— Aucun, à première vue, sire.

— Eh bien? alors...

— Mais, au fond, c'est la même histoire.

— Plaît-il?

— Supposez que, sur les douze amoureux, il y en ait onze qui jouent le rôle du chandelier...

Le roi pâlit; cependant il affecta une indifférence parfaite.

— Maître Raoul, dit-il, vous avez une bien mauvaise langue.

— Peuh! sire, je me borne à de simples suppositions...

Et Raoul murmura à part lui :

— Je sers joliment la comtesse, ce soir; le roi est jaloux, donc il l'aime encore! — Puis il reprit tout haut : — Oui, sire, je viens de chez la comtesse, et j'y ai vu de grands préparatifs.

— De quels préparatifs parles-tu?

— La comtesse donne une fête.

— Quand?

— Cette nuit même,

— A qui donc?

— A ses amis, parbleu!

— C'est juste, puisqu'elle a des amis.

— Un bal selon la mode italienne, c'est-à-dire masqué.

— Ah!

Et le roi devint de plus en plus rêveur.

— Tout le monde y portera un loup de velours sur le visage, et chacun se travestira à sa guise.

— Ce sera plaisant.

— Charmant, sire, et comme nous sommes en été, on dansera dans les jardins, qui sont déjà illuminés *à giorno*.

— La comtesse t'a-t-elle invité ?

— Certainement, sire, je compte m'amuser jusqu'au matin.

— Tu t'amuses donc encore ?

— Quelquefois, sire.

— Et tu ne t'ennuies jamais ?

— Jamais.

— Je suis précisément tout le contraire. Je m'ennuie toujours et ne m'amuse jamais.

— Ma foi ! dit Raoul, si votre majesté, qui a tant d'esprit, se voulait amuser cette nuit...

— Eh bien ! que ferait-elle ?

— Elle irait au bal de la comtesse.

— Tu es fou, ami Raoul.

— Nullement, sire.

— Mais tu oublies que j'ai disgracié la comtesse.

— Non, certes.

— Et si je vais au bal, il me faudra...

— Votre majesté oublie à son tour que le bal est masqué.

— C'est juste.

— Et que nul ne le reconnaîtra, pas même madame Diane.

— Tu crois ?

— J'en suis sûr.

— Parbleu ! murmura Henri, tu as là une singulière idée, en vérité !

— Je gage que votre majesté aurait un plaisir extrême à compter les amoureux de la comtesse.

Le roi fronça encore le sourcil.

— Et à chercher avec moi s'il y a ou non un chandelier.

Raoul était habile ; il venait pour la seconde fois d'enfoncer au cœur du roi l'aiguillon de la jalousie.

— Pasques-Dieu ! comme disait le roi Louis XI mon prédécesseur, s'écria Henri II, j'en veux avoir le cœur net.

— Votre majesté se décide à venir ?

— Oui.

— Vivat ! exclama Raoul ; votre majesté s'amusera.

Et le page ne laissa point au roi le temps de réfléchir ; il ouvrit une grande armoire qui se trouvait dans l'un des angles du cabinet de toilette, en retira deux masques et un pourpoint de simple gentilhomme italien, tout autant d'objets qui avaient appartenu au monarque du temps qu'il était dauphin et qu'il courait du Louvre chez la comtesse, et lui dit : — Votre majesté me veut-elle permettre de lui servir de valet de chambre ?

Le roi changea de vêtements, mit son masque, s'enveloppa des pieds à la tête dans un grand manteau de couleur sombre et dit à Raoul :

— Le difficile, maintenant, est de sortir du Louvre sans être reconnu.

— Soyez tranquille, sire, répondit Raoul, nous allons passer par le petit escalier qui conduit aux appartements qu'habitait la duchesse d'Étampes, et nous sortirons par la poterne de la rivière.

Et Raoul souffla les bougies de l'oratoire et ouvrit la porte avec précaution, murmurant à part lui :

— La comtesse va me devoir un beau cierge !

IV. — Le Pavillon mystérieux.

Le métier de roi ne doit pas être chose fort amusante, si on en juge par la joie qu'éprouvent les souverains à voiler leur majesté d'un incognito momentané.

Lorsque Henri II se trouva sur la berge du fleuve et seul avec Raoul, il se crut rajeuni de dix ans, et il aspira le grand air de la nuit, avec une volupté sans pareille. Cet air n'était-il point pour cet esclave de la grandeur royale le vent de la liberté ?

Il allait être son maître pendant quelques heures. Ce souverain, devant lequel tout pliait et s'inclinait, se réjouissait d'être momentanément délivré du respect de sa cour, — et il prit le bras de son page avec un abandon qui fit tressaillir d'orgueil ce dernier.

— Foi de roi ! mon bon ami, j'aurais charmant d'être simple gentilhomme, et je donnerais ma couronne, bien volontiers, pour le pourpoint éraillé d'un hobereau sans écus et sans ambition.

— Peste ! répondit Raoul, le jour où votre majesté voudra négocier sérieusement le troc, elle n'aura que l'embarras du choix.

— En vérité !

— Je supplie même votre majesté de me donner la préférence.

Le roi se prit à sourire.

— Mon pauvre ami, dit-il, si tu en essayais quinze jours, tu me demanderais à rompre le marché.

— Bah !

— Souviens-toi de Damoclès.

— Allons donc ! murmura le page, Damoclès était chauve, c'est pour cela qu'il eut peur. Moi, j'ai une chevelure assez épaisse pour soutenir le choc de vingt lames d'épée.

— Ah çà, demanda le roi, sous quel nom me présenteras-tu ?

— Je ne vous présenterai pas.

— Pourquoi cela ?

— Parce que ce n'est point l'usage dans un bal masqué.

— A merveille !

— Mais si votre majesté désire avertir la comtesse de sa présence.

— Non pas, certes !

— Ou être présentée à sa jeune amie...

— A l'amie de la comtesse ?

— Oui, sire.

— La comtesse a donc une amie ?

— Jeune et si belle que la tête en tourne à tous ceux qui la voient.

— Ah çà, murmura le roi, je ne connaissais à la comtesse aucune liaison de ce genre.

— Elle n'a que quelques jours de date.

— Et quelle est cette dame ; est-elle de la cour ?

— Non ; c'est une Italienne. Nul des seigneurs qui viennent chez la comtesse, et qui sont allés en Italie à la suite de votre majesté ne la connaît, du reste.

— Son nom ?

— On l'appelle Marianna.

— D'où vient-elle ?

— Nul ne le sait, excepté la comtesse, et cette dernière, paraît-il, tient à garder son secret. La jeune fille est vêtue de noir, du reste, et je crois qu'elle n'assistera point au bal, car elle est en deuil.

— Diable ! murmura le roi, ce que tu m'en dis pique fort ma curiosité, et je la voudrais voir.

— Ceci peut-être sera facile encore.

— Comment, si elle n'est point au bal ?

Raoul se prit à sourire en homme qui sait le fond des choses, possède tous les secrets et tient dans ses mains le fil d'Ariane des plus inextricables labyrinthes.

— Je me charge, dit-il, de montrer Marianna à votre majesté, et je n'ai qu'une crainte.

— Laquelle ?

— C'est qu'elle ne devienne amoureuse sur-le-champ de cette jeune fille.

— Tu es fou !

— Bah ! l'amour est comme les incendies : il ne faut qu'une étincelle.

Ces derniers mots de Raoul rendirent le roi tout rêveur. Il aimait encore Diane, mais déjà, et pour la première fois peut-être, il osait concevoir l'espoir d'un autre amour, par conséquent la possibilité de se soustraire à cette influence maudite et fatale qu'il avait subie pendant tant d'années.

Raoul et son illustre compagnon étaient arrivés, en causant ainsi, à la rue des Lions-Saint-Paul et s'étaient arrêtés au seuil de l'hôtel de la comtesse. La noble demeure était splendidement illuminée de sa base au faîte ; la cour obstruée de litières, de varlets et de pages, les salles retentissantes de bruit et d'harmonie. On dansait, bien que la dixième heure de relevée ne fût point sonnée encore.

— Mon bon ami, souffla alors le roi à l'oreille du page, dispense-toi maintenant de m'appeler majesté. Je me nomme Hector tout court.

— Bien, répondit Raoul. Et ils entrèrent.

Le grand escalier, jonché de fleurs et d'arbustes rares, étincelant de lumière, était encombré de gentilshommes et de belles dames, tous masqués soigneusement.

Les uns arrivaient, les autres quittaient pour un moment la chaude atmosphère du bal.

Le roi et Raoul, dont le costume était fort simple, passèrent au milieu de cette foule brillante sans être remarqués, et ils traversèrent ensuite plusieurs salles non moins encombrées que l'escalier de mantilles de soies et de chatoyants pourpoints de drap d'or et de velours.

Henri II arrêta son regard charmé sur l'ensemble de cette fête qui rappelait les plus splendides folies de la cour du feu roi ; puis il se pencha à l'oreille de Raoul :

— Où donc est la comtesse ? demanda-t-il. La pourrais-tu reconnaître ?

— Sans doute, car elle doit être travestie en paysanne des Marais Pontins. Mais je ne la vois point ici. Cherchons-la.

Et Raoul, entraînant le roi, lui fit parcourir les différentes salles de bal. Nulle part ils ne reconnurent la comtesse.

— Elle est sans doute dans les jardins, dit le page. Voulez-vous y descendre ?

— Allons !

Les jardins étaient éclairés par des lanternes de couleur, semblables à celles que les Vénitiens attachent à la proue de leur gondole.

Sous les allées ombreuses, dans l'épaisseur des massifs, des couples galants et mystérieux erraient çà et là, égrenant du bout des lèvres cet éternel chapelet de l'amour qui a autant de grains différents qu'il y a de femmes en ce monde.

En cavaliers bien appris, le roi et Raoul respectèrent ces tête-à-tête et se tinrent à distance sans oublier cependant d'examiner assez attentivement les femmes pour s'assurer que la comtesse n'était point parmi elles.

— Peste ! murmura Henri, voici qui commence à ressembler fort à ces fêtes des contes orientaux où le maître du palais, l'amphitryon demeure invisible, par la raison toute simple qu'un mauvais génie l'a transformé en un monstre hideux et l'a condamné à conserver cette repoussante enveloppe jusqu'à ce qu'une jeune et belle princesse consente à l'épouser.

— Par exemple! répondit Raoul en riant, ce serait plaisant que cette pauvre comtesse eût été métamorphosée ainsi.

— Eh bien! tu lui offriras ta main.

— Moi, sire?

— Sans doute.

Raoul fit un geste d'effroi.

— Pour encourir votre disgrâce, murmura-t-il; oh! non.

— Et pourquoi encourrais-tu ma disgrâce?

— Parce que vous aimez toujours la comtesse.

Le roi tressaillit et ne répondit pas.

— Ma foi! répondit le page, il ne nous reste plus qu'à explorer un coin des jardins, celui où s'élève le pavillon qu'habite Marianna.

Raoul connaissait très-bien les jardins; il en savait par cœur tous les détours, et il conduisit le roi au pavillon.

Ce pavillon, qui n'avait qu'un étage, était faiblement éclairé, et la partie du jardin où il se trouvait était assez éloignée de l'hôtel pour que les bruits de la fête n'y parvinssent qu'affaiblis et vagues. De grands arbres l'entouraient et lui imprimaient un certain cachet de mystère et d'isolement qui acheva de séduire l'imagination du roi, frappée déjà par ce que lui avait dit Raoul touchant Marianna.

Il oublia même qu'il ne s'était dirigé vers ce lieu que pour y chercher la comtesse, et subissant l'étrange influence d'une émotion inexplicable, il s'approcha du pavillon, le cœur palpitant.

— Par ici, tenez, sire, dit Raoul, lui faisant faire le tour de l'édifice, du fond de ce massif qu'éclaire imparfaitement la lumière qui s'échappe de cette croisée entr'ouverte, nous verrons distinctement tout ce qui se passe à l'intérieur.

Le roi suivit Raoul. Tous deux se glissèrent en se baissant jusqu'à la touffe d'arbres, et alors, se redressant, le roi regarda...

Il était à trois pas de la croisée indiquée par le page, et qui était entr'ouverte. Or voici ce qu'il vit : dans un petit salon décoré avec un luxe inouï et qu'éclairait une seule lampe suspendue au plafond, deux femmes étaient assises sur une sorte d'ottomane, comme on en voyait alors dans les palais florentins ou chez les Vénitiens qui avaient importé de l'Orient cette forme de siège.

L'une de ces deux femmes tournait à demi le dos à la fenêtre et son visage demeurait dans l'ombre.

Elle était vêtue de noir de la tête aux pieds.

L'autre, vêtue à la mode des paysannes de la campagne romaine, le visage découvert et éclairé en plein par les reflets de la lampe qui projetait sa lueur dans une petite glace de Venise placée en face de la croisée, fit profondément tressaillir le roi...

C'était Diane! Diane toujours belle, en dépit des années qui passaient, toujours avec son enivrant et frais sourire, sa taille svelte et majestueuse, ses mains blanches et transparentes comme la cire la plus pure.

A cette vue, Henri sentit tout son sang refluer à son cœur, — et cette passion profonde que Diane lui avait inspirée, qu'il était parvenu à dominer, à étouffer pour ainsi dire, se réveilla ardente, fougueuse, et il oublia le serment qu'il avait fait à Raphaël et jusqu'à cette mystérieuse inconnue pour laquelle son cœur venait de battre et dont il ne pouvait apercevoir le visage.

— Qu'elle est belle! murmura-t-il.

— Ah? répondit hypocritement Raoul, vous voyez bien que votre majesté ne me proposait point sérieusement d'épouser la comtesse métamorphosée en monstre.

Le roi n'entendit pas. Il était tout entier à sa contemplation, et il avait oublié le monde entier.

Diane causait avec Marianna.

— Madame, disait la jeune fille, pourquoi quitter le bal et vos hôtes?

— Pour être quelques minutes auprès de toi, mon enfant. Ton isolement volontaire me serre le cœur. J'avais donné cette fête exprès pour toi, et j'espérais que tu y assisterais.

— Ah! madame, vous oubliez donc cette tombe fraîche encore qui recouvre mon père depuis un mois à peine?

— Non, mon enfant, mais ne devons-nous pas lutter avec la douleur et la combattre?

L'Italienne soupira et se tut.

— Chère enfant, continua Diane avec un accent maternel, nous souffrons toutes deux d'une douleur différente; toutes deux nous pleurons dans l'ombre, tandis que la joie et le rire éclatent autour de nous. Soyons plus fortes que la douleur, venez...

Marianna secoua la tête en signe de refus.

— Madame, demanda-t-elle d'une voix émue et tremblante, avez-vous enfin des nouvelles de Raphaël?

Au nom de Raphaël, le roi fit un brusque mouvement de surprise.

— Oui, répondit la comtesse, il ne peut tarder à revenir.

— Ceci est bizarre! murmura le roi. Comment la comtesse peut-elle savoir quand reviendra Raphaël, alors que je ne le sais pas moi-même?

— La comtesse sait tout, répondit Raoul, qui avait entendu la réflexion du monarque.

— Ah! continua Marianna, combien il vous sera reconnaissant, madame, de la noble hospitalité que vous m'avez offerte...

— C'était tout simple, mon enfant; Raphaël n'est-il pas mon meilleur ami?

— Par Notre-Dame! exclama le roi du fond de sa cachette de verdure, je rêve... La comtesse appelle Raphaël son ami, et elle ne l'a jamais vu! Qu'en penses-tu, Raoul?

— Ma foi, sire, de deux choses l'une : ou c'est d'un Raphaël que ni vous ni moi ne connaissons, que parle la comtesse, ou bien la comtesse est sorcière.

— Et puis, demanda encore Henri, comment cette jeune fille s'intéresse-t-elle si fort à Raphaël?

— Mystère, sire.

— Allons, mon enfant, dit la comtesse en se levant, il faut bien que je vous laisse, puisque vous ne voulez point me suivre. Mon absence serait remarquée si je la prolongeais plus longtemps.

Ce fut alors que Marianna se leva à son tour pour reconduire la comtesse, et que, tournant la tête, elle se trouva éclairée tout entière par la lampe; — ce fut alors aussi que le roi étouffa un cri d'admiration. Marianna était belle à désespérer un solitaire de la Thébaïde, et devant sa beauté merveilleuse celle de la comtesse s'effaçait comme l'éclat des astres nocturnes s'éteint devant l'éblouissante clarté d'un premier rayon du soleil.

V. — Le Sacrifice.

Marianna reconduisait la comtesse jusqu'à la porte du pavillon, et demeura, pendant un moment, debout, le visage tourné vers sa croisée, — et, par conséquent, vers le massif du fond duquel le roi la contemplait avec une muette admiration.

Henri était ébloui, fasciné. Il retenait son haleine, et n'osait faire un mouvement, tant il redoutait que le moindre bruit fît perdre à la jeune fille sa délicieuse attitude.

Pendant cinq minutes qui eurent, pour le monarque, la félicité d'un siècle, Marianna resta debout, le front penché, la bouche entr'ouverte, comme on présente la statue de la Rêverie; — puis elle releva la tête et fit quelques pas vers la porte d'une pièce attenant au petit salon que Diane de Poitiers venait de quitter. C'était sa chambre à coucher.

Le roi la vit disparaître sous les vastes plis d'une draperie... Le charme était rompu; il respira.

— Eh bien! sire, murmura le page, la trouvez-vous belle?

— Si belle, répondit Henri dont la voix tremblait d'émotion, que je me demande si c'est une créature terrestre.

— N'en doutez pas, sire.

Le roi soupira.

— Oh! murmura-t-il, l'homme qu'elle aimera n'aura rien à envier.

— Par la morbleu! sire, votre majesté s'enthousiasme facilement.

Henri appuya la main sur son cœur :

— Je souffre... dit-il.

— Déjà! fit le page avec le ton impertinent d'un favori.

— Je l'ai vue l'espace de quelques secondes, poursuivit le roi, et je sens que je l'aime...

— Illusion, sire.

— Non, non! je l'aime... répéta le monarque avec véhémence.

— Bon! pensa Raoul, voici la comtesse oubliée... Ah! les hommes quelles girouettes!

Et il ajouta tout haut avec une naïveté hypocrite :

— Votre majesté trouve donc cette jeune fille plus belle que madame Diane?

Le roi haussa dédaigneusement les épaules.

— Tu es fou! dit-il, la comtesse serait sa mère.

— A merveille! se dit Raoul in petto, la première chose que fait un homme qui cesse d'aimer, c'est de dédaigner et de traiter insolemment sa maîtresse. O ingratitude! vous êtes bien réellement la divinité de tous les siècles, et vous avez des autels jusque dans le cœur des rois.

Henri saisit vivement la main du page.

— Ami Raoul, dit-il, tu m'es dévoué, n'est-ce pas?

— Jusqu'à ma mort, sire.

— Très bien.

— Car après, dit le page, je ne sais pas ce qui se passe dans l'autre monde, et dans le doute, je m'abstiens toujours d'engager ma parole.

— Tu es un garçon d'esprit.

— Votre majesté me flatte.

— Souple et rusé, continua le roi.

— Heu! heu! fit modestement Raoul.

— Tu me serviras.....

— Comment cela, sire?

— Il faut que tu saches cette nuit même d'où vient cette jeune fille, qui elle est, comment elle se trouve chez la comtesse, et pourquoi elle a prononcé le nom de Raphaël.

— Je le saurai, sire.

— Tu verras la comtesse...

— Sur le champ.

— Tu la questionneras...

— Soyez tranquille!

— Et tu viendras me rendre compte de ce que tu auras vu et appris.

— Où cela, sire?

— Ici même.

— Comment! votre majesté va demeurer ici?

— Sans doute.

Le roi s'assit au pied d'un arbre, les yeux tournés vers le pavillon et plongeant son regard dans ce petit salon, maintenant désert, et où il espérait voir reparaître bientôt l'éblouissante Marianna.

Raoul quitta le roi, se glissa comme un ombre à travers les jardins et gagna les salles de bal où il espérait rencontrer la comtesse.

Cette dernière avait remis son masque, mais le page ne tarda point à la reconnaître, à son costume de paysanne romaine, au milieu d'un groupe de seigneurs qui, tous, visaient sans doute au royal héritage.

Raoul se glissa dans le groupe et se pencha à l'oreille de Diane.

— Un mot! dit-il.

Elle reconnut sa voix, tressaillit, et se retournant vers ses adorateurs : — Pardon, messeigneurs, je vous reviendrai bientôt.

Diane prit alors le bras du page.

— Où peut-on causer? demanda celui-ci.

— Seuls?

— Sans doute.

— Venez, en ce cas,

Et la comtesse, entraîna le page vers un petit boudoir situé à l'écart, éclairé faiblement par une lampe florentine, et sur la porte duquel elle laissa retomber une lourde draperie. Puis elle le fit asseoir auprès d'elle et ôta son masque.

— Eh bien? demanda-t-elle.

Raoul se démasqua pareillement.

— Je crois, dit-il, que vous me devez quelques remercîments.

— Moi?

— Vous, madame. Le roi trouve votre fête charmante.

— Le roi! fit Diane en pâlissant. Il est donc ici?

— Ne m'avez-vous pas supplié de l'amener?

— Et il a consenti à venir?

— Non sans peine, et grâce à mon éloquence perfide.

Un éclair de joie brilla dans les yeux de Diane.

— Et... fit-elle en hésitant, il est... ici...

— Il est dans les jardins.

— Il m'a... vue?

— Comme je vous vois.

— Et... murmura-t-elle tout bas, que vous a-t-il dit?

— A moi, rien, mais je l'ai entendu murmurer tout bas : « Mon Dieu, qu'elle est belle! »

Le visage de la comtesse s'empourpra subitement.

— Je le savais, pensa-t-elle; il m'aime toujours!.. Mais, reprit-elle tout haut, il m'a donc vue démasquée?

— Oui, madame,

— En quel endroit?

— Dans le pavillon dont une des fenêtres était entr'ouverte.

— Lorsque j'étais avec Marianna.

— Précisément.

— Et... il m'a trouvée belle?

— D'abord.

— Comment d'abord?

— Ma foi! murmura Raoul, voici où je commence à être fort embarrassé, et je ne sais réellement, madame, comment vous dire cela.

— Voyons, parlez; n'êtes-vous pas mon ami?

— Sans doute.

— Alors ne me cachez rien. Au reste, je devine.

— J'aime autant cela, à vrai dire.

— Il m'a d'abord trouvée belle...

— Oui, madame.

— Ensuite, il a vu Marianna...

— C'est cela même.

— Et il l'a trouvée plus belle que moi, n'est ce pas?

— A vrai dire, madame, je n'en sais absolument rien.

Un sourire triste passa sur les lèvres de la comtesse.

— Je le vois, dit-elle, le roi a cessé de m'aimer.

— Tout finit en ce monde, répondit philosophiquement le page, l'amour tout comme la haine.

— Et peut-être, continua Diane, aimera-t-il Marianna?

— Je crois qu'il l'aime déjà...

Les lèvres de Diane blêmirent.

— J'en étais sûr, murmura-t-elle.

— Le roi, poursuivit Raoul, m'a chargé de savoir par vous ce qu'était Marianna, d'où elle venait, et comment elle se trouvait chez vous.

La comtesse était pensive et elle garda le silence un moment :

— Ah! dit-elle enfin, il veut savoir....

— Dame!

— Et il s'est imaginé que je vous dirais naïvement... tout ce qui l'intéresse.

— Vous le savez, murmura Raoul avec un fin sourire, les amoureux se font illusions sur illusions.

Diane soupira.

— Hélas! dit-elle.

— Or, poursuivit le page, en ceci je vous sers bien plus, madame, que je ne sers le roi; car c'est pour vous obéir que je l'ai amené chez vous et lui ai montré Marianna.

— C'est juste.

— Donc je ne puis passer aux yeux de sa majesté pour un bélître.

— Comment l'entendez-vous?

— Le roi m'a chargé de savoir de vous...

— Ce qu'était Marianna?...

— Précisément. Il a prétendu que j'étais assez adroit, assez spirituel pour y parvenir, et moi qui comptais sur notre alliance, je me suis fait fort de justifier la confiance du roi. Mais voici que je crois deviner... à votre dépit...

— Que je demeurerai impénétrable, n'est-ce pas?

— Je le crains et suis fort embarrassé.

La comtesse garda le silence un moment. Une dernière lutte s'élevait en elle, lutte terrible entre son orgueil et son ambition. Enfin l'orgueil fut vaincu.

— Eh bien! dit-elle, conduisez-moi; le roi sera satisfait.

— Vous conduire! exclama Raoul. Où cela, mon Dieu?

— A l'endroit où se trouve le roi.

— Mais c'est impossible!

— Comment, impossible?

— Le roi veut demeurer ici incognito.

— Il fera une exception en ma faveur. Venez...

— Non, non, dit Raoul, j'encourrais sa disgrâce.

— Je vous réponds du contraire.

Le page secoua la tête.

— Me voilà en jolie situation, dit-il; je me fais votre allié et vous me trahissez.

— Moi?

— Hé! sans doute.

— Vous êtes fou!

— Nullement, car si je vous conduis auprès du roi, je vais faire exactement le contraire de ce qu'il désire.

— Vous croyez?

— Parbleu! il songe à Marianna, et je vais le contraindre à s'occuper de vous.

— Soyez tranquille, murmura Diane, avec un sourire où perçait la résignation du sacrifice qu'elle allait faire et où éclatait une dernière fois son orgueil mourant, je ne veux voir le roi que pour lui parler d'*elle*. Et Diane soupira.

— Ma foi! dit le page, je vous jure bien, madame, que si le roi se fâche...

— Il ne se fâchera pas.

— Tant mieux pour vous; car je lui dirai tout!

Diane remit son masque et prit le bras de Raoul, qui l'imita sur-le-champ.

Tous deux traversèrent les salles de bal, et gagnèrent les jardins, se dirigeant vers le pavillon.

Mais, arrivé à quelques centaines de pas de ce lieu, Raoul s'arrêta brusquement.

— Tenez, comtesse, dit-il, le roi est là... dans ce massif...

— Eh bien! allons.

— Non pas, je ne vous suis point.

— Pourquoi?

— Parce que je préfère ne point assister à votre entrevue. C'est plus prudent. Je vais continuer à vous chercher dans les salles du bal où vous n'êtes pas. De cette façon je mets à couvert ma responsabilité. Adieu, comtesse...

Et Raoul s'esquiva sans attendre la réplique.

Diane prit son parti sur-le-champ, et gagna le massif où le roi attendait toujours, les yeux fixes sur le pavillon; puis, feignant de l'apercevoir par mégarde :

— Comment! dit-elle, beau cavalier, c'est ainsi que vous prenez votre part de la fête?

Le roi tressaillit, reconnut la voix de Diane et voulut fuir. Mais elle lui barra le chemin, et ajouta :

— Je devine... Il y a dans ce pavillon un être mystérieux qui vous intrigue fort...

— Peut-être... murmura Henri II.

— Eh bien! offrez-moi votre bras, beau cavalier, et peut-être vous apprendrai-je ce que vous désirez savoir.

Henri, subjugué, offrit son bras à Diane, et se laissa entraîner au fond du jardin.

Que se passa-t-il entre elle et lui?

Nul ne le sut. Mais au bout d'une heure, lorsqu'ils se séparèrent, Diane murmurait :

— Ah! comtesse de Poitiers, vous avez fait aujourd'hui un terrible sacrifice, — et vous êtes tombée aussi bas que la duchesse d'Étampes!

VI. — Le Castel inconnu.

Quelques jours s'étaient écoulés. Il était huit heures du matin, et Marianna, déjà levée, s'accoudait à l'une des fenêtres de ce pavillon mystérieux où la comtesse l'avait logée, exposant son front au souffle de brise matinale et printanière qui courbait les grands arbres du jardin.

La jeune fille était triste et en proie à une vague inquiétude.

Elle commençait à trouver étrange l'absence prolongée de Raphaël et l'espèce de séquestration où la tenait la comtesse.

Diane, cependant, était charmante pour Marianna; elle lui prodiguait les marques de tendresse les plus empressées, l'appelait des noms les plus affectueux, et elle lui rendait sa prison fort douce.

Mais Marianna était prisonnière; elle avait fini par s'en apercevoir.

Diane ne lui parlait plus de Raphaël qu'en termes très-vagues; quelquefois même elle avait oublié son rôle et s'était prise à questionner la jeune fille sur lui, comme on questionne sur les gens qu'on n'a jamais vus.

Depuis qu'elle était entrée chez la comtesse, et il y avait déjà plus d'un mois, Marianna n'était pas sortie. D'abord tout entière à sa douleur et à son amour, la belle Italienne s'était trouvée environnée de tant d'affection de la part de Diane qu'elle n'avait eu nul désir de voir cette ville immense et merveilleuse où elle était arrivée la nuit, et dont les bruits et les mille voix lui arrivaient indécis et confus, le jour, par-dessus les hautes murailles de ce jardin ombreux et parfumé qui entourait sa prison dorée. Puis, le calme et la solitude aidant, sa douleur s'était un peu apaisée; elle s'était accoutumée peu à peu à cette absence de l'homme qu'elle était venue chercher si loin; — et alors ce vague instinct de curiosité inné, qui domine peut-être chez la femme des passions plus sérieuses et plus violentes, s'était éveillé en elle... Pourquoi donc la comtesse ne songeait-elle point à lui montrer Paris, ce Paris splendide de la Renaissance, que François Ier avait laissé si brillant à son jeune successeur.

Et Marianna commençait à se demander si cette subite affection de Diane, cette tendresse presque maternelle qu'elle lui témoignait ne cachait point quelque but mystérieux?

Et puis elle se souvenait vaguement qu'autrefois, à Milan, lorsque le marchese della Strada fréquentait la salle d'armes de son père, il courait sur lui de vilaines histoires, et alors elle avait peur que le marchese ne lui eût tendu quelque piége ténébreux.

Or, ce jour-là, à huit heures du matin, Marianna faisait ces étranges réflexions, accoudée à la fenêtre de sa chambre à coucher, lorsque la comtesse entra chez elle.

Diane était en toilette printanière, et portait une amazone de drap gris perle, costume qui annonçait qu'elle allait faire une excursion hors de Paris.

— Ma chère enfant, dit-elle à la jeune fille, en la baisant au front, voici venir le mois de juin, c'est-à-dire l'heure où la ville devient un séjour ennuyeux et déplaisant.

Ces paroles de la comtesse firent tressaillir de joie Marianna.

— Nous allons quitter Paris, continua Diane, et aller habiter mon château d'Anet, qui est une ravissante retraite pleine de fraîcheur, d'ombre et de mystère. Je pars à l'instant même et vous précède de quelques heures. Ce soir, à la tombée du jour, vous vous mettrez en route sous la conduite de mon intendant et de quelques-uns de mes gens qui vous serviront d'escorte. Adieu...

— Madame, interrogea Marianna avec émotion, n'avez-vous donc aucune nouvelle de Raphaël?

— Au contraire, mon enfant, j'en ai de fort bonnes, même.

Marianna poussa un cri de joie.

— Va-t-il donc revenir? fit-elle avec l'impatience fiévreuse d'un enfant.

— Peut-être...

— Oh! s'écria Marianna, dites, madame, ne me le cachez pas plus longtemps... Quand reviendra-t-il?

— Chut! murmura la comtesse avec mystère. Peut-être le verrez-vous plus tôt que vous ne l'espérez. Adieu...

Et Diane laissa Marianna le cœur palpitant, et l'esprit agité de mille craintes superstitieuses. Peu après, elle entendit piaffer des chevaux, puis se refermer la grand'porte de l'hôtel de la rue des Lions...

Diane était partie avec ses gens.

La journée qui s'écoula fut d'une lenteur mortelle pour la jeune fille, qui se demandait pourquoi la comtesse ne l'avait point emmenée avec elle et semblait tenir à ne la faire sortir de Paris que vers le soir. Puis, quand approcha l'heure du départ, cette heure qu'elle avait longtemps désirée, Marianna eut peur... et il lui sembla qu'elle allait courir un grand danger.

Cependant, à quatre heures, la litière était prête et les mules qui la portaient piaffaient d'impatience dans la cour de l'hôtel.

L'intendant de la comtesse était à cheval avec une demi-douzaine de valets, parmi lesquels Marianna chercha vainement des yeux son fidèle Marco.

Marco, lui assura-t-on, avait suivi la comtesse.

Cette circonstance acheva de jeter le trouble dans l'esprit alarmé de la jeune fille.

Cependant, elle n'opposa aucune résistance, et monta avec la docilité d'un enfant dans la litière, dont les rideaux de cuir furent soigneusement baissés, et le cortége se mit en marche aussitôt.

La litière, conduite au grand trot, tourna la rue des Lions et gagna la berge du fleuve qu'elle longea en passant sous les pignons du Louvre. Alors, la curiosité de la femme l'emportant sur les vagues terreurs de la jeune fille, Marianna essaya de lever les rideaux de cuir de la litière pour voir la route qu'elle parcourait; mais, l'intendant qui chevauchait à la portière, étendit la main et les referma sans dire un mot. Alors Marianna eut sérieusement peur, et elle s'évanouit au fond de la litière qui continuait sa marche au grand trot.

Son évanouissement se prolongea sans doute pendant plusieurs heures, car lorsqu'elle revint à elle, il était nuit complète, une bouffée d'air frais vint fouetter son visage, et par le profond silence qui régnait autour d'elle et que troublaient seuls le bruit des chevaux de l'escorte et le chant mélancolique des grillons, elle comprit qu'elle voyageait en rase campagne.

Alors, encore, elle étendit la main de nouveau et écarta les rideaux; mais cette fois, l'intendant ne s'y opposa point, et il la salua même avec un respect profond.

— Signorina, lui dit-il, nous sommes bientôt au terme du voyage, et il ne vous aura point paru long, car vous avez dormi, pendant plusieurs heures, d'un profond sommeil.

— En effet, balbutia Marianna. Mais où sommes-nous? ajouta-t-elle toujours inquiète.

— A quelques minutes du château où nous allons.

— Anet, n'est-ce pas?

— Non, répondit l'intendant; nous tournons le dos à Anet, qui se trouve au nord-ouest de Paris, tandis que nous allons au sud-est.

— Mon Dieu! exclama Marianna, mais vous ne me conduisez donc pas auprès de la comtesse?

— Non, signorina.

Marianna jeta un cri.

— Ciel! dit-elle, je suis perdue!

— Perdue! fit l'intendant, avec un sourire; vous êtes folle, signorina; et si vous saviez où vous allez, au lieu de vous désoler, vous vous estimeriez la plus heureuse des femmes.

— Mon Dieu! murmura-t-elle épouvantée.

— Qui sait, poursuivit l'intendant, si vous n'allez pas revoir ceux que vous aimez...

Marianna tressaillit, et puis elle se souvint des quelques mots échappés à la comtesse, et elle poussa un grand cri...

— Raphaël! dit-elle. Ah! dites-moi...

L'intendant mit un doigt sur sa bouche:

— J'ai ordre de me taire... murmura-t-il; ainsi, signorina, ne me questionnez point...

Mais Marianna n'entendit pas; elle était interdite et sentait son cœur se soulever et battre au fond de sa poitrine comme s'il allait la briser.

Allait-elle donc revoir Raphaël, celui qu'elle aimait et pleurait depuis si longtemps?

— Tenez, dit l'intendant, étendant la main, ne voyez-vous point là-bas, au milieu de ces grands arbres dont les premiers rayons de la lune commencent à éclairer le feuillage, ne voyez-vous point briller des lumières et se détacher sur les ténèbres un édifice plus sombre qu'elles?

— Oui, murmura Marianna.

— C'est le château où nous allons.

— Son nom?

— Je ne puis le dire.

— A qui appartient-il?

— Vous le saurez.

Ces paroles de l'intendant, au lieu d'augmenter l'effroi de Marianna, lui jetèrent au cœur et dans la tête une de ces espérances folles, invraisemblables, étranges, comme en conçoivent seuls ceux qui aiment ardemment.

Elle s'imagina que ce château dont elle apercevait maintenant les tours d'une façon distincte, et aux ogives duquel étincelaient des lumières, appartenait à Raphaël; que Raphaël voulait lui ménager une surprise, en environnant de mystère leur première entrevue.

Et Marianna se prit à frissonner de joie, et il lui sembla que les mules de sa litière ne couraient plus aussi rapidement.

Cependant la litière atteignit le bas du perron du château, et Marianna vit apparaître plusieurs valets aux visages inconnus qui portaient des torches, et s'inclinèrent respectueusement devant elle.

— Signorina, lui dit alors l'intendant qui avait mis pied à terre, me ferez-vous l'honneur de vous appuyer sur mon bras?

Marianna prit le bras qu'on lui offrait et entra dans le château sur les pas de son guide.

Le château, de structure récente, était une merveille d'art et d'architecture. On eût dit que la main d'une fée l'avait tiré tout bâti, tout construit, tout meublé et décoré, du royaume magique des songes. Le grand escalier était jonché de fleurs; les vastes salles que traversa Marianna remplies des prodiges de la sculpture française et de l'art florentin.

Marianna fut éblouie. Si la jeune fille eût pensé que, dans le pays de France, il y avait un homme tout-puissant que l'on appelait le Roi, et qu'elle eût vu cet homme quelque part, sans doute elle eût frémi, car un monarque seul pouvait décorer ainsi semblable demeure ; — mais pour Marianna il n'y avait qu'un homme réellement grand, réellement puissant, c'était Raphaël, — et la jeune fille, dont le cœur battait à outrance, s'imagina qu'une porte allait s'ouvrir dans l'une de ces salles qu'elle parcourait comme un pays enchanté, et que, sur le seuil de cette porte, elle verrait soudain apparaître Raphaël !

Marianna se trompait.

Elle arriva dans un petit salon au milieu duquel une table splendidement et délicatement servie était dressée.

Cette table ne portait qu'un seul couvert.

— Signorina, dit l'intendant, votre souper est servi.

— Mais, demanda-t-elle, vais-je donc souper seule ?

— Oui, fit l'intendant d'un signe.

— Où donc est-il ?

L'intendant mit un doigt sur sa bouche, comme pour dire qu'il lui était interdit de parler.

Marianna soupira et se tut. Elle se résignait, car elle croyait plus que jamais qu'elle allait bientôt revoir Raphaël.

Son souper terminé, elle fut conduite à sa chambre à coucher.

Jamais nid de blanche colombe, boudoir mystérieux de femme jolie et capricieuse n'avait enfermé dans son enceinte étroite plus de merveilles délicates, plus de luxe fabuleux et féerique...

Et cependant Marianna ne songea point à se livrer au repos et elle attendit encore. Une partie de la nuit s'écoula. Vaincue enfin par la lassitude et le sommeil, la jeune fille s'endormit. Le jour l'éveilla dans un grand fauteuil, auprès de son lit non foulé.

Les oiseaux chantaient dans les massifs voisins, le soleil épandait ses flots d'or sur la campagne, la nature entière s'éveillait...

Marianna appuya ses deux mains sur son front, comme pour se souvenir, et jeta autour d'elle un regard étonné...

Elle se souvint.

— Mon Dieu ! murmura-t-elle, où donc est-il ?

Et, comme si le hasard se fût chargé de répondre, au moment où la jeune fille s'adressait cette question, et tandis qu'elle promenait autour d'elle un regard curieux et indécis encore, une porte s'ouvrit tout à coup... une porte masquée par une lourde draperie, et dont Marianna n'avait point soupçonné l'existence.

Et Marianna recula d'un pas, puis étendit les bras en avant, et poussa un grand cri...

VII. — L'Entrevue.

Sur le seuil de cette porte qui venait de s'ouvrir un homme était debout, contemplant Marianna avec extase.

Cet homme était simplement vêtu, et tel que l'étaient les gentilshommes ordinaires de ce temps-là, — et il ressemblait si étrangement au fils adoptif du vieux Guasta-Carne, que Marianna s'élança vers lui en s'écriant :

— Raphaël ! Raphaël !

A ces mots, l'homme qui entrait tressaillit, se tut et fit un pas vers Marianna, stupéfaite de ce silence.

— Ah ! fit-elle, ne me reconnais-tu donc pas, Raphaël ? N'oses-tu donc faire un pas vers ta sœur Marianna ?

Alors, comme s'il eût été fasciné par cette voix, celui que la jeune fille prenait pour Raphaël s'avança vers elle, lui prit les deux mains et lui dit : — Marianna... je vous aime !

Après l'avoir regardé attentivement, l'Italienne recula et jeta un cri où l'effroi se mêlait au désespoir d'avoir livré le secret de son âme à un inconnu. Ce n'était pas Raphaël !

Ce n'était point cette voix qui avait, pendant si longtemps, ému et troublé le cœur de la blonde Marianna, et en regardant de plus près l'homme qui était là devant elle et dont un rayon de soleil éclairait le visage, la jeune fille, malgré cette ressemblance étrange, ne pouvait plus douter.

— Vous avez raison, Marianna, murmura-t-il d'une voix qui frissonnait comme un souffle de brise nocturne qui passe dans l'épais feuillage des trembles, je ne suis point Raphaël...

Et il demeurait immobile, l'œil suppliant, les bras étendus vers cette éblouissante créature que les galants cavaliers italiens avaient surnommée la perle de Milan.

Et Marianna, au contraire, saisie de terreur, prise de vertige, reculait toujours, pâle comme une statue.

— Et cependant... continua-t-il d'une voix émue, caressante et effrayée à la fois, et cependant, Marianna, je vous aime... et je vous supplie de me pardonner mon crime, si c'en est un, d'avoir osé lever les yeux jusqu'à vous...

— Mais qui donc êtes-vous ? murmura-t-elle d'une voix défaillante.

— Qui je suis ? fit-il en se rapprochant de la jeune fille, je suis le frère de Raphaël !

— Le roi ! exclama l'Italienne qui chancela et fût tombée s'il ne l'eût reçue dans ses bras.

— Non, répondit-il avec émotion, je ne suis point pour vous le roi ; je suis simplement Henri de Valois, le frère de Raphaël.

Et il mit un genou en terre, imprimant sur la main tremblante de la jeune fille le plus respectueux des baisers.

Marianna était Italienne, c'est-à-dire qu'elle possédait cette nature méridionale qui est un si étrange assemblage de faiblesse et d'énergie, toujours si étroitement liées qu'elles se succèdent sans interruption et par les transitions les plus brusques.

Une minute auparavant, Marianna était près de s'évanouir ; soudain à cet instant une lueur de raison, de calme et de force, succéda au vertige, et elle se redressa de toute sa hauteur, de toute la fierté de sa pureté et de sa candeur :

— Eh bien ! sire, dit-elle avec un accent de dignité souveraine, puisque vous avez parlé de Raphaël, puisqu'il est votre frère, laissez-moi invoquer son nom comme une égide et vous dire que pendant vingt années il m'a appelée sa sœur, que mon père l'aimait comme son fils...

— Je le sais, murmura Henri.

— Je suis venue à Paris, poursuivit Marianna, ignorant, hélas ! le secret de sa naissance... Mon père était mort, je n'avais plus d'autre protecteur que lui, et comme j'étais sa sœur d'adoption, j'ai eu foi en lui ; j'ai espéré que, malgré l'éclat de cette naissance si longtemps un mystère, il ne repousserait point sa petite Marianna.

— Et vous avez eu raison, mon enfant, répondit Henri, qui se méprenait encore à la nature de l'affection que Raphaël avait inspirée à Marianna ; vous avez eu raison mille fois, mon enfant, car Raphaël et moi qui suis son frère...

— Ah ! interrompit vivement la jeune fille qui oubliait comment le roi était chez elle pour ne plus songer qu'à Raphaël ; ah ! sire, dites-moi donc où il est... car vous le savez, vous, n'est-ce pas ?

Et Marianna s'inclina à son tour, et prosterna sa beauté souveraine devant la jeune majesté de ce roi qui, tout à l'heure, était agenouillé à ses pieds.

— Raphaël, dit-il en tressaillant... et comme s'éveillant d'un songe, il est en Italie...

— En Italie ! exclama-t-elle, et je suis venue le chercher en France !

— Oui ; il commande pour moi le Fort des Suisses.

Marianna jeta un cri :

— Mon Dieu ! dit-elle, pourquoi donc suis-je ici, et comment y ai-je été conduite ?

— Par mon ordre, signorina.

Elle le regarda avec un nouvel effroi.

— Ce château, ces gens, tout ce luxe qui nous entoure, Marianna, poursuivit Henri, tout cela est à vous.

— A moi ?

Et son effroi redoubla.

— C'est Raphaël qui vous l'offre, à vous, sa sœur...

— Mais, demanda la jeune fille, que ces dernières paroles semblaient rassurer, vous saviez donc que j'étais sa sœur d'adoption ?

Le roi rougit, puis s'empara de la main tremblante de Marianna, et prenant une attitude respectueuse et digne :

— Signorina, dit-il, je serai franc et loyal avec vous, et je vous dirai la vérité tout entière. Voulez-vous m'écouter ?...

— Parlez, sire, répondit-elle tout à fait rassurée par le son harmonieux et doux de cette voix où vibraient les cordes les plus généreuses de l'âme.

Et, d'un geste, elle le pria de s'asseoir, tandis qu'elle demeurait respectueusement debout devant lui.

— Non, dit-il, je ne parlerai que lorsque vous aurez pris place vous-même sur ce siège.

Marianna obéit.

Alors Henri reprit, sans abandonner sa main qu'il pressait doucement dans les siennes.

— Je serai vrai, signorina, et je vous avouerai que la première fois où, à votre insu, il me fut permis de vous contempler durant quelques minutes, j'ignorais qui vous étiez. C'était un soir, à Paris, chez la comtesse de Poitiers qui donnait un bal où je m'étais introduit incognito et masqué.

« Elle était avec vous dans ce petit pavillon que vous habitiez ; la croisée était ouverte, et je vous vis au fond d'un massif du jardin où je m'étais caché.

« Je ne sais combien de minutes s'écoulèrent pour moi dans cette contemplation ; mais lorsqu'une draperie, en retombant sur vous, vous eut dérobée à moi, je vous aimais... »

Marianna l'interrompit.

— Comment donc, lui demanda-t-elle sans effroi ni colère, avez-vous su que j'étais la sœur adoptive de Raphaël ?

Le roi se méprit à ce calme apparent, et il eut un frisson d'espoir.

— C'est la comtesse qui m'a tout dit, répondit-il.

— Et alors, s'écria Marianna, c'est elle qui a permis...

— Oui, fit le roi avec un sourire dédaigneux, c'est elle même... mais pardonnez-lui... pardonnez-moi.

Et il voulut se remettre à genoux.

Marianna l'arrêta d'un geste, puis elle se leva, prit une attitude solennelle et lui dit :

— A votre tour, sire, daignerez-vous m'écouter patiemment et sans m'interrompre?

— Oui, dit Henri.

— Je ne sais, continua-t-elle, si Votre Majesté ignore ou non la première enfance de celui à qui elle daigne donner le nom de frère.

— A peu près... murmura le roi.

— Mon père, poursuivit Marianna, le recueillit grelottant et mourant de faim sous le porche d'une église, à Milan. Il avait alors quatre ou cinq ans; il ignorait le nom de sa mère, et rien ne pouvait faire supposer à mon père l'illustration de sa naissance mystérieuse. Il a vécu parmi nous pendant vingt années. Mon père l'appelait son fils, et il me donnait le nom de sœur... Eh bien! sire, acheva Marianna, ce nom ne devait point nous suffire... mon père s'était fait une douce illusion... et moi...

Le roi tressaillit et pâlit :

— Achevez! s'écria-t-il d'une voix tremblante.

— Moi, je l'aimais... je l'aime d'un autre amour...

A son tour le roi poussa un cri.

— Ah! dit-il, vous aimez Raphaël?

— Oui, murmura Marianna.

Le roi étouffa un soupir, puis il prit la main de la jeune fille et lui dit : — Adieu, Marianna, adieu!... Restez ici en ce château qui vous appartient désormais, et attendez-y Raphaël. Je vais lui ordonner de revenir d'Italie.

Et le roi sortit éperdu, laissant Marianna stupéfaite et tremblante.

— Non, non, se dit-elle enfin, je ne demeurerai point ici, environnée de dangers et de pièges de toute nature. Le roi est un noble cœur; il m'aime et il m'a respectée; mais son esprit loyal résistera-t-il toujours aux insinuations perfides de la comtesse? — Non, je partirai!

VIII. — La Fanfare de saint Hubert.

Marianna demeura longtemps rêveuse, émue et concentrée en elle-même. Le danger lui avait rendu sa présence d'esprit, et elle s'en servait pour réfléchir à ce qui lui restait à faire.

Henri s'était retiré, respectueux et résigné; mais cette résignation ne pouvait être de longue durée; l'heure devait venir où l'amour parlerait plus haut peut-être, dans le cœur du roi, que ce vague respect qu'inspirent l'infortune et la faiblesse, — et Marianna avait raison de vouloir fuir.

Mais où?... à quelle heure?... comment quitter ce château, où, sans doute, tous ces serviteurs empressés à la servir avaient ordre de la retenir prisonnière?

L'intendant de la comtesse vint troubler les douloureuses réflexions de Marianna : — Signorina, dit-il, je viens prendre vos ordres.

— Mes ordres? fit-elle, étonnée.

— Sans doute. Je suis à votre service, et j'ai ordre de vous obéir en tout.

— Eh bien! dit Marianna, puisqu'il en est ainsi, demandez ma litière.

Un sourire glissa sur les lèvres de l'intendant.

— Vous voulez sans doute, dit-il, parcourir les environs?

— Non, je veux retourner à Paris.

— A Paris!

— Oui.

— Chez la comtesse?

— Oh! Dieu m'en garde!

— Signorina, répondit tranquillement l'intendant, vous oubliez que vous ne connaissez absolument personne à Paris?

— Je le sais, mais je descendrai dans une hôtellerie, et j'y attendrai mon fidèle Marco, avec lequel je retournerai en Italie.

L'intendant haussa imperceptiblement les épaules :

— Je crois, signorina, dit-il, que vous avez l'esprit troublé. Cela tient sans doute aux fatigues du voyage.

— Nullement.

— Et qu'irez-vous faire en Italie, mon Dieu! Vous êtes ici chez vous; ce château, les terres qui en dépendent, les serviteurs dont il est peuplé, — tout vous appartient, tout est à vous.

— Je ne veux rien de tout cela, dit Marianna avec calme, et puisque le roi vous a ordonné de m'obéir, obéissez-moi.

— Pardon, signorina, murmura l'intendant avec respect, mais Sa Majesté ne paraît point désirer que vous quittiez le château, et je ne puis, sans avoir pris ses ordres...

— C'est bien, je sais maintenant que je suis prisonnière.

Marianna parut réfléchir un moment.

— Je veux voir le roi, dit-elle enfin.

— C'est impossible, signorina.

— Pourquoi impossible?

— Le roi n'est plus ici.

— Parti! murmura-t-elle avec découragement.

— Oui, signorina. Sa Majesté chasse aujourd'hui dans la forêt de Fontainebleau.

— Où est cette forêt?

— A six lieues d'ici.

— Eh bien! j'y veux aller.

L'intendant hocha la tête.

— Je n'ai point reçu l'ordre de vous y conduire, dit-il.

Marianna courba le front, et deux larmes jaillirent de ses yeux.

— Si vous avez autre chose à m'ordonner... reprit l'intendant.

— Non, fit-elle, le congédiant d'un geste; vous pouvez vous retirer.

L'intendant sortit.

Marianna se prit à fondre en larmes; elle s'enferma au verrou dans sa chambre, et demeura seule pendant le reste du jour, sans songer même à prendre la moindre nourriture.

La nuit vint. Une énergie factice s'empara alors de la jeune fille et elle se mit à combiner des plans d'évasion.

La femme qui veut fortement est plus habile que l'homme à dissimuler sa volonté. Marianna voulait fuir, — fuir à tout prix; et dès lors elle n'eut plus qu'une pensée, qu'une tension d'esprit qu'un but : tromper la surveillance de ses gardiens.

Elle parut donc se résigner et fit mander l'intendant.

— J'attends vos ordres, lui dit celui-ci, toujours impassible et calme.

Marianna demanda qu'on lui servît à souper dans sa chambre et elle fut obéie sur-le-champ.

Puis elle examina à la dérobée par la fenêtre entr'ouverte le parc immense qui entourait le château et qu'éclairaient encore les dernières lueurs du crépuscule; ensuite elle mesura la hauteur qui séparait la fenêtre du sol. Ce rapide examen des lieux lui suffit.

Elle se fit violence et mangea quelque peu, puis elle demanda les camérières que le roi avait attachées à sa personne, et se fit mettre au lit, alléguant un impérieux besoin de repos.

Mais une fois seule, Marianna se releva et retourna à sa croisée, écoutant anxieuse les mille bruits du château, et attachant un regard ardent sur le parc désert et silencieux.

Aux lueurs mourantes du jour une nuit sombre avait succédé; la campagne environnante était muette, et bientôt les lumières et les bruits du château s'éteignirent successivement; puis la neuvième heure sonna au beffroi et annonça le couvre-feu.

Alors la jeune fille se vêtit à la hâte, s'empara des draps de fine toile de lin de son lit, les noua solidement à la fenêtre et se laissa glisser dans le parc.

Aucune lumière ne brillait plus aux croisées de l'édifice, et nul des hôtes du château ne donna l'alarme en ce moment.

Marianna prit sa course à travers le parc avec la légèreté d'une biche mise brusquement sur pied, et s'élançant sous les coulées obscures, elle ne s'arrêta pour reprendre haleine qu'en trouvant un obstacle imprévu.

C'était la clôture du parc. Cette clôture fermée par une haie vive était haute et touffue, et Marianna, renonçant à la franchir en droite ligne, se prit à suivre le fossé qui la bordait, espérant trouver une brèche. Après un quart d'heure de recherches infructueuses, la jeune fille s'aperçut qu'elle revenait insensiblement sur ses pas, et bientôt elle se retrouva en face du château où ne retentissait plus aucun bruit, où ne brillait plus aucune clarté.

La lune commençait à poindre à l'horizon, et à sa lueur tremblotante, Marianna, blottie au fond d'un massif de verdure, put embrasser d'un coup d'œil les diverses parties de l'édifice et ses différents corps de bâtiments. Une grille en fer, placée vis-à-vis de la façade principale, fermait une des avenues du parc : Marianna eut l'espoir que cette grille pourrait s'ouvrir devant elle, et rasant un mur qui projetait son ombre opaque sur le sol, elle se glissa jusqu'à elle.

La grille, en effet, n'était fermée que par un énorme verrou sur lequel Marianna meurtrit ses petites mains, mais qu'elle parvint cependant à faire courir dans ses gâches, — et la grille entr'ouverte, elle reprit sa course avec une vitesse à laquelle l'effroi semblait donner une nouvelle vigueur.

Elle courut ainsi bien longtemps à travers les champs et les bois, évitant les chemins frayés et jusqu'aux moindres sentiers, cherchant parfois des yeux le clocheton d'une église de village ou la fumée d'une chaumière perdue sous les arbres. Vain espoir! la campagne était déserte...

Et Marianna courait toujours, tant elle avait hâte de mettre entre elle et le château d'où elle s'échappait une distance assez grande pour qu'on ne pût la rejoindre.

A l'horizon, devant elle, s'étendait une ligne noirâtre qu'elle jugea tout d'abord être une grande forêt; elle espéra qu'au bord de cette forêt, qui n'était autre que celle de Fontainebleau, elle trouverait une maison, une hutte de bûcheron où on lui pourrait donner l'hospitalité, et elle continua sa marche, haletante, épuisée de fatigue, mais dominée par cette énergie qu'inspire le danger et qui donne des ailes aux prisonniers évadés. Et, en effet, la jeune fille atteignit la lisière de la forêt, et elle aperçut alors des tourbillons de fumée qui s'échappaient du milieu des arbres, puis, au travers de cette fumée, elle vit briller une flamme rougeâtre, et elle entendit des voix confuses...

Marianna s'approcha avec précaution, prenant soin d'éviter de fouler aux pieds les broussailles mortes qui jonchaient le sol de la forêt, s'arrêtant parfois pour écouter les voix qui devenaient plus distinctes, à mesure qu'elle approchait...

Tout à coup elle se trouva à l'entrée d'un carrefour et elle aperçut alors un étrange spectacle.

Au milieu de ce carrefour, une demi-douzaine d'hommes entouraient un brasier formé de branches mortes et de broussailles et duquel se dégageaient cette fumée et cette flamme qui avaient guidé Marianna. Ces hommes étaient vêtus à la mode des veneurs du temps, et à en juger par les deux grands limiers que l'un d'eux tenait en laisse, c'étaient des valets de chiens et des piqueurs.

Marianna se souvint alors que l'intendant de la comtesse lui avait dit le matin que le roi chassait à Fontainebleau, et elle ne douta plus que le lieu où elle se trouvait ne fût cette forêt.

Elle s'arrêta donc frissonnante, tant elle avait peur de tomber aux mains des gens du roi, et elle voulut rebrousser chemin.

Hélas ! ses forces étaient épuisées, ses jambes refusaient de la soutenir plus longtemps, et elle fut contrainte de s'asseoir au pied d'un arbre, derrière une haute broussaille qui la dissimulait aux regards des veneurs.

Alors elle se prit à écouter la conversation de ces hommes qui chantaient à tour de rôle un refrain de chasse, et s'interrompaient ensuite pour causer.

— Ah çà, La Brisée, disait l'un, allons-nous passer la nuit ici ?

— Sans doute, interrompit le piqueur interpellé.

— Pourquoi ?

— Parce que nous sommes trop loin du château.

— Bah ! nous n'avons plus rien à faire, puisque nous avons fait le bois et détourné le bête de chasse.

— Tu oublies, mon camarade, que le rendez-vous est pour six heures du matin.

— C'est juste.

— Par le bois du dix-cors qui est sorcier ! murmura un vieux valet de chiens, voici quarante années que je suis au service de la grande vénerie de France, et je n'ai jamais vu pareille chose.

— Que veux-tu dire ?

— Je n'ai jamais vu le roi arriver au rendez-vous avant dix heures, pas plus le feu roi que le roi d'aujourd'hui.

— Aussi n'est-ce pas le roi qui chasse demain.

— Plaît-il ?

— Le roi n'est pas à Fontainebleau.

— Par exemple !

— Il est parti après l'hallali de ce soir.

— Où est-il allé ?

— Je ne sais. Il est parti sans escorte, accompagné simplement d'un page.

— Qui donc chasse demain ?

— La reine.

Ce dernier mot fit tressaillir Marianna qui continua à prêter une oreille attentive.

— Oui, reprit le piqueur, le roi est parti, Il ne chassera pas demain. Aussi la reine, qui est plus matinale que lui, a fixé le rendez-vous à six heures. Elle est passionnée pour la vénerie, la jeune reine...

— Dame ! c'est un beau plaisir... Et puis, on dit qu'elle n'en a pas beaucoup d'autres.

— Qu'en sais-tu ?

— Le roi aime toujours madame Diane.

— Tarare ! il y a bien longtemps qu'on ne l'a vue à Fontainebleau. . Et si le roi...

— Alors c'est une autre dame qu'il aime... car bien certainement...

— La Brisée, mon ami, interrompit le vieux valet de chiens, ces choses-là ne sont point nos affaires. Mets donc un frein à ta langue.

La Brisée se tut ; puis il entonna en sourdine la fanfare suivante :

> Holà sus ! Fanfare et Bellone,
> L'aube luit,
> Et ma bonne trompe résonne
> Avec bruit ;
> Je vais vous découpler, mes belles,
> Il le faut !
> Le cerf en verra de cruelles,
> Tayaut !

Et les piqueurs répondirent en chœur :

> Tayaut ! tayaut ! Fanfare la vaillante,
> Bien lancé !
> Ce n'est point, morbleu ! chevrette tremblante
> Ni daim blessé.
> Ce n'est point un cerf à son troisième âge,
> Pas plus qu'un dix-cors ;
> C'est un solitaire au rude pelage,
> Un vieux reters !
> Hallali, Fanfare, hallali, Bellone !
> Trois fois hallalis.
> Le vieux saint Hubert de joie en frissonne
> Dans son paradis !

Le chœur se tut, et La Brisée acheva seul :

> Le vieux saint Hubert va trouver saint Pierre,
> Et lui dit :
> Laisse-moi sortir pour une heure entière.
> — Ah ! veneur maudit !
> Lui répond le saint, veneur sans entrailles,
> Veneur inhumain,
> Si je te lâchais par les jeunes tailles,
> Ce soir ni demain,
> Demain ni jamais, à ma porte close,
> On ne te verrait revenir.
> Les veneurs sont gens qui de toute chose,
> Promesse ou serment, perdent souvenir...

En ce moment, un léger souffle de brise s'éleva dans la profondeur de la forêt, courba la cime des arbres et vint faire vaciller la flamme du brasier ; et tout aussitôt l'un des limiers qui sommeillait, le museau appuyé sur ses deux pattes allongées, releva la tête, aspira l'air bruyamment, et donna un coup de voix...

Il venait d'éventer Marianna, blottie à quelques pas de là.

IX. — La Chasse.

Le limier pointait les oreilles avec ces marques non équivoques d'étonnement mêlé d'effroi qui s'empare de tout chien de chasse qui évente un fumet particulier et auquel il n'est pas accoutumé.

Puis il voulut se débarrasser de sa laisse et courir sus, — mais le vieux piqueur le retint et s'écria :

— Tout beau ! maître Ramoneau. Voilà un magnifique coup de gorge pour un noble chien d'attaque comme vous ; mais que vous prend-il donc ainsi ?

— Dix cors de malheur ! répondit le piqueur La Brisée, je gagerais que c'est cette grande biche qui rôde chaque nuit à la vente aux sorciers.

— Bah ! si nous voulons le savoir, c'est facile.

— Comment ? demanda un jeune veneur inexpérimenté.

— Imbécile ! en découplant.

— Et comment le saurez-vous ?

— Avec Ramoneau nous en reverrons, marcassin du diable !

— Et si nous n'en revoyons pas ? car enfin la nuit est sombre...

Le vieux valet de chiens regarda le veneur novice d'un air de pitié dédaigneuse :

— Juste ciel ! murmura-t-il, se peut-il qu'un pareil étourneau fasse partie de la grande vénerie royale, au lieu de garder les carnes (1) en quelque pâturage de la Brie ou du Pays Normand ?

— Ai-je donc commis une bévue ? demanda ingénument le jeune valet de chiens.

— Dis donc une ânerie, imbécile ! Comment, tu ne sais donc pas qu'en dix minutes, à la façon dont il se fait chasser et traîne sur ses voies, on reconnaît l'animal.

— C'est juste, murmura le jeune homme, alors lâchez Ramoneau.

— Lâchez ! lâchez ! répétèrent les cinq ou six valets de chiens ; il faut revoir.

Ramoneau continuait à donner, secouant sa laisse et essayant d'entraîner son compagnon de couple qui était un jeune chien encore froid.

— Holà ! les enfants, murmura le piqueur La Brisée, vous allez faire une bêtise.

— Et en quoi donc, s'il vous plaît ? demanda le vieux valet.

— En ce sens que nous avons fait le bois, détourné la bête, et que si les chiens prennent le change sur elle, elle forcera l'enceinte, débûchera peut-être, et nous faudra recommencer, sans peine de n'avoir aucun animal à signaler au rapport demain matin ; ce qui ferait que la reine ne chasserait pas.

— Eh bien ! nous recommencerons, si cela arrive. Nous ferons une seconde fois le bois.

— Tout beau ! mes enfants, prenez garde !

— Qu'y a-t-il encore ?

— Je n'engagerais point le salut de mon âme que Ramoneau n'ait éventé la sorcière.

— Quelle sorcière ?

— Hé ! vous le savez bien, cette sorcière italienne qui rôde si souvent aux environs de la forêt, jette des sorts aux bestiaux, aux chiens de chasse et leur fait prendre si souvent le contre pour la voie elle-même.

— Bah ! que chantes-tu donc là, maître La Brisée ?

— Je parle de la sorcière.

— L'aurais-tu vue, par hasard ?

— Moi, jamais.

— Moi non plus, dit chacun à la ronde.

— Moi, ajouta le vieux valet de chiens, je soutiens qu'elle n'existe pas, bien que chacun le dise, en haine des Italiens qui pullulent maintenant en France.

— Moi, j'y crois, dit le superstitieux piqueur.

(1) Terme de mépris dont les chasseurs qualifient les vaches, comme animal indigne d'être chassé.

— Eh bien! puisque nul de nous ne l'a vue, peut-être la verrons-nous!

Et, sur ces mots, le vieux valet découpla Ramoneau et son compagnon, qu'on nommait Fanfaro.

Marianna avait écouté, d'abord sans la comprendre, cette bizarre conversation, puis elle avait compris, et, alors, la terreur s'emparant d'elle, elle avait voulu fuir; mais ses jambes fléchirent et semblèrent paralysées, — et, lorsque Ramoneau, l'œil en feu, la gueule béante, eut bondi en avant, elle fit un effort désespéré, et, une fois encore, elle essaya de fuir...

Ce fut en vain, l'effroi et la fatigue l'avaient vaincue, l'angoisse paralysait sa langue aussi bien que ses membres, et elle attendit immobile, éperdue, la gorge desséchée et sans voix, le terrible chien d'attaque.

Seulement, et par un dernier, un suprême instinct de conservation, au moment où le féroce animal n'était plus qu'à quelques pas d'elle, elle étendit les bras au-dessus de sa tête, saisit à deux mains une branche d'arbre et se souleva au-dessus du sol, usant ainsi, sans le savoir, de cette ruse merveilleuse de la bête chassée qui fait un bond et demeure parfois suspendue au-dessus d'une broussaille pour interrompre ainsi sa brisée et déjouer l'odorat du chien.

Ramoneau avait attaqué si chaudement, il était si sûr du lancer qu'il donna à peine un coup de nez à la broussaille à laquelle Marianna, ivre de terreur, se trouvait cramponnée, — et il fit deux ou trois bonds en avant, dédaignant de chasser aux branches et laissant ainsi derrière lui la jeune fille éperdue, et se roidissant à son ancre de salut. Puis il arriva ce qui arrive aux meilleurs chiens, il prit le *contre* (1) pour la brisée elle-même, et il s'élança chassant à pleine gorge, et suivi de Fanfaro sur la trace que la jeune fille avait laissée en entrant dans la forêt, conduisant ainsi les valets et le piqueur vers la plaine.

Ceux-ci passèrent à trois pas de Marianna et ne la virent point, et Marianna, épuisée, lâcha la branche d'arbre et tomba évanouie sur le gazon jauni de la forêt. Alors le piqueur, dont les moqueries de ses compagnons avaient secoué les terreurs superstitieuses, prit sa trompe, et, se laissant dominer par cette passion invincible de la vénerie devant laquelle s'amoindrit et s'efface toute autre passion, il se mit à appuyer Ramoneau d'un vigoureux bien-aller et prit sa course à la voix des chiens. Mais l'erreur de Ramoneau ne pouvait être de longue durée; en quelques minutes il eut atteint la lisière de la forêt, et il s'arrêta hésitant...

— Par saint Hubert! exclama le vieux valet de chiens, dardant sur la plaine, où la lune brillait de tout son éclat, un regard perçant, voici qui est bizarre! On aurait dit, cependant, que Ramoneau chassait à vue! Et voilà que nous ne voyons rien... mais rien absolument...

— J'aurais juré par la peau de mes os qu'il tenait la bête à dix pas, dit un autre.

— Moi, ajouta un troisième, je croyais qu'il la buvait.

— C'est la sorcière! exclama La Brisée, dominé de nouveau par ses terreurs superstitieuses.

— Eh bien! on la verrait si c'était elle.

— Allons donc! murmura le piqueur; vous croyez cela, vous autres?

— Parbleu!

— Les sorcières sont de chair et d'os comme nous.

— C'est possible, mais elles s'évanouissent comme une ombre ou rentrent sous terre, au besoin.

— La Brisée pourrait bien avoir raison, objecta un jeune homme.

— La Brisée perd la tête, répliqua un esprit fort.

— Couplez vos chiens, murmura le piqueur dont les dents claquaient d'effroi, et ne jouons point avec le diable. On ne le forcerait pas en cent années, eût-on toutes les meutes du monde.

Cette opinion de maître La Brisée allait rencontrer peut-être des adeptes et des antagonistes, si Ramoneau n'eût coupé court à l'hésitation générale en revenant sur ses pas, et se remettant à donner à pleine gorge.

— Ah! maudit chien de basse-cour, murmura le vieux valet, chien *corniau*, imbécile! il avait pris le contre...

Et il s'élança à la voix de Ramoneau, rentré sous bois et donnant de plus belle.

— La sorcière! la sorcière! grommelait La Brisée entraîné par ses compagnons, voilà bien de ses tours... et vous allez voir, mes enfants, si vous ne rompez les chiens et les couplez, nous serons tous damnés, et jamais plus nous ne chasserons dans notre belle forêt.

Et La Brisée rejeta la trompe sur son épaule et ne songea plus à appuyer les chaudes gorgées du vaillant Ramoneau qui menait un train d'enfer sous la futaie...

Les valets couraient toujours à la voix des chiens, et La Brisée les suivait éperdu.

Tout à coup Ramoneau et Fanfaro se turent et s'arrêtèrent; puis l'un d'eux bondit en arrière, donnant un seul et long coup de voix, tel qu'en donne le chien qui lance une bête jusque-là inconnue pour lui et la met sur pied à vue et à deux pas...

(1) La voie au rebours.

C'était Ramoneau, — le vaillant Ramoneau qui bondissait étonné en arrière.

Le vieux valet était à dix pas et il accourut... Et de même que le chien avait témoigné son étonnement, il poussa un cri... et recula. Et les deux autres veneurs qui l'avaient suivi reculèrent pareillement...

A la clarté d'un rayon de la lune qui filtrait à travers les branches touffues des arbres, ils venaient d'apercevoir Marianna évanouie sur le gazon.

— La sorcière! murmura-t-on à la ronde.

— La sorcière! exclama La Brisée qui arrivait à son tour.

Marianna était vêtue à la mode italienne et tout en noir. Ce costume noir faisait ressortir encore la pâleur mate de son visage, et les valets de chiens, après avoir reculé d'effroi tout d'abord, se rapprochèrent insensiblement, tant la beauté a de prestige et renferme d'attraction.

La Brisée seul demeurait en arrière, pâle et tremblant, et portant la main à son front pour faire le signe de la croix :

— Arrière! enfants, arrière! murmura-t-il enfin, et couplez vos chiens si vous tenez à la vie, si vous tenez encore au salut de votre âme! C'est la sorcière... c'est le diable!

Marianna était toujours évanouie, et les veneurs, tout en se rapprochant d'elle, n'osaient cependant la toucher.

Les deux chiens eux-mêmes, malgré leur férocité habituelle, se tenaient à distance.

L'immobilité de la jeune fille eut bientôt rendu quelque courage aux plus effrayés, et le vieux valet qui était un sceptique endurci :

— Eh bien! si c'est la sorcière, elle n'est pas bien méchante, il me semble.

— Arrière! exclama La Brisée chancelant, ne voyez-vous pas qu'elle feint de dormir pour vous étrangler ensuite si vous la touchez...

Le vieillard haussa les épaules.

— M'étrangler! dit-il en ricanant, nous allons bien voir, cornes du diable!

Et il saisit de sa main calleuse la main frêle et blanche de Marianna et la secoua avec violence.

Cette rude étreinte arracha la jeune fille à sa léthargie; un soupir s'échappa de sa poitrine, puis elle ouvrit les yeux... et son regard égaré embrassa tous ces visages qui se penchaient sur elle, les uns effrayés, les autres curieux, d'autres déjà dominés par une colère superstitieuse; ensuite elle aperçut les deux chiens tournant sur elle leurs yeux sanglants, et alors le sentiment du danger terrible qu'elle courait lui revint; elle crut entendre encore les féroces aboiements des deux limiers et le son du cor... et elle poussa un cri.

Et comme la première exclamation d'effroi qui sort de la bouche est toujours proférée dans la langue maternelle, elle oublia qu'elle était en France et murmura en langue italienne.

— Ha! santa Madona!... santa Madona!

Le doute n'était plus permis aux veneurs...

C'était la sorcière!

Et comme elle joignait les mains, éperdue, suppliante, tous ces hommes tremblants naguère s'enhardirent, devinrent menaçants et féroces, et le vieux piqueur, soulevant la jeune fille dans ses bras, la secoua rudement et lui dit :

— Ah! sorcière de malheur! voyons donc si tu auras le pouvoir de nous échapper?

— Grâce! grâce! murmurait Marianna.

Le ton de prière de la pauvre enfant, au lieu de les calmer, acheva de les irriter, et La Brisée lui-même, dominant son effroi, lui cria :

— Ah! misérable bohémienne, tu jetteras encore des sorts aux troupeaux!

— Tu feras prendre le change aux chiens! dit un autre.

— Tu empoisonneras les fontaines! vociféra un troisième.

— Et tu verseras dans l'eau des étangs une liqueur merveilleuse qui fait que le cerf, après s'être jeté à l'eau, en sort les jambes aussi souples, aussi nerveuses que lorsqu'il y est entré!

— Mais je ne suis pas sorcière! s'écria Marianna à qui le sentiment du danger rendait quelque énergie, et je n'ai jamais fait de mal à personne...

— Ah! tu n'es pas sorcière? Comment t'appelles-tu donc?

— Marianna... murmura-t-elle les mains jointes.

— D'où es-tu?

— Je suis Italienne.

— Vous voyez bien que c'est elle! que c'est bien elle! s'écria La Brisée, que la terreur rendait brave.

— Eh bien! mort à la sorcière! au bûcher la sorcière! cria-t-on de toutes part.

Et les yeux des veneurs se dirigèrent en même temps vers l'immense brasier allumé au milieu du carrefour, et dont les rafales du vent de nuit activaient les flammes livides.

— Au bûcher! au bûcher! répéta le vieux valet de chiens en prenant Marianna dans ses bras et l'emportant vers le bûcher...

Mais en ce moment, à l'autre extrémité du carrefour, un cavalier apparut, agitant son fouet de chasse.

Le cavalier éperonna sa monture, il vint droit aux valets dans les mains de qui se débattait la jeune fille dont il avait entendu les cris de détresse, et faisant siffler les lanières de son fouet, il se plaça résolûment devant le bûcher.

— Arrière, drôles! leur cria-t-il, arrière, valetaille! et laissez cette femme en repos si vous ne voulez faire connaissance d'abord avec mon fouet, et avec mon épée ensuite.

— C'est une sorcière! répondirent les veneurs, opposant une attitude hostile aux menaces du cavalier.

— Sorcière ou non! s'écria-t-il, brandissant toujours son fouet, il ne sera point dit que des misérables tels que vous auront brûlé une femme sous mes yeux. Ah! vous ne savez pas qui je suis? Eh bien! je me nomme Actéon, et je suis un page du roi!

Et le cavalier fit siffler de nouveau son fouet et en cingla le visage du vieux valet de chiens, qui étreignait toujours Marianna dans ses bras.

X

Expliquons maintenant, avant d'aller plus loin, comment Actéon, que nous avons laissé au Fort des Suisses, se trouvait au carrefour où les valets de chiens voulaient brûler Marianna comme une sorcière; et transportons-nous de nouveau au jour où Raphaël, du haut de la plate-forme de la forteresse, avait vu les Espagnols arborer un drapeau blanc sur la tente de leur général, apprenant ainsi aux assiégés qu'ils consentaient à se retirer.

Une heure après que se fut balancé dans les airs, Actéon était de retour au Fort des Suisses et les deux jeunes gens, désormais amis inséparables, purent suivre des yeux les mouvements de retraite de l'armée espagnole.

Au coucher du soleil, il n'y avait plus une seule tente dans la plaine et, au loin, dans la brume, on apercevait, étincelant aux derniers rayons de l'astre mourant, un nuage de poussière que l'arrière-garde espagnole soulevait en s'en allant.

— Avouez, seigneur Raphaël, dit alors Actéon, que j'ai eu une assez belle idée ce matin, et que, pour un homme qui débute dans l'art de la guerre, je n'ai pas trop mal commencé.

— Vous êtes aussi brave que spirituel, répondit Raphaël en lui serrant la main, et je ne saurai trop prouver, dans l'avenir, ma reconnaissance, pour tout ce que vous avez fait pour moi.

— Ah! répondit Actéon, donnez-moi votre amitié, je tâcherai de m'en rendre digne et nous serons parfaitement quittes.

— Vous l'avez, ami.

Et Raphaël embrassa Actéon.

— J'ai remarqué, observa judicieusement le page, qu'on ne s'aime jamais tant que lorsqu'on a été ennemis.

— Nous l'avons donc été? fit Raphaël étonné.

— Non pas vous, mais moi.

— Comment cela peut-il être? Nous ne nous connaissions pas...

— Ceci n'est point une raison...

— Mais encore?

— Tenez, écoutez et pardonnez-moi mes torts.

— Quels qu'ils soient, soyez sûr du pardon.

— Eh bien! dit Actéon, vous avez une ennemie.

— Moi?

— Sans doute. La comtesse Diane de Poitiers.

Et Actéon expliqua à Raphaël, ce que celui-ci comprit à merveille, du reste, pourquoi la comtesse le haïssait si fort.

— Mais, dit Raphaël, vous étiez donc dévoué à la comtesse?

Actéon, malgré cette hardiesse de page qui le caractérisait, se sentit rougir à cette question directe; et puis il avoua naïvement à son nouvel ami son amour pour Diane, et il lui raconta tout ce qui s'était passé, c'est-à-dire son voyage à Paris, sa rencontre avec Giuseppe aux *Vendanges de l'Auxerrois*, le parti qu'il avait tiré des confidences ébriolées de l'écuyer napolitain, et enfin la part ignorante qu'il avait prise dans le mystérieux complot du marchese et du duc d'Étampes.

Au reste, Actéon avait trop noblement racheté sa faute première pour que Raphaël lui pût garder rancune, et il lui serra de nouveau la main.

En ce moment Giuseppe vint interrompre la conversation des deux jeunes gens :

— Ah! ah! murmura Raphaël, approche donc, ivrogne, et vois par tes yeux et tes oreilles où t'a conduit ta passion stupide du vin bourguignon.

Et Raphaël fit à Giuseppe le récit que venait de lui faire Actéon.

Le Napolitain leva plusieurs fois les yeux au ciel, murmura quelques jurons italiens et regardant Actéon d'un air de reproche :

— Aurais-je pu soupçonner tant d'astuce chez un joli garçon comme vous? exclama-t-il. Voyez comme les pauvres gens se trompent aux figures ouvertes!

— Ma foi, répondit Actéon en riant, pourquoi diable aimiez-vous tant le vin de Bourgogne?

— Oh! je le hais à présent..

— C'est un tort. Il y a un juste milieu en toute chose, seigneur écuyer... Et ce soir, par exemple, continua Actéon, vous pouvez

boire tant qu'il vous plaira; nous avons le loisir de nous dégriser, maintenant que les Espagnols sont partis.

Le son d'un cor qui retentissait au pont-levis de la forteresse se fit entendre tout à coup, et Giuseppe, enchanté d'échapper aux lazzi du page, se précipita pour aller recevoir l'étranger qui arrivait.

Raphaël le suivit, agité de sombres pressentiments, et Actéon, toujours curieux, descendit sur leurs pas au guichet du pont-levis.

Un cavalier, agitant une écharpe blanche et prononçant le nom de France, demandait à pénétrer dans la forteresse.

— Saint-André!

— Le marquis!

Murmurèrent à la fois Raphaël et Giuseppe.

C'était en effet le marquis de Saint-André, qui arrivait à franc étrier.

— Toi! s'écria Raphaël.

— Moi, frère.

— Viens-tu donc m'annoncer un malheur? murmura le jeune homme dont le visage s'était couvert d'une pâleur subite.

— Ami, répondit le marquis en serrant Raphaël dans ses bras, ne te souviens-tu plus qu'en quittant Paris tu m'as fait jurer de t'avertir si un malheur te menaçait?

— Eh bien! demanda Raphaël avec anxiété... ce malheur...

— Ce malheur n'est point accompli, répondit le marquis, mais le péril est grand... très-grand... et la comtesse de Poitiers est sur le point de reconquérir cette néfaste influence qu'elle exerçait sur le cœur et l'esprit du dauphin.

Raphaël était pâle et n'osait interroger le marquis.

Alors celui-ci lui raconta succinctement ce qui s'était passé au Louvre depuis son départ, — c'est-à-dire l'éloignement que Henri II avait continué de témoigner à la reine, son ennui, et enfin son escapade en compagnie du page Raoul, le soir où il était allé au bal masqué de la comtesse. Le marquis savait tout cela; il savait même que le roi était épris d'une inconnue, d'une femme qu'il avait rencontrée chez la comtesse. Mais là se bornaient ses renseignements; il ignorait le nom de cette femme...

— Marianna! s'écria Raphaël qui se souvint des révélations terribles du marchese, la nuit précédente, à l'heure où ils avaient croisé le fer.

Et Raphaël devint aussi pâle qu'une statue, et il éprouva un mouvement de colère et de rage en songeant que peut-être à cette heure sa sœur d'adoption, la fille de son vieux maître Guasta-Carne, la chaste et pure Marianna était en péril, et alors encore, Raphaël songea, pour la première fois peut-être depuis bien longtemps, que Marianna l'aimait; il se prit à penser qu'elle n'était venue à Paris que pour le voir, lui Raphaël, et qu'à lui seul le malheur qui menaçait la chaste enfant, s'il était accompli, devait être imputé.

— Allons! s'écria-t-il, je monte à cheval et je cours à Paris.

— Oui, répondit le marquis, partons sur-le-champ!

— Ah! murmura Giuseppe ravi, nous allons donc enfin abandonner cette prison maudite...

Mais Actéon secoua la tête, et dit :

— Vous savez bien que cela ne se peut pas.

— Comment! s'écria Raphaël, et pourquoi

— Parce que, répondit Actéon, vous êtes gouverneur du Fort des Suisses.

— Eh bien?

— De qui tenez-vous votre commandement?

— Du roi.

— Vous ne pouvez donc retourner à Paris, que si le roi vous y rappelle?...

— Hélas! murmura Raphaël anéanti.

— Abandonner votre poste serait une trahison.

Raphaël poussa un profond soupir et baissa la tête comme un homme anéanti dans ses réflexions.

Actéon lui prit la main et lui dit :

— Ami, regardez-moi...

Et comme Raphaël laissait échapper un geste de défiance, le page poursuivit :

— Regardez-moi, je suis franc et brave, je sers ceux que j'aime, et, comme je n'ai pas le temps d'être modeste, laissez-moi vous dire que je suis adroit et rusé, que je n'ai point oublié mon métier de page, et que je trouve parfaitement mon chemin au milieu de ce labyrinthe inextricable qu'on nomme la cour. Là où vous hésiteriez, je passerai librement et sans regarder en arrière. Hier j'étais votre ennemi, je vous aime aujourd'hui et je vous suis dévoué jusqu'à la dernière goutte de mon sang. Ce que vous auriez fait à Paris, je le ferai ou j'y perdrai mon nom d'Actéon et ma réputation de mauvais sujet toujours prêt à nouer ou débrouiller une intrigue. Le roi est retombé dans les filets de madame Diane, je l'en retirerai. Il aime Marianna, je sauverai Marianna. Il délaisse la reine, eh bien, il aimera la reine.

Et Actéon eut un de ces fiers sourires qui semblent pronostiquer le succès, un sourire qui lui concilia la confiance entière de Raphaël et acheva de frapper d'admiration le Napolitain Giuseppe qui ressentait déjà pour lui une estime des plus respectueuses.

— Ami, murmura Raphaël en serrant la main du page, va

viens-toi que Raphaël n'aura plus une goutte de sang qui ne t'appartienne, si tu sauves Marianna.

———

Actéon partit le lendemain en compagnie de Giuseppe qu'il avait demandé à Raphaël comme écuyer.

Le Napolitain était un homme précieux et bon à tout: il était un peu bavard, peut-être, mais il avait de la ruse, de l'audace, et il était assez dévoué à Raphaël pour se faire tuer vingt fois plutôt qu'une, si besoin était.

Actéon avait jugé tout de suite qu'il lui serait d'une merveilleuse utilité.

Quant au marquis, il demeura auprès de Raphaël. La distance entre Paris et le Fort des Suisses était grande, mais Actéon et Giuseppe firent merveille et la franchirent en près de quatre jours.

Le soir du quatrième, ils atteignirent les environs de Fontainebleau, et là Actéon apprit que le roi avait chassé toute la journée dans la forêt, et que la reine, qui venait d'arriver, chasserait le jour suivant.

Le page recueillit ces renseignements avec la persuasion qu'ils lui seraient d'une utilité réelle; et, au lieu de continuer sa route vers Paris, il se tourna vers Giuseppe et lui dit :

—Allons à Fontainebleau, nous y apprendrons bien des choses peut-être.

Et Giuseppe ayant fait un signe d'assentiment, Actéon piqua des deux et prit un sentier détourné qui conduisait à la lisière méridionale de la forêt.

Mais tandis qu'il se dirigeait du sud au nord, un cavalier chevauchant du nord au sud, et par conséquent en sens inverse, venait à sa rencontre.

— Tiens, pensa Actéon, voici un gentilhomme qui me donnera sans doute de plus fraîches nouvelles.

Et il pressa le pas de son cheval.

Le cavalier était seul, il galopait au clair de lune, comme le fantôme de ballade allemande et paraissait fort pressé.

— Oh ! oh ! murmura Actéon dont le regard perçant l'avait enveloppé tout entier, nous avons une mine bien mystérieuse, mon gentilhomme, et c'est avec un soin tout particulier que nous ramenons notre manteau sur les yeux. Eh bien! foi d'Actéon, il faudra monter notre visage ou dire pourquoi.

Et le page mutin mit son cheval en travers du sentier qui était étroit, de façon que le cavalier lui cria :

— Place! s'il vous plaît ?

— Bon ! répondit-il, vous le prenez un peu haut, mon gentilhomme! Je n'ai pas l'habitude, poursuivit Actéon, d'obéir aux gens que je ne connais pas, surtout quand ils ont le ton aussi impérieux votre seigneurie.

— Insolent! fit le cavalier, portant d'un geste de colère la main à son épée.

— Bon! répliqua le page, on n'est insolent qu'avec ses supérieurs, et je n'en ai pas, Dieu merci! Le page Actéon est de bonne noblesse.

— Actéon! exclama le cavalier.

— Lui-même.

— Le page de la comtesse de Poitiers ?

— Précisément.

— Eh bien! en ce cas, Actéon, mon bel ami, range un peu ta monture et laisse-moi passer..,.. au lieu de me chercher querelle...

Et le cavalier se prit à rire et laissa tomber le pan du manteau qui lui couvrait la moitié du visage.

— Le roi ! exclama Actéon stupéfait. Ah! sire, pardonnez-moi...

Et il salua très-bas en rangeant son cheval.

— Oh! oh! fit Henri II, car c'était lui, à mon tour d'interroger, maître Actéon. D'où viens-tu ?

— Du Fort des Suisses, sire.

Le roi tressaillit.

— C'est juste, dit-il, j'oubliais que je t'avais envoyé auprès de Raphaël. Pourquoi donc reviens-tu ?

Actéon, d'abord très-ému d'une semblable rencontre, avait fini par se remettre de son trouble premier, et par considérer comme un événement des plus heureux ce hasard qui le plaçait, dès son arrivée, en face du roi.

— Sire, dit-il avec un calme parfait, je viens apporter une bonne nouvelle à Votre Majesté. C'est le seigneur Raphaël qui m'envoie.

— Une bonne nouvelle!

— Oui, sire.

— Serait-ce une victoire?

— Précisément. Et une victoire sans coup férir. Les Espagnols qui nous bloquaient ont levé le siége.

— Comment cela?

— Ah! sire, l'histoire est un peu longue.

— Eh bien, dépêche-toi, car je suis pressé.

Actéon raconta au roi le plus brièvement possible ce qui s'était passé au Fort des Suisses, omettant prudemment de parler du duc d'Étampes, et attribuant au hasard la découverte du souterrain.

Puis il ajouta que Raphaël sollicitait humblement de Sa Majesté l'autorisation de revenir à Paris, afin de lui donner de plus amples détails sur l'affaire du Fort des Suisses.

— Diable ! murmura le roi, qui songea sur l'heure que Marianna aimait Raphaël.

Mais Actéon insista, et comme Henri paraissait fort pressé de se débarrasser du page, il répondit :

— Eh bien! j'écrirai dès demain au seigneur Raphaël.

— Pardon, sire, observa Actéon, mais voici son écuyer, et comme votre parole vaut mieux que tous les parchemins du monde, il suffirait à Votre Majesté de lui mander l'écuyer Giuseppe qui tournerait bride sur-le-champ et reprendrait la route d'Italie.

Comme tous les amoureux, le roi manquait de sang-froid et de présence d'esprit; il ne trouva aucune objection sérieuse à opposer aux arguments d'Actéon.

— Soit! dit-il, que le seigneur Raphaël revienne à Paris.

Actéon s'inclina et répondit :

— Je vois que Votre Majesté voyage incognito, et le respect que j'ai pour elle m'empêche de la retenir davantage.

Et Actéon salua de nouveau et tourna bride.

———

Actéon et le roi s'éloignèrent l'un de l'autre en sens inverse. Seulement, lorsqu'il eut fait quelques centaines de pas, le premier arrêta court son cheval et fit signe à Giuseppe de l'imiter.

— Voyons, murmura le page, où Sa Majesté peut aller à pareille heure, seule et le nez prudemment enfoncé sous son manteau. Nous pourrions bien être sur la trace de Marianna.

A ce nom de Marianna, Giuseppe tressaillit.

— Écoutez, seigneur Giuseppe, continua le page, si j'ai bonne mémoire, il y a à deux lieues d'ici, là-bas au delà de ces collines, un petit castel dont je ne me rappelle plus le nom, mais où madame Diane habitait du temps qu'on lui construisait Anet. Ce castel appartient au roi, et il serait fort possible que Sa Majesté y eût logé une belle dame de votre connaissance. Il serait bon, je crois, de s'en assurer.

— Que faire, en ce cas?

— Nous allons nous séparer d'abord; moi je vais à Fontainebleau; vous, vous allez suivre le roi de loin, à petits pas. S'il pénètre dans le castel dont je vous ai parlé, eh bien! les nuits sont tièdes maintenant, vous vous coucherez sous un arbre et attendrez le jour pour voir si Sa Majesté en sort. Ensuite vous tâcherez de savoir adroitement...

— Très bien, murmura Giuseppe, je comprends à demi-mot.

— Allez donc, et au revoir!

Actéon continua sa route vers Fontainebleau. Il connaissait parfaitement la forêt, et il s'engagea au travers pour abréger sa route.

Il était alors fort tard, et l'étonnement du page fut grand, lorsqu'il entendit tout à coup s'élever dans les profondeurs des bois les sons éclatants d'une trompe et la voix de deux chiens qui semblaient *rapprocher* avec acharnement.

— Tout beau! murmura-t-il; je voudrais bien savoir qui donc se permet de chasser à pareille heure?

Et, abandonnant le sentier qu'il suivait, et qui conduisait directement à Fontainebleau, il jeta brusquement son cheval à droite, et se dirigea vers ce carrefour où les veneurs avaient allumé un grand feu, dans lequel ils allaient précipiter Marianna, sans nul doute, si l'arrivée subite d'Actéon et sa façon de les gourmander n'eût complétement changé la face des choses.

A peine se fut-il nommé, que les valets de chiens, qui d'abord avaient fait mine de lui vouloir résister, comprenant qu'ils allaient avoir affaire à rude partie, et, qu'ensuite, ils couraient risque d'être pendus, si la fantaisie de leur faire dresser un gibet en venait au page du roi, abandonnèrent sur-le-champ Marianna, et s'enfuirent dans toutes les directions, laissant Actéon maître du champ de bataille.

Actéon, sans perdre une seconde, sauta à bas de son cheval et courut à la jeune fille. Marianna, à demi folle d'épouvante, mais non évanouie, avait entendu l'accent libérateur du page, et tout aussitôt elle avait éprouvé cette réaction d'espérance qu'éprouve le condamné à mort qui, gravissant la dernière marche de son échafaud, en jetant autour de lui un regard désespéré, aperçoit tout à coup le messager de grâce qui arrive au galop, agitant son écharpe blanche. Et puis, quand elle le vit, penchée sur elle, cette loyale et belle figure de vingt ans, elle se sentit revivre et comprit qu'elle était sauvée.

Actéon la considérait avec un étonnement mêlé d'admiration, tant il était impressionné de sa beauté; — mais lorsque la jeune fille, recouvrant enfin l'usage de la parole, eut balbutié quelques mots de gratitude avec cet accent italien prononcé qu'elle avait conservé, un étrange soupçon lui passa dans l'esprit, et il lui demanda vivement,

— Mon Dieu! ne vous nommeriez-vous pas Marianna?

Elle tressaillit et le regarda avec une sorte d'effroi.

— Vous me connaissez! s'écria-t-elle.

— Je vous vois pour la première fois, signorina.

— Vous savez   nom cependant...

— Écoutez,   Actéon, n'êtes-vous point Milanaise?

— Oui.

— La fille d'un maître d'armes?...

— Oui, oui...

— Et la sœur d'adoption d'un homme qu'on appelle Raphaël?

— Raphaël ! exclama la jeune fille avec une joie subite et comme si ce nom eût effacé sur-le-champ ses douleurs et ses plus cruels souvenirs, vous le connaissez?

— C'est mon ami.

— Ah! fit-elle avec une explosion d'ivresse indicible, ah ! vous êtes son ami. Mais vous me sauverez alors, n'est-ce pas? vous me sauverez !

Et Marianna prit dans ses petites mains la main nerveuse d'Actéon, et avec cette confiance que la jeunesse éprouve pour la jeunesse, d'une voix émue, les yeux emplis à la fois de larmes et de sourires, elle lui raconta tout ce qu'elle avait souffert, tout, jusqu'à l'abominable trahison de la comtesse, l'amour que le roi lui avait avoué et auquel elle s'était soustraite par la fuite.

Et Actéon, assis auprès d'elle sur le gazon de la forêt, Actéon l'écoutait religieusement, le cœur ému, et il la trouvait si belle qu'il ne comprenait point que Raphaël eût pu lever les yeux sur une autre femme. Et lorsqu'elle eut fini, il lui prit les mains et lui dit :

— Signora, en quittant Raphaël je lui ai juré de vous protéger, de vous sauver des piéges que vous ont tendus vos ennemis. Ayez foi en moi et venez...

Et Actéon prit Marianna dans ses bras, la fit monter à cheval, et, cheminant à côté d'elle, il s'engagea dans un petit sentier qui, à travers le bois, allait aboutir au château de Fontainebleau.

Fontainebleau n'était guère alors qu'un pied-à-terre de chasse, où le roi venait fort rarement, et non point encore cette fastueuse demeure que les siècles suivants virent abriter tour à tour tant de nobles et illustres têtes.

Cependant, Actéon l'avait appris, la cour s'y trouvait; et Actéon qui, plusieurs fois déjà sous le dernier règne, était venu à Fontainebleau avec elle, connaissait les moindres détours et les plus mystérieux corridors du château.

L'aube naissait au moment où, avec Marianna, ils atteignirent une petite porte où veillait, nuit et jour, un lansquenet. La cour était déserte encore, et les fenêtres, hermétiquement closes à tous les étages, attestaient que tout le monde dormait encore au château.

Le page jeta son manteau sur les épaules de Marianna, et lui en couvrit le visage au moment où ils se présentèrent à la poterne.

— Qui va là? demanda le lansquenet.

— Service du roi, répondit-il.

— Votre nom?

— Actéon. — Qui ne connaissait pas Actéon?

Le lansquenet s'effaça respectueusement et laissa passer. Alors par les corridors déserts et obscurs encore, Actéon conduisit Marianna jusqu'à l'appartement que, d'après ses calculs, devait habiter la marquise de Saint-André, cette belle Maria di Polve, que la reine Catherine aimait tant; et après avoir dit son nom à la camérière qui s'était levée à la hâte et ajouté qu'il était porteur d'un message, il avait été introduit avec sa jeune compagne.

La marquise pour laquelle M. de Saint-André avait, en effet, chargé Actéon d'un message, reçut le page au lit et écouta avec un étonnement profond la double histoire de Raphaël et de Marianna; elle frissonna en songeant aux dangers qu'avait courus la jeune fille, et allant au-devant du secret désir d'Actéon, elle s'écria qu'il fallait placer Marianna sous la protection de la reine. Donc, la marquise se vêtit à la hâte et passa chez la reine, qui occupait un appartement auquel le sien communiquait par une porte dérobée. Une heure après elle revint, prit Marianna par la main et lui dit : — Suivez-moi !

Marianna fut introduite auprès de Catherine, qui laissa échapper un cri d'admiration en la voyant; elle lui parut belle. Et alors, entre ces deux femmes qu'un lien mystérieux unissait à leur insu, la distance qui les séparait sembla s'effacer, une attraction irrésistible les poussa l'une vers l'autre, Marianna se laissant aller à confier ses douleurs et les joies de son âme, Catherine oubliant qu'elle était reine en l'écoutant parler de Raphaël, et son secret échappa à Marianna...

— Elle l'aime! pensa la reine.

Mais Catherine avait un noble et grand cœur; elle avait renoncé à l'amour de Raphaël, pouvait-elle se trouver offensée de celui que Marianna ressentait pour lui?

— Non, non, murmura-t-elle tout bas; ils ont assez souffert l'un et l'autre, ils seront heureux, je le veux ! Je veux que Raphaël aime enfin Marianna...

. . . .

Au lever du soleil une litière sortit, escortée simplement de deux cavaliers, du château de Fontainebleau, et prit la route de Paris.

Cette litière, dont les rideaux étaient soigneusement baissés, renfermait Maria di Polve et Marianna, que la marquise allait soustraire à toute poursuite, en la cachant dans ce petit hôtel du bord de l'eau, où elle avait passé de si douces heures.

Presque au même moment, un cavalier revenait par la route de la forêt, et rencontrait Actéon qui sifflottait une fanfare et couplait deux chiens qu'il voulait conduire lui-même au rendez-vous de

chasse, où la reine se trouvait déjà. Ce cavalier n'était autre que Giuseppe.

— Ah! *peccaïre!* dit-il tout bas, le roi est à demi fou de douleur. L'oiseau est déniché.

— Je le sais.

— Bah! fit Giuseppe stupéfait.

— Après

— Après! Sa Majesté court ventre à terre sur Paris, après avoir envoyé les gens du petit castel dans toutes les directions.

— Très-bien, répondit Actéon avec calme. Maintenant, seigneur écuyer, reposez-vous une heure, et puis vous repartirez pour le Fort des Suisses, et vous porterez à Raphaël ces deux lettres. L'une est de moi.

— Et l'autre? demanda curieusement Giuseppe.

— De la reine, répliqua Actéon.

Or, voici ce qu'écrivait Catherine à Raphaël :

« Ne croyez-vous pas qu'en ce monde tout s'enchaîne et se suit sans interruption, la nuit et le jour, les orages auxquels succède un rayon de soleil, les larmes que sèche un sourire, les douleurs qu'une joie inattendue vient consoler et guérir? Il est des hommes pour lesquels la jeunesse est une fête, et dont l'âge mûr est réservé aux plus terribles épreuves. Il en est d'autres aussi, pour lesquels ces premières heures de la vie furent assombries et voilées d'un crêpe funèbre. A ceux-là peut-être l'avenir garde un beau sourire, un rayon de tiède soleil et un bonheur sans fin. Revenez... revenez bien vite... et quand vous serez entré dans Paris, au lieu de poursuivre votre chemin vers le Louvre, arrêtez-vous à la porte de l'hôtel de Saint-André. »

<h3>XI. — Le retour.</h3>

Environ huit jours après les événements que nous venons de raconter, un cavalier franchissait au galop une des portes méridionales de Paris et se dirigeait, en longeant la berge, vers le petit hôtel de Saint-André. On le devine, c'était Raphaël. La lettre de Catherine lui était parvenue, et il s'était mis en route aussitôt, commentant de mille façons différentes son sens mystérieux.

Pendant le voyage, la solitude aidant, car il était revenu seul, Raphaël avait fait mille rêves plus étranges les uns que les autres, hormis un, celui-là seul cependant qui le pouvait rendre heureux.

Que signifiait cette lettre? et de quel bonheur Catherine voulait-elle parler, elle qu'il aimait, elle que le devoir séparait éternellement de lui?

Actéon ne s'était pas expliqué plus clairement que la reine dans la lettre qu'il lui avait écrite. Une seule phrase y concernait Marianna : « Marianna est en sûreté, disait-il, et elle est toujours digne de votre affection. »

Malgré lui, pendant trois jours, Raphaël s'était plusieurs fois rappelé ces paroles, — et, malgré lui peut-être, il s'était souvenu de sa première jeunesse et de sa calme existence chez le vieux Guasta-Carne.

Il s'était revu dans cette blanche maison, baignée du soleil, sous les lauriers roses de ce petit jardin qui l'entourait, à cette table modeste de famille, où il était placé sans cesse entre le sourire paternel du vieillard et le regard tendre et charmant de la jeune fille...

Et il s'était surpris à soupirer, se disant que si le ciel eût été clément pour lui, il aurait fait aimer Marianna et non Catherine, naître pauvre forgeron et non fils de roi!...

Parfois encore il essayait de se rappeler dans son ensemble la belle tête de la jeune fille, avec ses longs cheveux blonds comme l'or des moissons, ses grands yeux noirs si brillants et si doux à la fois, et cette bouche charmante qu'éclairait sans cesse un sourire triste et rêveur... Mais, en même temps aussi, l'image éblouissante de Catherine, cette image, gravée en traits ineffaçables dans son cœur, se représentait soudain à son souvenir, et Marianna était oubliée...

Et le mystère de la lettre se compliquait, l'énigme continuait à être indéchiffrable, et Raphaël rêvait les événements les plus étranges... Comment Catherine pouvait-elle le rendre heureux?

Il atteignit enfin la grille de l'hôtel de Saint-André, et ce fut en frissonnant de crainte et d'espérance qu'il secoua la chaîne de la cloche qui avertissait le vieux serviteur de l'arrivée d'un étranger.

Mais ce ne fut point ce personnage morose et triste qui vint ouvrir à Raphaël; ce fut Maria di Polve elle-même.

La marquise vint à lui, souriante, empressée; elle le prit par la main et lui dit :

— Venez, suivez-moi... nous vous avons ménagé une surprise.

Et elle l'entraîna à travers le jardin.

C'était le soir, un beau soir d'été plein de parfums et de lumière; les fauvettes chantaient dans les buissons de roses blanches et rouges; le jardin était désert, silencieux et empli cependant de ces murmures vagues que la brise arrache en passant aux rameaux frissonnants des grands arbres...

C'était l'heure des rêves d'amour, l'heure où l'on espère, l'heure où l'on voudrait être aimé...

Raphaël suivait la marquise, ému, palpitant, n'osant prononcer un mot, ni faire une simple question...

Elle le conduisit au fond du jardin, vers ce petit pavillon qu'il avait habité durant son rapide séjour à Paris, et lorsqu'ils furent à la porte, Raphaël sentit son émotion redoubler et il s'arrêta pâle et chancelant... Laquelle de ces deux femmes qui occupaient tour à tour sa pensée, de Marianna ou de Catherine, allait-il donc voir ?

La marquise poussa la porte du pavillon, et Raphaël jeta un cri... Marianna et Catherine étaient toutes deux assises, se tenant par la main et souriant à Raphaël...

Et comme il les regardait toutes deux et n'osait faire un pas, Catherine alla à lui, prit sa main, le conduisit vers Marianna que l'émotion rendait immobile, et mit dans cette main qu'elle tenait la main de la jeune fille.

— Elle vous aime... murmura-t-elle ; aimez-la, ami, et soyez heureux enfin...

Et comme Raphaël levait sur elle un regard éperdu, un regard qui semblait dire : — Mais... c'est vous que j'aime...

Catherine, comprenant ce regard, murmura d'une voix triste mais ferme : — Je veux être reine, enfin !

Raphaël baissa les yeux, puis les leva doucement pour regarder Marianna. Pour la première fois, peut-être, il s'aperçut que la jeune fille était encore plus belle que la reine, et son cœur tressaillit d'une émotion inconnue...

XII

A quelques jours de là, un soir, vers minuit, Actéon rentrait au Louvre par la poterne du bord de l'eau et se dirigeait, en fredonnant, vers l'appartement qu'il occupait dans les combles du palais, en sa qualité de page.

Tout à coup, dans un corridor où brûlait encore une lampe, malgré l'heure avancée, il se trouva face à face avec le roi. Henri II était méconnaissable ; son visage amaigri, ses yeux brillants de fièvre, le désordre de ses vêtements, tout annonçait en lui une souffrance secrète et terrible.

Actéon s'effaça, se courba jusqu'à terre et voulut laisser passer Sa Majesté ; mais le roi laissa échapper un geste et une exclamation de joie à la vue du page, et il lui tendit affectueusement la main.

— Mon pauvre Actéon, lui dit-il, je suis heureux de te rencontrer.

— Votre Majesté me comble d'honneur et de joie en me parlant ainsi.

— Où cours-tu ainsi ?

— Sire, je vais me coucher et dormir de tout mon cœur.

— Tu peux donc dormir, toi ?

— Mais oui, sire.

— Tu es bien heureux...

— Votre Majesté aurait-elle perdu le sommeil ?

— Hélas ! oui, murmura le roi, et j'erre à travers le Louvre pour tuer le temps.

— Si Votre Majesté me le daignait permettre, je l'accompagnerais dans sa promenade.

— De grand cœur, Actéon, mon ami.

— Votre Majesté paraît souffrir ?

Le roi soupira.

— Et si elle se daignait souvenir d'un temps où... parfois... elle me prenait pour confident... à Anet...

— Ah ! oui, murmura Henri II que ce souvenir d'un temps heureux fit sourire, quand j'aimais Diane...

— Il paraît, répondit Actéon, que Votre Majesté n'aime plus la comtesse.

Le roi eut un geste dédaigneux.

— Mais, continua le page, elle aime sans doute ailleurs ?

Le roi tressaillit.

— D'où le sais-tu ? fit-il.

Actéon se mit à rire.

— Le visage de Votre Majesté me le prouve éloquemment depuis huit jours, murmura-t-il.

— Mon visage ?...

— Votre Majesté a les traits bouleversés et l'œil fiévreux... Il faut être amoureux pour avoir mine pareille.

Le roi regarda Actéon et le vit souriant de ce sourire spirituel et rusé qui rendait si bien la fine pénétration et les ressources sans nombre du page, et lui dit :

— Es-tu discret ?

— Votre Majesté le sait bien, répondit-il modestement.

— Eh bien ! je vais te faire mon confident...

— J'écoute Votre Majesté.

Le roi prit Actéon sous le bras et lui dit :

— Tu as deviné, je suis amoureux, et la femme que j'aime a disparu. Vainement l'ai-je cherchée, vainement ai-je donné l'ordre au grand-prévôt de mettre tous ses espions en campagne. Grand-prévôt et espions y ont perdu leur temps.

— Le prévôt est un imbécile.

— C'est ce que j'ai pensé, et plus d'une fois j'ai pensé à toi. Peut-être la retrouverais-tu.

— Si Votre Majesté me daignait donner quelques renseignements.

Le roi prit Actéon sous le bras :

— La femme que j'aime est Italienne, dit-il.

— Comment se nomme-t-elle ?

— Marianna.

— Bon ! dit Actéon, je la connais.

— Tu la connais ?

— Parbleu !

— Mais alors tu sais où elle est ?

— Oh ! sans doute, et si Votre Majesté veut me suivre...

— Quand ?

— A l'instant même.

— Y songes-tu ? il est minuit.

— Peu importe ! elle est à deux pas du Louvre.

— Où donc ?

— A Saint-Germain-l'Auxerrois.

— Dans une église ?

— Oui. Venez, sire, et je vous guérirai de votre amour.

Et Actéon entraîna le roi, le fit sortir par la poterne du bord de l'eau et le conduisit à Saint-Germain-l'Auxerrois.

Henri marchait à grands pas, le cœur palpitant, en proie à une émotion singulière.

Sur la place de l'église, dont les portes étaient ouvertes, et au dedans de laquelle on apercevait la lueur de plusieurs cierges, le roi remarqua avec étonnement une litière supportée par des mules. Mais Actéon dédaigna de lui donner des explications, et il le fit entrer dans l'église. Là, l'étonnement du roi augmenta.

Le maître-autel était éclairé. Un prêtre officiait et disait la messe. Au pied de l'autel, un homme et une femme étaient agenouillés, se tenant par la main...

Ils venaient de recevoir la bénédiction nuptiale.

A quelque distance, une autre femme agenouillée priait avec ferveur et pleurait.

Henri II, que le page avait conduit derrière un pilier, étouffa un cri.

L'homme et la femme que le prêtre venait d'unir étaient Raphaël et Marianna ; la femme qui priait et pleurait, c'était madame Catherine de Médicis, reine de France.

Le roi comprit tout...

Et alors, à la vue de cette résignation dont une femme lui donnait l'exemple, le fils du roi chevalier se résigna à son tour ; le sang généreux des Valois parla plus haut que cet amour coupable qu'il avait un moment ressenti, et Henri s'agenouilla pareillement et demanda au Roi des rois le bonheur de Marianna, comme Catherine lui avait demandé celui de Raphaël.

Et, en ce moment encore, comme si Dieu l'eût voulu récompenser de cette abnégation, il se laissa aller à contempler Catherine dont la tristesse semblait relever encore la beauté, — et il murmura :

— Mon Dieu ! pourquoi donc n'aimerais-je point enfin celle que vous m'avez donnée pour compagne !

Quand le service divin fut fini, Raphaël et Marianna quittèrent l'église, et, accompagnés de Catherine, ils gagnèrent la litière qui les attendait, et qui allait les emporter en Italie.

Raphaël et sa jeune femme retournaient à Milan, où ils allaient abriter leur bonheur dans l'humble maison du vieux maître Guasta-Carne.

La reine leur donna sa main à baiser, les regarda s'éloigner, puis rentra dans l'église pour prier encore...

Mais alors elle se trouva en face du roi, — du roi pâle et triste, qui lui prit la main et lui dit :

— Madame, allons nous agenouiller devant ce prêtre et le supplier de me pardonner mes torts envers vous et de nous bénir...

Le roi aimait Catherine.

FIN